燕京感舊錄

朱小平◎著

中国华侨出版社
·北京·

图书在版编目（CIP）数据

燕京感旧录 / 朱小平著. — 北京：中国华侨出版社, 2020.11

ISBN 978-7-5113-8266-5

Ⅰ.①燕… Ⅱ.①朱… Ⅲ.①随笔—作品集—中国—当代 Ⅳ.①I267.1

中国版本图书馆CIP数据核字（2020）第130633号

● 燕京感旧录

著　　者 / 朱小平
图书插画制作 / 李滨声
责任编辑 / 姜薇薇　桑梦娟
封面设计 / 胡椒书衣
开　　本 / 710毫米×1000毫米　1/16　印张：23.75　字数：320千字
印　　刷 / 北京天正元印务有限公司
版　　次 / 2020年11月第1版　2020年11月第1次印刷
书　　号 / ISBN 978-7-5113-8266-5
定　　价 / 59.80元

中国华侨出版社　北京市朝阳区西坝河东里77号楼底商5号　邮编：100028
法律顾问：陈鹰律师事务所
发行部：（010）64443051　　传　真：（010）64439708
网　　址：www.oveaschin.com　　E-mail：oveaschin@sina.com

如发现印装质量问题，影响阅读，请与印刷厂联系调换。

序一

李滨声

最近朱小平送我的书，旧体诗词集《朱小平馀事》、随笔集《燕台旧墨》我都认真看了，很好。旧体诗词能写得如此，非常不容易，一是见作者对这门学问研究之深；二是见作者确乎有此才气，旧体诗词不是随便什么人就可以写的。当然不是说就无懈可击，从古到今，任何人写诗词都会瑕瑜并存，但朱小平的旧体诗词应该说是写得相当不错的。来我这里的朋友看到了，都要拿走去看。

我和朱小平相识多年了，因为都在媒体工作。我在北京日报，他当时在北京法制报，后来调到北京市场报，是新闻界同行。我注意到他在中青年同行中是学识比较广，功底较为深厚的。最近有机会更深的接触，加深了对他的认识。依他的年龄，读他的诗文，看得出他读书多，涉猎广。他的诗文中历史资料多而翔实，用典多而准确，就是证明。在他的新诗集中，有一首诗，八句用八个典故。又都贴切适合，很难得。旧体诗词写好是很难的，格律诗的平仄就不易。我小时候上过私塾，学过一些。以前画漫画，曾配过一首《西江月》，廖冰兄看了，提出平仄格律的问题，是熟人间善意的随便说说，确实说得有理。打那以后我就不敢写了。现在，有人写了发表了的诗词，不少是不讲究平仄格律的。古体诗词的"引经据典"，重要的是要引得准确，现在看到有的"引典"用错了。朱小平则用得很准确，那是要积淀的。最近有个单位送我一本新挂历，人家来电话询问。我本应感谢的，却先说了意见。因为那挂历里有一幅画，画的是大门上贴了副楹联，上下句最后一字都是平声，中间也不对仗。对方听了恍然大悟，因为他不知道楹联诗词的基本规律和讲究。古体诗词和楹联不是不可以为现代服务,但基本的规矩还是要讲究的。朱小平的作品就是古为今用的,而且用得好。

《燕台旧墨》里提到的一些人物,我都认识。以前,我就很注意作者在《北京日报》《北京晚报》等报刊上写的有关人物的随笔,当时我都认真读过。作者写人物很有特点,不仅是文笔优雅,考据、摹写、刻画也颇为讲究,可见匠心。他写张大千的文章就很见功底,写过去的人物、事件,查史料,引用资料不算难,可他在充分依据史料的基础上,自己也融进作品里去了,那就要功力和水平了。

朱小平这本新集子《燕京感旧录》,其中不少文章过去在报刊上发表时我就看过,印象很深。近年来,影视是"清宫热",书刊是"北京热"。有些作品是把过去的东西都"钩沉"起来,影视中的人物事件有

李滨声自画像

的不准确,京味儿文学中的语言也不是精华,有的是拾了过去时代就已经为人摒弃的"牙慧";一搞"京味儿"全都是大糖葫芦、南城旧事。其实,京城传统文化广博深厚,是要下功夫挖掘的,浮躁了不行。文史馆整理史料,要求"三亲"(亲历、亲见、亲闻),这里有年龄的问题,差一岁,就差了365天,有些事件就难以亲见、亲历了。后来人要写得准确,查阅考证就要花大力气。

  从朱小平的作品说了相关联的一些看法,不是我个人如何如何。李滨声没什么,也就是年岁大了些,人生经历得多了几年而已。2007年12月12日,北京博物馆学会颁发了证书,聘我为北京博物馆学会非物质文化遗产专业委员会顾问。我要为非物质文化遗产专业委员所托付的工作负责,把深入挖掘整理保护北京的非物质文化遗产工作做好。由此想到朱小平这本新著从文化、文史甚至考据的角度谈老北京旧人旧事,不是浮光掠影,而是发自内心的热爱、研究老祖宗留下的文化遗产,这是很令我感动和欣慰的。

序二

赵大年

清朝龚自珍的诗句"无双毕竟是家山",充满了对家乡的爱。朱小平的随笔集《燕京感旧录》,再加上画家兼杂家李滨声先生很好的序言,读来就更亲切了。北京是我们共同的家园,带着乡情描绘家山,小胡同、四合院都是温馨的。此书出版,可喜可贺,令我忝序,诚惶诚恐。

朱小平是我心目中一位学者型作家,他的文章很严谨,写人叙事,内容翔实,引经据典,流畅自如,可见他读书甚多,知识丰富。他又是诗人,出版格律诗集,可见国文底子厚实;而注重写实的作家,与喜欢写意的诗人,两种风格集于一身,难能可贵。我年轻时也爱写诗,老舍先生看了,说是"写得太实。你小子没诗才,甭费劲啦。带个小板凳去天桥跟老百姓学说话,然后再学写小说吧"。朱小平把写实与写意统一起来也是一门功夫。他大量作品都是写北京的,熟悉北京民俗,运用北京语言,京味浓厚是一大特色。他还多年从事文艺副刊编辑工作,眼界开阔,窃以为好编辑必有鉴赏家的慧眼,不少前辈大作家也是编辑家,朱小平继承了这个好传统。

北京建都八百多年了,不仅拥有极为丰富的历代建筑、文物,更是人文荟萃、藏龙卧虎之地。尤其是鸦片战争以来,整个一部现代史,许多惊天地而泣鬼神的大事情,要么发生在北京,要么与北京血肉相连。北京的一年一月,一街一巷,一堂一殿,都能写一本厚厚的大书——怎么写?朱小平的优势就是把静态的建筑与相关的人物合到一起描写,注入人文精神,历史文物也就写活了。我曾经说过,故宫里的珍

序二

妃井,小小井台,并不壮观,只有讲了珍妃魂断此井的凄婉故事,这方寸之地才令人难以忘怀。朱小平这本图文并茂的书里提到一幅奇特的照片:1911年打响武昌起义第一枪的熊秉坤、末代皇帝溥仪与1924年领兵把他赶出皇宫的鹿钟麟,他们1961年在北京一次座谈会上不期而

孟小冬

遇，三位截然不同的人物攀肩合影——记录了从清末、民初到新中国的沧桑巨变和包容大度的北京精神。书中这样的图片、文章甚多，诸如刘墉、纪晓岚、蔡锷、小凤仙、张自忠、陈寅恪、张恨水、张学良、赵四小姐、孟小冬、吴祖光、新凤霞等各界名人，结合其故居和活动场所来讲述北京的故事，读来不仅兴趣盎然，还具有史料价值。

  爱国主义从来不是一句空洞的口号，它包括挚爱我们的历史、文化、父老乡亲、国土海疆、一草一木。最近由学者和广大市民评选出来的北京精神就是：爱国、创新、包容、厚德。在朱小平这本书的字里行间多有体现，可见他对北京的认知相当深刻。在"创新"方面似有欠缺，没有描写钱学森、邓稼先、杨利伟和中关村高科技园区勇于创新的北京人——我不敢求全责备，也许他已经在描绘一日千里的新北京了。其实，这是我们文学界共同的缺憾，人家牛顿、瓦特、爱因斯坦、居里夫人，都有很好的传记和故事在全世界流传。而我国"四大发明"怎么只留下了蔡伦、毕昇这两位发明家的名字？都江堰只留有"李冰父子"四个字。郭沫若盛赞的"北有长城，南有灵渠"——沟通湘江和漓江（也就打通了长江到珠海的航道），解决两江水位落差的"斗闸"纪实（两千年后还在巴拿马运河、苏伊士运河、长江三峡运用），发明家是谁？史无记载。民间传说是三位开发灵渠的军官，两位被秦始皇冤杀、一位自杀。我到灵渠采访，才知道后人为他们修建了"三将军墓"，而那"无字碑"上连姓名也没留下。借此机会说点感想：爱国，也包括热爱科学，时代需要我们弘扬科学创新精神。

目录

京华人物

张自忠之死与张自忠路缘起　　/3

胡同里的痕迹：徐宗尧和北平站起义　　/11

翠花街5号与张学良"秘宅"　　/19

鹿钟麟与和平门　　/24

陈三立、陈寅恪父子与姚家胡同　　/32

马叙伦·长美轩·三白汤　　/37

"坚贞不受暴秦封"——张大千在北京　　/43

京华遗迹说恨水（二章）　　/49

从马连良说到清真菜　　/58

"音徽往矣，百身何赎"——陈少梅二三事　　/64

蔡锷旧居与小凤仙　　/70

林白水与生春红砚　　/75

从赵家楼说到曹汝霖　　/79

春明旧事

西山诗人宝廷　　/87

南社诗人在京华　　/103

保卫通州的爱国将领李秉衡　　/107

怡亲王允祥与河道治理　/111
任率英与连环画　/115
人生自是有情痴——怀刘炳森　/124
最后的文人：张中行　/127
犹忆当年唱和时　/131
忽如远行客　/136
但为君故　/140

家山谈荟

什刹海忆旧　/147
烟袋斜街今昔谈　/155
莲花池及金中都遗址　/161
西单右翼宗学的名人遗迹　/167
千秋共仰于公祠　/172
"是何意态雄且杰"——杨椒山与谏草堂　/174
顺承郡王府的沧桑　/179
"北钓鱼台"趣话　/183
昌平履痕　/185

燕市钩沉

秦良玉·四川营·棉花胡同　/193
六必居·鹤年堂与严嵩题匾　/197
都一处与乾隆题匾　/202
军机处与军机处胡同　/207
煤渣胡同、海军衙门及醇亲王　/212
清代北京书法四名家　/218

清宫的称谓与制度　/222
庆霄楼与冰嬉　/227
漫谈八旗的"骑射"　/231
清代京城租房面面观　/235
房屋买卖·契约·纤手　/240
明清养马制度与胡同　/246
漕运与漕运总督　/250
京通十三仓的沧桑和变迁　/256
八大胡同烟花巷　/264

岁时流韵

逝去的节俗——中秋祭月　/269
二闸·水狮子·修禊图·小鱼汤　/274
春节三话　/279
老北京鸟虫方言　/289
"折箩"趣谈　/292
北海仿膳记　/295
房山风物　/298
"簋"与"鬼"　/307
诗话全聚德　/310
说"老炮儿"　/314

青灯有味

中山公园里的幼儿园　/321
童戏忆趣　/325
昆曲旧忆　/328

冬日有味是儿时　　/332
记得当时年纪小　　/335
胡同里的中医院　　/339
四合院里话"吃包"　　/342
无双毕竟是家山　　/345
多少楼台烟雨中　　/347
银锭观山记　　/350
春意在夕佳　　/353
前海舟中忆纳兰　　/356
秋山红叶赋　　/358
絮风二题　　/360

后　记　/364

京华人物

张自忠之死与张自忠路缘起

2020年是抗日名将张自忠将军殉国80周年。

1940年5月,身为国民革命军抗战序列中的第三十三集团军总司令兼第五战区右翼兵团总司令的张自忠,率部参加枣宜会战,于湖北宜城南瓜店激战9昼夜后壮烈殉国。噩耗传来,宜昌十万军民冒雨为他送殡,一时白花胜雪,挽幛蔽天;此日日寇飞机原定轰炸宜昌,轰炸机虎视眈眈飞临宜昌市上空盘旋,而十万人竟无一人避散;也许是日寇慑于场面之悲壮,竟未敢投掷炸弹……

1945年9月3日,国民政府曾颁布命令,其中第二道命令为抚恤殉难军民,据统计,抗战八年依例抚恤阵亡官兵131万余人(未计东北抗战六年中义勇军、抗日联军牺牲人数),伤残官兵43万余人,将军级高级军官阵亡212人,而张自忠则为盟国各战区殉职军衔最高者,而且以集团军总司令亲临前线战死沙场者亦唯此一人。当时国民政府为之举行国葬,国共双方最高领导人均为之题书挽词。毛泽东题为:"尽忠报国",朱德题:"取义成仁",周恩来题:"为国捐躯";中共中央不仅当时在延安举行了追悼大会(同时延安《新中华报》还专门发表追悼社论),而且在42年后的1982年4月16日,由国家民政部正式批准张将军为革命烈士(实际1952年毛泽东即已签署"革命牺牲军人家属纪念证"),并在京、津、沪、武汉、宜昌、汉口、东北等地均恢复设立张自忠路。蒋介石题挽词为:"英烈千秋"(台湾曾拍摄张自忠事迹电影即以此为片名),当时曾亲率全体军政委员迎接灵柩,据说还抚柩而泣。

为洗刷耻辱，抱必死之心

张自忠何以受到全国军民如此爱戴与痛悼？首先，张自忠曾荷负"汉奸"罪名，而且在平津确为主和派。如"七七事变"后第三天，二十九军一一〇旅何基沣旅长曾要求主动出击，全歼丰台日军，而张自忠却加以劝阻，甚至通过上级施压，终丧失良机。

不可否认，张自忠在"七七事变"中，是主张保存二十九军实力和地盘避免与日军开战的。同时，他也对日军侵华意图估计不足，屡屡退让。张自忠一直负责同日军交涉，处置矛盾，"总以弭患"为宗旨，尤其滞留北平，更引起国人和舆论一致愤慨，报纸一律称之为"张逆自忠"，文章标题竟有署《张邦昌之后》者，其抨击无不斥为"卖国变节"。张自忠的驻守北平最后以辞职告终，日军随即举行大规模入城式。舆论汹汹，张自忠不得已避离北平，并潜往济南，蒋介石遂下令将其押解南京。当时《大公报》（上海版）曾有《勉北方军人》之社评，举段祺瑞、吴佩孚坚决不做汉奸为例，呼吁保持浩然正气，"万不要学寡廉鲜耻的殷汝耕和自作聪明的张自忠！"车到徐州站时，爱国学生还鼓噪要上车"搜查汉奸张自忠"，舆论的迭起，终于导致国民政府以"放弃责任，迭失守地"将张自忠撤职查办。但未交付军法审判，按惯例，擅离职地是要受严厉处罚的，如韩复榘就被处以死刑。蒋介石曾对陪张自忠来见他的秦德纯说："舆论反映很大，……先在南京休养一段再说吧！"张自忠由此对蒋十分感激。后蒋在各方劝说下，委任张一个"军政部中将部附"虚职，张非常感动，表示"我只有战死才能报答"。后来冯玉祥、李宗仁等说服蒋介石下令张代理五十九军军长，张自忠感激涕零，这成为他人生的一个转折，也由此下了必死之决心。在他听到任命消息后，曾郑重说道："我张某有生之日，当以热血生命报答国家，报答长官，报答知遇！"张自忠此言绝非随意之语。

1937年12月7日，张自忠来到河南道口五十九军军部，大家都很高兴老长官的归来，但张只说了两句话："今日回军，就是要带着大家去找死路，看将来为国家死在什么地方！"部下听到张自忠此语，不禁涕泪而下。张自忠由此抱必死之心，连部下也看出来了。

此后，张自忠无论言谈或刊诸文字，均不离"死"字。如1940年7月16日《新华日报》载《张自忠将军遗书》（非给家人之遗书），尤其显露张将军壮烈必死之心："我们这一次一定要同敌人在这条线上拼到底，拼完算完"，"我们在中国以后算人，抑算鬼，将于这一仗见之"！

1938年3月，指挥五十九军在临沂与日寇板垣师团进行拉锯战，抱拼死之心致电鹿钟麟："战而死，虽死犹生；不战而生，虽生亦死。"1940年5月1日，将军在湖北宜昌城东渡襄河出击前写给三十三集团军20位高级将领一封信，亦可视为遗书，其中云"兄即到河东与弟等共同去牺牲"，"为国家民族死亡决心，海不清，石不烂，决不半点改变！"（上述均见临清市政协编《张自忠将军生平事迹简介》）1940年5月6日晚，张将军亲笔致副总司令冯治安临阵遗嘱，明志以死报国："由现在起，以后或暂别，或永离，不得而知。"10天之后，将军即壮烈殉国。另外，张自忠不仅对同僚、部下言"死"明志，对外人亦不讳之。据张瑞芳回忆：她1935年18岁时考入北京国立艺术专科学校，"七七"事变后撤离北平，参加"北平学生战地移动剧团"到宜昌劳军，恰遇张自忠，张得知学生们从北平来，非常难过，他对学生们说："北平沦陷是不抵抗的结果"，他表示一定要战死沙场以明心"志"（见2005年8月28日中央电视台播出的文献纪录片《抗战》第12集）。同集中还有张将军女儿的回忆：张自忠在家本欲写遗嘱，但写毕又撕了，这亦表明其抱必死之心绝非虚言。本来，李宗仁电令张将军出击并未要求他亲赴战场，而张自忠不顾众将劝阻，面对30万进犯枣阳敌寇，亲率仅两个团加特务营东渡襄河，亦由此可见他杀敌不惜一死的决心。

他终于洗刷掉了"汉奸"的罪名（当然，也有史家认为张自忠在平津是忍辱折冲保卫国家利益），成为中华民族节烈千秋的英雄！

人固有一死，重取义千秋

张自忠不仅抱必死之心，而且死战不退，誓不生还。

抗战中国民党部队序列中将军殉国者达212名。所牺牲者皆清晰可述，如佟麟阁将军是在北平南苑被日寇飞机轰炸中弹而亡，赵登禹将军是在北平南苑突围时遭日寇伏击中弹而亡，郝梦龄军长是带领士兵冲锋距敌200米处中弹阵亡，戴安澜师长是负伤不治而殁，川军王铭章师长、滇军唐淮原军长等皆为全军战死后自戕。唯迄今张自忠之死有种种不同说法。《中国革命史人物词典》（北京出版社1991年版）"张自忠"条只云是"壮烈殉国"，《20世纪中国全纪录》（北岳文艺出版社1995年版）略说是"中弹殉国"。仅举两例，姑不再引。张自忠是山东临清人，1990年临清市政协文史资料委员会编辑《张自忠将军生平事迹简介》，其中《张自忠将军传略》叙述为："十六日中午，将军转战到宜城南瓜店十里长山高岗上，这时他所带的部队已伤亡殆尽，下午寇军逼近，将军已两处负伤，包扎时，敌弹又洞穿他的前胸，他还在扬臂呼喊部属杀敌，并对随从说：'我不行了。你们要努力为国杀敌。我对国家、对民族、对长官良心可告无愧。'这时敌兵已冲到面前，向将军刺杀，将军抓住敌枪跃起拼搏，最后身负七处伤，壮烈殉国。"这段叙述颇为详尽，但仍有值得探究之处。

2005年7月，中央电视台10频道播出史料片《到大后方去》，其中涉及宜昌卢作孚组织物资大撤退一节，一位专家谈及：是役中张自忠孤身一人拒不下战场，警卫都撤退了，日寇七人围住用刺刀将张自忠将军刺死！8月28日，中央电视台一频道播出文献纪录片《抗战》第12集，其中宜昌档案馆人士讲述张将军在战场被炮弹击伤，血流不止，独坐，马孝堂副官劝其撤退，张将军坚决不允。他身中六弹，最后一颗子弹射中头部英勇牺牲！还有一种版本云：张将军被日寇机枪射中后，为不当俘虏毅然举枪自戕。此几种说法确为张自忠之死的最新版本，但所述互不相同，出入太大，尚待确考。画家卢光照先生曾在张自忠五十九军工作,他曾谈过老舍先生写过一部名为《张自忠》的话剧。我未曾读过,不知如何描述张将军之死。但无论如何,我们今天来看,他是抱必死之心决不后退的,他要"良心可告无憾",以一死证明其清白可对天日。张将军殉国三年后的1943年5月16日,周恩来还专门写了纪念文章:"张上将是一方面的统帅,他的殉国,影响之大,绝非他人可比","……而感人最深的乃是他的殉国一段",字里行间有无穷感慨和怀念。

另外,当时日寇亦感佩将军神勇,盛殓军祭,拟将遗体交还。蒋介石闻此噩耗,严令第五战区不惜代价夺回遗骸。继任第五十九军军长黄维纲亲率所部再渡襄河,经两昼夜死战,始将遗骸夺回。其实,张将军之死的细节并不重要,重要的是"荩忱不死"(冯玉祥挽词),为中华民族树立了最宝贵的楷模。亦诚如董必武挽诗所咏:"男儿抗日死沙场,青史名垂姓字香。中原倘若英灵护,岂让倭奴乱逞狂。"中华泱泱大国,倘皆如张将军,还有谁敢小看和欺侮咱们中国呢?

张自忠路名缘何而起

现在国内除了以孙中山先生命名的地名最为众多外,大概其次就是以张自忠将军命名的地名了。除了北京等一些大城市均有张自忠路之外,重庆市北碚有张自忠将军陵园、张自忠将军生平事迹陈列馆,湖北有张公祠、衣冠冢、殉国处纪念碑,他的故里临清有张自忠将军碑林,北京有张自忠故居(今自忠小学)等。

《北京的胡同》(增补本,北京燕山出版社,1992年版)说:"他在北京西城区西安门大街南边的光明殿胡同内有一故居(就是现今的自忠小学)。"但张自忠故居在府右街展宽前,此地称之为东椅子胡同与西椅子胡同,张将军故居即位于西椅子胡同。张将军殉国后,自幼随张将军生活的侄女张廉瑜,于1947年于故居创办了自忠小学。张自忠女儿廉云也参加了学校的工作。此地也成为中共地下党的秘密据点。府右街展宽时,东椅子胡同被拆除,位于西椅子胡同内的张将军故居东院亦被拆除。所幸留下了张将军住过的卧室、书房与盥洗室(今为小学校长办公室）。1988年，有关部门在院内安放了纪念碑，碑文用周恩来1940年在重庆为张将军所致悼词："其忠义之志，壮烈之气，直可以为我抗战军人之魂。"其书房已辟为纪念张自忠将军生平展室。

但张自忠路的取名却并非源于故居，而是将东城的铁狮子胡同易名为张自忠路。这是缘何？铁狮子胡同与砖塔胡同一样，是北京最古老的胡同之一，有专家考证铁狮子系崇祯宠妃田贵妃之父田畹府第门前镇宅之物，我查明嘉靖年间张爵所撰《京师五城坊巷胡同集》即有此胡同之名，可见其久远。但张自忠路之易名绝非因其历史久远之故。

据考，1946年6月，冯玉祥提议：在北平市选三条道路或三个城门以纪念佟麟阁、赵登禹、张自忠三位将军，这三位恰好都是冯将军的老部下。佟将军于1937年7月28日中午于北京南苑大红门以东抗击日寇时中弹牺牲，赵将军同日在增援南苑后突围时被日寇伏击亦中弹殉国。张将军虽未牺牲于北京，但因曾任北京市市长，故冯玉祥将军有此提议。一个月后，北平市临时参议院提案函请市政府实施命名方案。大概是为了促进命名方案的实施，冯玉祥以国民党军事委员会副委员长名义发起，于1946年7月28日为同日殉国的佟、赵两将军在北平中山公园举行两将军殉国九周年公祭，会后至柏林寺（佟将军遗体一直被该寺方丈隐藏于此）和龙泉寺（当年赵将军遗体由陶然亭西龙泉寺方丈抬回装殓入棺隐藏）起灵，重新安葬于香山佟将军的故居之侧和卢沟桥。

11月25日，北平市长何思源签发《府秘字第729号训令》，将原南河沿改称"佟麟阁路"，北河沿改称"赵登禹路"，铁狮子胡同改称"张自忠路"。南、北河沿原为一条穿城而过的排水臭沟。南河沿自西城北起复兴门内大街、南至宣武门大街外护城河，北河沿自西城北起西直门内柳巷，南至阜成门内大街。此地在元朝时是金水河故道，明代成排水沟渠，清代称大明濠，民国后渐为暗沟。1921年始用拆皇城的城砖将其砌成下水道，在地面上盖板铺成大道，但一直未正式命名。何思源签发训令后，北平市政府于1947年3月13日颁令将铁狮子胡同改为"张自忠路"。1952年6月11日，中华人民共和国中央人民政府主席毛泽东签署"革命牺牲军人家属光荣纪念证",由北京市民政局颁给家属。张自忠路也依旧沿袭。1965年"文革"前改成"地安门东大街","文革"时期,掀起改名风潮,张自忠路也因此易名为"工农兵东大街"(见1967年地图出版社《北京地图》),1984年终恢复原名。

令人费解的是,这三条道路都未曾将三位将军的故居或牺牲地、安葬地加以命名。如佟麟阁1933年买下北平香山东麓狼涧沟清末海军管带熊某别墅(狼涧沟在《日下旧闻考》中有此名),于此读书耕田隐居。除此之外,佟将军在内城东四十条还有一所宅寓。他的牺牲地在北平永定门外大红门以东的高粱地。其墓地即位于香山公园以南狼涧沟故居侧畔山坡(查门牌为今北正黄旗18号)。赵将军故居在鼓楼东南辛寺胡同,知者见告为今辛安里98号东城医院所在地,据说院中至今尚遗假山两座和荷花缸一口。他的牺牲地在北平南苑大红门西南黄亭子(即今大红门黄亭子宾馆附近)。赵将军墓地位于卢沟桥西道口铁路桥侧山坡,因当年赵将军有"军人抗战有死无生,卢沟桥就是我们的坟墓"之语,故择此而葬。张将军故居即如前所述。

铁狮子胡同在北京的历史上赫赫有名,如门牌为3号的执政府,明清两代多为王府,明代是封侯的外戚田畹府邸,清代成为和亲王府和恭亲王府(不远的7号是和敬公主府,北洋时期是陆军部)。袁世凯时期一度成为大总统府,北洋时期先为海军部,后为段祺瑞执政府。我原有一张日伪时期出版的北平市全图,查执政府址时为日寇"华北驻屯军司令部",日酋冈村宁次大将即在此窃踞。有一种说法认为,将此改为"张自忠路",即表示中国军民最终战胜了日寇。这种说法有一定道理,但可惜没有确凿的证据。当年何思源签发的训令原件尚存,但并无此义。也许当年市参议会的提案中有此提法?这尚待专家加以确切考证。

不过,笔者认为,或许改名还有其他含义。经查现今张自忠路23号曾是冯玉祥发动政变拘禁贿选总统曹锟之处(张自忠当时受冯玉祥器重任学兵团团长,北京政变后擢升为冯部第十五混成旅旅长),也许是因冯玉祥提议有此层含义,市参议会赞同也未可知。此处因曾是孙中山逝世地而被列为北京市文物保护单位，有孙中山遗物陈列。亦一度成为民国时期外交总长顾维钧的宅寓，唐德刚先生在《顾维钧回忆录》中曾提及。总之，将铁狮子胡同易名张自忠路，恐怕不仅仅考虑此曾为日寇"华北驻屯军司令部"，因为当年北京沙滩红楼曾为日寇宪兵司令部及特高科等特务机构所在地，更是令人愤恨的屠杀奴役中国人民的罪恶渊薮，将此处易名岂不亦有纪念意义？

与北京很多具有悠久历史的胡同相比，张自忠路的历史截至2005年只有短短59年（这还未将"文革"中改名的年数减去）。1998年，北京市政府开始修建平安大街，张自忠路因为道路的拓宽，实际上已不复存在。但张自忠路的地名至今仍在，它使每一个路过此地的中国人都会时时想起英烈而感奋。

有一个无关宏旨的更正：张自忠在殉国前不是上将，国民党将军军衔系列为少将、中将、中将加上将衔、上将、特级上将；张自忠是在殉国后被国民政府追赠上将荣衔的（见1940年7月7日《国民政府褒扬令》）。当然，张将军是不会看重这些的，他是一个将生死置之度外的英雄。他的一死，真正是成仁取义、重于泰山。

张自忠将军的夫人李敏慧，17岁时由母亲做主，嫁与比她小一岁的张自忠，数十年濡沫相敬。闻知夫君殉国，李夫人从容料理家事毕，绝食而死！

笔者为山东人，我为山东有如此惊天地泣鬼神的英雄感到无上自豪。20世纪90年代初，恰逢将军百年诞辰，其故里临清建碑林以为千秋之祭，恳吁章句，是填《金缕曲》一阕，抄如下以为本文之结束，兼怀念"英烈千秋"的张自忠将军：

壮士今犹说。记当年，旌旗半卷，横磨尽裂。十万军声负马革，拼把腥膻洗雪。啸四野，魂飞魄夺。最惜英雄襟上泪，报捷时墓上苔痕出。抛一死，竟如铁。庭前枯树犹呜咽。好男儿，千秋歌里，如虹节烈。路遗神州公姓字，又见碑林鼎立。这才是，心如皎月。绿水青山何能久，赖国殇代代不曾绝。仰落日，天如血。

胡同里的痕迹：徐宗尧和北平站起义

1949年新中国成立前夕，中共北平地下党和军管会北平市公安局，联络、策动和指挥国民党保密局北平站站长徐宗尧以下举行整建制起义，消除了原军统特务潜伏组织对北平市的巨大危害，成为对开国大典的又一份献礼。

国民党政权在大陆覆灭前夕，由军统局改头换面的保密局也开始分崩离析：一部分人请长假脱离军统组织，逃之夭夭；还有一部分人员看到大势已去，决心脱离国民党阵营，参加各地军队将领的起义。其起义分若干种情况：一部分是随所在地军政大员起义，如保密局湖南站张严佛、刘人爵；一部分是被迫参加，如云南站沈醉，被卢汉拘禁，被迫列名通电，也交出了组织人员名单、电台等；还有如周伟龙，在唐生明与中共的主动策划下，欲集结交警总队准备起义，不幸事泄被毛人凤杀害。即便已宣布起义的如刘人爵等，也被保密局特务暗杀。包括军统元老、"十人团"之一的黄雍、郑锡麟，均弃暗投明，尤其黄雍参与湖南起义，受到周恩来当面嘉奖。新中国成立后，二人均被特邀为全国政协委员。还有主动联系中共地下组织，单独成建制的起义，如北平站徐宗尧，产生了较大的影响。

弓弦胡同里的保密局北平站

徐宗尧是保密局北平站站长，而北平站是保密局一级站，历来受到戴笠、毛人凤的重视，按保密局成立时报国防部核定编制，外勤站编制为三种，北平、上海、南京等为甲种站，编制160人。除站长、副站长外，有书记、助理书记、司书、情报编审、助编、译电员、人事、总务、会计、交通、学运指导员、工运指导员、情报员等。还有局电讯处单配的电讯支台，下设组台，与保密局总台直接联系，不受站长领导，由此可见甲种站的庞大。北平站成立于1946年（之前有特务处和华北区北平站，规模很小），军统局改为保密局后，原马汉三筹备的军统局华北办事处组建成北平站，办公地点原在板厂胡同，后搬至东城弓弦胡同，是几个四合院组成的大院。

历任站长皆为资历很老的军统骨干，如马汉三、黄天迈、文强、乔家才、王蒲臣等，设六科、近10个组、站，还有电讯支台、潜伏组、特别站、交通支台等下属单位。这些站、组、台长，为保密大多住在胡同里，一般特务并不知道站长住址。

1948年冬，平津战役基本结束。1949年1月22日上午10时，和平解放北平协定签字。蒋介石在之前为稳定、拉拢傅作义，想尽了各种办法，为保华北、北平，绞尽脑汁。特别是利用保密局控制傅作义，傅的副总司令兼警备司令陈继承是资历很老的军统特务，在黄埔军校任教官时被戴笠奉为"恩师"，深受蒋介石信任。他实际掌握华北"剿总"，掌握军事、人事、警务、舆论大权，并控制嫡系部队、北平行辕、保警总队、华北"剿总"等。傅作义名义上掌控华北"剿总"60万军队，但实际上，黄埔系部队他根本调动不了，只有陈继承可以调动。傅作义数次与陈继承发生冲突，并向蒋介石告状，为安抚拉拢傅作义，蒋介石将中统和保密局控制的社会局长温崇信、民政局长马汉三调离。同时密令国防部次长兼保密局副局长郑介民来北平，监视、督促傅作义固守平津，在东单、天坛监督修建机场，以运送兵员和物资。同时布置北平站实施暗杀计划，以威慑奔走和平的爱国人士。

保密局在北平所属公开单位是军队系统的调查统计室，能运用的单位还有保定绥靖公署警备司令部、北平市警察局、"绥靖总队"等。集团军（战区）、军皆有保密局派出的调查室或情报处、参谋处、师联络参谋，军以下还有谍报、政工人员。秘密单位保密局北平站，负责领导公开单位活动。这是符合军统一贯有的"秘密领导公开，公开掩护秘密"原则。秘密单位如北平站等地址不公开，也多隐藏于北平各胡同内。只有门牌，无任何标识，这是便于遮人耳目。

1948年春，毛人凤召集二处处长叶翔之及北平、山东、天津、南京特务头目20多人在南京开会，主要目的是巩固华北治安，督促向解放区推进，刺探情报。保密局当时无法在解放区设立秘密电台，很希望将情报触角深入到解放区。徐宗尧等10人受到蒋介石接见，蒋鼓励他们深入解放区，并吸收解放区亲友参加保密局。

1948年3月15日，国防部保密局冀辽热察边区特别站成立，站址设在北平地安门内东板桥14号。该站设人事、情报、会计、总务四个股，下设冀西组（河北涿县），并派人潜入涞水县解放区。后又成立冀东组（唐山），拟推进到遵化解放区，及津南组（天津市）、察北组（察哈尔张北县）、平津组（天津市），共5个组。

特别站活动了9个月，仅搜集到几百件不可靠的情报，电台也未进入解放区。解放军发动辽西战役，徐宗尧丧失信心，向毛人凤建议后，不得不撤销特别站。12月14日，特别站撤销后第二天，毛人凤任命徐宗尧任北平站站长，布置5个潜伏组。督察王蒲臣（戴笠同学，也是毛人凤的表兄弟、同乡、同学）是原站长，除负责监视北平站工作外，还派特务段云鹏炸死北平市长何思源，其女儿同时死难。目的是威慑主张北平和谈的进步人士。

华北"剿总"爆破大队长杜长城是北平特别站站长，在北平近郊布雷，阻挡解放北平，并策划准备爆破、毁灭城市。这个机构十分庞大，但都隐藏在东城的一些胡同里。

和平解放前后，保密局系统一片混乱，特务们恐怕瓮中捉鳖，在大势已去、风声鹤唳的形势下，保密局给冀辽热察边区特别站新吸收的人员发放两个月薪饷遣散。

1949年1月20日，王蒲臣以督察命令将弓弦胡同北平站所有1945年起的重要档案（包括人事档案）销毁。

怀仁堂和缎库胡同的关键会议

怀仁堂位于中南海内,而当时中南海是国民党华北"剿总"司令长官傅作义办公所在地。

1949年1月21日,傅作义决定起义后,召集华北"剿总"机关人员及军长以上将领在怀仁堂开会,宣布北平城内国民党守军接受和平改编方案,开出城外听候改编,包括保密局公开身份在部队的人员,战区调查室、集团军调查室或情报处、副长官部二处、方面军外事处、军调查室或情报处、师联络参谋、部队各级谍报参谋政工人员,可自由离去。当场有黄埔系将领痛哭流涕,表示不愿参加起义,按傅作义的要求,离去听便,但不得带走部队。因而保密局在部队的人员随黄埔系将领走了一批,也有的在接受改编后登记领路费回家乡。

1949年1月22日下午5时,傅作义又在怀仁堂召集保密局等公开和秘密身份人员开会,宣布上午10时,和平协定签字,希望保密局各单位停止活动,保证人员生命和财产安全,愿回南京可订机票……会议很短,但引起了与会人员的慌乱。

这次会议参加者有徐宗尧、警察局长杨清植、警备司令部稽查处长毛锡园、北平支台台长阎守仁、保密局督察室督察王蒲臣等共10余人。

当时,王蒲臣将早已拟定的人员名单交给傅作义的秘书,而他似早已知道和平协定要签字,但其他人并无心理准备。杨清植还问徐宗尧:"有无办法?"并看到大势不好,杨决定第二天马上飞南京,通知公开单位的特务今晚集合,明早飞南京,约100人。

1月23日,北平的保密局各公开机构头目基本南逃,北平站下属各单位人员群龙无首,惶惶不可终日,气氛凄凉紧张。

1月24日下午1点,聚集在南池子缎库胡同北平支台的保密局人员争论到底何去何从,互相争辩,几乎动武。北平交通支台台长跑到北平支台,大叫:"你们投降共产党了!"支台长阎守仁打电话叫徐宗尧赶来讲话,大意是蒋介石、毛人凤不关心大家安全,至今未派飞机运送人员和电台，如继续坐以待毙，是死路一条。

大部分报务员，包括交通支台台长全体高呼："拥护徐先生的说法！"而在22日会后，徐宗尧曾问支台台长阎守仁："你为何接支台台长职？"阎答："徐先生接任北平站，一定会有好办法，所以我才接。"徐回答他："我的好办法是投诚共产党，你封闭支台，停止发报、联络，造册准备移交。"获得大部分人的支持后，徐宗尧才宣布北平站起义，命令所有人员放下武器、交出电台。

隐蔽在胡同里的武器、据点、财物彻底移交

北平站的起义功劳，概括有如下几点：

一、使北平和平解放未受影响，社会基本安定。

二、未如其他城市对政治犯进行屠杀。1月20日，北平看守所所长、法官，签请释放100多名政治犯，徐宗尧予以批准，但不批准呈报的枪决三人。北平看守所是归保密局管理的秘密监狱，地址位于今东城炮局胡同，是羁押中共地下人员的初审之处。

三、交出大批武器、电台、密码本及100多人的人员登记名册。隐蔽在南池子缎库胡同的军统局华北武器补给站，站长由徐宗尧兼任，其任务是向北平市各特务单位补给武器弹药。同时该处为保密局北平支台收报台，发报台位于东单裱褙胡同观象台。

四、由第八战区副司令长官部保密局的调统室少将代主任冯贤年（秘密身份是北平站外勤联络专员），协助侦破王蒲臣布置的5个潜伏组。

五、上交军统、保密局在北平历年来购置建立的多处秘密据点和房产，包括属于北平站管辖或直属保密局领导的秘密据点，如王佐胡同、朝阳门内大街的北平电讯工作队办公处、府学胡同的"绥靖总队第一大队"队部、石驸马大街的"冀中策反组"及设在大茶叶胡同、月牙胡同、铁狮子胡同多处地点的华北"剿总"技术总队等。

六、上交活动经费和马汉三贪污的大量珠宝、古玩文物。

保密局北平站的起义，徐宗尧起到了关键作用。

徐宗尧是贫农出身，木厂学徒，后参加东北军郭松龄部，前后17年，升到少将旅长、第一战区河北游击司令部少将高参，曾策反白凤翔伪军，白曾参加过西安事变捉蒋，受伤投日，白已与军统有联系，有两个秘密电台，联系人冯贤年。冯贤年介绍徐宗尧参加军统，并威胁凡暴露身份，如不参加必不利于己，徐只好参加。可见当时徐宗尧参加军统组织并非心甘情愿。

白凤翔后被日伪毒死，冯贤年上报蒋介石，蒋命徐宗尧去重庆接见他，后戴笠在西安又约见徐宗尧，任命他为军统秘密单位五原办事处少将直属通讯员，负责敌后工作计划，后成立后方平津特别组。1945年徐任河北省会保定市警察局长。

但抗战胜利后，徐宗尧看到的种种腐败现象令他产生忧虑、气愤、迷茫，他自己后来写的回忆文章谈到主要是5个现象使他开始思索：

一、国民党包括军统局的接收大员劫收日伪财产窃为己有，"五子登科"（指票子、条子、车子、房子、女子）乌烟瘴气。

二、在敌后工作时期已认识到中共在敌后的抗战深得民心，而国民党却奉行"曲线救国"的方针。

三、东北沦陷，国民党的不抵抗使他一直铭刻在心。

四、嫡系与杂牌，待遇不一样，造成人心涣散。

五、毛泽东到重庆谈判，更给他以极大震动，从此对内战反共消极。

徐宗尧军统7年外勤资历，使他了解军统内部派系的倾轧和钩心斗角，毛人凤任命他出任北平站站长，无疑是当替死鬼，徐心里是有抵触和不满的。他开始寻求出路，经多年好友池峰城（西北军将领，三十军军长，参加徐州会战、台儿庄会战，曾痛歼板垣师团，后任保定警备司令，华北"剿总"中将参议）开始联系中共。池峰城与中共有长期联系，他的勤务兵小李即中共所派，军统人员本身飞扬跋扈，但徐宗尧恰恰沉稳，所以池峰城对他有好感，并引导他与中共接触，介绍他与中共城工部王博生建立联系，王成为他们之间的联络员，王告诫徐不要暴露身份，积极联络，同时发展冯贤年和热察边区特别站站长李英（少将，与徐是东北军老同事）。冯是老资格，与北方军统人员皆有往来，消息灵通，徐宗尧第一步让冯密查王蒲臣布置的潜伏组名单。

在弓弦和东板桥胡同上交清册集中登记，在后马厂胡同集合去往清河

1949年2月1日，在弓弦胡同4号，徐宗尧见到解放军军管会北平市公安局一处处长冯基平，交出了保密局北平站清册。

2月6日，北平市公安局命令徐宗尧在东板桥14号徐的住处成立"军统人员登记处"，至22日已登记100多人。由徐召集后带往西城后马厂胡同10号开会，当日将起义人员送往清河农场训练大队。

这次登记工作具体指导是北平市公安局二处侦讯科长任元，中间联系人是中共党员李士贵。徐宗尧率领保密局北平站起义，中共北平地下党城工部毫无疑问做了大量缜密工作，其中必然有若干无名英雄付出了艰巨、复杂的指导、配合。可惜，英雄的事迹没有系统完整的留存，这是令人非常遗憾的。今天，我们仅知道还有一位中共地下党员郑熙也参与了北平站起义的联系工作。这就证明没有中共地下党和北平市公安局的全盘领导，北平站起义不可能顺利进行并成功。

保密局北平站的起义比较顺利，事实上徐宗尧早就开始接触中共，他接手北平站也是准备向中共送礼，起义有准备、有目的，并非临时动议，这在保密局的一些区站起义中是唯一的一例。

保密局北平站起义，只在徐宗尧的管辖范围，即只是他所领导的保密局北平站特务，其他如中统等特务机构并不能干预。故此，当时第二区、第四区公安分局据北平市军管会《关于北平市国民党特务分子登记实施办法》，设立特务分子登记处，开始对特务予以登记。至1949年年底，第二分局登记特务、党团骨干（国民党党团由中统控制）275人，

第四区分局登记652人，对前来登记人员实行控制、教育、改造和利用。而对不肯登记继续搞破坏的特务则予以坚决镇压。需要指出的是，徐宗尧北平站起义对其他特务系统的人员无疑起到了较大的影响。2月15日，北平市公安局逮捕国民党中将张荫梧，破获他所组织的"华北敌后游击策动委员会"暴动阴谋，于四存中学据点起获电台、各类武器弹药。21日，第二区分局侦破"国防部二厅华北督导组潜伏案"，捕获特务4人。"国防部二厅"也是保密局控制的公开单位。

北平站起义人员的结局不一，起义的100多人并非全部自愿参加劳动、学习改造。在当时混乱情况下，和平解放以后，人的心理开始产生各种变化。进入改造学校后，表现并不相同。

有的人，如徐宗尧是认真学习，真心向善，毫无保留，后被安排适当工作，从1962年起任北京第三、四、五届政协委员。

有的本身投诚就有条件，如潜伏组韩北辰，2月3日向北平市公安局交出电台、密码本前，谈条件要保证安全、要职务，受到徐宗尧斥责后不得已才交出。

再如冯贤年，最早受徐策动，积极参加起义，对侦破潜伏组贡献很大（如无冯贤年则很难获取潜伏名单），他是老资格，上下皆熟，人脉很广，在清河训练大队劳动改造时，听闻朝鲜战争爆发，又动摇起来，后悔起义。因他在华北地区特务系统中关系多，社会关系也广，开始阴谋串联改造中的旧部下暴动，计划劫夺看守、警卫武器，冲出去上太行山打游击，被侦破，1951年被镇压。这是很令人惋惜的，同时也说明保密局人员的改造是一个艰巨的过程，并不是仅仅起义了，就完全转变投向革命阵营了。

转瞬之间，七十年如白驹过隙，当年的这些胡同街道，有的经城市改建已完全消失了，有的仍然基本保持着原貌。看到这些遗迹，仍然使我们难忘为北平和平解放做出贡献，领导北平站起义的中共北平地下党和投向光明的人们！

翠花街5号与张学良"秘宅"

张作霖在北京曾购置多处公、私房产，如西城太平桥的大帅府（顺承郡王府）、黄寺的东北讲武堂北京分校、新街口的东北大学、王大人胡同（今北新桥三条）的东北军驻京办事处，其他诸如天津公馆、北戴河别墅，等等。但传说张学良在北京翠花街5号为赵一荻购置的一所宅寓，言之无据，包括张学良晚年自己的口述及各种人士的回忆史料，均付阙如。虽然，北京西城区将翠花街5号定为区级保护文物，但亦未标示为张学良、赵一荻旧居，只有附近百姓如是传说。

暮春之际，前往据说是"北京目前唯一留存的张学良故宅"（陈晴文，见2007年7月17日《北京青年报》）访寻。此旧宅离太平桥大街路西原顺承郡王府颇近，沿王府东墙往北即至翠花街5号。翠花街，原东起赵登禹路，西至翠花横街，原有1号至25号、2号至20号。而今由于马路拓宽和附近富国里小区占地，翠花街只余极短的两个院落——5号、7号。5号院为广亮厦门，但已略显残破。倒座房据开窗数约七间，可见当年这三进四合院的气派。据7号院一位老人讲，此院亦为5号院之一部分。进门即触目可见搭建杂乱之平房，栉次逼仄，已成为不折不扣的大杂院，垂花门、影壁已不见踪迹，但游廊还依稀可见，残壁犹存。最后的北房还可见卷棚顶、匝头脊、灰桶瓦、猫头滴水等构件。门头上还保留数幅"象眼"雕刻，而且中西各异，有中国传统山水，亦有西洋庄园风景。后窗雕楣、花砖玻璃仍在，转向东更可见倒凹进的三卷勾连搭宏敞建筑，这在北京极为罕见（与今动物园内宋教仁曾居住过的畅春堂相仿）。抱厦、歇山顶保存基本完好，经目测可窥进身很大，四周有檐廊相通，檐廊可环绕行走，但如今已堆满各种杂物，不复穿行。

檐廊斗拱上仍存有绘画。但已被多家分而居之，据住户讲，在当年此建筑为舞厅、舞池、更衣间、洗浴间等齐全，花砖地，花样纹络均相同，屋内吊顶层约四米左右之高，绘有延年益寿图案。窗户格、花砖玻璃尚存。一麻五灰线的残迹也证明这所大宅院的气派。东院倒座的这三卷勾连搭建筑前，据说原为花园，但今已建若干住房，不复当年花木扶疏之状。

但是一些残存砖雕石刻仍不时映入眼帘，依然可辨这座大宅院的精美之处，如大门的垫花砖雕、戗檐和咧角盘子砖雕。都保存至今，内影壁位置左上角还遗有髫童手举荷叶的雕刻，亦栩栩如生。

这所已面目全非的四合院，曾为卫生部宿舍。据冯其利先生见告，多年前曾往海淀永丰"公主"坟调查，发现实为郡主坟冢，当地人告为一等公，其府即在翠花街。惜事隔多年，冯先生已不复记其名姓。又据王彬先生转述：此府老人呼为"札晃府"，乃蒙古王公。但翠花街5号院门槛格局不符清代王府建制。我查《清史稿》中一等公世表，有"扎"字的一等公有扬古利第十二代孙扎克丹于光绪三十三年袭一等公。一等武毅谋勇公兆惠之子扎兰泰于乾隆三十年袭封。一等超勇公海兰察第九代孙扎绵于同治十二年袭封。扎兰泰公府在今西城前井胡同3号。另二人均为满洲八旗，亦非蒙古八旗。看来与传闻不符。清代一般少数蒙王在京赐府，公赐府较似罕见。因而翠花街5号院为清代一等公府邸之说尚需更确切史料佐证。《宸垣识略》卷八"内城四"条，记"一等英诚公第在翠花街"。是指扬古利阵亡后于雍正九年（1731年）赐号超等英诚公，其子降为一等公至十二代扎克丹。因而"扎晃府"大概是"扎公府"之口误。也有传说为袁世凯时代首任国务总理唐绍仪或冯玉祥之宅。冯玉祥号称"不爱钱"亦不置产，在北京多居海淀等处兵营，迄今未有他在北京置产之记录。唐绍仪从清末至民初，官宦生涯辗转天津、朝鲜、南京、广州等地，在北京所居时间极短。1920年回故乡广东珠海居住，抗战前已购房于上海法租界福开森路，后被军统组织暗杀。是否为其宅寓，无确凿证据。但是否为张学良所购置，讫无实证。唐德刚先生录音整理并出版的《张学良口述历史》(中国档案出版社 2007 年版)，其中一章"我与赵四"只有区区不足四百字，并未提及当年购置外宅之事。赵四本名赵媞，又名绮霞，字一荻，为当年北洋交通系首领梁士诒手下津浦铁路局局长、交通部次长赵荣华之女，是京津有名的社交场上的交际人物，帮闲为之介绍与张学良相识，其后与张学良私奔沈阳并生子，惹得其父震怒而登报声明与女儿脱离关系，父女二人终生未再见面。诚如老报人徐铸成先生所云："当年张学良积毒（扎吗啡针）尚未戒除，真是鸠形鹄面，这位正当妙龄的赵媞小姐，毅然脱离家庭，究竟追求什么呢？"（《小楼随笔》，1978 年 8 月 1 日《文汇报》增刊）这也是当时大多数人的疑问。不可否认的是，张、赵二人确在京、津、北戴河社交场合莺歌燕舞、打球行猎，尤其国难阴云欲来，东北朝不保夕，所以马君武的讥讽诗："赵四风流朱五狂，翩翩胡蝶最当行。美人帐中英雄塚，那管东师过沈阳。"除了冤枉胡蝶之外，对张、赵的讥讽是没有错的。朱五名朱洛筠，是北洋政交通总长、代国务总理朱启钤之女，与赵四为出入社交圈之闺中密友，后嫁与张学良之弟张学铭。

1929 年秋，张、赵密约赴沈阳北陵，惹起轰动。而赵的对外身份只是"秘书"。1930 年，张、赵二人生下男孩。张学良与夫人于凤至来北京，住帅府，赵一荻亦在此居住。二人公开出入社交场合，并无隐秘。与赵关系最深的朱洛筠生前写过回忆文章，她也谈到赵四是住进顺承郡王府，"和张学良的原配夫人于凤至朝夕相处"，"他们仨人一起愉快的生活"（《忆大嫂赵一荻》，见《张学良的往事和近事》，岳麓书社 1986 年版），只字未提"金屋藏娇"之处。如果真有此宅，朱五亦无必要隐讳。况于凤至较为大度，顺承郡王府广厦邻比，似无必要另购外宅。

不妨可再举佐证。朱洛筠之兄朱海北，亦为公子类中人，其天津公馆与张学良宅比邻。张作霖与朱启钤相识，因世交故，张、朱二公子气味相投，不时打球、跳舞。张家在天津的宅院豪华宽敞，网球场、台球房、跳舞厅一应俱全,朱海北是其座上客和玩友。朱家与赵家也是世交,朱海北称赵四是"京、津、北戴河上层社交活动中的著名人物",与张学良相识"也在这个时期"。朱海北后来成为张学良的少校内务副官,安排应酬,其任务"是陪他和客人打桥牌和高尔夫球"。其亲密程度甚至可以"登堂入室,不必回避内眷"(《我与张学良》,见《史迹文踪》,上海书店1994年版)。但他的回忆文章中也只字未提翠花街5号院,以他的贴身程度,不可不与闻,亦无避讳之必要。看来所谓张学良的"金屋",有讹传之嫌,也许此处或为他人之所,张学良曾交际出入而已。

跟随张学良在北平行营等当了多年参谋的惠德安先生也曾写过一本回忆录《张学良将军轶事》,曾提到张学良在北平寻过宅院,却并非在翠花街。张学良嫌老王府庭院深邃,建筑陈旧,住下去不舒适。所以当时的财政部印铸局局长沈能毅,在西单太仆寺街新建胡同,给他找到一所房子,建筑和内部设施均为西式,考究且舒适。但未曾住进,即得伤寒之症。但惠先生因未亲见,只是注明"人们传说"。但传说之人身份并不低,如张学良儿女亲家万福麟说张住新建胡同之宅,大门正对一条胡同,按风水说讲是中白虎箭,所以才患伤寒。这虽是无稽之谈,但也可佐证张学良在新建胡同购宅不是空穴来风(《张学良将军轶事》,辽宁人民出版社1985年版49页)。张学良在北平时,身为陆海空军副总司令兼东北边防司令长官,又逢东北寇氛日深,但按惠先生的评价,是"生活不甚整饬,社交亦有失检点,往往引起外界的流言蜚语"。如果真有翠花街的外宅,是不会不留下蛛丝马迹的。

而且,如果为张氏之私宅,日寇侵占北京后,是应予以没收或征用的。大帅府即被日本驻北平宪兵队征用,并曾贴有告示(冯其利先生曾见告抄有告示全文)。位于王大人胡同的东北军办事处也被日伪当局没收,成为伪满洲国驻北平领事馆。而翠花街5号院似无此举发生,而且以张学良的知名度和"千古功臣"(周恩来语)的定论,有关名人故居的书籍,如《北京地名典》(王彬、徐珊主编,中国文联出版社2001年版)、《西城名人故居》(西城政协文史资料委员会编,中国档案出版社1997年版)、《北京的四合院与名人故居》(顾军编著,光明日报出版社2004年版)、《胡同春秋》(西城政协文史委编,中国文史出版社2002年版)等,均未提及翠花街5号院。

  所以,如前引报章云"京城唯一留存的张学良与赵一荻'爱巢',曾经是北平各界名流的社交场"的凿凿之言,源自何来,殊堪匪夷。无确凿记载、人证,只凭传说,完全不足为凭。口碑流传不一定即为事实,既如马君武先生所咏"九一八"事变当时张学良与胡蝶大跳其舞的诗句,报章刊载,全国舆论汹汹,人们宁信其有,因为张学良在"九一八"事变当天,却在前门外中和戏院观看梅兰芳演出,只不过形式和相携之人不同而已。"千钧一发之际,还有闲情逸致去看戏,真可说是叔宝无心",惠德安先生的批评已然是很婉转了。虽然张、胡二人至死都未谋一面(胡蝶当时在北平拍电影)。胡蝶当时也在报上声明辩诬,但智者无多,信者非寡。可见"爱巢"之传说绝非可信,也许是张学良当时在北平酒食征逐、歌榭轻裘,才使得人们有了"金屋"的想象。当然,翠花街5号如以建筑价值而论,予以文物保护还是应该的。

  附记:此文发表于《北京日报》后,李滨声先生读后告之:其宅为他的亲戚所购,他来北京上大学期间于此居住,从未听说与张学良有关。学者王彬先生后电告:经查房管部门保存地契,翠花街5号确为唐绍仪寓所,是产权所有人。

鹿钟麟与和平门

旧北京内城有9个城门（正阳门、崇文门、宣武门、朝阳门、阜成门、东直门、西直门、安定门、德胜门），外城有7个城门（永定门、左安门、右安门、广渠门、广安门、东便门、西便门），唯有和平门却不在此之数（包括新华门、建国门、复兴门都是后开的）。和平门位于正阳门与宣武门之间，但在80年前，却根本没有和平门这个城门。

当时由南至北，有新、旧帘子，半壁街，中街，松树胡同。城外是护城河，护城河南就是厂甸。所以无论城内外，经商办事你不绕正阳门，就绕宣武门，极不方便，尤其在内城想去琉璃厂、东方饭店等，无不大绕其弯。特别是春节厂甸庙会期间，商贩和老百姓们极不方便。曾读《鲁迅日记》（《鲁迅全集》第14卷，人民文学出版社1987年版），知鲁迅在癸丑年（1913年）厂甸庙会期间，共去7次，都是绕行。我略统计，1913年除6月至8月近两个月鲁迅离京，共至琉璃厂28次。鲁迅在绍兴会馆（位于南半截胡同）共住7年（1912至1919年）。后来鲁迅上班、居家好在都在西城，并不太远。有人据《鲁迅日记》统计，鲁迅在京共14年，至琉璃厂480次。但最大的不便还是商家摊贩，住在外城还好说，如果住内城，每天送货摆摊，更是麻烦，无形中每天要走不少冤枉路。因此，老百姓和商家们一直都盼着开个城门。

在封建时代这是不可能的事情。袁世凯统治时期，曾有人提及在正阳门与宣武门之间开辟城门，报到袁世凯处，袁先是同意。但前门一带商人唯恐人们不再绕行前门影响生意，遂散布舆论说北京是帝王之都，随意开凿城门会致"王气"泄露。袁世凯本人极迷信，恰又筹划称帝，便将此事否决（《老北京街巷图志》，山东画报出版社2004年版）。

京华人物

鹿钟麟与和平门

《北京旧事》（学苑出版社2000年版）也载：前门外富商散布说："此门位于中南海正南方，开了门会影响风水。"不过，我很怀疑这一说法。在此之前，北京城门等多次发生变化，都是经袁许可的。1913年，内务总长朱启钤下令撤掉满汉文的旧城门额，请书法家邵章重写只有汉字的门额。1915年为改善前门交通，又将正阳门瓮城拆除。袁世凯自己也在当时中南海总统府所在地单开了一个门——新华门，这岂非也是"王气"泄露、"影响风水"？真正的原因恐怕是时局不稳而无暇顾及罢了。袁世凯当政时期，内外交困，又处心积虑梦想"洪宪"登基，"政务"纷杂，这只要翻翻陶菊隐先生《北洋军阀统治时期史话》（三联书店1959年版）、唐德刚先生《袁氏当国》（广西师范大学出版社2004年版）两本书，就再清楚不过了。

直到1924年冯玉祥讨伐张勋复辟回京，有商会代表民意提及开城门之事，冯玉祥欣然同意。当时是段祺瑞执政，名义上须报请他核准。冯玉祥遂将此事交与京畿警备司令兼北京市政督办鹿钟麟办理。大概是因鹿钟麟曾率20名手枪队员逼溥仪"移宫"，办事精明麻利（当时警察总监张璧问他办此事需多少军警？鹿答曰："军警各20名就够了。"），加上开城门亦属市政督办分内之事，所以才将此事交与他。鹿钟麟走马上任后，经过测量、拆迁（拆迁费还是冯玉祥同财政部争吵后才获准拨款的），才正式动工，当时无机械，一切须人搬车推。当时冯玉祥的部队号称"不扰民"，恐怕不便征用民夫，只能动用军队。于是经冯玉祥同意，调动自己的部队（鹿的本职是国民军第一军第一师师长），一砖一石热火朝天的动工拆墙。据当时报纸记载：鹿钟麟经常亲临工地指挥，有时还挥镐动锹。有位摄影记者听说后，大感兴趣，专门前来寻觅。但是当时冯玉祥部队高级将领与士兵一样，皆穿灰布军装，左臂均佩"不扰民真爱民誓死救国"臂章。这位记者好不容易找到他，刚举起照相机，鹿钟麟便一言不发扔镐而去。这段新闻当时引起很多北京人的兴趣。

但依鹿钟麟的为人处事，如此低调，却与他平时一贯行事不符。鹿虽行伍出身（清末投身北洋陆军第二镇为下级军佐），但口才甚好，一直受到冯玉祥的赏识与重用。1927年，鹿钟麟率冯部一批将领去苏联考察学习。是年2月7日，东方共产主义大学举行京汉铁路大罢工死难工人四周年纪念会，鹿登台演讲。据中山大学学生盛岳记述，鹿"作了一篇极其动人的讲话，获得了听众雷鸣般的掌声"，尤其结束语"我鹿钟麟一旦回国，必将竭尽全力来解放工农，要是我变了反革命，我要求你们大家打倒我"（《莫斯科中山大学与中国革命》145~146页，东方出版社2004年版），更受到学生们的热烈欢呼。实际上，鹿回国后即随冯与蒋合流开始清党，言犹在耳，令人侧目。鹿另一件出风头的体现口才的要闻是"移宫"事件。鹿钟麟奉冯玉祥之命驱逐溥仪出紫禁城，并送他到北府（即北京什刹海醇亲王府），他与溥仪握手时问："溥仪先生，你今后是打算做皇帝，还是要当平民？"当听到溥仪回答："我愿意从今天起就当平民"（这未必是真心话），鹿即教育他说："现在是中华民国，同时还有个皇帝称号是不合理的，今后应该以公民的身份好好为国效力"（见溥仪《我的前半生》，中华书局1977年版169页），可见鹿的对答不仅得体而有分寸，也颇见水平。而据《晚清宫廷生活见闻》（文史资料出版社1982年版）载当事人所见，当时内务府大臣绍英谴责鹿钟麟说："你不是故相鹿传霖的一家吗？为什么这样逼迫我们？"还说："我大清入关以来，宽宏为政，没有对不起百姓的事，况优待条件尚在，怎么能够这样办呢？"鹿说："你这是替清室说话。可是，清入关以后的'扬州十日'和'嘉定三屠'；老百姓是永远忘不了的。况且张勋复辟，颠覆民国，优待条件早为清室所毁弃。当时全国军民一致要求严惩复辟祸首，到现在还是一个悬案。最近摄政内阁成立，各方又纷纷提出惩办复辟祸首的要求，群情愤激，就要直接采取不利于清室的行动……"（见该书第115页），晓以大义，软中有硬，绍英当时便哑口无言。溥仪被驱宫后，暂住醇亲王府。载涛在溥仪的全权委托下，与儿子溥佳找鹿钟麟"禀报"（实为谈判）。据溥佳后来回忆录记载，谈判过程异常艰苦，但最终达成协议，由此亦可见鹿的口才。所以驱宫后成立故宫博物院，特请鹿钟麟出席演讲。可惜只留下照片，演讲内容不复留存。还有审判张学良时，鹿钟麟曾任审判官，据审判长李烈钧回忆：他与张学良"语词益趋激烈"，鹿钟麟主张先休息，后又劝张学良"幸勿失此良机"，才使得审判勉强结束（《张学良的往事与近事》，岳麓书社1986年版216页），于此亦可见鹿钟麟的斡旋竟能使双方都可接受，可见他折冲樽俎的能力。但鹿钟麟何以在挖和平门城门时竟对记者一言不发，并不借此时机宣扬冯军"不扰民""真爱民"的宗旨，继而展示演讲口才，确实令人费解。

以上是题外话，言归正传。城门开好（说是城门，并无城台、门楼，只是于城垣挖出两个拱形券洞，以连通南新华街与北新华街）。部队又在护城河上筑起石桥一座，以方便商旅、百姓往来。但不久奉系入关，张作霖进京当执政大元帅。此时新开城门尚未取名，经请禀"大帅"认可，取名"兴华门"，寓奉系得胜、张为大帅、中华兴盛之意。当时特请名气很大的天津正楷大书法家华世奎（字璧臣）写就，华氏写的一笔好颜体，在天津写就送至北京刻石，填涂朱漆，嵌于城门之上。当时很多人来看匾都称赞不已。为什么找华世奎写？华氏是津门望族，清朝遗老，官至内阁阁丞，当年隆裕太后的退位诏书便是华世奎所写。而且，因为他名气大，20世纪20年代天津商店的牌匾，均出其手。尤为轰动一时的是1928年他为天津劝业场所写匾额，不仅每字大三尺余，更因笔法苍劲、气势雄伟，而为劝业场增色不少。更令人传诵的是，该劝业场经理高星桥为礼请华氏，润笔之资高达500银洋，每字百元。按当年天津市场时价，可购高级面粉250袋！据说京津商业题匾者，润笔无出其右。华氏名满津门，但为北京商号题匾绝少，所以当时华氏之匾悬挂之后，很多北京人都认为势雄谨严，很切合首善之区城门的气势。

另有一种说法，本来欲请清末甲辰科翰林、浙江籍的书法家邵章（字伯炯）书写，因为辛亥革命后，北京城门均重新书写，都是请邵章所书。和平门建成，本拟仍请邵氏书写，但因他不在北京，故征人题额，但均以难追邵氏气势而作罢。袁世凯想到华世奎，专聘其入京题额

(见《津门忆旧》第二集)。这条记载不确,因当时是张作霖执政,袁世凯早已死了。况且华世奎以遗老自居,坚决反对袁氏称帝,当年袁世凯任大总统后,徐世昌应邀赴京,华世奎曾对徐云:"你不当负清拥袁。"冯玉祥驱逐溥仪,华世奎也极为不满。溥仪离京赴津住张园,他常去"恭请圣安",如此一位辫子留到死的遗老,因而他绝不可能拍袁世凯的马屁去应景。至于润笔多少,并无记载,但我想大概不如天津劝业场多,否则早就轰动一时了。

但华世奎的匾悬挂时间不长,忽有好事者向张作霖进言:李大钊之女名星(音同兴)华,城门取名"兴华",岂非为李大钊作了纪念?出身草莽的张作霖闻言大吃一惊,因他进京后刚刚杀害了李大钊等国、共两党人士多人,便立即下令改名。本来取名"兴华门"便是拍马屁之举,秘书、幕僚们反复商议,最后由张圈定"和平门",取"中正和平"寓意。定名之后,因不好再找华世奎写匾,方又费周折找到恰好回京的邵章,原匾凿下,新匾嵌上,从此再无改讨。以后拆除城墙,城门自然没有了。但是人们仍然称这里为和平门。因为开了这个门,也产生了几个新地名,开城门后同时开了一段马路。因此离中南海新华门不远,故命名为新华街,原来门里的旧帘子胡同被北新华街隔断,故此分别称为东、西旧帘子胡同。别的胡同也是因此缘故都改成了东、西。当然,南、北新华街却因此而接通。后来城市改建,桥、河都没有了,门更是荡然无存,但至今还是保留了这个地名。

不可否认,和平门为20世纪二三十年代厂甸商业区的繁华做出了贡献。因为开了和平门,拓宽了新华街一带,厂甸成了琉璃厂四通八达的中心。摊贩可以一直延伸到南新华街两侧。据估计,北京当时人口不足200万,厂甸庙会半月之内,游客可达数十万人次。因为开城门为当时的北京商旅和老百姓出行大行其便,所以当时北京的商会业和老百姓都对冯玉祥有好感(当然主要原因还是因为冯玉祥与别的军阀不一样,能约束部下不扰民)。老记者左笑鸿先生曾有回忆文章《从"兴华门"到"和平门"》(《文史资料选编》第七辑,北京出版社1980年版),

很有史料性。和平门由此成为当时重要的交通之地，另外，城门内侧原有一道已干涸的明渠，城门开辟之后，明渠亦改为暗沟，随之修筑了道路。1927年北京增加电车线路（原只有四条），由崇文门至和平门为6路单轨电车。

与和平门有关的人早已不在世了。冯玉祥于20世纪40年代末死于旅苏归来的轮船大火。为和平门定名的张作霖1928年被日寇炸死于沈阳皇姑屯车站。先为和平门题匾的华世奎死于1942年，临死前一直拒绝日伪拉拢。后补题和平门匾额的邵章，查《中国书法篆刻鉴赏辞典》（农村读物出版社1988年版），收其条目，但不载其生卒年月；《中国书法辞典》（河南美术出版社1987年版）则未收邵章条目；《中国书法家人名大辞典》等书亦未载邵章条目，这很令人遗憾。其实，邵章在民国年间是很有名气的。20世纪50年代任中央文史馆员。具体开城门工程的主持人鹿钟麟寿数最长，他以后参加过北伐，不知是不是因为在北京当过市政督办的缘故，还当过河南民政厅长，后参加反蒋的中原大战，任西北军代理总司令。被老蒋各个击破后隐遁于天津。抗战后跟着老长官冯玉祥出任第三战区司令长官部参谋长。后来大出风头的是在军法执行总监任内"军法会审"张学良将军时，他以一级上将身份担任过审判官。总的来看，鹿钟麟在抗战期间未曾打过什么大仗，但在1939年被蒋介石起用派他出任冀察战区总司令兼河北省主席，消极抗日，落下"磨擦专家"的秽名，这段历史使他懊悔终生。抗战胜利后，代表蒋介石以华北宣慰使的名义，赴平津等地"宣抚"。值得一提的是，解放战争末期，鹿钟麟决心在天津等待解放。1949年1月15日天津解放的第二天，解放军战士寻觅到鹿的住宅小楼，底下出租给一家公司，解放军询问有无空房借住？店员说：请问楼上鹿部长。战士上楼询问，鹿答：我是1941年做过国民党政府兵役部长的鹿钟麟。当即被控制，随后来车将鹿带走。被审问时，问为何不逃往南京？他说："我不想给蒋介石陪葬，决心在天津等待解放……"但不过几个小时，即被开车送回。有关方面后来指示请他在天津安度晚年。他后来一直居住天津，参加街道工作，在街道当居民读报组组长。1954年毛泽东签署任命他为国防委员会委员。他最后一次露面是在某座谈会上，与特赦后的溥仪、在武昌打响辛亥革命第一枪的老同盟会会员熊秉坤合影，当时中国新闻社向海外发了他与两人握手的照片。很多老北京方知他仍在世。鹿氏1966年在"文革"前夕逝世，享年83岁。

附带提及，除了和平门，过去北京内外城还有三个新开的城门，而且地名一直沿用至今。一是新华门，1913年中华民国成立，袁世凯就任第一任大总统，定中南海为大总统府所在地，特于西长安街建坐北朝南总统府正门，后因地制宜将原皇城城墙宝月楼开成大门。因皇城原大清门改为"中华门"，故总统府正门定名为"新华门"。原北京外城正东、西无城门，日寇侵占北平期间，于1939年开辟两处城门，东面称为"启明门"，西面命名为"长安门"。日寇投降后，当时的北平市政府为纪念抗战胜利，将此二门重新命名为"建国门"与"复兴门"。现在城门早已不存，但两地名一直沿用至今，北京新开的四座城门唯一仅存的是新华门，也已历经百年沧桑了。

陈三立、陈寅恪父子与姚家胡同

北京西四白塔寺往西历代帝王庙旁有个胡同叫姚家胡同,其中3号院至今犹存。这里曾居住过清末有名的维新政治家、诗人陈三立和他的儿子——国学大师陈寅恪。

陈三立(1853—1937年)是清末民初知名度极高的人物,原名成牧,12岁时改名三立,字伯严,号散原老人,江西义宁人。进士出身,官吏部主事,参加过戊戌变法,又是清末民初诗文宗伯,与湖北浠水陈曾寿(陈是溥仪皇后婉容的老师)、福建闽侯陈衍并称"海内三陈",名震海内。又与清代同光年间另一位诗坛领袖范伯子(范伯子是当代画家范曾的曾祖父),不仅两峰并峙,被誉为同光体诗坛的巨擘和领袖,还结为儿女亲家(陈三立长子陈衡恪娶范伯子之女范孝嫦)。我记得当时《同光诗坛点将录》将陈三立列为"呼保义宋江",可见诗名之重,无怪时人誉为"吏部诗名满海内"。

陈三立不仅以诗文驰誉,在政坛亦为一时之翘楚。他的父亲陈宝箴为湖南巡抚,于戊戌维新时积极推行新政,罗致和保荐过不少维新志士,如黄遵宪、谭嗣同、梁启超、杨锐、刘光第、林旭等。陈三立亦曾多所参与规划、襄助,他与湖北巡抚谭继洵之子谭嗣同、户部侍郎徐致靖之子徐仁铸、两广总督陶模之子陶葆廉并称为清末"四公子",一时颇受时人瞩目(亦说四公子中或有福建巡抚丁日昌之子丁惠康、广东水师提督吴长庆之子吴保初)。

陈三立于光绪八年(1882年)壬午乡试中举,丁光绪九年(1883年)癸未、十二年(1886年)丙戌、十五年(1889年)己丑三次进京应试,列己丑科三甲四十五名。历任吏部行走、主事。据考,此时居于宣武杨梅竹斜街。后因倦于酒食征逐，请假回湖南随父襄助纳士招贤，论文讲学，《民国人物碑传集》尝谓湖南新政如时务学堂、湘报馆、南学会等创立，天下俊贤齐聚长沙，"皆先生所赞襄而罗致之者也"。百日维新失败，因杨锐、刘光第、谭嗣同均为陈宝箴所荐，陈三立参预新政，故那拉氏下谕严谴陈宝箴、陈三立父子"以封疆大吏，滥保匪人，实属有负委任。……着即行革职，永不叙用。伊子吏部主事陈三立，招引奸邪，着一并革职"（《光绪朝东华录》）。此后，褫夺官职的陈宝箴携

陈三立、陈寅恪父子与姚家胡同

子陈三立隐居南昌城西西山，傍夫人墓筑室，光绪二十六年（1900年）"微疾"以七十龄逝。但野史史料载陈宝箴乃被那拉氏"赐死"，实为"自缢"。同年，陈三立携家迁南京，在家中创办了颇具现代化色彩的思益学堂，除四书五经，亦设有数学、英文、音乐等课程。陈三立之子陈寅恪及茅以升、周叔弢、宗白华等都为此学堂之学生。

后来，清廷虽开复他的官职，但陈三立却不肯再仕，其赠梁启超诗中明志云："凭栏一片风云气，来做神州袖手人。"，专心致力于古诗文辞创作和思益学堂教务，而且陈三立思想并不守旧，于光绪二十八年（1902年）春始，自费送子陈衡恪（师曾）、隆恪、寅恪兄弟赴日留学。

陈三立诗风宗韩愈、孟郊和江西诗派鼻祖黄庭坚，词句深邃隐晦。他曾将诗稿交"同光体"的另一位领袖郑孝胥删定，郑大为赞赏，称其"源虽出鲁直，而莽苍排奡之意态，非可列之西江社里"。梁启超称他"不用新异之语，而境界自与时流异，浓深俊微，吾谓于唐宋人集中罕见伦比"（《饮冰室诗话》）。当时诗坛是将三立老人奉为泰斗地位的，一直持续到民国初年。陈三立的古文也颇有成就，后人评其为"兼有《后汉书》《三国志》的长处，绵密精炼，又含蕴桐城派注重义理、书卷、考据和行文雅洁的特点，自成一家"（吴定宇《陈寅恪传》）。陈三立盛名之下，后学请教颇多。但他无架子，极平易近人，对后学每每循循善诱。但对权贵，陈三立却不无啸傲之态。1932年9月，陈三立在庐山松门别墅过八十大寿，门生故旧毕至，陈寅恪及兄弟均往祝寿。正在牯岭避暑的蒋介石闻讯派人持寿金来贺，却被陈三立严拒。

陈寅恪1926年7月7日至北京，先住西河沿新宾旅馆，次日至清华国学研究院报到，1928年与台湾巡抚唐景崧之孙女唐筼结婚。1929年春，中央研究院史语所由广州迁北平北海静心斋办公，傅斯年聘陈寅恪为该所历史组研究员、主任。当时陈寅恪已为清华中文、历史两系教授，住清华园新西院三十六号寓，因两处不便，故在城内租赁西四牌楼姚家胡同二号四合院，宽敞且舒适，后又将父亲陈三立由南京接来，并安装了当时尚为稀有的电话。陈三立与儿孙辈娱享天年，甚为含饴。陈家儿女周末与老人欢聚,遇天气晴朗之际,老人还同儿女们遍游京郊名胜西山、八大处等地。

陈三立1934年迁京一直到1937年逝世皆居于此院,共住四年。他初到北京时,一向被视为遗老,但他为人颇正直,恪守道德,特别注重民族气节。他初到北京时,谒见他年轻时的座师陈宝琛(宣统帝溥仪的师傅),时陈宝琛87岁,陈三立也已82岁,白发盈耳,但不顾别人劝阻,仍行叩拜之礼以尽弟子之仪。观者都为这"白头师弟"的一幕而感动(《一士类稿》)。当时在场的郑孝胥、罗振玉看他如此遗老风度,便拉拢他去伪满洲国追随故主"排班",但陈三立却以此为汉奸行径而凛然拒绝。陈三立与郑孝胥同属"同光体"诗派,从此之后即与其割席断交。同与郑孝胥断交的陈衍曾与人谈起陈三立与郑孝胥的区别时说:"你不要看散原小事弄不清楚,你要知道他对于国家大事,他看得十分清楚呢"。1936年,曾克耑至姚家胡同拜谒三立老人,多年后回忆:"……和他讨论时局和政府措施,他都能见到大处,并不像一般遗老的看法。他对于国家民族的复兴,是寄有绝大希望的;他对于外族的侵凌,是绝端痛恨的。"(《陈散原其人其诗其字》)

1932年,淞沪抗战爆发,三立老人日夜不安,特订上海航空版报纸,"报至则读,读竟则愀然若有深忧。一夕忽梦中狂呼杀日本人。全家惊醒"(《陈寅恪先生编年事辑》)。"七七"事变后,日伪当局以他名望,意欲诱使其出任伪职。多次派人至姚家胡同陈家游说,老人坚不理睬,断然拒绝。日伪竟在姚家胡同宅前布下侦探监视与威胁。老人知之大怒,令女仆持帚驱赶。面对山河破碎,生灵涂炭,倭寇凶焰,老人情绪低沉,纵有儿辈劝慰,亦忧愤难平。病卧后逢来探望者,辄询问:"时局究竟如何,国军能胜否?"偶传中国军队胜利,老人必详问是否确切。尝有悲观者云中国非可敌日本,必弃平津而至全国,老人怒目而斥:"中国人岂狗彘不若,将帖然任人屠割耶?"言毕不再进食及药,誓以死明志。平津沦陷,老人闻后伤绝悲号:"苍天何以如此对中国邪!"绝食五日后,于1937年9月14日气绝而逝。终年85岁。

陈三立在《清史稿》中无传，但陈三立与他的父亲陈宝箴，两个儿子陈衡恪、陈寅恪皆入《辞海》，祖孙三代四人，可谓史无前例。陈衡恪为陈三立与第一任妻子罗淑人所生。陈寅恪为陈三立续弦所生，寅恪的妹妹嫁与俞大维，而寅恪之母恰为俞大维的嫡亲姑母，是真正的"两代姻亲"。至于俞大维与蒋经国做了儿女亲家，那是题外之话了。

陈三立除有诗集外，其子陈隆恪编辑有《散原精舍文集》。陈三立的书法亦颇可观，其取法黄山谷，参以北碑，而自写胸襟。尝自称"字第一，文第二，诗第三"。但就是这与"乌、方、光"之"馆阁体"迥异的书法使他在丙戌科殿试上"楷法不中律，格于廷试，退而学书"，三年后再次来京补己丑科殿试才过关。今天北京成贤街文庙里的进士题名碑上，还有陈三立的名字。所以，时人不仅仰慕陈三立的诗文，来到姚家胡同吁求其墨宝者也很多。另外，鉴于陈三立、陈寅恪父子的名望，姚家胡同实在是一个名流沙龙，来此拜访的名人可以排成一长串名单。陈三立逝世一个多月后，陈寅恪兄弟为之料理后事，据说日寇占领当局为拉拢频赠食品等物，皆为陈寅恪夫妇所峻拒，日寇仰其声誉而未敢加害。所以陈寅恪一家未及将丧事料理完毕（未满"六七"），便携妻女及佣人于1937年11月3日，离开姚家胡同3号，向长沙逃亡。八十年白驹过隙，这座名居不再诗声琅琅、人流不息，它已经变成一座大杂院了。

马叙伦·长美轩·三白汤

自古以来，文人学者常与美食佳肴结缘。究其根源，无非食品文化是中国悠久传统文化的组成部分罢了。历史上很多名人如苏东坡、李渔、袁枚、倪云林、曹寅、曹雪芹等，不仅擅做佳肴美馔，也纷纷将佳肴美馔写成著作或收集成食谱流传至今。即便如大思想家、大文学家的鲁迅，在他少年时代写过的《戛剑生杂记》中，也曾津津有味地提到过数种菜肴。而且鲁迅是能下厨治馔的，川岛回忆在厦门曾做了一道干贝炖火腿，他感叹"鲁迅先生对此道也有研究"（《和鲁迅相处的日子》）。

不少前辈学者不仅是正襟危坐，也有此种爱好和余事，例如北京著名的风味小吃炒肝，便是老报人杨曼青先生（他在1910年为《北京新报》主持人）发明的。与此相仿佛的则还有马叙伦先生。世人多知其为革命家、政治家、哲学家、教育家，还兼擅古文、诗词、书法，殊不知他还是一个美食家。

我没有见过马老先生，只是与他的后裔有过交往。马先生字夷初，浙江余杭县（今杭州）人。20世纪50年代后期一直任高教部部长，并当选为全国人大常委会委员、第三届全国政协副主席。60年代因患病而卧床，1970年逝世，享年86岁。他年轻时追随孙中山先生，是老同盟会会员。其他诸如参加南社、编辑《国粹学报》《大共和日报》等，是为当时士林之俊彦。民国以后任过浙江省民政厅厅长等职，并在北京大学任过哲学教授，讲老庄哲学，对儒、道、释诸家兼而通之，著有《庄子义证》等。"五四"时支持学生。1916年袁世凯称帝，马先生大愤离职而去，一时有"挂冠教授"之誉。马先生在北洋政府和国民党政府中均担任过教育部次长，20世纪40年代他奔走呼号反对专制，组织民主促进会,引起国民党政权嫉恨,因而在南京下关车站被特务殴伤,一时声动全国,周恩来当时曾亲赴医院慰问,他握住周的手云:"中国的希望只能寄托在你们身上了。"(金冲及《转折年代》,第34页)其实,这不是马先生第一次被殴伤了。1919年,北京60多所公交学校教职员发起"索薪",马先生被推为高校教职员联合会主席,于6月3日与李大钊等赴徐世昌总统府请愿时,被总统府马队殴伤。"三一八"惨

马叙伦·长美轩·三白汤 - 杨曼青与炒肝

案后，马先生与鲁迅等皆被北洋政府通缉。毛泽东对马先生的道德文章也颇为推崇，进北京后曾亲自登门拜访；新中国成立伊始即亲自指定马先生与郭沫若、茅盾、范文澜等7人组成中国文字改革委员会。我见过一幅照片，那是1953年元旦宴会上，毛泽东曾与马先生比肩而坐；据说凡上下台阶，毛泽东均要亲自搀扶。

马先生的信仰诚如他自己所云是为社会"生死不计"，但他的兴趣却又是多方面的。从他早年出版的两种随笔集《石屋余渖》《续渖》中，竟然可以看出他是一个美食家，擅治佳肴美馔。

听老辈人讲，20世纪二三十年代旧北京餐馆食谱中有三种以当时名人命名的肴馔：赵先生肉、张先生豆腐、马先生汤。而其中的"马先生汤"即为马叙伦先生所创。当时北平中山公园辟有茶座，分东西两路，东为来今雨轩，西路为春明馆、长美轩、集士林、柏斯馨四家，匾额均为名人所题，如来今雨轩，先后有徐世昌、郭风蕙题匾。长美轩何人所题，已不可考。这皆为当时社会名流茗谈雅集之处。马先生常光顾那里的川黔馆长美轩，长美轩靠近西面大路，名点有三鲜蒸饺、鸡丝面等，菜肴和零星小卖都很有名气，顾客光顾者以学界居多。查《鲁迅日记》，鲁迅先生数次于此饮宴。其他如朱自清、林徽因、朱光潜等亦常至此。马先生看到那里菜烧得好，唯独汤不甚佳，遂将己之所手创"三白汤"制作方法告诉厨师，长美轩仿制后命名为"马先生汤"，到此品尝者无不称誉，以后便成为长美轩的名肴。

何为"三白汤"？三白者，即白菜、嫩笋、豆腐也。因皆为白色之物，故名。原料看似简单，做法却十分复杂。不但主料要选最好的，还要配以雪里蕻等二十余种佐料。此汤烧制后味极鲜美。马先生在《石屋余渖》中说："……此汤制汁之物无虑二十，且可因时物增减，惟雪里蕻为要品……"看来佐料中最重要的是雪里蕻，别的尚可"增减"，唯此不可缺也。当然如豆腐，马先生认为"杭州之天竺豆腐，上海之无锡豆腐，皆中材"。而北平豆腐，他认为"亦不佳也"。他还认为"此汤在杭州制最便，因四时有笋也"。

据说，长美轩仿制的"马先生汤"虽然鲜美，但比马先生亲手所制"三白汤"的味道仍要略逊一筹。其中奥秘恐怕自然在火候、佐料配置上。因为"马先生汤"出名后，他曾云"其实绝非余手制之味也"，看来马先生认为与他亲手调制的汤还是有差距的。现在中山公园里再也没有"马先生汤"了，现在的人们也已不知当年还有这样一道"十客九饮"的镇堂名菜。不妨可以说已是"广陵绝响"了，因为现在六七十岁的老人也没有品尝过这道名肴。那时能在长美轩品尝"马先生汤"，而

马叙伦·长美轩·三白汤－一声过市煮肠香

今又健在者，至少要有两个条件：当时有一定社会身份和应酬，还要年龄起码在二十岁左右。我认识两位老先生，一位是健在的张中行先生，今年（2006年）逾98高龄，刚刚故去，在他的《负曝闲话》一书中谈起马叙伦和"三白汤"，但他没有品尝过。还有一位是已故的南社老人郑逸梅先生，他一直居上海，1993年故去，享年96岁。我与郑逸梅先生仅通函札，从未谋面，在其所著的《南社丛谈》一书中也提到过"三白汤"，但郑老也未曾品尝过。可见此汤盛名当年传遍大江南北，称之为"广陵绝响"并不为过。

马先生虽说可称是美食家，但据郑逸梅老人记叙，他平生最爱吃大蒜烧豆腐，并云："色香味三者具备，且又价廉物美，大快朵颐。"据说他擅长的美肴还有蒸草鱼、蒸白菜之类，惜乎已湮没无闻。

马先生不仅擅佳肴美味，他的兴趣和余事还有书法、诗词等，亦皆可成家。我印象他在新中国成立后只出版过《马叙伦墨迹选集》，自书诗居多，人民美术出版社线装影印。印数极少，当时得者已可庆幸，今天则是只可与闻而不可见了。我只有一则马先生后裔所赠1985年重出的平装本，沈尹默写序。其小楷读之确如唐人写经，无怪沈尹默先生有"世冠""墨妙"之誉。马先生对自己的书法颇自负。尝云"环顾宇内，尚无敌手"；而对古人书法，则很少许可，如评赵子昂："除侧媚之处无所有。"其实马先生幼时书法就有根基了。他在杭州读私塾时，同窗相聚比赛书法，他即被评为第一。

除书法外，马先生的诗词也是蔚然成家的。马先生颇庄肃，加上中年即已蓄须，愈显老气纵横。黄裳先生曾回忆马先生是"衣貌有味"，是指"望之俨然"。但马先生却极喜杏花，在北京居住时，每逢仲春，必去赏杏名胜大觉寺畅游，且必赋咏杏花诗，清新可诵，颇有清丽之气，如"山中莫道无春色，门外家家有杏花。""移来小宋尚书宅，染得环山十里红。""风景依稀似故乡，故乡只少杏花香。"……当然，此类诗句外人并不易见。

马先生虽然做学问一丝不苟，行止庄肃；但他在北大讲课时，学生却并不惧他。有这样一则趣闻：康白情上课经常迟到，马先生严词诘责，康辩解因所居太远不及赶到，马先生更严责道："你不是住在翠花胡同吗？仅隔一条马路，三五分钟即可到达，怎能说远？"但康白情却回答："先生不是讲哲学吗？彼一是非，此亦一是非；先生不以为远，而我以为远哩。"面对这样的狡辩，马先生无辞以对，但也并不以为忤。马先生虽在此类小事上不予计较，但在大是大非上，却异常认真，甚至生死不计。例如20世纪40年代参加民主运动，反对专制，面对特务威胁，仍不改其志，将生死置之度外，这就令人尤为敬佩了。

还有一件马先生遗泽后世的立言是应该令所有炎黄子孙永远铭记的：1949年9月25日晚上八时，毛泽东、周恩来在北京中南海丰泽园主持召开有关国旗、国徽、国歌、纪年、国都问题协商座谈会。时马叙伦先生任国旗、国徽、国歌方案小组召集人，他提议说："新政府就要成立了，国歌目前一下子制不出来，是否可用《义勇军进行曲》暂代国歌？"虽然有不同意见，但终获大家同意，提交政协第一届全体会议通过。至1982年，全国五届人大五次会议据众多代表提议做出决议，确定恢复《义勇军进行曲》为中华人民共和国国歌。中华儿女不会忘记国歌的词、曲作者田汉、聂耳，自然也不应该忘记马叙伦先生。

"坚贞不受暴秦封"
——张大千在北京

1936年,张大千迁居北平。这一年他第一次出版了自己的画集《张大千画集》,又第一次自由恋爱,和说书艺人杨宛君喜结连理。他经常和溥心畬、齐白石、梅兰芳、荀慧生、马连良、张伯驹等名人艺术家交往,他的心情是很愉快的。同时他又担任了故宫博物院国画研究室指导,经常到故宫临摹古画和指导青年人学画。

当然张大千也时时感到不快,甚至是悲愤。"九一八"事变后,张大千一直忧怀国事。1934年,他游览太华落雁峰时写下的一首《满江红》词,就很可以代表他的心情:"寒雁来时,负手立、金天绝地。四千里,岩岩帝座,况通呼吸。足下江山汇灭幻,眼前岁月鸢飞疾。望浮云,何处是长安,西风急。悲欢事,中年剧;兴亡感,吾侪切。把茱萸插遍,细倾胸臆。蓟北兵戈添鬼哭,江南儿女教人忆。渐莽然,暮霭上吟裾,龙潭黑。"全词充满了张大千对国家之耻的唏嘘悲怆。"兴亡感,吾侪切",他常常沉思:要在国难当头的时节为国家做些什么?

这一段时间,张大千特别爱荷花。他常常去什刹海看荷花,在颐和园听鹂馆居住期间,更是钟情于昆明湖畔的一顷碧荷。张大千一生爱荷、恋荷、画荷,有时竟到了如醉如痴的境地。宋人周敦颐在《爱莲说》中誉赞荷花有"出淤泥而不染,濯清涟而不妖"的品质,焉知张大千不是借荷花来抒发自己的情感呢?

确实,荷花的根须深深扎在淤泥里,茎、叶、花又出淤泥而立于碧波之上,纯洁、高尚、自爱。难怪人们会用它来激励做人的品行节操了。张大千在北京曾画过一幅1丈2尺的巨幅荷花《风荷》，将荷花的风姿仪态表现得淋漓尽致。也可以说这幅巨画是张大千心情的真实写照。

1937年7月7日，日本侵略军在北平西南郊卢沟桥向中国军队发起进攻，继而占领了这座千年古都。张大千当时被困在了颐和园。后来，是学生何海霞接张大千设法回到了城内罗弦胡同的寓所，他放心不下他的妻子儿女，还有他的学生们。他本来立即要买火车票南下离开北平，但还没有来得及脱身，日本侵略军就进城了。

上海"八一三"事变后，北京的一些汉奸紧锣密鼓地组织"新民会"，准备给日本人效劳建立伪政权。张大千非常气愤，他说："我决不当亡国奴，我一定要南下。"张大千不再画画了，在家常常无缘无故地发脾气。张大千在平时不愿涉足官场，也不太谈国家大事，但在中华民族最危急的时刻，他的立场却非常鲜明。虽然张大千的兄长有过仕途官宦的经历，但北平之行却使他不得不坚持爱国立场。

不久，日本侵略军驻北平的香月司令派汉奸来劝说张大千"下水"，与日本人合作"共存共荣"。当时日本人除了挥舞屠刀外，还特别注意拉拢有名望的文人参加伪政权。这个汉奸带来了香月的许诺：张大千若出来与日本人合作，可以担任故宫博物院院长。张大千一口拒绝了。香月为庆祝"圣战胜利"，想借重张大千的藏画和作品搞画展，也被张大千拒绝了。香月后来还曾亲自劝说张大千参加伪政权，仍然被张大千拒绝了。在那次会面中，香月询问张大千，会日语，何以不说日语？但自始至终，张大千都没有说一句日本话。

张大千在离开北平后，曾写诗"坚贞不受暴秦封"，指的就是日伪拉拢他出任伪职一事。

除此之外，日本驻北平的特务机构——日本宪兵队也非常注意张大千。他们多次查问过张大千，并特别查问过张大千收藏的古字画的下落。幸好张大千早已将20多箱古文物寄存到德国租界，才没有被日本宪兵队搜走。此后，日本宪兵队借口张大千破坏"圣战"（实际是揭露日本帝国主义的侵略罪行），将张大千拘押了近一个月。日本人以为如此就能使张大千屈服，但张大千出来后，仍然坚持不与日本人合作的立场，使得日本人无可奈何。

日本人虽然忌恨张大千，但因为他名气太大，也不敢贸然下毒手。他们就用软禁的办法，不放张大千出北平一步。张大千等于过着隐居的生活，以至外地的朋友以为他已被日本人谋害，不仅报上登了消息，上海的学生还办了《张大千遗作展》。于是张大千便借口去上海办画展辟谣，准备脱离虎口。在日本当局几次阻挠之后，终于同意张大千离开北平，但条件是必须回来，而且张大千所有家人，包括妻子儿女，连四哥张文修夫妇在内，都不能离开北平。

张大千虽然难过，但他仍然坚决要走。他说："我是中国人，我不能留下千古骂名，我宁死也不做汉奸！"1938年5月13日，张大千在北平度过了难忘的200多天后，由何海霞协助，独自一人离开了铁蹄下的北平。抛妻弃子，常人难以做到。但张大千为了名节，为了不在日寇铁蹄下苟且偷生和被利用，毅然脱走，他义无反顾，"宁死也不做汉奸"，他的名节受到了人们的一致称赞。

当然，因为张大千在北平滞留了10个月，瓜田李下自然引起有些人的猜测。大后方的报纸竟载说张大千已做了汉奸。

海内外有关张大千的传记，很少有人详尽记述张大千在北平这段经历，既便叙述也是寥寥几笔。如台湾作家戚宜君所著《张大千外传》，搜罗甚详，却对张大千北平之行惜墨如金（原书曾在台湾《中外杂志》连载）。其实，张大千在北平的这段经历，对张大千的人生起到了标志的作用。

张大千怎么可能当汉奸。张大千于1938年5月13日逃出北平后，辗转一路迤逦来到四川成都青城山"避秦"（张大千的诗文中多次提到"暴秦""避秦"等，虽为用典，但却不妥帖，直接用"倭"其实就可以），这期间他写了若干抒发胸臆的诗，我以为，除了爱国情怀可圈可点之外，其襟怀、气魄及炼句，俨然隐隐有些杜少陵、陆放翁的气象了。姑引如下：

青城山居口占

自诩名山足此生，携家犹得住青城。
小儿捕蝶知宜画，中妇调琴与辩声。
食粟不谋腰脚健，酿梨长令肺肝清。
归来百事都堪慰，待挽天河洗甲兵。

题剑门

北去南来问石牛，蜀王引领五丁休。
荡摇白日龙蛇怒，椎凿玄天神鬼愁。
自是山川据形胜，谁言关塞限戈矛。
诸君忍作新亭泣，一战犹堪扼此州。

写出这样诗句的人，对国事的殷切忧怀和对抗战胜利的无比强烈的信心，怎么可能做汉奸？当然，或许有人不以为然：逃出北平自然可以唱高调。其实，爱国情怀在张大千滞留北平之前亦有之，只不过经过劫难之后，其情其感更为强烈罢了。

为张大千辩诬，早已有人试之。但最有力者当属许晏骈（高阳）先生，在张大千死后，出版《梅丘生死摩耶梦——张大千传奇》，辟专章为之力辩。其实最关键的一点是，张大千是听了汤尔和的劝告，方留在了北平。汤尔和于清末留学日本学医，参加同盟会，后又留学德国，1922年在北洋政府任教育部次长，顾维钧组阁时又任财政总长。汤尔和是有名的亲日派，这从他以后"下水"当了汉奸即可知其渊源。

张大千是一个不太关心政治和官场的人。本来"七七"事变后，平津岌岌已危如累卵，张大千正由四川扫墓祭母后至沪，挚友叶恭绰劝他赶紧去北平接眷南下。张大千以为然遂至北平，他就教于汤尔和，汤氏言之凿凿："北平安如泰山，绝无问题。"张大千遂动了迁颐和园避暑、秋后动身的念头。这苟安之念，遂造成张大千人生之一险，险之累及名节。

汤尔和本身即为冀察政务委员会委员，一直在与一批前清和北洋官僚，密谋以保护古都为名，要求二十九军撤出北平。张大千君子之心，不明就里，临去颐和园还曾专门向汤尔和打探，汤氏仍然信誓旦旦。不料日军于7月28日以原属关东军的铃木混成旅团和日军最精锐之酒井机械化旅团，向南苑、西苑、北苑驻守的中国第二十九军猛攻。

在此之前，地方保安队已向居住在颐和园的70余户通知，为预防日寇炮击和毒气，请采取措施云云。一时住家纷纷离散，只剩张大千和杨杰两家。这时张大千不仅听到日寇的炮声，也听到了二十九军撤退的马蹄声，而且北平城里与颐和园的交通已断，张大千当时心情如何，我们今天设身处地应不难想到。据说，炮声连天时，张、杨两家共10口人，均藏于听鹂馆戏台之下。不得已，张大千求助于一个德国友人，于一星期后返回北平。这其中还有一个有惊无险的场面：日寇冲入颐和园，将所有人都集中于排云殿前，日寇一个大佐误认为他是于右任，张辩解自己是画家，日寇将他带入小屋，逼他当场作画。幸而杨宛君急中生智以他患肝炎为借口，才得以脱身（陶洛诵《张大千姬人杨宛君的故事》，台湾《传记文学》第49卷）。

而后，伪"华北临时政府"粉墨登场，还设立了所谓"立法""行政""司法"三院，而劝张大千留在北平的汤尔和出任"立法院委员长"兼"教育总长"，成了名副其实的大汉奸。这样一来，张大千就更加被动，听大汉奸的话滞留北平意欲何为？不是没有先例：周作人百般不肯出京，以各种理由搪塞人们的劝告，终于"下水"当了汉奸。而且以汤尔和的人品，我们今天揣测，也不是不可能包藏祸心：拉拢张大千之类的名人为汉奸政府贴金充门面。虽然无直接证据，我个人对此毫不怀疑。

因为以后的事实证明确有一条黑线缠向张大千，逼他"下水"。而且汤尔和背后还有个弄蛇人——喜多骏一，此人为日本陆军少将，原任日军参谋本部中国课课长,"七七"前曾任日本驻华武官,之后调到北平任特务机关长,伪"华北临时政府"成立后改称联络部,喜多任部长。喜多实际上是大汉奸们的"太上皇",生杀予夺之权集于一身。

张大千回北平后,曾被日本宪兵队拘留了一星期。起因是张大千告之汤尔和,日寇士兵军纪恶劣,在城外抢劫、强奸、杀人,时有发生。据说汤尔和据此质问日本宪兵,日本宪兵便以索要证据为名,将张大千拘走。而后汤尔和又将张大千保释出宪兵队,但日本宪兵警告张大千不得离开北平。我很怀疑是汤尔和与日本人串通玩的圈套,目的就是让张大千先入牢笼,逼其就范随后"下水"。

张大千心里大概明白,所以他又避住颐和园,并让家人不转达任何请柬,谢绝一切应酬,避免给外界造成他要"下水"的迹象。但据后来张大千自己说:"闭门养晦,谢绝应酬也不行。"不仅一般汉奸说项,喜多也亲自发出请帖,请张大千赴"庆祝华北临时政府"成立的堂会,一帮无耻之徒还想沾张大千的光,怂恿他出面排戏码、请名角。日本人为了诱迫张大千"下水",还绞尽脑汁使出种种花招,如请他将名画捐给伪政府,在颐和园开辟陈列馆永久珍藏等,据谢家孝记录的张大千的回忆,张大千当时很清楚:"我如上当,就要遗臭万年!"但日本人逼迫甚急,请他出任所谓"北平艺专"校长,张大千不得已当了一把"主任教授",还被逼去上了一堂课。这就是报纸上渲染张大千"落水"的证据。其实,这实在不足为凭,北洋政府的不少高官拒绝日伪拉拢,坚决不出任伪职,有的人如曹汝霖也被逼担任过一些虚职,但并不被人们认为是汉奸,在抗战胜利后也得到人们的谅解。张大千以区区一虚职"教授",岂可被认为"落水"了呢?其实这盆污水早已被辨诬了。事实清白,足证张大千毫无污点。

在诱惑面前,有的人能凛然拒绝,有的人就可能如蝇逐臭。而张大千在10个月的风霜利刃、威逼利诱之下,把持住了自己名节的完整,"坚贞不受暴秦封",为自己清白的一生画上了一个完整的句号。

京华遗迹说恨水（二章）

京华遗迹说恨水

张恨水是中国现代文学史上最负盛名的章回小说大家，一生除散文、随笔、画论、诗词外，共著有中长篇小说110余部，超过3000万字，这个纪录迄今为止无人超越。他的《啼笑因缘》《金粉世家》《春明外史》等当年在报纸连载，风靡一时，常常是报纸尚未印出，大批读者已是排队待购。他的小说也是中国被改编成电视剧、戏剧最多的，仅《啼笑因缘》就有十多次被改成电影、戏剧、电视剧。他的小说以"社会为经，言情为纬"，同情下层劳动人民，揭露社会黑暗势力。周恩来曾举他的《八十一梦》称赞他"用小说揭露黑暗势力"，"同反动派作斗争"（《写作生涯回忆》）毛泽东也读过他的小说，在重庆谈判期间曾单独晤见张恨水，谈了两个多小时。张恨水痛恨日本侵略中国，曾向国民党当局请缨，只要番号，不要经费，回故乡组织抗日游击队杀敌，但未获当局认可。

张恨水是安徽潜山人，在他人生的72个年轮里，却有40多年工作、居住在北京（除抗战时期约九年时间在南京、重庆等地），在这40多年中，又有21年先后居住在西城区北沟沿（今赵登禹路）、砖塔胡同，其中在砖塔胡同居住时间最长，约16年，直至逝世（1967年农历正月初七）。

张恨水于1919年受五四运动影响，只身来到北京，经同乡援引进入《申报》。先后住在骡马市大街附近怀宁会馆及潜山会馆，后又经成舍我推荐为《益世报》兼职助理编辑，1930年用稿酬租下门框胡同12号的四合院。林木扶疏，庭院曲折，有槐、枣、椿、桑等各种树木。

1931年，张恨水创建华北美术专门学校，地址在东四十一条21号，此地原为清末军机大臣、礼部尚书兼总理各国事务衙门的裕禄府邸，张恨水聘刘半农为校董，聘齐白石、王梦白、于非闇、李苦禅等任教，历时四年，培养的学生有张仃、凌子风、蓝马等。值得一提的是学校实际是农工民主党（国民党左派）和中共地下党秘密据点。张恨水四弟张牧野表面是教务负责人，实际是据点负责人。张恨水心里明白但不反对。

"九一八"日本侵略东北后，他曾在北平参加人民抗日动员集会而被拘上囚车。后因以小说呼吁抗日，曾受到日伪黑名单的威胁，被迫出走南京。1946年2月，张恨水所在的《新民报》由南京迁北平。张恨水购下北沟沿胡同甲23号一处四进四合院。据张恨水之女张明明所写《在北平过第一个年》一文记叙："父亲一九四六年二月十五日到达北平，在西城买了一所四进院子的大房子，共有三十来间屋。"张恨水之子张伍在《忆父亲张恨水先生》一书中有详尽的描述：中院为张恨水的书房和会客厅，"院子里的树木多，每进院子都有树"。张恨水自己也有不少诗文描述院子里的景色，他有一篇散文《盆莲》，记叙院子养的莲花，情趣盎然，可见主人那时心境。院子里本身树木多，张恨水又从护国寺买了不少盆花，点缀院子的各个角落。他有一首诗咏院里枣树开花："小坐抛书着古茶，绿荫如梦暗窗纱。苔痕三日无人迹，开遍庭前枣子花。"看来张恨水是非常喜欢和满意这所宅院的。

张恨水的稿费据说在当时作家中是最高的，因为他除了报馆的固定工作，所写小说稿酬亦颇高，除先在报纸连载（最多时同时给六七家报写小说），又结集出书，并且反复再版，仅《啼笑因缘》即再版20余次。当时，《新民报》负责人陈铭德为新居送了一套高档家具，张恨水自己又用稿酬购置了一些红木家具。本来，张恨水以为工作稳定，又有稿费收入，一家十几口可以在此安居。不料，1949年前夕，张恨水存于大中银行的全部积蓄10两黄金，被经理王某卷逃。始被迫卖掉北沟沿胡同寓所（北沟沿胡同于1947年被北平市政府易名为赵登禹路）。于1951年，全家搬入西四砖塔胡同西43号一座一进四合院，直到1967年张恨水因脑溢血病逝，他一直居住在这里。

现在砖塔胡同西张恨水故居已经拆掉了。张恨水刚搬进时，曾写了一篇《黑巷行》描述这个小胡同的景象："出我的家门，黑魆魆的走上门前大路，上闹市，又要穿过一条笔直长远的大胡同，胡同里是更黑，我扶手杖，手杖也扶着我。胡同里是土地，有些车辙和干坑，若没有手杖探索着，这路就不好走。在西头遥远地望着末头，一丛火光，遥知那是大街。可是面前漆黑，又加上几丛黑森森的大树。有些人家门前的街树，赛过王氏三槐，一排五六棵，挤上了胡同中心，添加阴森之气。"（张伍《忆父亲张恨水先生》）这种描述大概和张恨水的心绪有关，一是被人卷跑了多年积蓄，二是因突发脑溢血住院（即住阜成门内的人民医院）。但由此也可窥见老北京当时胡同的真实面貌。"出我的家门"，实际43号院分前、后门，前门是北沟沿，后门才是砖塔胡同。张恨水先生非常喜欢老北京，他经常逛庙会、逛北京名胜如白云观、北海、西山等，病后他不再创作小说，闲暇常常作画。

张恨水在北平解放后已辞去报社职务，于1949年7月加入中国作协，后被聘为文化部顾问。由于患病创作极少，加上药费高昂，生活困难。1959年，由周恩来安排进入中央文史馆，除文史馆补贴外，还由北京市文联发放生活补助费，直至"文革"前夕。

1955年受邀参加全国政协春节团拜会，毛泽东关切询问他："为什么不见你的新作？"张恨水回答："一来生病多年，二来对工农兵生活不熟悉，恐怕难以胜任。"会后不久，毛泽东特意委托周扬向张恨水转达他自己对张恨水创作的意见：为工农兵服务，不能从字面上理解，老作家还是要写自己的题材。张恨水听了毛泽东的意见，直到1963年，创作《孟姜女》《孔雀东南飞》等8部中、长篇小说，并应中国新闻社之邀，向海外发表了不少反映新中国风貌的散文作品。

作为知名作家，他还受邀列席政协二届二次全会和最高国务院会议，听过毛泽东《关于正确处理人民内部矛盾的问题》的讲话。

张恨水在晚年曾写过《元旦示儿》："照眼梅标岁月赊，文章老去浪淘沙。涉园须解怜芳草，敬祖才能爱国家。手泽无多惟纸笔，心铭小有起云霞。一鞭追上阳关近，莫让前程绿眼遮。"这是老人在勉励子女热爱家园、为祖国的繁荣昌盛作出贡献。但何尝不是一个爱国老作家的内心写照？

张恨水与北华美专

对于章回小说大家张恨水先生，凡是稍许有些年纪的人是没有不知道的。当年他的《啼笑因缘》《春明外史》《金粉世家》等小说风靡一时，至今仍流传海内外而不衰，并一再被改编成电影、电视剧、戏剧、评弹、连环画等，仅改编的《啼笑因缘》就七上银幕。恨水先生笔墨耕耘六十年，一生如春蚕吐丝般致力于文学和新闻事业。到他逝世为止，创作了大量的小说、诗词、散文、剧本、杂文等，仅中、长篇就超过百部之多。可以说，他是中国近代文学史上创作长篇最多产的作家之一。据他的家属统计，他一生共发表了2000多万文字，可谓"著作等身"。仅内地国家级出版社就再版了《啼笑因缘》《八十一梦》《丹凤街》等长篇小说，人民文学出版社出版的"新文学史丛书"收辑他的《写作生涯回忆》，安徽出版了他的作品全集。

张恨水是一位有爱国心、有气节的进步作家。他一生不涉官场，以所作小说抨击黑暗的旧社会。他的四部代表作如《春明外史》抨击封建礼教和压迫，《金粉世家》暴露贵族官僚的腐败，《啼笑因缘》指向军阀残暴势力，而《八十一梦》则抨击国民党反动派的黑暗统治。周恩来当年就特别称许他的这种斗争精神。张恨水虽然无党无派，但因特别痛恨军阀和反动派的黑暗统治，对反帝反封建的革命进步力量是同情支持的。他在北京开办的北平私立"北平华北美术专门学校"（以下均简称

京华人物

张恨水与北华美专

"北华美专"），成为农工民主党的前身——国民党临时行动委员会在北平的地下活动据点，同时又是中共地下党据点。他从各方面支持了临时行动委员会和中共的地下斗争。这段史实过去是鲜为人知的。我曾往安徽潜山张恨水纪念馆一观，非常诧异该馆竟无此记叙。

或许有人会感到奇怪：张恨水一生致力于章回小说的创作，为什么会开办美术学校？原来恨水先生是一位多才多艺的人。他自幼喜爱绘画，无师自通，并在绘画艺术上达到了很高的造诣。现在其后人还保存他的两帧遗画。一帧是赠张友鸾的松峰图，一帧是菊石图册页，都有一种雍容冲淡、雅致天成的气韵。他与画坛名宿如齐白石、张大千、王梦白、陈半丁、徐悲鸿、林风眠等皆过从友善，互相切磋。他也写画评，署名常用"画卒"。因而他一直有意创办一所专门学校以培养美术人才。经过长期努力，张恨水以自己的稿费出资创办北平私立"华北美术专门学校"，于1931年9月1日正式开学。校址选在北平东四十二条原安徽会馆（姚家花园）内。张恨水自任校长，他的四弟张牧野任教务主任。张牧野是临时行动委员会成员。在张恨水的引导下学画，擅长花卉草虫，在20世纪30年代办过个人画展。他的业师便是齐白石、王雪涛。王经三任董事长，王经三亦是临时行动委员会成员。刘半农为校董，齐白石、王雪涛为名誉校董。美专分中国画系、西洋画系、美术师范班三个班系。聘请了当时著名画师齐白石、王梦白、王雪涛、于非闇、李苦禅等人代课。其他工作人员和各科教授大多是临时行动委员会成员，如王守先负责校务，曲友诚讲授金石，邓雪秋讲速写和素描，万云讲印染图案，蒉象骏讲数学，张丕振讲山水画，王青芳代花鸟草虫，张牧野讲人物花卉。其他科则由张恨水及家人讲授，如恨水先生讲授古典诗词，张朴野讲党义，桂凝露讲古文书法，张其范讲教育、心理学，申圣羽讲现代语文兼管女生生活，史哲民讲日语。以上如申圣羽、张朴野等亦是临时行动委员会成员。后来，有很多学生也参加了临时行动委员会，计有郝漾、史铎民、冯怀阁、申蟠鹤、刘淑琴等30余人。也有不少学生参加了共产党组织。北华美专共招收200余学生，一直坚持到"七七"

事变前，培养出了不少著名艺术家，如张仃、蓝马、凌子风、孙禄堂之女孙剑平等。50年代后，张恨水的两个女儿分别考入中央工艺美院和中央美院，而张仃那时已是中央工艺美院的院长了。不过据张恨水先生自己回忆："只教几点钟国文"，"每当教授们教画的时候，我站在一旁偷看，学习点写意的笔法。并直接向老画师许翔阶先生请教"（《写作生涯回忆》50页）。

恨水先生对北华美专的进步老师和爱国青年非常爱护，对他们的活动也并不加以干涉，有时还采取默许和支持的态度。王经三在"九一八"事变前专程赴东北为北华美专筹募基金，不幸被日寇杀害。王经三本来负责建校和筹资工作，他牺牲之后，使得北华美专陷于进退维谷之地。恨水先生毅然拿出了自己积蓄的稿酬作为学校经费，在校的临时行动委员会成员也齐心协力，为保住这个地下活动据点而努力。因而，北华美专能够继续存在，首先和恨水先生的支持分不开。1932年，临时行动委员会领导人李方由南方至北平，北华美专曾掩护他的秘密活动，恨水先生还把他的校长办公室让给季方先生居住。季方先生是中国农工民主党创始人之一，加入中国共产党，是新四军高级将领之一。新中国成立后任全国政协副主席、农工党中央主席。北华美专作为活动据点为临时行动委员会作了不少工作，发展了不少成员，最后，连北华美专的门房也参加了组织。

关于北华美专的校址，一直有东四十一条21号裕禄府邸和东四十二条原安徽会馆两种表述。张恨水本人在20世纪80年代末撰写的《写作生涯回忆》说北华美专"划了一座院落作校长室。事实上是给我作写作室。这房子是前清名人裕禄的私邸。花木深深，美轮美奂，而我的校长室，又是最精华的一部分……"（人民文学出版社1982年版49页）。张恨水之子张伍在《忆父亲张恨水先生》一书中认为校址是"东四十一条21号"原清末军机大臣裕禄府邸，具体描绘是"院宇宽敞，花木扶疏，雕梁画栋，美轮美奂"（北京十月文艺出版社1995年版159页）。张恨水之女张明明在《回忆我的父亲张恨水》一书中也说校址"是前清裕禄的私邸"（百花文艺出版社1984年版69页）。我与张伍先生在20世纪80年代初即相识。30年前，我曾为农工民主党中央的刊物《前进》写过一篇谈张恨水与北华美专的小文，所述校址即为东四十二条，出处我印象也是引用了《前进》上刊载的有关回忆张牧野夫妇的文章。而且在发表前，农工民主党中央宣传部将拙作专送因病住院的季方先生审阅。季方先生是农工民主党负责人，当年在北平期间为躲避敌人缉捕，曾在北华美专隐避。季方先生审阅后，认为史实很准确，并未作改动。那么究竟是哪一个地址更准确呢？

近日，我曾专往东四十二条、十一条实地寻访，岁月沧桑早已湮没了昔日名噪京华的北华美专。经目测看两条相同间距很短，如是四合院也顶多是三进。过去大院邸皆有前后门，如张恨水在砖塔胡同的四合院也有前后门，也许裕禄宅邸后来演变了会馆也未可知。但是没有确凿的文献佐证。张恨水在西四砖塔胡同的旧居已拆除了。北华美专无迹可寻也是早已预料的结果。

"九一八"事变之后，抗战军兴，恨水先生非常愤慨国民党政府的不抵抗政策，他曾赋诗讥讽道："六朝金粉拥千官，王气钟山日夜寒。果有万民思旧蜀，岂无一士复亡韩。朔荒秉节怀苏武，暖席清谈愧谢安。为问章台旧杨柳，明年可许故人看。"表达了他因"寇氛日深，民无死所"而国民党政权竟不抵抗的悲愤心情。这一时期，他无暇顾及北华美专的工作，以很大精力创作抗日小说以"唤醒国人"抵御外侮。他自费出版了宣传抗日的短篇小说集《弯弓集》，还在报章上发表了《水浒别传》《东北四连长》等连载小说。还写了不少爱国诗篇发表，如"含笑辞家上马呼，者番不负好头颅。一腔热血沙场洒，要洗关东万里图。""背上刀锋有血痕，更未裹剑出营门。书生顿首高声唤，此是中华大国魂。"，激昂壮烈地讴赞抗日健儿，完全不是他以前缠绵清丽的笔调。由于恨水先生积极宣传抗日，引起日本帝国主义的仇视，专门向驻辖北平的国民党军政首脑张学良将军提出抗议。日寇占领北平后，还通缉欲加害于他，遂被迫离开了他视为第二故乡的北平和他苦心经营的北华美专避居上海。他因看不惯上海的腐败习气，很想北归。但此时北平的冀东汉奸傀儡政权正疯狂地迫害爱国的文化界人士，日本占领军司令部专门开列的黑名单上就有恨水先生的名字，他只好避居南京。他厌恶南京国民党的不抵抗政策，因而写了以北平为背景反映义勇军斗争的连载小说《风雪之夜》，却被国民党当局"腰斩"。他非常愤怒，曾写诗呐喊："国如用我何妨死？"表达了他马革裹尸战死疆场的壮志。闻平型关大捷，大喜，取斋名"北望斋"，以寄托抗战胜利的希望。他虽有"凭栏无限忧时泪"之慨，却无报国之门。之后，他冒着日军飞机的狂轰滥炸，坚持办宣传抗日的《南京人报》。南京陷落后，他途经武汉，恰逢"中华全国文艺界抗敌协会"成立，他一反过去从不参加任何文化团体的惯例，参加了"抗协"，并被推选为第一任理事。这时在北平北华美专的四弟张牧野也辗转与他相晤，劝恨水先生不要办报而回故乡大别山打游击，恨水先生立即决定要投笔从戎，因当局的拒绝和阻挠而未实现。但由此亦可见恨水先生热诚的爱国之心。后来恨水先生到了重庆，清贫自守，坚决不入官场。他曾写诗明志道："不食嗟来四十年，戴将白眼看青天。解嘲本属寻常事，莫把文章事乞怜。"他除了继续写抗日题材小说之外，又写了揭露国民党黑暗统治的《八十一梦》，不久就因国民党特务的威胁而被迫中止。周总理特别欣赏《八十一梦》，曾对恨水先生说：用小说体裁揭露黑暗势力，是一个好办法。毛主席赴重庆谈判时，经周总理介绍与恨水先生结识。毛主席曾单独与恨水先生晤谈两个多小时，肯定和鼓励了他的工作。并送他延安自制的呢料和红枣、小米。新中国成立后，周总理特聘他为文化部顾问、中央文史馆研究员。他以带病之身出游大江南北，写了大量的反映祖国新面貌的游记、诗词在海外发表，以表达他对党和毛主席、周总理的知遇之恩。恨水先生是一位正直的、有爱国心、有气节的进步作家，他热爱自己的祖国，他诚实、正直，痛恨黑暗腐朽的时代。他常说自己是一个"过渡人物"，但他一旦望见光明，便努力去追求。

燕京感旧录

从马连良说到清真菜

友人请至清真老字号西来顺樽酒小饮，久违这家颇为熟悉的清真馆，已经近20年未曾品尝其菜肴，甚至不知它早已从白塔寺迁到和平门内。

上了年纪的老北京都知道，北京有东来顺、西来顺、南来顺、北来顺四家久负盛名的清真饭庄（当然，后来西单又开一家清真馆"又一顺"，因为东、南、西、北均被他人占尽，只好"又一顺"了）。

20世纪80年代中期，经友人介绍，与"西派"嫡传弟子乔春生成为朋友，他也是当时西来顺饭庄的经理，曾经帮助饭庄整理过资料，故对这家饭庄有所了解，对它的菜肴更是非常熟悉。

西来顺创业于30年代，原址在西单牌楼东侧。此地为当时北京最繁华的地段之一，斯时"八大春"及"元兴堂""两益轩"等名饭庄纷纷崛起，各领千秋。"西来顺"算是异军突起，它力抗群雄，革故鼎新，以独特宫廷清真风味为招牌，加上精湛的烹调技艺，叫座的优质服务而后来居上，名传一时。京华口碑为"西派"，从此跻身北京有名的清真饭庄之一。

不过，西来顺后来辍业了30多年，如1959年北京出版社出版的《北京游览手册》，西单的鸿宾楼、又一顺等都提到了，唯独不见西来顺，可见那时已经歇业了。所幸80年代中期重张，迁址于白塔寺。我印象最清楚的是当时102岁高龄的孙墨佛老人为西来顺题了匾额。开业之后，不少老食客闻香而来。西来顺缘何歇业间隔这么多年，还会有回头客呢？

据我所知，西来顺在20世纪30年代开业之初就一炮打红。其秘诀有三：厨师、名肴、服务质量。西来顺开业时重金聘用京城最有名气的厨师诸连祥领衔主理厨政。诸氏原为北洋时期总统府清真灶掌灶厨师，早年从师清宫御膳房名厨学艺，深得宫廷菜肴技艺真传。因而，西来顺开业伊始便气概不凡，不仅技艺高超，而且善于承接大型筵堂会。当时军政各界要人多来此处宴饮，如吴佩孚、张宗昌、冯玉祥、宋哲元等。一时车水马龙为别家所不及。直至40年代末期，西来顺仍承接过全国政协会议、新疆和平解放等大型宴会。

从马连良说到清真菜

当然，一个饭庄光厨师有名气还不行，它必须有镇堂名菜压阵。西来顺看家菜有高丽鸡卷、翡翠鱼肚、菊花鱼锅、炖三样、全爆白露鸡、凤凰寻窝、海洋鱼翅、万年青鱼翅、鸭泥面包等，深受食客赞誉。尤其名菜"全羊席"更是名震京华。"全羊席"纯仿清宫规格，以羊身诸部位精心制成百余种口味各异的菜肴。以四四为序，依次上桌。计有四干、四鲜、四甜碗、八冷荤、四荤碟、四开菜、四羊头、四羊肚、八大件、四羊尾及四色烧饼、四样蒸食等。琳琅满目，色味各殊，排场壮观，香气四溢，堪与宫廷盛宴匹敌，遂有"屠龙之技，家厨难学"之称。此独到之处，他家清真饭庄尚难平分秋色。当年无缘品尝全羊席等耗力费时的名菜，但菜肴多次品评，确实令人齿有余香。

另外，据西来顺的一些老人们回忆：西来顺饭庄平素最重信誉，不但讲究选料、刀工、造型、烹调、花色、装盘，而且最重货真价实，一旦发现所进原料不精，便决不选用，宁可菜谱上停缺此肴，而决不以次充好、以假乱真。这种宁缺毋滥的做法被奉为"西派"真经。其实，这不独是西来顺的真经，也是老北京众多历史悠久的老字号的真经。否则，老字号哪来如此众多的回头客呢？

昔日西来顺拥有众多名厨，如杨永和、马德洪、马德起、高义、金士光、卢殿元、宋文治等，皆为高手。20世纪80年代中期则以嫡传弟子乔春生、李玲珍、王贵山分别主理厨政、冷荤和面点。西来顺的特色绵延下来而不变，真是有赖于师徒相传，而非靠什么烹饪学校。这个话题太复杂，暂且不去谈它。

我当年去西来顺的时代是20世纪80年代中期，那时还在白塔寺，这次旧地重游，有些感触。一是菜肴似乎和原来不一样，口感乃至颜色都令人感到陌生。翻了翻菜谱，当年西来顺的镇堂名菜似乎都不见踪影。给人的印象，菜谱上、店堂壁上隆重推出的是"马连良鸭子"，我记得当年并不见西来顺如何提起"马连良鸭子"。总体感觉风味淡薄了，食客稀少，这是很令人惋惜的。品尝中，点了一盘素菜，锅不净，换掉了，这很让人倒胃口。今春曾去鸿宾楼，这个由西单最繁华的地带迁到略偏地界展览馆路的老字号，不光气派，文化气息浓郁（四壁悬挂当年名书画家馈赠的精品），而且风味依然诱人，食客不少。这说明"酒好不怕巷子深"这句老话还是非常有哲理的。

还说到马连良，他本身在教，所以只去清真馆子。据说他最爱吃的并不是西来顺的烤鸭，而是前门外教门馆两益轩饭庄的烹虾段，而且只吃渤海上市时的对虾，凡逢此时，必请高朋挚友同至两益轩。叫此菜时，吩咐厨师必"分盘分炒"，即八寸盘只炒三五只，吃毕一盘现炒热上。另外，马连良常至老东安市场吉祥戏院演出，也必至清真馆爆肚冯吃羊肚仁。爆肚者自不必言，肚仁者何谓？即羊之储胃冠状沟，棱状。而羊之此物约三四两，一分为三最后一段称为"大梁"，再去膜剥皮，所谓"肚仁"者不过几钱肉。所以教门馆中人常云："马老板的吃与唱一样，前者精致到挑剔，后者挑剔到精致。"

爆肚冯老板因与马连良稔熟，故马连良教其做了一道镇堂名菜——"爆肉梨丝"，且不谈肉需精选，辅料梨丝，必买"春华斋"的大鸭梨，可见"精致到挑剔"并不是虚誉。

马连良与西来顺的关系较晚，1945年后曾将西来顺的头灶厨师聘为自己的特约厨师，那也是饭庄关门之后，厨师到马家做宵夜而已。不过，梨园界还是以在马老板卸妆回家共同品尝西来顺风味的炸素羊尾、鸡肉水饺为口福。但知情人都知道，马连良除了与朋友共享，自己居家主要还是以窝头、菜蔬、水果为主，并不极端奢华。

老北京清真馆并不少，除西来顺外，像鸿宾楼、东来顺、烤肉宛、烤肉季、白魁老号、瑞珍厚等都很有名，亦不乏百年老店，对饮食非常讲究，只不过马老板更精致挑剔罢了。有一例即可证，章家有一次请马连良到家晚上做客吃饭，但刚中午，几位着白色衣裤者进入章家厨房，先以"自备大锅烧开水。开锅后，放碱，然后，碱水洗厨房。案板洗到发白，出了毛茬儿为止。方砖地洗到见了本色，才肯罢手。"章家小孩大为感慨："说句实在话，自从住进这大宅院，我家的厨房从来没有这么干净过。"

但是，尚未结束，再过一会儿，又进入一拨穿白衣裤者，抬着整桌酒席的"圆笼"，扛着大捆苹果木（烤鸭之用），据描述："在院子一角，柴火闪耀，悬着的肥鸭在熏烤下，飘散着烟与香。所有的桌面、案板、茶墩都铺上了白布。马连良请来的厨师，在白布上面使用着自己带来的案板、杂墩和各色炊具。抹布也是自备，雪白雪白的。"章家小孩觉得："只有水与火是我家的了。这哪里是父亲在家请客，简直就是共赴圣餐。"章家小孩觉得自己"简直是个神仙"，母亲则"欣喜万分"（见《一阵风，留下了千古绝唱——父亲与马连良》，2004年9月29日《中国青年报》）。看来，美食与洁净犹如双璧，缺一不可，洁净也是一种享受。当然，马连良之死尽管说法不同，有人回忆则是在剧团食堂排队，刚买完一碗面条就"一个跟斗翻在地"，三天之后溘然而逝。那是在"文革"中，遑论美食，生命直如临深渊、履薄冰，讲求挑剔的马老板斯时绝对想不起烹虾段、爆肚仁、炸素羊尾这些精致美食吧？

再说到西来顺，本来由繁华的西单迁到白塔寺（中间还歇业了30多年），再迁到相对偏僻且交通不便的和平门里，这对老字号确属不利。如果风味再丧失，更是雪上加霜。

当年为什么要迁到和平门，为什么不迁到牛街一带呢？如果迁到回民相对集中的牛街，又是老招牌，我个人揣测，生意应该更兴隆。这其中大概有若干原因，但我觉得迁到和平门内，这似乎有些失策。开饭馆不光讲究特色和定位，地点也很重要，饭馆讲扎堆儿，例如东直门簋街、方庄食街等之所以火爆，扎堆儿互动是很重要的一条。

西单过去很繁华，不仅仅是商业街，还是餐饮一条街，据说最兴隆时期，西单的著名清真馆就有9家之多，而全市总共才不到20家。从20世纪50年代看，西单历经变化，却仍然名馆众多。以由南到北的大街为轴，依次绵延。如果从西单以南的宣内大街烤肉宛计，往北有双一顺，西面胡同里有四川饭店，西单路口附近有同春园（江苏馆，"文革"中我印象改名"镇江餐厅"）、鸿宾楼、民族餐厅（在民族宫内），西单路口往北有玉华台饭庄、曲园酒楼，西单商场内有峨眉酒家、又一顺

（又一顺当年是两家店），再往北快到西四还有同和居、砂锅居等。这些地方在70年代中期以后我都曾去过。按1963年再版的《北京游览手册》，记载西单北大街还有一家著名的广东馆恩成居，而西来顺歇业前当时在西单牌路一带，这是最好的地段，后来迁到白塔寺，应该还算合理，因为总体离西单不远。而现在的位置则不佳。

西单的餐饮老字号在20世纪90年代前后纷纷迁走了。峨眉酒家迁到月坛，鸿宾楼迁到展览馆路，同春园迁到新街口外大街，曲园迁到阜成门外，玉华台迁到健德门外，连物美价廉的庆丰包子铺也被迁走了，等等。如此星散，对于老字号餐饮真是毁灭性的打击。如果现在去西单，或供一饱口福之处不多了。它正朝着现代商业化的方向迈进。去老字号能找到以前的感觉太不易了。挑剔的马老板倘天假以寿，踱步到西单寻觅清真老字号，望见"落得个白茫茫大地真干净"，还会兴致勃勃地高唱"一马离了西凉界"吗？

"音徽往矣,百身何赎"
——陈少梅二三事

世人多知陈少梅为天津画家,曾居津门达二十二年,故天津为其塑立铜像。其实少梅先生生于湖南衡山,少年晋京居于宣南。中年先迁居于北京和平门内半壁街,后居于西城什刹海畔,直到猝逝,前后居京华十二年之久。所以少梅先生不仅为天津之荣耀,亦为北京之骄傲。

今年(指2009年)是中国美术史上的天才画家、一代巨擘陈少梅诞辰100周年。少梅先生之子小梅(长智)先生赠我新出版的《中国近现代名家作品选粹·陈少梅》(人民美术出版社2008年版),及《陈少梅绘事录》(陈长智、林庆萍整理注释。天津人民美术出版社2009年版)。前者自不必说为少梅先生名作之代表,有些我早已拜读过。天津人美约近二十年前即已出版巨册《陈少梅画集》,那时赵朴老尚健在,欣然题签,启功老为之作序。我记得启功老在序中尝云:"我比少梅先生小两岁,但学画时,望先生作品,已如前辈名家,可见他的成就之早。"1981年启老见少梅所绘《钟进士醉酒图》,感慨题云:"其纸不过三十年,其笔则三百年……"并慨叹:"音徽往矣,百身何赎。"启老如此推崇同辈画家是极罕见的,除此之外,我只见过他对郭风蕙先生有极高的评价。启老不轻易许人,我看过不少他对古画的题跋,也只是"拜观"而已。《陈少梅绘事录》是关于陈少梅书法的辑札,多为题画手记等。启老云其书法"令人惊奇而又喜爱,并不在他的画法之下"(《陈少梅画集》序),范曾评其为"士"的"造极臻峰",而其书法"上溯宋米芾……更上溯晋王献之……沉着飞翥,与其画相得益彰,并称绝伦"

"音徽往矣，百身何赎"——陈少梅二三事

(《中国近现代名家选粹·陈少梅》序言）。故少梅先生之婿大米先生云：仿陈少梅画者，其题款会露马脚——"因为陈先生的书法是很难模拟的"。

其实少梅先生书法先得于家传——其父陈嘉言（号梅生）先生。陈老先生重帖学，书学二王，名重一时。鉴湖女侠秋瑾有《上陈先生梅生索书室联诗》："如雷久耳右军名，问字愁难到讲庭。欲乞一联绮丽笔，闺中曾读养鹅经。"（《秋瑾集》，中华书局版）秋瑾为才女，将陈老先生与王右军相比拟，可见其书名之盛。少梅幼承教训，自然不同凡响。

当然，陈少梅堪在中国美术史上大书一笔的，还是他的绘画，20世纪80年代末期，范曾在天津《今晚报》发表评论陈少梅的文章，不过千余字，概论博雅，其中称赞陈氏"沉雄博大，可以睥睨明人，与古贤抗衡"，我曾向范曾先生问及此文，他云：《今晚报》索稿甚急，外出乘车途中乃一挥而就，实未尽言。现在读他为新出《陈少梅画集》所作序言，洋洋数千字，论述更为全面。这里不再引述。无论知与不知陈少梅者，读罢此文，即可明晓陈少梅在中国美术史上的地位。巨擘者，过之与欤？

民国时期，陈少梅与张大千、溥心畬、齐白石有"民国四大画家"之誉。陈少梅与上述三位比齿序最少，因其14岁时被金北楼收为关门弟子，北楼先生慨然："少梅超诣绝群，必以过我"，又称其"前程无限"而为其号"升湖"。15岁入湖社。23岁时主持湖社天津分会。1950年任天津文艺工会负责人、美协副主席，亦才40岁，发现和奖掖天才的金北楼功不可没！

世间自有天才，而天才离不开成长的土壤。少梅出于书香世家。其父陈嘉言当年与兄兰生同榜进士，其弟陈范等三人同时中举。陈氏五兄比肩折桂的滋兰香郁当然畹熏雏凤。

世人多谈其少梅绘事之成就，极少注意父辈对他的影响，这对他以后品格之影响益臭大焉。固然，其父对少梅自幼教以古文辞章、绘画书法（少梅亲戚中如庄曜孚、汤定之皆为知名画家），但父辈的高尚品操更影响了少梅。

其父陈嘉言以进士出身授翰林院编修，放为工科掌印给事中，出为漳州府知府。九年治漳，于治水、赈灾、兴学皆有建树。为官数十年，清贫如终。辛亥革命前辞官归里。陈老先生思想开明，倾向民主，曾与孙中山、黄兴共歌赞同盟会首义烈士刘道一（《衡山正气集》）。刘妻殉夫，陈老为其立传，可见政治取向。道一兄揆一将己子为弟立后，陈老旋将孙女许配其子。民国后陈老为国史馆编纂、首届国会议员，晚年主持船山学社，曾支持毛泽东、何叔衡办自修大学。

袁世凯欲称帝，重其名望，遣人以二万金请撰文"劝进"，被陈老严词所拒。他的长女陈云凤是大义女子，培育出夏明翰等四个子女皆为革命烈士。有此家风，忠义传绪。所以，我极认同范曾的评价：陈少梅对新中国自有一种"深挚情感"，"其来有自"。

所以，陈少梅在1948年所作《卖饼儿》写意人物图的题诗："北风吹衣射我饼，不忧衣单忧饼冷。"当是发自肺腑。据说，这是陈少梅在现实中有此观感斯有此作。

所以，1948年12月5日平津战役开始之际，据当年天津中共地下党文艺组负责人吴云心回忆："天津地下党文艺组内定：天津解放后文艺界主要依靠对象为常宝昆和陈少梅。"（《陈少梅年表》）现在所谈、所见陈少梅，大多只知其衣纹高古的人物仕女、古法沉郁的传统山林技法，殊不知陈少梅曾以极大热情用画笔反映新生活、新气象，曾有人谓，如陈先生不是英年早逝，画风必然会有极大的变化。

现在钩沉史料，知1949年1月15日天津解放，即成立天津文艺工会，陈少梅被推誉为负责人之一，主管宣传。他的心情无比兴奋，以高涨热情投入新中国文化建设事业。不仅布置华北地区物资交流会场，还亲自绘制宣传画，没有发自内心的激情，一个旧社会走过来的知名画家，是绝不肯这样做的。他还画过一批反映解放战争的作品及《狼牙山五壮士》等，惜今仅存部分草图残稿。尤值得注意的是，此时陈少梅已开始发起讨论国画如何为新社会服务这一重大命题，并亲自尝试探索，绘《白洋淀上》等现代题材国画及《采棉图》等年画，还绘制《湖南老共产党员九十爹》(中联出版社1952年版)。

　　1950年任天津市政协委员，开始筹建天津美术工厂。两年后，任中国美协天津分会副主席，兼任天津美术学院校长，亲自授课。这一时期，他培养了众多的学生。同时，为宣传《婚姻法》绘连环画《相思树》(中联出版社1953年版)，还为赵树理小说《李家庄的变迁》绘制封面。

　　1953年，陈少梅应中央美院国画系主任叶浅予之邀赴北京。陈少梅早在1919年即随父北上，寓居北京宣南湖南会馆。16岁时即在京课徒教画，学生有黄均等。一直到1930年成立湖社天津分社，21岁的陈少梅被派往天津主持会务，始定居天津，大部分时间课徒卖画。1937年7月30日天津沦陷，天津分会停止活动，陈少梅避入英租界伦敦道（今成都道）世界里1号，鬻画课徒，不求闻达。抗战胜利，陈少梅与民众上街游行，作《踏歌图》志庆。1947年与前妻王文贞离异后，与冯忠莲订婚，是年秋曾移居北京和平门内西半壁街，不久返津居福音里，后迁达文里。此番来京，应是陈少梅第三次居京。这次来京，先暂居西城什刹海畔张伯驹先生寓所，后迁西海畔板桥头条1号，此处原为画家胡佩衡先生所居。

　　此一时期应是陈少梅绘画风格开始变化和创新的重要阶段。此时，他已不满足已有成就，深感技法有必要适应新时代而应以更新。他多次赴西郊写生，画了大量写生画稿，开始探索用传统技法表现现实，并创作了一批反映时代风貌的迥异于旧作的新作品，应是陈少梅绘画艺术的鼎盛时期。如《小姑山》《江南春》《颐和园玉琴峡》《晨林山径》《燕山秋色》《现代人物》等。

　　1954年，中央美院、荣宝斋等数家单位均邀请陈少梅前往工作，尚在未定之时，9月9日陈少梅持月饼去宣武烂漫胡同湘乡会馆探望老母及子女（子女均随祖母居住），侍切月饼之际，颓然倒下，猝然而逝，时年45岁！闻此噩耗，画界无不为之震惊和痛悼。少梅先生之死，首当以生活清苦和不稳定为要因，绘画忘我，常以酱油泡饭充饥，兼以人事矛盾缠身，心情并不舒畅。当时逝后，报章曾有"陈少梅之死"的讨论，可见端倪。

陈少梅之死成为中国画坛之又一地震，与陈师曾当年英年早逝是前后相同的痛史。陈少梅以他对新中国的热爱，极力在画艺上图变鼎革，但痛惜天不假年。他的学生众多，不乏有成就者如刘继卣、王叔晖、黄均、冯忠莲等数十人，但他的绘画技法至今尚未完全继承，如王颂余先生所谈"陈少梅以用色淡雅见称，即使画重彩青绿山水，也显得那么清灵透亮，一点火气也没有，这是很难做到的，他是怎样画的，到现在我也没弄清楚，如果都把他这一技法弄清楚，对于画界无疑是很大的贡献"。由此可见，对陈少梅的研究至今似乎尚未见全豹。我们不妨将陈少梅绘画艺术分为若干阶段，我个人认为1949年前后应为他人生艺事的分水岭，尽管1949年后仅仅五年，却是他绘画艺术一个颇为重要的阶段，不仅在艺术上，在人生而言对陈少梅也是一个焕发光彩的重要阶段。这也是我极力爬梳少梅先生新中国成立前后言事之所在。只不过天公忌才，陈少梅的人生太短暂，这也应是认识陈少梅其人其艺术价值的共识吧！

蔡锷旧居与小凤仙

北京的胡同里有众多的名人故居,大多已成为文物保护单位。但我一直耿耿于怀的是,北京西城护国寺街北棉花胡同66号院,却从未被列入文保名单和挂牌。须知这是中国近代史最有影响的人物之一蔡锷的旧居,当年蔡锷被誉为"再造共和"的名将,没有他的云南首义,中国纪元表上很可能留下一个"洪宪帝国"的年号。在这个普通的四合院中,发生过多少惊心动魄、纵横捭阖,且不去说他,单是将军与小凤仙那一段真挚情殷的传奇故事,就足以令人生出无限叹惋之情了!

小凤仙是当年北京八大胡同里"云吉班"的名妓,本姓张,粗通翰墨及琴棋书画,也算饶有风姿。"云吉班"是北方妓院,称之为"班"。南方妓院则称之为"院""馆"。"云吉班"的名妓花名中皆有个"凤"字,当年《北京实用指南》之类的书皆可查到小凤仙的名字。《曾孟朴年谱》一书中对小凤仙出身叙之甚详,尚称信史。但虽为名妓,如果她没有遇见蔡锷,也可能一生"老大嫁作他人妇"而已。但她遇见了蔡锷。蔡锷不仅是名将,更是儒将,反对袁世凯称帝,被袁世凯劝养病为由从云南都督任上羁縻于北京,先馈赠大洋一万元,后袁世凯将他的亲戚、天津何姓盐商在北京的这套四合院"借"与蔡住,院内房屋装饰颇为典雅。后蔡锷又被委以昭威将军衔兼各种无实权的职务,表面笼络,内则控制。当然,袁世凯更看重蔡锷的军事才干,有延揽之心,一度甚至想起用蔡锷为陆军总长。但又正如袁世凯对曹汝霖所云,蔡锷"有才干,但有阴谋,我早已防他"。所谓"阴谋",即蔡锷以"为四万万人争人格起见",矢志反对复辟帝制。但蔡初始对袁尚抱幻想,这也是他自滇来京之意,将早年所著《军事计划》修改后呈袁,主张进行军事、政治改革。但"二十一条"的签订，使蔡对袁彻底失望，从此萌生反袁之心。为迷惑袁世凯，他故流连忘返于八大胡同，花酒雀战，以示放纵。于此却成就了一段姻缘——与小凤仙惺惺相惜。按说一个寻常妓女，遇见蔡锷，最大的理想也不过委身相与跳出火坑。但殊不知小凤仙却是一个深明大义的温柔女子，现在看来，她应该明了蔡将军的义举，而成为将军的掩护者。当年小凤仙经常出入这所宅院，为蔡锷迷惑袁世凯的"金屋藏娇"造成事实，也经常陪将军赴天津密晤梁启超共商反袁起义机密。京津道上，香车迤逦，令人想见英雄美人的缱绻情意。

这所小院附近当年密布袁世凯的特务机构——军政执法处的便衣，因为袁世凯对蔡锷并不放心。袁世凯手下的将校们也常来这个小院与蔡锷应酬，当然也负有使命。蔡锷不仅经常到云吉班夜宿温柔乡，公开去小凤仙的住处闲坐，也曾在家中上演了一出活报剧。蔡锷到京后，即派人从湖南宝庆老家，奉迎母亲王氏，及夫人刘森英、女儿、弟弟等进京，都住进这所小院。有一次甚至故意与妻子大闹，要将小凤仙"藏娇"，这场"闹剧"甚至惊动了袁世凯。袁派王揖唐、朱启钤前往蔡宅劝解。但蔡夫人愈加气愤，声称要回湖南老家。蔡锷还请朱启钤代为寻觅佳丽。朱等向袁汇报，袁笑蔡锷是"风流将军"。蔡母也大为生气，马上携儿媳等南归。现在看来，这完全是"苦肉计"。虽然蔡锷表现出"风流"丧志，也在赞成帝制的请愿书上签名，但袁世凯却仍然狐疑蔡锷的表现是假象。因为袁不断接到密报：蔡宅经常有南方人和陌生面孔出现，这些人实则是与蔡在密谋讨袁起义。又联想到蔡锷在云贵军中的部下将领们对帝制不持可否，故袁下令突击搜查蔡宅。时值清晨，蔡适在宅内，军政执法处的军人强行进入，各屋翻检，但一无所获。蔡锷早已将与云贵方面联系的密电码转移。搜查事件引起轩然大波。蔡锷愤而致电京畿军政执法处处长雷震春，雷慑于蔡将军震怒，竟不敢接电话，迟迟到下午才回电，表示是"误会"，并以枪毙为首军官结案。据说蔡锷还找到袁，袁表示不知，大加慰抚。但从此后，胡同附近的密探人数大为减少，监视也渐渐松弛。蔡锷1913年10月进京，1915年8月以后奔走于京津道上，1915年11月17日出京，总计在棉花胡同66号居住了两年。

这条胡同当年因蔡锷居于此，冠盖车马不绝。因蔡锷是名将，又有军事教育家的盛誉。他所编著的《曾胡用兵语录》，不仅为当时带兵将领所青睐，连蒋介石也大力倡导为黄埔军校生所必读书。因而识与不识，军政要人常来慕名拜访。阎锡山、蒋百里、袁克定及袁世凯手下的谋士和将军们，均来过这个小院。蒋百里与蔡锷同为日本士官学校高才生，与蔡关系甚密。而来过次数最多的是"筹安六君子"之一的杨度，他在东京时与蔡锷结下情谊。杨度不仅每在袁耳边盛赞蔡锷是军事人才，也是奉袁之命来游说——以蔡的威望列名"筹安会"发起人，但每次均被蔡以"军人不应过问政治"而拒绝。蔡锷曾被袁世凯委任为经界局局长，是个翻译西方政治经济图书的机构。陈寅恪1915年来京即任蔡锷秘书，他必然来过这个小院，陈、蔡两家是世交，甚至有可能在此处办公。因为现在查不到经界局的具体办公地点，陈寅恪也没有留下回忆文字。

蔡锷最终摆脱监视潜出北京赴云南发动起义，而关于蔡锷出走则传说是得力于小凤仙的掩护，因而时人有不少诗文笔记大加渲染。其实蔡锷在京后期，已向袁请病假，因梁启超是蔡锷老师，居天津。蔡每去津门，袁并不阻拦。关于蔡锷秘密出走的情节有不少版本，但人们多宁愿相信传奇色彩的美人救英雄的传说。电影《知音》等众多戏剧小说多采用这个情节。毫无疑问，蔡锷在北京那一时期，心情最为苦闷，小凤仙的慰藉当然会使他愁怀释减。这个一见钟情的因缘可惜没有结局。蔡锷因为积劳成疾，年仅35岁就因患喉癌英年早逝！我们今天无从知道小凤仙的心绪，与她年龄、地位、志向大相径庭的、所心仪的人一赴黄泉，她是不是心中的幻梦被无情地碾碎了呢？

据当时报载：在北京举行的蔡锷公祭典礼上，小凤仙亲临祭奠并自撰挽联。其一云："万里南天鹏翼，直上扶摇，剧怜忧患伤人，萍水因缘成一梦；几年北地燕支，自悲沦落，赢得英雄知己，桃花颜色亦千秋。"其二云："不幸周郎竟短命，早知李靖是英雄。"刘成禺《洪宪纪事诗本事笺注》说前一联作者是"某髦手笔"，大约不便明指。现已证明是清末民初名士易宗夔代笔（见《新世说·伤逝》），后者用典尚贴切，辞不甚工整，大约应是小凤仙自撰。不过前一联虽为代笔，"英雄知己""萍水因缘"的心情应该还是真实的。许姬传曾称赞"文人捉刀"的此联"典雅贴切"（《许姬传七十年见闻录》）。邓云乡则批评为"比喻不伦""不知所云""许氏也真是内行人说外行话了"（《宣南秉烛谭》）。这是有关此联的一段笔墨趣闻。当然，若比起黄兴、孙中山挽蔡锷的对联，品位则大不一样了。

以后小凤仙的结局有很多传说，诸如自杀、嫁人、被蔡母迎回湖南老家，长作蔡门未亡人，等等。但真实的结局因20世纪50年代小凤仙曾拜访过去沈阳演出的梅兰芳，才知其状况：先嫁与一位军阀，后嫁与一位工人（见许姬传《七十年来闻见录》等）。梅兰芳托人，为小凤仙找到机关学校保健员的工作。梅兰芳当年在北京时与小凤仙酒宴上相识，由此可看出梅氏为人的厚道。不过，据当年给小凤仙之子当过家庭教师的一位老人回忆：小凤仙时时怀念蔡锷，每一谈及便泣不成声！可见因缘知己并不因岁月的流逝而销蚀。古往以降，范蠡与西施、项羽与虞姬、李靖与红拂、司马相如与卓氏文君、李岩与红娘子……演绎了多少英雄知己的缠绵传奇，蔡锷与小凤仙只不过为一见钟情的传奇又增添了更哀婉的浓重一笔罢了。

这所小院20世纪50年代后为国家气象局宿舍至今。写此文时，我曾抽暇到66号一观。当年大门两侧的两棵老槐树尚在，门右边那棵两人合抱的老槐已被挂上"古木"的铭牌。

院间的老槐树也依然在目。小院原来的格局是门向西开。有砖影壁，后为通道，绕行前院，有北、南房各三间，倒座房五间，后院则有北、东、南各三间，屋、院之间，皆有雕花回廊连接。但和北京很多名人故居一样，面目全非，部分游廊、影壁等已被简易房所围住，原来的马号、通道均已建有房屋。当年拍电影《知音》取景，看电影中蔡锷院内还有楼房，这大约是导演想当然。

我建议应该恢复蔡锷旧居，陈列事迹。在 20 世纪 80 年代拍摄《知音》时，曾于北海松坡图书馆内蔡公祠发现大批蔡锷有关文物，包括遗像、军服、望远镜、军刀、题名册等。图书馆于 1987 年交还北海公园，遗物据说移交国家博物馆收藏。蔡公祠当时不少名人都拜谒过。如 1945 年，当年蔡锷的学生李宗仁来此拜谒，仰望蔡锷一跃上马的照片，景仰赞誉是"人中吕布，马中赤兔"。故物何在？也令人神往。

林白水与生春红砚

林白水是我国辛亥革命前后名重一时的报人,与邵飘萍齐名,世人并誉为"青萍白水"。他1926年被奉鲁军阀号称"狗肉将军"的张宗昌杀害于北京。很多人写诗悼念他,如袁克文。曾任司法总长的章士钊先生也作七言律诗一首痛悼,尾联云:"谁知黄垆在宏庙,剩看秋碧照春红。"上句系指林白水"君死前住北京西斜街宏庙二十号"(章士钊诗注),章士钊先生的诗注记忆有误。林白水死前住棉花胡同,因为林白水就是在这里被奉鲁军阀警宪逮捕带走的。西斜街宏庙大概是刚来北京时所居之处。下句则指林白水生前酷爱的一方古砚。此砚名曰"生春红",高14.2公分,宽9.4公分,厚1.7公分,是颇有来历的一方名砚。

生春红砚原为清代乾隆年间闽中十砚老人黄莘田(黄任)旧藏。黄莘田为藏砚名家,在广东端州为官任上购藏此砚,视为镇室之宝,并由他的宠姬金樱护持。金樱逝后,黄莘田曾在砚背刻下了一段识记记叙此砚之来历:"余在端州日,室人蓄此砚,戏名:'生春红'。盖取东坡'小窗书幌相妩媚,令君晓梦生春红'之句,室人摩挲不去手。迩来砚匣尘封,视砚尚墨渖津津欲滴也。而人逝已兼旬矣,悲何可言。因镌以诗云:'端江共汝买归舟,翠羽明珠汝不收。只裹生春红一片,至今墨渖泪交流。'"由此看识记不仅叙一方端州名砚之得来,其中还有一段铭心刻骨的爱情故事。

原来此砚为林白水外祖父家故物,而其外祖父家正是黄莘田的后人。林白水1925年收得"生春红"砚后,一直珍如拱璧,随携身边。此砚从黄莘田收藏起辗转至林白水手中,业已180余年。白水倍极珍爱,取其斋名为"生春红",竟又名其所办报纸副刊为《生春红》,可见其眷爱之深。

　　林白水遇难之后，很多人痛悼其死，亦很关心此砚。当时，马叙伦先生在《潘复杀邵飘萍林白水》（潘复是张宗昌的所谓"智囊"，主谋杀害林白水）一文曾指出：白水死后此砚归吴兴胡馨所有，以后不知所终。与白水同为南社诗友的郑逸梅老人在《南社丛谈》中也记述此砚，但亦未知其去脉。

林白水与生春红砚

世人多以为此砚不复在人间，其实此砚在白水死后一直归白水之女林慰君所有，只不过不为人所知。多年来，一直有人慕名欲购此砚，但林慰君并无意出售。当时有人估价，此砚约估值200两黄金。抗战期间，有人诱劝林氏将砚卖于日人，更被林氏严词所拒。

1948年，林慰君应胞兄之邀赴美，生春红砚等10余件小古玩（均为白水生前收藏之物）亦随之携往美国。此后，她一直在美国东方语言学院执教，其间写作《林白水传》等11部作品。1979年，她将生春红砚捐赠于台湾历史博物馆。1986年又将寻觅到的林白水生前收藏小件古玩西周古玉璜、战国玉璧、汉代鸡心佩等39件，尽悉捐赠福建省博物馆收藏。

世人多以为林白水只是新闻记者，其实他还是一位革命斗士，并因此从政。他原名獬，字万里、少泉，白水为号，乃泉字分拆。他是福建闽侯人，是甲午之战壮烈殉国的北洋水师"扬威"舰管带林少谷之侄，所以家风忠烈，少年便有慷慨之志。白水早年游学日本，极力倡导推翻清朝统治，归国后曾参与邹容等人谋刺广西巡抚王之春。辛亥革命后曾任福建法制局长，后又任众议院议员、参政院参政。后来长期在北京办报，纵议时事。林白水可称办报先驱，清末他即在上海主持《中国白话报》，后又与蔡元培等人合办《警钟日报》，宣传爱国思想，抨击、揭露列强瓜分阴谋。此外他还主编过《俄事警闻》《公言报》《和平日报》《舆论日报》、杭州《白话报》等，还曾参与过《苏报》编辑工作。后来在北京创办《新社会报》《社会日报》，因其主持正义，反抗军阀专制，加之言论犀利，颇受读者欢迎；也因此成为军阀们的眼中钉。袁世凯曾月致3000元加以笼络，妄图钳其口，然白水仍纵发言论，毫无顾忌，袁世凯亦无可奈何。他因创办《新社会报》被吴佩孚视为异端，被勒令停办三个月。其后重新开张，易名为《社会日报》，林白水撰致读者启事中云："自今伊始，除去新社会报之新字，如斩首级，示所以自刑也。"于幽默中表达不甘屈服于黑暗势力之从容，令人肃然起敬。1926年奉鲁军阀进入北京，段执政府下台，奉鲁警宪开始大捕爱国人士。同年4月26日，《京报》社长邵飘萍首先遇难，但林白水毫不畏惧，依然不时揭露军阀恶迹。

张宗昌统治北京时，潘复为"国务总理"。此人乃清朝举人，一向诡计多端，鲁系赖以为策士。他极为张宗昌所器重，时人呼为张宗昌之"智囊"。林白水痛恨此助纣为虐之辈，屡加讥讽。一次在报上称其为"肾囊"，惹得潘复大怒，派宪兵司令王琦亲至报社勒令林白水更正请罪，遭到严词拒绝。潘复恼羞之际遂起杀机，于1926年8月6日下令逮捕林白水，第二天即令押至天桥南大道（即今天桥商场一带）枪杀。时值盛夏，尸陈道旁，身着白布大褂，白发蓬蓬，惨不忍睹。当时，杨度（"筹安六君子"之首，后成为受周恩来亲自批准入党的中共秘密党员）曾约请张宗昌密友薛大可前往救人，薛大可向时正雀战的张宗昌长跪不起，张宗昌才打电话给宪兵司令王琦下释放令。但林白水半小时前已被绑赴刑场，为时晚矣。白水之死与飘萍之死仅相距百日，并同于天桥刑场被杀，故当时有"青萍白水百日间"的沉痛之语。白水的《社会日报》馆在棉花胡同头条，邵飘萍的《京报》馆位于魏染胡同，中间只隔着四川营胡同，不仅二人殉死百日间，椽笔纵横之地竟也间隔咫尺。

林白水的故宅当时分前后院，前院为报馆，后院为寓住之处。我大约数十年前曾往访，据说故居今已重建。这所旧居在林白水入住之前即已为"燕市凶宅之一，卜居之，多不利"。《燕都丛考》引张江裁《林白水故居记》如是说。张江裁与林白水同为福建同乡，亦同时代人，他考证"其地为秦良玉屯兵之所，兵卒违反军法者，就戮于此，孤魂无归，时出为祟"。据何所考，令人在信与不信之间，况且依林白水之性格，他连凶恶暴戾的军阀们都无所畏惧，必不屑于无稽之祟传。

林白水的文章极有特点，"信手拈来"，"发端于苍蝇、臭虫，而归结及于政局"，"语多感愤而杂以诙谐"，这就无怪乎读者欢迎而使军阀政客们如芒在背了。而"墨渖津津欲滴"的名砚，已成为林白水一生主持正义、反抗军阀的物证。

从赵家楼说到曹汝霖

北京赵家楼的历史该不算太悠久,但却极有知名度,因为当年震惊中外的"五四""火烧赵家楼"即发生于此,至今仍然是爱国主义教育的形象标志地。赵家楼是老北京的一条胡同。楼为何冠以"赵家",至今仍是一个谜。清光绪十一年(1885年)朱一新撰《京师坊巷志稿》,于当时北京坊巷考注甚详,也许是赵家楼在当时不甚有名气,朱一新对赵家楼主人未加注解。岁月流逝,至今更加湮没无考了。赵家楼是条小胡同,位于北京长安街东端之北,据考原为前后曲折U字形走向,总长不超过300米,后被一分为二,前边称前赵家楼胡同,后边则称为后赵家楼胡同。"五四"一把火,曹汝霖宅邸的东院基本焚毁。20世纪50年代后曹氏旧宅被拆除,于原址建起新楼,成为某单位招待所。后来又改为赵家楼饭店,门牌是"东城区赵家楼1号"。

赵家楼何时成为曹汝霖的宅邸,迄今未见到准确资料。从回忆资料来看,曹宅当时分东、西两院,西院为中式房屋,东院则为西式平房。我所见过曹氏差人的回忆是1918年9月至曹公馆当差,可见成为曹宅起码是1918年。其实,曹汝霖不仅在赵家楼有公馆,他还有两房姨太太,分别在锡拉胡同和西观音寺有宅寓。大太太带着几位子女,包括1918年冬曹氏父母从原籍上海亦迁来,均住赵家楼。

曹汝霖字润田,生于上海,与陆宗舆、章宗祥都原籍浙江,又同去日本留学,1904年一同归国参加"经济特科",被清廷授主事职衔。曹汝霖任职商部商务司,后调任外务部副大臣。北洋时期当了大官,任外交次长、交通总长等职。几次丧权辱国,向日本大借款,还是"二十一条"谈判的参预者,被视为亲日派,所以五四运动中曹氏受打击最沉重。而最令曹汝霖生气的是，火烧曹宅说蜂起，有漏电失火说，有曹家家人趁火打劫说，而支持、同情学生运动的报刊，也多采用此二说。当然目的是保护学生免遭当局迫害（学生激于义愤，首先点火者即当年北京高师数学科四年级学生匡互生，后随毛泽东在湖南从事驱张运动，1933年病逝）。6月10日总统徐世昌颁令罢免曹、陆、章三人职务，也否认学生烧毁曹宅，曹汝霖在医院看到报纸后，大为生气，马上找徐质问。始愤而以辞去交通总长等职务泄愤。罢官之后，仍担任交通银行经理（当时报章说曹辞去交通银行经理职务，实际依然保留）。但他经"五四"风波，受刺激很深，发誓不再过问政治，愿做在野之民。他先潜往东交民巷法国医院。一天后又躲进东单三条同仁医院，仍觉得不保险，又搬到北海团城（当时团城由京绥铁路局管辖），闭门谢客。1919年冬，曹又避到天津德国租界居住。他每以宋人戴石屏《饮中达观》表述自己今后的志向，其诗云："人生安分即逍遥，莫问明时叹不遭。赫赫几时还寂寂，闲闲到底胜劳劳。一心似水惟平好，万事如棋不着高。王谢功名有遗恨，争做刘阮醉陶陶。"看来，曹汝霖是将安分守己视为座右铭的。尽管如此，曹汝霖一直郁郁寡欢。因为他尽管在租界当寓公，深居简出，但人们并没有忘记和原谅他。他的儿子在天津南开读书，却没有一个同学肯与他同桌而坐，这位曹公子只好隔坐独桌。课间、放学，也没有一个同学理睬他。这种情况，曹汝霖不会不知道，其内心痛苦之状可想而知。

在赵家楼修葺后，曹汝霖及全家搬回北京仍居此处。但曹仍以天津居处为多。1922年，他于灯市口同福夹道又盖起一座新楼，东院有戏楼，甚为宏伟，后门则在箭厂胡同7号。11月，曹为父亲办"彩觞"堂会，大宴宾朋。直系上台后，因曹在北洋集团中属交通系，与皖系亲密，故他又搬到天津。同福夹道宅寓则租给丹麦公使作为公使馆，只留下后院，家人改从箭厂胡同后出入。1937年始将此处宅寓卖掉。

还有一个至今也未搞清楚的谜团是：火烧赵家楼时曹汝霖到底在不在家？一般都认为曹恰巧不在，学生们则痛殴了章宗祥。实际上，据后来考证，曹汝霖早就闻听"学生们要闹事"，在家与章宗祥、日本人中江丑吉（此人在学生痛打章宗祥时以身体护住，才使章侥幸活命）、警察总监吴炳湘一起密商如何对付学生（当时院中还有荷枪实弹的警察）。一种说法是学生们冲进来时，曹汝霖藏进两间卧室夹层的箱子间。但据曹氏仆人目睹：曹听到叫骂声后，溜出小后门直奔厨房，换上厨役的衣帽，又出东小门逃往东交民巷法国医院。

所以，抗战军兴，曹汝霖曾公开表示要以"晚节挽回前誉之失"，发誓不在日伪政权任职，决不在自己被国人唾弃的历史上再加上卖国罪孽。据说，日寇占领军在筹组华北伪政权时，一度曾把曹氏看作总理大臣的理想人选。但曹氏始终不为所动。后来，汉奸王克敏为拉拢他，给他挂上"最高顾问"虚衔，王揖唐出任伪华北政委会"委员长"时，又给曹挂上一个"咨询委员"的空衔；但曹汝霖从不到职视事，也从不参与汉奸卖国活动。这一点并不等于"下水"，当时人们也很清楚，蒋介石当时就曾对曹汝霖的这种做法非常赞许。北平沦陷前后，日本人特别注意拉拢北洋时期的高官显宦，如段祺瑞、吴佩孚、袁世凯之子袁克定、靳云鹏等，但这些人都拒绝了。特别是吴佩孚，还因此被日本特务毒死。靳云鹏的例子与曹汝霖相似，靳是北洋时期国务总理，日寇多次拉拢，靳不为所动。后来，华北伪政权也给他挂上了"顾问"空衔，但靳也从不到职。所以，蒋介石对靳的气节也大为赞赏。光复后，蒋介石曾特派戴笠代表他去天津拜访看望靳云鹏。以此来看，靳云鹏不被认为是汉奸，曹汝霖当然也并不能认定是汉奸。

"八一五"光复后，曹汝霖公开致电蒋介石祝贺抗战胜利，蒋也立即公开复电对曹表示慰问。这证明，蒋对曹是不作汉奸看的。后来北平肃奸时，军统局曾将伪华北特任的汉奸名单呈蒋审核，蒋特意将曹的名字剔除。还有一说法：戴笠在光复后至北平，以中央名义在汉奸宪兵司令黄南鹏宅中请所有简任级以上大汉奸"赴宴"，旋即宣布逮捕。曹也在被捕之列，但经吴鼎昌等人在蒋介石面前说情才被释放。当时戴笠虽未将曹送入牢狱，却也将其软禁而不准回家。蒋知道后，立命戴送曹回家并数次致歉。有些研究者认为：当时蒋介石欲将庞大的军统"一锅端"，所以借拘曹汝霖之事小题大做，敲山震虎。不过，无论如何说法，总之曹汝霖并未被认定为汉奸。

不过，也有另一种说法。据老报人徐铸成先生回忆，曹当"高级顾问"是蒋介石的主意，是让曹"打入内部"做高级情报的。徐老认识不少北洋高层人物，不过他也是"听说"而已（见《旧闻杂忆》）。但我很怀疑：以曹氏那种经历和身份，是不会做这种"包打听"工作的。徐老于20世纪90年代初过世。这段史实已不复考矣。

总之，曹汝霖的"顾问"之类空衔是别人挂上的，他始终没有"下水"。当然，抗战中日本侵略者是非常想利用曹汝霖的声名，在华北汉奸队伍中担任职务。本来日寇最理想的领军人物是吴佩孚、靳云鹏、曹汝霖三人，但吴坚决不肯干，致使日寇特务机关恼羞成怒，将吴毒死，靳云鹏也坚不肯干，曹汝霖更是不肯出头。曹汝霖只肯接受虚职。据说，日寇特务机关长喜多非常气愤，曾指斥曹："为什么我们'皇军'来了，你不出头帮忙，你究竟作什么打算？"曹汝霖怕于己不利，才接受了新民印书馆董事长、"中日恳谈会"会长等职，但并无实权。

在日伪时期，曹也利用与日本人的关系，办过一些对老百姓有利的事情。如前文提到曹在天津读书的小儿子曹朴（字君实），后去日本留学，归国后曾任张学良的副官。"九一八"后随张学良至北平，后任天津市警察分局局长。"七七事变"后，日寇袭津，在新车站用机枪扫射难民，曹朴转请父亲阻止日寇暴行，曹即出面给日军打电话说："新车站住的都是难民，不是军人，并无敌对行动，为何要开枪射击这些无辜的老百姓？"日寇这才停止扫射，后由曹朴联系商会，在河北公园设收容所、粥厂，将难民陆续送走。以今天的审查眼光来看，曹汝霖在沦陷期间，并无罪恶。反而或多或少尽量减少日伪对老百姓的残害，这恐怕应该是予以指出的。

抗战后，曹由天津赴上海，1948年去香港，次年赴台湾，再到日本，后转美国。1966年逝于底特律，享年89岁。据说，他的出走是担心别人给挂上的伪职会授人以柄，所以去国而隐居。"五四"中另外两位"国人皆曰可杀"的陆宗舆、章宗祥，陆在"五四"后不久即死去，没有经受当不当汉奸的考验。章却经受住了考验，空衔都未曾挂过。新中国成立后在上海安居，写写文史资料，天天清晨还到公园里打太极拳，生活颇为安详清静。章氏是1966年逝世的，那时已年过90了。曹汝霖在晚年出过一本回忆录，名《一生之回忆》（中国大百科出版社2009年版），对他在"五四"中的经历寥寥数笔，亦无辩解。不过，他对送达日本使馆"二十一条"文本时，说有"心态凄凉，若有亲递降表之感"。他在回忆录中总结到："此事距今四十余年，回想起来，于己于人，亦有好处。虽然于不明不白之中，牺牲了我们三人，却唤起了多数人的爱国心，总算得到代价"，应该算是发自内心的吧？

有趣的是，五四当年担任天安门大会主席和游行总指挥的傅斯年、段锡朋及罗家伦、周炳琳、梅思平（放火第一人）等"五四"健将，都当了国民党的高官，许德珩在50年代后担任人大常委会副委员长。痛打章宗祥的杨荃俊（杨名轩）新中国成立后仕人大常委会副委员长、民盟中央副主席。但据后来参加者回忆：当时傅斯年等是极力阻止冲击赵家楼的，几个学生小组织，事先即准备采取暴烈手段，已准备好火柴、火油，还要寻觅手枪等。傅斯年等并不知情，事后也阻拦不住。这些，曹汝霖恐怕也不知道吧？

所以，综上所述，曹、章、陆三人的晚节还是应该肯定的，当然历史也不会忘记他们早年的卖国行为。

春明旧事

西山诗人宝廷

北京的西山，风土怡人，秀色可餐，文化积淀亦颇深厚。即便寺庙，亦每因人显。宝廷是光绪年间的名士，"清流四谏"的主将之一，名气极大。与灵光寺也极有渊源，栖居题诗，忘返流连，不失为佳话。

灵光寺为西山八大处之首，亦是京西游览胜地。其称第一名刹，也因供奉释迦牟尼佛牙舍利之故。寺之悠久，始建于唐。不幸被八国联军重炮摧毁，1919年才重建。所幸佛牙舍利在清理瓦砾中幸存。

但在光绪八年（1882年）以后，灵光寺又大引世人瞩目，缘于宝廷在灵光寺多次题诗于壁。宝廷在罢职前后多次题诗灵光寺。其中42岁时，题壁一律，那一年他被授礼部左侍郎，晋身于正二品官员之列。但从他诗句看却不见喜悦之情："壮志豪情一律删，怡然终日总欢颜。攀岩自诩身犹健，照水方知鬓已斑。世上难沽常醉酒，人生能得几年闲？迩来尽享无官福，四月之中四入山。"宝廷享诗名，他的灵光寺题壁诗，引得上至朝廷重臣，下至士子络绎前去观看，竟能绵延20年之久。从诗句看并无惊心之处，辞藻也未令人动魄。这实缘于宝廷成为轰动朝野事件的主角。

天潢贵胄　清流健将

宝廷，退回130多年前，是一位令朝野瞩目的人物。首先身世显赫，爱新觉罗宗室，和硕郑亲王济尔哈朗八世孙，镶蓝旗。他这一支家世衰落，其四世祖阿扎兰已递减为镇国将军，但他凭个人奋斗，考中进士（同治七年（1868年）戊辰科，其父常禄为道光辛卯科进士），不过

14年，已升至正黄旗蒙古副都统、礼部右侍郎，秩正二品。过去一直认为旗人是"铁杆庄稼"，衣食无忧。其实下层旗丁包括没有差使的宗室觉罗，生活是很穷困的。

以宝廷为例，据他的儿子寿富编写的《先考侍郎公年谱》（以下简称《年谱》）载：父常禄被革职，家道贫困，"室中几案尽售，以砖为座，凭炕而读。积夏苦雨，连日不得食，乃取庭中野菜食之"。宝廷后来写过《无食叹》《无火叹》《无衣叹》等一组乐府诗，给我们描述了所谓"宗室"的穷苦潦倒之状："朝无食，夕无食，老弱凄凄相对应。破甑燃薪煎菽叶，阿爷凄惶面菜色""炉无火，委席左，父子缩首迎阳坐。朝阳微微无暖气，老父今年六十二""朝断炊，典寒衣，空空两袖寒侵肌。寒侵肌，不足叹，老父葛衣不掩骭"。宝廷七岁丧母（其诗有"我生大不幸，七龄母已终"），一手由"恩与慈母同"的父亲带大。结婚时女方也是穷旗人，"家居徒四壁立"，婚宴之酒亦无可供。在如此"无食""无火""寒侵肌""凭炕而读"的惨况下，宝廷终于29岁考中进士，不能不令人佩服他的坚韧毅力。

宝廷在光绪朝是政坛新星，为人正直，敢谏直言，对国家大事、朝政弊端，无不上疏，"以直谏名天下"，常得"懿旨嘉纳"。与当时的清流派张佩纶、张之洞、黄体芳、邓承修、陈宝琛等交章论劾，扳倒过若干贪庸大老，被舆论誉为清流"四谏""五虎"之一。

宝廷还负有诗名，以五、七言歌行闻于世，胸臆直露，情挚骀宕，且有古乐府风，通俗易懂。与翁同龢、陈宝琛、郑孝胥、陈衍等同光诗派声气相求，叠章唱和，蔚成诗坛气象。他还是京城"日下联吟社"的盟主，诗声所至，才名大著。尤其《光宣诗坛点将录》称誉其为"金枝玉叶，美无度兮。琨瑶竹箭，丰其穫兮"，可见声名之盛。宝廷人"俊伟"，才貌双全，更引瞩目。唯其"点将录"仿水浒一百单八将冠以绰号，将宝廷列为"天贵星柴进"，不仅与诗名相比位置低，且有些不伦不类，大概是作者将宝廷与柴进类比皆有贵族身份？

本来，如果不是发生了"纳妾"事件，宝廷在为政上无可指摘，在仕途上无可限量，与他同为清流的张佩纶、张之洞、陈宝琛等都先后外放得到重用。如张佩纶为福建船政大臣、张之洞为山西巡抚、陈宝琛为江西布政使。

典试纳妾　自劾罢官

宝廷于光绪七年（1881年）授内阁学士，奉旨出福建任乡试正考官，居然发生了一件人们意料不到的事情。《清史稿》宝廷本传中只有寥寥十个字："还朝，以在途纳妾自劾罢。"朝廷还明发上谕，致使宝廷纳妾一事喧嚣朝野："宝廷奉命典试，宜如何束身自爱，乃竟于归途买妾，任意妄为，殊出情理之外，宝廷着部严加议处！"朝廷有"邸抄"，一经明发，世人皆知。清朝入关即规定旗人不准听戏、嫖娼，但并无不准纳妾的规定。而且宝廷已纳了三位妾，再娶一房未必算"妄为"。实质引起轩然大波者，正如散布者说是所纳之妾为浙江江山九姓"船妓"，明初陈友谅部下九姓于浙江贬为船居"贱民"，不得上岸居住和与他姓通婚嫁。故以舟船捕鱼运货，亦有"船女"以揽客游览为生。关键纳的不是良家女子，让政敌抓住把柄。

宝廷本属"清流"，以抨击朽类昏聩为己任，之前曾与张佩纶、黄体芳，力劾户部尚书贺寿慈认商人妻为义女，利益往来，致使贺丢了乌纱帽。认商贾之妻为义女，尚且不被认可，纳贱民之女为妾自然不被舆论所接受。宝廷事件之后的清末，也出现过盐商买下伶人杨翠喜，献之于庆王奕劻子载振为妾，被御史检举严劾，结局是被"议处"，一品顶戴也丢掉了。看来，纳妾也要分是什么人。所以，宝廷在归途中给朝廷上《途中买妾自行检举疏》，不得不自请处分。

宝廷本来以道德高地捍卫者自居，盛名之下，忽然出了如此绯闻，不得不令人侧目。况且在此之前的同治十二年癸酉年（1873年），宝廷曾"典试"浙江任考官，也动情之下欲携船女北归，只不过是被设为一场骗局：约好水陆各进京"迎之"，"则船人俱杳然矣"。因为未构成事实，只是"时传以为笑"。这次载之同行北归，按李慈铭《越缦堂日记》载，是途中"至袁浦，有县令诘其伪，欲留质之，宝廷大惧，且恐疆吏发其事，遂道中上疏……附片自陈言：钱塘江有九江渔船，始自明代，典闽试归至衢州，坐江山船，舟人有女，年已十八，奴才已故兄弟五人，皆无嗣，奴才仅有二子，不敷分继，遂买为妾。"这个解释有些牵强，既为过继，弱水三千，干吗非要娶九姓船女一瓢饮？

清流派人士闻之，则惊诧莫名，如闻焦雷。如陈宝琛则以为"乃忽自污，以快谗慝，令人愤懑欲死！"（致张之洞函）张佩纶在致李鸿藻密信中愤言："竹公（宝廷号竹坡）器小易盈，可为太息痛恨。"今人曾挖掘出当年张佩纶致李鸿藻密信，共同谋划拦截送奏折的折弁（投递公文的专差），使之缓交奏事处上达朝廷，以便转圜。折弁表示还有其他奏件，不能分开日期转交，诸人只好作罢。（姜鸣：《秋风宝剑孤臣泪》）

据翁同龢日记载："宝廷条陈，均当日发下。"12天后，依部议宝廷被革职。一个以横议天下为己任的清流，何以至此？

众说纷纭　疑似布局

时人对宝廷之陨落有不同的视角和解释。

张佩纶因马江战败，朝野舆论汹汹，尤其闽籍京官大肆攻击，左宗棠曾为之辩诬。对宝廷"途次不检"，他认为是有人下套，并举某官员"视学浙江时，官吏憎其清严，亦曾以船政败其素节。……竹坡此事先后同符，殊为不值"。李伯元《南亭笔记》卷二则直接揭出是"地方官备封江山船，送至杭州。此船有桐严妹，年十八，美而慧。宝悦之，夜置千金于船中，挈伎同遁。鸨追至清江，具呈漕督。时漕督某，设席宴宝。乘间以呈纸出示"……此漕运总督为庆裕，宝廷被迫"自行拜折"，与漕运总督的劾折同时送达北京。清人汪康年的《汪穰卿笔记》卷四叙之情节更为细致："某侍郎督浙学时，有司预备江山船，船户女必出酬客，某禁之甚严。船户等患之。乃乘学使舟行时，令女登岸。遥随舟而哭。良久，学使命询其故，则对曰：'本船中女，因大人禁急，故出我，我无所归，是以望舟而哭耳。'学使曰：'可且归船，但勿入舱可也。'女诺，即踏船头而入。被发布衣，颇觉其盼睐动人。一夜，学使腹痛，呼从人不应。良久，女忽然闯入，问知状，即为按摩，轻重适意，既而偎倚谐谑，挑招备至。某不觉入其彀中，遂留使宿。后屡如是。既而抵岸，船户即呼某县办差者预备轿接太太。差执向例无之，而喧哄不止。某大惭，丐人为解，以千金畀之，姑已。"所以不嫌冗长照录，由中似乎可以看出是步步周密安排，甚至宝廷的"从人"亦似被收买。

　　汪康年此则笔记的标题即为"学使入彀"，其述比左宗棠等人的分析更有根据。汪康年的笔记均是他逝后由其弟汪诒年辑印，很可信。因为康年虽于光绪十八年（1892年）中进士，三十年（1904年）补朝考授内阁中书，但一直办报，著名者如《时务报》《京报》等。其随笔杂文多在报上揭载。他的倾向性很鲜明，所谓"入彀"已在不言中。而对前述庆王和载振父子丑闻，他是大加系列报道和评论，予以揭发抨击的。以他的职业身份、交往层面和信息渠道，所述一定有所据，应是很珍贵的辩诬史料。李慈铭《越缦堂日记》则云：宝廷船"有县令诘其伪，欲留质之"，宝廷为奉旨典试的二品大员，县令不过七品，按规制，宝廷官船所至，高悬官衔牌、官衔灯笼，地方府县要迎送拜谒，奉送程仪。敢"诘其伪，欲留质之"，无后台恐不足以如此强硬。综上述，"地方官""县令""有司""漕督"等，足证影之绰绰，幕之重重。

　　宝廷为清流骨干，多次上疏抨击贪庸朽类和时弊，笔锋犀利入骨，得罪朝中既得利益者流，是很正常的。加上他"遇人接物必以诚，无机心，无饰言"的性格，在官场上必然格格不入。其行不检，当然给人以口实。因此，也有不少人持另一种说法，即宝廷此举是故意为之，这以黄濬《花随人圣庵摭忆》（以下简称《摭忆》）为代表："竹坡当日以直谏名天下，厥后朝局变，亟以纳江山船伎案自污，遂弃官入山。"宝廷之子所撰《年谱》也说是"微过自污"，而生急流勇退之意。这种议论也颇具代表性，不少笔记多如是说，如《钱江画舫录》竟云："其实宝以国事日变，清议不容，益借风流罪过以冀免祸也。初，宝与陈弢庵（宝琛）、张孝达（之洞）诸公均以直声震海内，亲贵侧目，屡见中伤。督学闽中时，又闻张丰润（佩纶）马江之变，自闽返浙，归途抑郁。……乃以三千金付驾家娘，偕之北上，专疏自劾，放浪江湖。"大概作者出于曲护之心，但与事实出入过于悬殊。宝廷典乡试于光绪七年（1881年），第二年方有纳船女之举，而张佩纶逢马江之战是在两年后的光绪十年（1884年），而时清流派指斥方遒，意气飞扬，且朝廷外放京官主考乡试，是一种优容之举：一则历练资历，二则有半公开的外快（中试举子在考中后皆会以门生身份拜主考官为"座师"，不乏赘敬。宝廷当年中试后因家贫则无钱可送），三则广收中试举人为门生以为官场人脉。宝廷此次乡试所收门生即有以后名盛一时者，如郑孝胥、林纾（琴南）、陈衍等，完全乌有"以冀免祸"的忧虑。

"屡见中伤"还是有一定道理。《清史稿》宝廷本传中大段文字只叙述他上疏同治立嗣事，他弹劾权要如贺寿慈之辈，未见提及。他有不少论及时弊的奏折，当然也不免得罪"亲贵"。所以布局下套之说值得探究。既如李慈铭，视清流为仇敌，"皆不睦"（黄濬《遗忆》语）。在日记中动辄诋毁李鸿藻、"四谏"等，对宝廷行事不检点当然幸灾乐祸，在日记中嘲斥宝廷是"明目张胆，自供娶伎，不学之弊，一至如此"！他还赋诗一首，极尽讽刺，其中有"宗室八旗名士草，江山九姓美人麻""为报朝廷除属籍，侍郎今已婿渔家"。此诗经曾孟朴《孽海花》一书引用，传布更广（杨士骧则认为此诗为易顺鼎作）。他在日记里说，宝廷所娶"其人面麻，年已二十六七"，与宝廷自请《检举疏》"年已十八"及同为清人的李伯元所记"年十八，美而慧"，则相庭径。也有野史笔记说与宝廷同时代为官者见过此女，"并无中人之姿，面上且有小痘斑"（《苌楚斋随笔》）。所以，有相当一部分人的感慨是："以此去官，殊不值也。"

当然，张佩纶、李鸿藻、张之洞、陈宝琛一址清流，更扼腕可叹的是"不独言路削色，亦且朝列蒙羞"，是"言之愤愤恨恨"的"真谬妄也"！

关键是宝廷"数年来忠谠之言，隐裨朝局，亦中外所知也"，忽然行事失检，怎不教清流人物"愤懑欲死"？所以，据说军机大臣代拟谕旨提出处理意见时，清流派的对立面宝鋆看到宝廷自劾折，当然引经据典颇具文采——不禁嘲笑道："佳文佳文，名下不虚哉"，大概是宝廷在自劾奏折中引用了两个历史典故为自己辩解，一为汉代苏武被扣羁于北海时，与匈奴胡妇生子；二为南宋名臣胡铨被秦桧贬谪海南，后携土著女子北归。而致宝鋆失口嘲谑。想要曲护宝廷的李鸿藻无可奈何："究竟是血性男子，不欺君父，然亦无由曲庇。"（《十朝诗乘》）

"无由曲庇"四字真正道出了清流派们的无奈心绪！

与李慈铭包括宝鋆态度相同者大有人在，如视宝鋆"吾师也"的何德刚，在其笔记《客座偶谈》中对宝廷等清流人物亦有春秋之笔："讲官张佩纶、宝廷诸人，相约弹劾权贵，操纵朝政"，"虽阴主者固有其人……"，"相约""操纵""阴主"，隐含贬语。又说："法舰闯入马江，海军以不战被燔，张（佩纶）坐失机落职。滇越陆军失利，弢老（陈宝琛号弢庵）亦以举荐主将非人降调。功罪赏罚，名如其分，在清流无所为荣辱也。惟张于罢官后，为李文忠（李鸿章谥'文忠'）赘婿，致招物议；宝（廷）亦以福建试差归途，娶浙江江山船妓，上疏自劾落职。清流之贻人口实，亦不能一味尤人也。"在何德刚看来，李鸿章招张佩纶为婿都有"物议"，何况宝廷娶"江山船妓"为妾？若干笔记如《十朝诗乘》等大书"江山船妓女"，唯恐后人不知。

也有人的笔记对此并不置臧否，如易宗夔《新世说》卷三叙宝廷轶事时只云其"与张之洞、陈宝琛、张佩纶、邓承修齐名，直言敢谏，时号'五虎'。后官浙江学政。娶江山船女为妾，自劾弃官，佯狂以终"。寥寥数言为褒语，说到绕不过去的关节处，不书"船妓"，而是写成"船女"，一字之别，令人玩味。卷七又谈到宝廷却写"纳江山船妓女"，按说应与卷三之说统一。或此处若断读应是"船妓"之女意？因有说江山九姓在明代被籍属乐户。不少笔记如《蕉庵诗话》《晚晴簃诗汇》《慧因室杂缀》《石遗室诗话》等皆记"船女"。像盛昱等编《八旗文经》，在小传中干脆只说是"归途自劾罢"，起因索性绝口不谈。其实，如正史《清史稿》并未指为"船妓"，而只书"在途纳妾"，"议处"他的上谕也是责其"归途买妾"，看来"船妓"云云也许有不怀好意的歪曲渲染。若江山九姓在明代确被籍归乐户，那船女则是一种职业，未必皆以此卖身。

性情中人　晚年悔意

更有以宝廷是性情中人为之辩护。宝廷是诗人，有诗人的气质。"我生素负气，言动多轻躁""疏狂不合世，进退同招议"，天性率真，语无顾忌，爱美之心，弃他如履，以名士风度，而不拘形骸。清人有笔记说他"好色而不好货"，李慈铭说他"素喜狎游，为纤俗诗词，以江湖才子自命。都中坊巷日有纵迹，且屡娶狭邪别蓄居之，故贫甚，至绝炊"。这几近夸张诬贬，不甚可信。宝廷在娶江山船妇汪氏之前，已娶有三位侧室，加上汪氏，分别以"情兮、盼兮、悄兮、皎兮分字之"，宝廷被裭职，这四位女子并不曾辞去，可见他所爱的人并不是仅看重富贵，即使"贫甚"。有人称他甚为"重情"，由此可见并非妄言。宝廷以前写过《题焦山文文山墨迹》诗，正如徐世昌《晚清簃诗汇》所云："是诗不啻自为写照"。诗中云："闻其未相时，颇不拘小节。始知多情人，乃能有热血。""千秋仰忠烈"的文天祥，早年顾盼多情，并未有损青史留名。宝廷自己也写过诗："我生本多情，愿得寄女子。世果有知音，甘心为之死。"敦崇《芸窗琐记》记有宝廷被罢官后所写《江山船曲》，有"微臣好色原天性，只爱蛾眉不爱官""那惜微名登白简，故留韵事记红裙"之类，他的诗集《偶斋诗草》（以下简称《诗草》）并未收录，是否乃其所作，值得怀疑。《撼忆》一书在野史笔记中有可信度，作者对此诗只说是"世所不传"，并说宝廷朋辈门生陈宝琛、郑孝胥、陈衍，"皆未尝为余（我）言及"。

尤其"何惜中途下玉台""本来钟鼎若浮云"之句，更不符合宝廷后来的心情。一时"入彀"，为情所累，半生功名，付之东流，他应该是有悔意的。

据有人考证，宝廷被罢官之后，张佩纶在元宵节前二日去拜访，被拒而不见。但见到他的儿子。张后写信致李鸿藻汇报此事："其世兄（古人对友人之子的尊称，应是其子寿富）云，微有悔意，谓负圣母、负公又负二三同人也"（其函见上海图书馆藏光绪九年正月十三日函）。"圣母"指慈禧，"公"指李鸿藻，"二三同人"当指与宝廷有交谊的张佩纶、陈宝琛等清流中人。"有悔意"是很自然的。宝廷之子寿富于光绪十四年（1888年）中举，宝廷连续写诗说及"父过汝休忘""吾过赖汝补"，是令人颇能感觉到他的懊悔之情的。《年谱》中收有宝廷《〈学不及斋待质稿〉叙》和《遗嘱》两文，前文中自云"自念半生乖谬，凡事任情，不拘礼法，身败名裂"，后文中亦有"犹不免任性妄为，卒至身败名裂，负国辱家"，在致友人信中也自责"仆乖谬疏狂，上负天恩，下负众望，贻笑天下，得罪后世"，他也写过"几度残生应自悔"的诗句，颇为看出他已不是"微有悔意"了。所以，罢职之后，"或酒酣高歌，继以泣下"（《年谱》），真个是谁解其中味？

光绪十一年（1885年），张佩纶因马江之战遭贬斥，戍张家口军前效力，途经北京，宝廷与之晤面，百感交集，遂写长诗相赠，其中有"补赎叹无从，天恩负高厚"之句，更可窥见他无可奈何的心绪。

宝廷诗集中收进《题灵光寺》一律，当是罢官之前二年所作。但给人的印象却极似去职后所作，诗中所咏真是他的心境吗？往事真能"一律删"吗？"怡然终日总欢颜""尔来尽享无官福"都不会发自内心，只有"世上难沾常醉酒"约略道出他的心境。据清人笔记载，宝廷常以酒浇愁，友人"见于京师剧馆中，已憔悴，霜雪盈颠矣。然尤娓娓道其近作。已而同入酒家，饮亦尽十余斗"（费行简《近代名人传》），这真是"世上难沾常醉酒"的真情写照！这已然不复"美无度兮"意气方遒的清流健将风采矣！

钟情西山 家世渊远

宝廷为何在灵光寺题诗？固然，题诗于寺庙是唐宋以来诗人墨客的雅好，但何以择于此？这其实是跟宝廷与西山、灵光寺家世渊源密切有关。

他的祖先济尔哈朗坟茔即在北京西郊白石桥，白石桥这个地名即是为郑王府"白事"所建而冠名，一直沿用至今。右安门外纪家庙郑王坟，是济尔哈朗之孙雅布墓园，西侧有承袭王爵的济尔哈朗弟费扬武曾孙德沛墓地，据《啸亭杂录》载：德沛在年少时应袭公爵，但他让给其弟爵位，自己到西山隐居读书。在雍正时授镇国将军，雍正问其何所欲？答："惟愿百年后于孔庙中食块冷肉耳。"雍正大赞，马上授他兵部侍郎职。在乾隆年间历任甘肃巡抚和湖广、闽浙、两江总督、吏部尚书等，袭王爵。其操守廉洁，每官至所地，必建书院，育德储才，故世尊称其为"德济斋夫子"（他字济斋）。由此可见其西山隐读，居然一派隐士之风，完全没有天潢贵胄瞒肝骄奢的恶习。德沛的西山读书处今不已可考，但于其中不乏赓续可见宝廷的流风遗韵。对这位有名气、有德行的先祖辈，熟读家族史的宝廷是不能不知晓的。也许，宝廷父子结庐西山之处，正是德沛筑室读书的遗地？北京还有多处郑王坟，几乎都在京西：如济尔哈朗曾孙雅尔江阿墓在广安门外湾子，德沛祖父贝子付喇塔之墓在门头沟区坡头村，在"辛酉政变"中被赐自尽的郑亲王端华（同母弟为肃顺）也"移尸成殓"于京西五路居祖坟地。读已故冯其利兄《清代王爷坟》，可知上述在今天早已荡然无存，但在当年，宝廷是极有可能去西山时，驻车凭吊那些赫赫有名的列祖列宗的吧？因为从宝廷的诗看，他很看重自己贵胄的显赫身世，也引以自豪，其《咏怀七古》云："大清策勋封诸王，赫赫郑邸威名扬。文功武烈耀史册，祖宗累代流芬芳。"诗句虽不见佳，但确可窥其心情流露。以今日之眼光看，或许有些俗气，但在清代，有如此天潢世系，是很受从皇室到旗人的尊重的。

宝廷被罢官后隐居西山，《南亭笔记》说他"从此芒鞋竹杖，策蹇游西山，日以吟咏消遣"，是真实的。《年谱》云："光绪九年正月，公罢职，纳妾汪氏（即船女）。春游西山，夏游灵光寺，游昆明湖。秋游西山，返宿灵光寺。"对灵光寺，不仅是春秋两季皆"游"，还"宿"，可见眷顾钟情于此。《年谱》记宝廷"游西山""游妙峰""游翠微"，比比皆是。唯"昆明湖"，大约是泛指？非指颐和园内昆明湖？此为皇家苑囿，官员非谕旨不得入，何况宝廷已是白衣？

宝廷与西山八大处之渊源非自去职后。《福雅堂诗抄》载其寓位于"双塔庆寿寺后"，大约即今西单商场后，但在同治三年（1864年）已破败。也有说故宅在旧刑部街，《年谱》中记宝廷曾随父入城住其姑母处，亦难考实或属此地。但光绪十三年（1887年）宝廷写有"移居松树胡同"的诗。《京师坊巷志稿》有载，明代即已存在。今和平门内有东、西松树胡同，西松树胡同已大部拆去。据说宝廷载妾归京，慑于舆情纠劾，将其匿于老宅，不知是否即此处？《年谱》记宝廷在九岁时随父移居翠微山，除中间有两年住城里，一直"居西山"至17岁。学诗启蒙师之一即为灵光寺住持法华。他曾写诗有怀法华："相思相见知何日？雪月花时最忆君。"感情十分笃厚。看来，灵光寺确是宝廷流连忘返之地，尤其在罢官之后，每居于此，往往数十日不归。我检《诗草》，其中题咏灵光寺者共33首，可见挚爱情系。有些诗句清新可诵，如"地湿苍苔久，山晴红树多""冰下水声细，雪中松色浓""残花落满地，春云馀芳留""霜叶不知摇落近，犹将红紫斗残秋""山光晚烟润，柳影夕阳疏"等。

题诗于壁　叠相唱和

宝廷的题灵光寺壁诗，交口传诵，当然会产生轰动效应。不断有人去观瞻，传抄。亦有不少人补题唱和。宝廷的门生郑孝胥曾至西山探视，大约会在寺里看到题诗。因为诗中有"休官竟以诗人老"之句，但从诗意看，似乎也去了住处，看到了"侍郎憔悴掩柴扉"，感慨"小节蹉跎公可惜，同朝名德世多讥"。诗题《怀座师室竹坡侍郎》，当是归去之后作，未将诗呈"座主"一阅，否则必致不敬且尴尬。

宝廷题诗数年后，翁同龢游八大处，判断应至灵光寺，他一定浏览了宝廷的题壁诗，故题一首五律在宝廷诗后："衮衮中朝彦，何人第一流？苍茫万言疏，恻恻五湖舟。直谏吾终敬，长贫尔岂愁。何时枫叶下，同醉万山秋。"其日记记游题之时为光绪十一年（1885年）六月廿七日。翁诗之格高于郑诗，有大臣的气度，对宝廷的评价甚高，充满敬意，而且将宝廷纳妾比喻为如范蠡载美"五湖"，并不认为是失节。宝廷若有知，真是当可慰藉。

宝廷于光绪十六年（1890年）十一月十三日因染瘟疫而逝，年仅50岁。心情郁郁，过度饮酒，被罢官后断了俸禄，衣食拮据，靠友人周济和借贷度日，汪氏先于他而逝，这都是致之早逝之因。然人之逝而诗犹存，宝廷题壁诗一直存世于灵光寺。大约在1910年，仍然有人瞻观到宝廷的题诗。此人为宝廷的门生，后来享有盛名的林纾。林氏感慨万端，"忍对沧桑语感时"，诗中特别提到"八口宁忘泉下痛（此句有注：师二子于庚子殉节，四孙去年同以疫死），廿年犹泚壁间诗"，先说后一句，宝廷题诗起码在光绪十一年（1885年）前，到林琴南题诗时已逾20年了。前一句则是对宝廷后人不幸死难的隐痛。

宝廷子女不少，与江山女生子寿康，但早夭。其他亦有女二人夭。子寿富考中进士，这曾使宝廷甚为欣慰。寿富连其另一弟富寿，同娶联元两女为妻，联元与宝廷为同科进士，旧称"同年"。联元在义和团风起云涌时，是礼部侍郎、内阁学士，在御前会议上忤逆慈禧，反对围攻各国使馆，引慈禧大怒，下旨将其立斩。联元与宝廷的性格有相似之处，襟怀坦荡而刚直敢言，如宝廷不以娶江山船女事去职，倘亦列于御前朝会之上，不知是否会与亲家翁相桴鼓？相比于联元之冤死，宝廷早离风波险恶的晚清政坛，也值得庆幸。宝廷是才人，被宵小所妒是很正常的。他的先祖济尔哈朗身世悲惨，被鳌拜抑制，几有杀身之祸。只不过宝廷不如先祖善于韬晦规避罢了。这也不禁令人想到清代另一位天才诗人龚自珍，才名遭嫉，被诬"丁香诗案"，其子亦被蔑呼"龚半伦"，编造出为英法联军引烧颐和园的天方夜谭，不得不离京避谗，"一生襟抱未尝开！"宝廷、龚自珍的被流言所累，或许是后世对他们在文学史上的地位评价不高的原因，真是其情可悯，其憾可叹。

而宝廷儿女们的结局却极惨烈。八国联军攻破北京，逢此大变，留在北京的大批宗室、官吏唯恐受辱，往往举家自杀殉难。我曾读过史料，那一行行姓名、死者数字，仍然令人触目惊心，肝胆欲裂。这其中就有宝廷的两个儿子和女儿隽如、淑如兄妹四口闭门自杀！（见林纾撰《寿富行状》）其四个孙子后又因瘟疫而夭，宝廷若泉下有知，该当何恸？宝廷之子寿富有学问，《清史稿》本传说他"泛览群籍""旁逮外国史，通算术"，还曾奉旨赴日本考察政治，著有《日本风土志》。他的殉节还是很令人惋惜的。林纾诗题名为《秘魔岩见宝竹师题壁诗怆然有作》，宝廷原诗题为《题灵光寺》，翁同龢诗题为《游西山见宝竹坡题名因书其后》，翁诗未指明具体地点。灵光寺位于翠微山下，东北方向即为卢师山，有证果寺，始于隋代。寺之西北有"秘魔崖"，即林纾诗题所云"秘魔岩"。据说遍崖名人题诗甚多，亦有翁同龢诗刻。1900年，西郊义和团于此设坛，八国联军进攻北京时，以重炮击毁灵光寺，仅存佛塔塔基及北院三座石塔。若宝廷原诗题于庙壁，包括翁同龢补诗，应已毁于炮火。而林纾所见，或有人将宝、翁等诗移刻于秘魔崖？在20世纪40年代，秘魔崖"还有他（宝廷）亲笔题在墙上的诗迹。在许多墨迹之中，他的一首诗，外边被人加了浓厚的墨框以特表珍贵"（《文苑谈往》，中华书局1946年版），是不是宝廷题于秘魔崖的诗？查《诗草》，诗题明确"灵光寺题壁"者共12首，明确"秘魔崖题壁"者共6首，于今不知是否仍存于世。

不以人贱 钟情不渝

数年前，我曾有灵光寺之游，见巍峨新宇、高堂广厦，甚为感慨。其实不妨辟出一壁，镌刻宝廷等一干题诗，或许不无文化意义。也可使入寺者不仅顶礼焚香，俾可了解封建时代晚期的人和事件，使我们知道在西山曾有那样一个清流人物，为人、为官做到了圣贤所倡的"威武不能屈、贫贱不能移、富贵不能淫"，而竟失于小节、而重情罔顾的悲剧。说到"重情"，宝廷之不以人贱是当时道貌岸然者所不容的。在封建时代，所谓"江山九姓"，甚为下贱，包括一般百姓都会蔑视。迫于贫苦，往来江上，以今天眼光来看，也不无悯叹。查《清史稿》中的"食货志一·户口田制"条，所列"贱民"即有"九姓渔船"，与山西等省"乐户"、浙江"惰民"、苏州"丐户"、徽州"伴当"、宁国"世仆""细民"、广东"疍户"同为"贱民"。我去过开平赤坎，有称之为"疍民"者，所谓"疍民"，主要聚居于珠江流域船上，称为"淡水疍民"，渔于内河。《太平寰宇记》载：新会县（赤坎时属新会）"疍人""生在江海，居于舟船，随潮往来，捕鱼为业"。宋元以来即被称为"疍人""疍民"，也称"疍僚""疍蛮"等，实际应是汉族土著。清初屈大均所著《广东新语》对其捕鱼技巧有生功的描述。"疍民"不与岸上汉人通婚，且多受歧视。自雍正元年（1723年），官员年熙、噶尔泰相继提出废除"乐户""惰民"，朝廷始颁令"服役为断""着即开豁"可"改业从良"。雍正七年（1729年）下令"疍户听其于近水村庄居，力田务本"，但因生活习惯仍"率以水居为自便"。其他类"贱民"也完全做不到"改业从良"。在封建时代，只有废除"乐籍"得到禁革，包括官员严禁蓄养优伶，其他贱民阶层并未彻底"从良"。贱民阶层只有在1949年后，才完全杜绝，如"疍民"，政府单成立渔民村。据《赤坎古镇》一书载：约一半完全上岸居住，其他分季节上岸居住，仍完全以船为家是极少数。40岁以下的基本不再以捕鱼为生。

珠江"疍人"与浙江"船户"有无族性渊源？疍民捕鱼基本是夫

妻同出，没有如浙江"船娘"的职业。但都是弱势群体，被"土痞蠹侵凌轹"。宝廷敢娶船女，莫说他是朝廷二品大员，即使一般岸上百姓也是不敢想的事情。对最受鄙视的"贱民"女子，不是逢场作戏，不是始乱终弃，这是那些道貌岸然之流所不敢正视的。尤其"中彀"之后，不是一走了之，不是以势欺人，担肩情义，令人敬重。宝廷写有长诗《之江行》，叙事诗体，细叙纳船女始末，其婉转悱恻，令人叹惜。据《年谱》记载，宝廷所娶的这位汪姓船女，还为他生有一子。宝廷且为其取了"皎兮"的爱称，可见不乏恩爱。当然，自赏钟情为红颜，因小节而失大，总是令人抱憾。自古以来至明清，谏臣以直劾昏聩君王、无道奸佞而被罢官，才会受到天下士林清议的尊敬。人高于众，更应洁好，宝廷之舟船载美，真的应该予后人以借鉴和深思。

吟咏西山　无出其右

宝廷流连于西山景色，"徜徉于妙峰、翠微之间"，写下大量吟咏山水名胜诗篇。他一生写了多少诗？迄无准确统计。按他自己吟咏是"穷愁旅恨五千首，家难国忧三十年"，诗题为《三十初度感怀》。那么他至50岁逝世，所作应不止5000首吧？但林纾为座师逝世五年后所辑《诗草》（光绪癸巳刻本，也是唯一的刻本，几近绝迹），仅收诗2376首。宝廷生前没有编定自己的诗集，散佚之作必不在少数，这是很令人遗憾的。中国社会科学院图书馆藏有抄本《竹坡诗草》，亦为孤本，收诗1000余首，但至今不可考是否为宝廷本人手抄。他有一首七古《除夕祭诗》，颇可窥见他对于诗的心路："一壶清酒列中庭，手把残编向天诵。向天诵，自祭诗，诗中甘苦天能知。一年三百六十日，悲欢离合事事存于斯。我心深，我意解，旁人不解何妨嗤。今宵有酒且自祭，胜教俗客评高卑。新酒倾一斗，旧诗焚一首，纸灰飞上天，诗心逐风走。……我虽不敏少才调，好诗颇与前人同。……旧诗感愤多不平，新诗更觉难为情。诗成不忍再仰诵，只恐凄绝天难听。""才气回肠荡气中"，如此歌哭，如此呼号，可叹诗人心境之块垒凄楚。宝廷除写有大量山水诗，也不乏关注民间疾苦的忧怀之作。作为满族诗人，他的诗格高于纳兰容若，是不应有争议的。汪辟疆说宝廷为"旗籍诗人""高踞一席无愧也"，是极中肯的。

宝廷夭逝后，他的清流挚友张佩纶、陈宝琛均有悼诗，皆认为他是借携美避世，退出政坛以独善其身，"先几能脱祸，晚节自知非"（张），"梨涡未算平生误，早羡阳狂是镜机"（陈），因为他们二人实难相信宝廷在仕途名望如日中天之际，竟会以这种方式谢幕？清流，诗人，情种，过客，真是两千诗销磨抱负，五十年如梦情怀，嗟乎！

宝廷写西山风景名胜的诗之多，在有清一代无人可敌。在他的诗集中，触目可见"西山""翠微""妙峰""灵光寺""香界寺""樱桃沟""昆明湖""大觉寺""秘魔岩"……的诗题，西山的曼妙秀丽尽见他的笔下："月上花逾白，烟生山更青""乱峰迷地势，曲岭折河流""瀑布四崖喷，悬流争滂渤""岩壁排纵横，四方迷恍惚"……读来令人感到雄浑豪魄之气，尤其七古长诗《西山纪游行》，共2921字，诗风豪雄，状物写景则细微之至，引人入胜，为山水诗中之罕见。为我们今人领略西山的云光山色，留下可资吟诵的旖旎诗篇。1982年，北京古籍出版社出版《清代北京竹枝词（十三种）》，收有孔尚任等十数人诗作，唯未收宝廷之作，如《都门岁暮竹枝词》十五首、《端一竹枝词》二十首等，这是非常令人遗憾的。"气尽何妨吾亦死，名垂岂必我犹存"，白云苍狗，诗句不堙，人因诗显，诗因人传，且为西山增色，也不虚枉了他的一世才情。

注：文中所引宝廷诗均见《偶斋诗草》，上海古籍出版社，2005年12月版。

南社诗人在京华

南社是清末即辛亥革命前的1909年成立的一个革命文学团体,发起者为陈去病、高旭和柳亚子。社名之为"南",寓有"反满"革命之意。陈去病曾云:"南者,对北而言,寓不向满清之意。"柳亚子也说:"它的名字叫南社,就是反对北庭的标志了。"当然,这已是辛亥革命以后的解释了,在当时成立时是不能道出其中的政治含义的。

南社在成立之初有社员近200人,辛亥革命后发展至1100余人。南社社员本身不少就是同盟会成员,如于右任、宋教仁、陈英士、邵力子、汪兆铭等。据1911年正月编订的《南社社友通讯录》统计:报刊编辑22人,在国内各新式学堂教书或求学者65人,留学生、华侨19人(杨天石、刘彦成著《南社》,中华书局版1980年版5页),所以南社社员的优势是舆论宣传,以报刊为阵地,刊载诗词文章等手段鼓吹反清革命。

南社社员以南方诸省人士为多,刚成立时的193人中,北京社友仅有9人,如仇亮、林白水、程家柽、吴蒹等,大多为新闻记者。他们不仅利用手中的笔宣传革命,而且直接参加辛亥革命。如仇亮,湖南湘阴人,13岁时考府学名列全县第一,人称奇才。青年时代专心研究明末抗清文献,不满清朝的腐败,开始立誓推翻清朝统治。后东渡日本留学,即与陈天华编译革命刊物,宣传反清革命思想。他是黄兴、宋教仁创立的华兴会第一批会员,同盟会成立后,他任湖南支部长。同盟会的一些著名起义如萍乡、镇南关、黄花岗、武昌起义,他都曾参与筹划和响应。

仇亮也多次回到北京从事革命活动,曾创办《民主报》抨击袁世凯的阴谋，后被袁世凯以"图谋内乱罪"逮捕杀害，年仅 36 岁。仇亮生前整理了四厚册诗文，可惜在他被捕时嘱友人付之一炬，他有绝命诗一首：

  曾将宝鼎铸神奸，自笑天生本性顽。
  热血尽堪膏野草，痴情偏欲学文山。
  圆扉寂寞空回首，泉路交游不赧颜。
  努力追随宋渔父，头颅同我索生还！

  可见烈士豪逸之气！另如程家柽、吴禄贞都曾密谋行刺袁世凯，但不幸都没有成功，皆被袁世凯所害。

  另外，南方的社友如汪精卫也潜至北京组织谋刺摄政王载沣，在后海摄政王府附近的甘水桥埋设炸弹，不幸事泄被捕，在狱中慷慨赋诗：

  慷慨歌燕市，从容作楚囚。
  引刀成一快，不负少年头。

  此诗一经传出，迅速全国传诵，极大鼓舞了革命志士的斗志。汪氏后来晚节不保，但当时书生无畏之凛然还是应该肯定的，是南社诗人在北京反清革命活动的又一壮举。但是后来人们将暗杀地甘水桥传说成横跨后海与前海的银锭桥，竟而成为著名的旅游景点。

  至今，我们从南社社员留存下的诗词中，发现北京西城的陶然亭是他们流连、聚集之处。南社社员来北京一游，在从事革命活动闲暇之余，城南陶然亭是他们必去之地。清代北京园林大多为皇家禁地，唯陶然亭不属皇家苑囿，故文人士子登高吟咏必去此地。南社社员到此，则多抒怀寄慨，寄托反清之志。

  南社诗人叶楚伧曾有《陶然亭》诗：

  瑟瑟城南路，秋皋欲暮天。

> 平林敛夕暝，荒渚浴寒烟。
> 前哲不可见，市声去杳然。
> 疮痍满京洛，冠盖自翩翩。

诗中"前哲"系指维新派康有为等曾在此谋划变法，诗人面对"疮痍"，想起当年维新旧事，感慨万千，当然，在诗人看来，表面"冠盖自翩翩"的清王朝，已经面临"秋皋欲暮天"。诗人已经预感到反清风暴即将来临了。

南社诗人林庚白也有一首《登陶然亭》诗：

> 二月不见花，青山在城北。
> 独有伤心人，陶然亭上立。

庚白早负神童之誉。从诗中隐约可以看出他不满清廷腐败政治的悲愤心情。当然后来他自己不满足于做个"伤心人"了，在辛亥光复时毅然参预京津同盟会工作。民元时又创立黄花碧血社，专门暗杀帝制余孽，十足是一位热血男儿。

陶然亭有香冢一座，是过去文人常常凭吊的胜迹，相传此地埋有名妓遗物，故凭吊者竞相发思古之幽情。南社诗人也有为之吟咏者，但却别出新意，南社诗人周芷畦曾有《题香冢》诗，他在序中云："惟石古字劲，短铭悲壮，绝不类瘗玉之醉，疑中系殉明难者，恐触当时忌讳，借香冢以寓言耳。"其诗曰：

> 杜鹃含泪亦嫣然，艳迹销沉三百年。
> 今日泉台应一笑，短歌重续月重圆。

香冢之下所埋何物，迄无定论。但诗人痴情的认为是明末抗清义士遗骸，并告慰泉台英灵，待河山光复，花好月圆，亦应开怀一笑。诗写得很富情感，寄托着诗人浓浓的爱国激情。盖因诗人当年亦是辛亥勇士，武昌首义时曾竖旗响应，不少南社诗人参加过辛亥革命，所以他们的诗吟胜迹，也与那些帮闲文人寄意不同，而总是将反清爱国之志渗入字里行间。

南社社友数十次雅集均在苏州、杭州、上海等地，以上海居多（《郑逸梅选集》第一卷，《南社丛谈·南社雅集》，黑龙江人民出版社1991年版308-313页），只有一次是在北京。那是因为宋教仁的被刺身亡。宋教仁不仅是南社社友，更是国民党的创始人之一。袁世凯为复辟帝制，欲拔除眼中钉，趁宋由京赴上海之时，派刺客将其杀害。噩耗传来，南社社友们大为震动，纷纷写诗哀悼。宋遇难一个月后，南社创始人陈去病来到北京，召集社友在畿辅先哲祠雅集，陈去病向社友们传达了宋教仁的遗言："诸公皆当勉力进行，勿以我为鉴而放弃责任心。"当时人人闻之悲愤扼腕。大家即席分韵赋诗明志，表示与袁世凯斗争到底。其中以高旭的诗最为悲壮，代表了与会者的情绪：

　　乾坤入怀抱，奇泪顿盈把。
　　人为俎上肉，我为釜中鲊。
　　相与同归尽，吞炭宁喑哑。
　　书生有长策，椽笔扶大厦。

当时北京《民主报》还登载了雅集之况。他们决定在京设立总机关，建立民史馆，表彰辛亥先烈。在袁世凯横行的北京进行"椽笔"之战，自然无补大局，但由此亦可窥见这些爱国书生的血气之勇。惜乎已故南社老人郑逸梅先生据柳亚子所述订正的《南社大事记》未将此次雅集列入（同上，76-79页），是为一憾。另外，南社社友宋教仁参加北京湖广会馆孙中山先生主持成立国民党大会，并被选为九人理事之一，这无疑使南社社友引为无上光荣，亦使湖广会馆难以道尽的风云人物中又留下南社诗人的痕迹。

保卫通州的爱国将领李秉衡

李秉衡,对一般人来说甚陌生。即便对清史有一定了解的人,也未必知其人。僧格林沁大战通州八里桥,为人们所熟知,但李秉衡保卫通州之战而死难的史实,却鲜见提及。

李秉衡毕生以"名臣"自居,一生不纳贿贪财,体恤百姓和士卒,疾恶如仇,动辄上劾不称职的官员,无所顾忌,正气凛然。翁同龢称赞他为"文武将才",张之洞极欣赏他,竭力保荐。光绪皇帝青睐擢升他为封疆大吏。西太后也垂青他,委以保卫京师的重任。李秉衡未中过科举,但文采斐然,奏章电稿,语句华丰。他在抵御八国联军的通州保卫战中,践行"宁为国而捐躯,勿临死而缩手"誓言,自杀殉国,称之为爱国将领,似不为过。

李秉衡,奉天(今沈阳)海城人。但没有经过科举,"入赀为县丞",后"迁知县",由枣强知县升蔚州知州,光绪五年(1879年)升任冀州知州。据《清史稿》载,他在冀州任上,是体恤百姓的,冀州民俗"重纺织,布贱,为釀金求远迁,易粮归,而裁其价以招民,民获甦"。两年因政绩擢永平府知府,赢得"北直廉吏第一"的好名声。

光绪十一年(1885年),中法战事起,广西边防动荡,李秉衡被调龙州西运局,主持物资运输等事宜。当时作战军队饷银不能及时发放,导致军心低落,各级官吏"无人过问"。李秉衡毅然整顿,"汰浮费,无分主客军,给粮不绝,战衅功赏力从厚",他还创立医局,对负伤士兵关怀备至,"身自拊循之",不以士兵位卑,鼓励他们杀敌报国。李秉衡极受士兵们爱戴,"护抚命下,欢声若雷动",是说听到朝廷任命李秉衡署理广西巡抚,士兵们"欢声"拥护,可见众望所归。在中法战争中,冯子材主前线战事，李秉衡主后方保障，谅山之战之所以胜，与李秉衡的后勤保障是密不可分的。但一般人只知冯子材大名，而不知李秉衡之付出。所以彭玉麟等大臣等上疏朝廷：冯子材、李秉衡"两臣忠直，同得民心，亦同功最盛"，朝廷认可予以嘉奖，谕旨署理巡抚职，在代理期间，"整营制，举贤能，资遣越南游众，越事渐告宁"。李秉衡还有一件流传青史值得称颂之事，是护理广西巡抚期间，配合广西勘界事务大臣邓承修，参与勘定中越边界，实为今日国界之疆定。

未有多久，他即出任安徽巡抚。清流派重臣张之洞郑重向朝廷上奏折举荐人才，认为李秉衡"德足怀民，才能济变，政声远播，成绩宏多，实为良才大器"。在恭亲王病重时，大臣于荫霖内阁改组，力荐徐桐、李秉衡、张之洞、边宝泉、陈宝箴"五贤"入阁，可见李秉衡的朝野声名。

1894年8月16日，在大东沟海战前夕，朝廷下谕，将李秉衡调任山东巡抚。《清史稿》记他上任后"严纪律，杜苞苴"。甲午陆战由于敌我实力悬殊，李秉衡在指挥荣成保卫战、威海增援战等战役中胜少败多。在李鸿章签订《马关条约》时，李秉衡以山东巡抚的身份，上书朝廷坚决反对，并建议练兵20万，与日本决一雌雄。

光绪二十三年（1897年）三月，大刀会攻打冠县德国教堂，一名教民被打死。一波未平，山东巨野又发生命案，两名德国籍传教士被杀于教堂内。德国公使认为李秉衡办事不力，坚决要求清廷将他撤职。实际李秉衡是主张不能不分青红皂白乱杀大刀会民众。清廷当然怕洋人，只好发布上谕免职，但随即任命他为四川总督。德国公使又再次施压，清廷无奈只好再次将李秉衡免职。李秉衡成了"巨野教案"的替罪羊，只好避隐安阳，历时三年，无所事事。只有一个人挺身而出——当时翰林院编修王廷相力争，认为朝廷不应屈从洋人压力罢免李秉衡，但未起作用。如果没有刚毅入主"枢廷"当上军机大臣，李秉衡也许终老乡野。1900年，他向慈禧太后推荐重新起用李秉衡，"朝命秉衡诣奉天按事"。适逢有言官上疏请整顿长江水师。慈禧太后亲自召见，让他"巡阅长江水师"。

李秉衡沿江而下，坚决准备与各国军队决战，在长江水域部署水雷，他被刘坤一视为眼中钉，正好朝廷下谕要求刘坤一派员率兵北上保卫北京，刘坤一遂以"勤王北上"之高帽，请李先行北上，并送上一支部队请他统领。

7月26日，李秉衡率军抵达北京，时值八国联军已攻占天津，北京处于危急之中。觐见时慷慨主战，大受慈禧褒奖，立即任命李秉衡"帮办武卫军军务"，即成为荣禄的副职担负保卫京城重任。

八国联军经短暂休整后，向北京侵犯。8月15日，北仓、杨村防线告急。李秉衡手下只有500士卒，是抵抗不了八国联军的。他立即拜见荣禄，要求调拨部队和提供弹药。虽然他名义上是武卫军帮办，但调兵权在荣禄手里。荣禄表面高调，但骨子里是"反战"派，他拒绝了李的请求，理由是手中的部队连保护北京都入不敷出。按编制员额武卫中军有上万人，并非无兵可调拨。李秉衡无可奈何，他来不及上奏朝廷，只能率领500士卒奔赴通州前线。

朝廷委他以指挥通州防线的大任，可谓重任在肩。通州是通往北京的北仓、杨村之后的第三道防线，若失守，敌军可长驱至朝阳门。朝廷连下谕旨，命令张春发、陈泽霖、夏辛酉、万本华四军屯杨村、河西坞，以抵御八国联军兵锋。包括袁世凯精锐的3000新军，整体通州防线防守兵力，加上北上调兵，总计应有1万5千余，但大都在观望、拖延，且士气低落。李秉衡是前线总指挥。但当他8月7日在通州召开作战会议，举目四望，那些将领们却一个也见不到。

李秉衡亲往前线巡视、督战，一向体恤士卒的他发现士兵们士气极为低落。不仅领不到饷银，而且面临粮绝之险。但朝廷明明已拨付了饷银，李秉衡明白是将领们克扣，但已无暇纠劾，他马上下令到附近乡村购粮，但回报是：百姓家中的粮食均为北仓、杨村退下来的部队劫掠一光！

李秉衡愤怒，但毫无办法。8月8日，他督军抵河西务，但兵寡不敌又退至张家湾。8月11日，联军攻通州，李秉衡以"为国效命"相激励，但饥饿无力再战的士兵们四散而溃。孤守通州的李秉衡，在得知通州城门被联军炸开蜂拥进城后，给慈禧写下一道遗折："就连日目击情形，军队数万充塞途道，闻敌则溃，实未一战，所过村镇则焚掠一空，以致臣军采买无物，人马饥困，无以为立足之地。"然后向北数拜，服毒自尽，真正实践了他出征前立下的誓言："宁为国而捐躯，勿临死而缩手。"

李秉衡一生清廉，追求读书明理，宁死也要追求忠义名节。李秉衡自尽后，朝廷先是"优诏赐恤，谥忠节"，但八国联军要追究罪魁，要求"重治"包括李秉衡在内的主战大臣。李鸿章与八国联军代表谋议，由八国联军向朝廷提出惩办"战犯"的名单，李秉衡赫然在列。慈禧颁旨，将主战派王公大臣一律严惩。李秉衡虽死于战场，"以先死免议，诏褫职，夺恤典"。

好在家乡父老没有忘记他，为他建立故居纪念地，使后人来此能驻足凭吊。

好在李秉衡还有知音，曾上奏朝廷反对屈从洋人将李秉衡撤职的王廷相，在李秉衡重新起用进京后，慕名拜访，相印订交。李秉衡至奉天，特别上奏朝廷要王廷相同去任职。李秉衡出镇通州，王廷相亦不避生死相从，患难与共。通州失守，王廷相寻觅不到李秉衡，断定其已死节，随即跳河自尽。故《清史稿》将王廷相的小传附于李秉衡传之后，大有二人忠烈依附之意。

通州在修史志时，应该勿忘这位曾经抵御列强保卫通州而殉死的爱国将领。

怡亲王允祥与河道治理

通州的潞河历史悠久，秦代称"沽水"，西汉因设置潞县（即今通州）改名"潞水"，基本沿用到辽金。元代改名"白河"。明朝与潮河合称"潮白河""漕河"，明朝英宗皇帝赐名"通济河"，以示对漕运的重视。清雍正年间定名为"北运河"。这还与雍正皇帝的弟弟怡亲王允祥有关联，允祥受命疏浚治理京畿水利，包括京东北运河并为之定名。

雍正三年（1725年），雍正皇帝谕旨命怡亲王允祥统管京东水利与直隶北各河道治理事务，包括通州城东的运河（俗称"通流河"），及京杭运河北端的潞河。

北运河通漕始于金代，历经元、明、清，河通京城，是漕运枢纽河道。但因水土流失常淤积，成为历朝治理要事。秦代称"沽水"，"沽"通"苦"，即因此河洪水多泛滥而起名。金朝因淤塞而不可通船，海陵王曾大征军夫匠役疏浚河道，使之可行漕船。

雍正皇帝是清代重视水利和漕运的皇帝之一。雍正三年（1725年）八月，京畿发生水患，影响漕运。雍正即命允祥前往查勘。在清代，水灾频繁，但谕派尊贵的亲王去查勘，是极罕见的。明代的王必须"之国"去外地封藩，不准进京。清代正相反，王府皆在京城，除非征战典祭等特命，无故不得出城，这是警惕抑制近支皇族危及皇权。

允祥是如何得到雍正的信任？他是康熙第十三子，比雍正小八岁，得到康熙栽培，自康熙三十七年（1698年）后，凡巡幸多命他随从。但仅凭金枝玉叶是不行的，康熙多子，不乏才干拔萃者。在争夺皇位的腥风中，允祥坚决站在四哥一边，这使得雍正登基后对他礼遇有加，始终宠信不衰。雍正即位即封允祥为和硕怡亲王，首先将财权交他，整顿户部三库。允祥在兄弟辈中是颇有才干的，在管理户部三库期间，革除"加色""加平"等陋弊，并增设三库主事和库大使加强管理，取得很好的效果。三个月后正式谕命总理户部事务。从此开始不断让允祥总理各种事务，诸如宗人府、圆明园八旗兵丁、四译馆、汉军侍卫、转递奏折、西北两路军机等，一些小事如江宁织造曹家被抄家后也要由他看管。大概是过于操劳，雍正八年（1730年）即因病逝世，年仅45岁。雍正对他的评语"处处妥贴""夙夜匪懈""一举未尝放逸，一语未尝宣漏"，该不是虚誉。允祥爱读书，他的王府藏书在当时非常有名气。而且他直言，谦逊，廉洁，"清洁之操，一尘不染"。其才干品质在清代亲王之中是很罕见的。他逝后的谥号"贤"，真是实至名归。

允祥受命治理京畿水利、运河，《清史稿》本传用了约三分之一的文字，录入他给雍正上疏内容，叙述治理过程，条理清晰，也极有文献性，对研究京畿通州水利、漕运河道疏浚颇具史料价值：

直隶卫河、淀河、子牙河、永定河皆汇于天津大直沽入海，卫河与汶河合流东下。沧、景以下，春多浅阻，伏秋暴涨，不免溃溢。请将沧州砖河、青县兴济故道疏濬，筑减水壩，以泄卫河之涨；并于白塘口入海处开直河，使砖河、兴济河同归白塘出海；又濬东、西二淀，多开引河，使脉络相通，沟洫四达；仍疏赵北、苑家二口以防冲决。子牙河为滹沱及漳水下流，其下有清河、夹河、月河同趋于淀，宜开决分注，缓其奔放之势。永定河故道已湮，应自柳义口引之稍北，绕王庆坨东北入淀，至三角淀，为众水所归，应逐年疏濬，使浊水不能为患。又请于京东滦、蓟、天津，京南文、霸、任丘、新、雄诸州县设营田专官，募农耕种。

之所以不嫌冗长引用，是因为从中可以看出水道地理的变化，其工程规划之缜密，牵扯面之广杂，施工量之浩大，令人为之赞叹。而这还竟是先期工程。雍正四年（1726年）二月，允祥又主持分诸河道为四个局：以南运河与子牙河等属天津道专官管辖，京南诸河属清河道管辖，永定河由永定道管辖，北运河升格，撤分司由通永道管辖。另分设京东、京西水利营田使，于"畿甸河渠，僻荒地数千里，募民耕种，期年而有收"，不仅有利于民，还涵养维护了漕河水系。三月至五月，还有"京东水利""畿辅西南水利"两项工程，但可惜史无详载，只有"皆下部议行"五个字，所谓"部"，应是六部之一的工部。清代与水利河道漕运有关的机构有三个，即漕运总督衙门、河道总督衙门和工部都水清吏司。简言之：漕运总督只管运粮事宜，河道总督负责河道管理，工部都水清吏司专管疏浚河道，分一年一次的"岁浚"与六年一次的"大浚"（工部另设值年河道沟渠处，只管京城河道沟渠）。看来京东和西南两项水利工程，也是由允祥统管工部实施了。可见允祥堪称是水利工程专家，为清代保障漕运畅通的水利工程建设贡献良多。但允祥如何成为这一领域的专家？史书不见记载。封建时代衡量从皇帝到地方官是否称职的标准之一，即是看其是否关心农耕与水利。允祥大概在青年时代就关注国计民生。其一，他好读书，对于前人的水利著作，如康熙年治河名臣的水利工程著述《治河方略》（靳辅）、《河防疏略》（朱之锡）等，很可能有所研读；其二，他曾随父亲康熙巡幸各地。康熙重视治理黄河，六次南巡前三次实为调查水灾，亲自测量、规划和部署，也巡视运河、海塘等。允祥耳濡目染，必然实地留心过大川河道形势；其三，康熙朝出了不少治河名臣，如治理黄河成效显著，使其安稳30年，保障漕运通畅的靳辅。尤其他继承明代治河名臣潘季驯"束水攻沙"法，开中运河，使黄河、运河分离。小于成龙治北京水害，新挖霸州等新河，定名永定河，康熙干脆将整个浑河干流赐名永定。允祥有可能受到靳辅的引河分离法启发，参考运用于实践之中。雍正是一个极挑剔苛刻的人，之所以派允祥去统管水利和治河，绝不会是无的放矢，肯定是心中有数吧？

《清史稿》允祥传的作者，应该是一个很懂水利重要性的人，否则不会不惜篇幅记载允祥的治理过程。允祥是雍正朝四位总理事务王大臣中的领衔者，整顿户部、参与西北两路军机等皆为军国要事，雍正七年（1729年）成立军机处又被命为军机大臣，筹划用兵，繁杂之极，但作者在传中都一笔带过，而只突出允祥在水利方面的事迹，可见作者对允祥治河成就的欣赏。

清嘉庆年间，北运河张家湾段又开始多次淤塞，不得已于东侧近十里处开挖新河道以通漕运。这距离允祥的疏浚工程已近80年左右了，但仍然不乏允祥治河思路的延续。

允祥病逝后，雍正特谕亲王爵位世袭罔替，但他之后袭爵的几代儿孙均无才质。到了道光、咸丰年间，才出了一个声势显赫的载垣袭爵，成为道光、咸丰两朝皇帝的御前大臣和顾命大臣。载垣在道光皇帝继位时才四岁，道光五年（1825年）五岁即被袭怡亲王爵位，长大后颇受信任，任御前大臣，但他于朝政大事并无主见，虽然位列咸丰顾命八大臣之首，但凡事皆听命于肃顺，最终慈禧和恭亲王联手发动政变，将载垣夺爵赐死。据礼亲王昭梿《啸亭杂录》载："怡亲王府在煤渣胡同，今为贤良祠，新府在朝阳门北小街。"允祥陵墓位于河北涞水县城北水东村，抗战期间曾被日伪占据，后被拆毁。据已故冯其利先生实地调查，现仍存牌楼、华表、神道碑、石桥等遗物（《清代王爷坟》），并已得到当地文管部门修葺保护。一个对京东水利漕运有贡献者，有这样一处遗迹可供凭吊，也是幸事吧？

任率英与连环画

月到中秋分外明。中秋佳节是中国人最重视的节日之一,除了阖家团圆、赏月、桂花、月饼这些萦系着节日里清风明月的祝愿、象征之外,嫦娥奔月是一个永恒的美好话题。

2008年中央电视台举办的盛大中秋晚会,数以亿计的观众欣赏到了舞台背景显示的中国年画《嫦娥奔月》,画中的嫦娥衣袂飘飘,云鬓玉面,秋波流转,脚踏祥云,向着一轮桂枝婆娑、殿阁仙山的明月飞升而去……

在美国的航天博物馆里,也陈列着这幅中国画的翻拍照片,世界各国到此参观的人们都会在这幅照片面前驻足玩味,因为这幅画代表着人类向往光明、探索宇宙星空的美好愿望……

这幅中国年画的作者就是中国连环画大师任率英先生。任先生已经逝世多年了,但他艺术作品的影响至今犹存。尤其每逢中秋,媒体及至一些餐馆,都会刊登和悬挂这幅作品。这幅作品多少年来一直在不断翻印,连家属都无法统计出准确数字。据人民美术出版社的统计,仅《嫦娥奔月》《天女散花》《花木兰》《梁红玉》《百岁挂帅》等9种年画,一次印刷发行就高达1700余万张!其中《百岁挂帅》一次就印刷发行过400万张!著名工笔画家潘洁兹先生曾赞叹:"我不知道哪一位画家的作品拥有如此众多的读者和观众。"千千万万的观众不仅认同他的作品,也成为任率英先生作品的欣赏者,诚如任率英自己常说的一句话:"作画就是让老百姓喜欢。"

任率英先生还创作出大量的连环画作品,在新中国连环画历史上堪称是里程碑式的大师。他的连环画经典作品至今不断再版。以前出版的作品更成为收藏界追捧的对象。

2009年5月27日,在由重庆市连环画爱好者筹委会发起、重庆信托拍卖行参与的重庆首届连环画专场拍卖会上,在来自全国各地连环画收藏者们的竞拍下,多部印制发行于20世纪的连环画包括任率英先生的作品成为最引人注目的焦点。他的《陈妙常与潘必正》是由人民美术出版社1955年出版的,在这次拍卖会上以51000元高价成交,创造了连环画专场拍卖的记录。由此可见,任率英的连环画在收藏者心中的地位。也许,很多收藏家就是当年任率英连环画作品的小读者。

他是新中国连环画的里程碑式的人物,身体力行在北方最早出版连环画,组织联系画家创作经典作品

可以毫不夸张地说:任率英先生是新中国连环画里程碑式的人物之一,这不仅仅有数字为证。

任率英是一个异常勤奋、执着和高产的画家。据不完全统计,他直至逝世前,共创作连环画、年画5000余张,并且几乎全部是工笔白描和工笔重彩。这其中付出的艰辛劳动是常人所无法想象的。而且他的创作高峰期则是20世纪50年代至60年代初期,他的连环画、年画作品在当时产生了广泛的影响,并且一直延续到了今天。

在1950年以前的北京以及北方地区,几乎没有连环画出版。即使南方有,也是品位低劣、格调不高的"小人书"。中华人民共和国中央人民政府成立后,百废待兴,也注意到旧社会低劣"小人书"流行的问题。毛泽东就指示宣传文化部门要重视年画、连环画工作。1951年文化部所属人民美术出版社成立于东城大牌坊胡同,开始占领"小人书"这一重要的文化阵地,同时创办《连环画报》,并开始广聘画家,系列编印连环画。在画家当中,第一位表示愿意参加并主动联系其他老画家前来出版社编辑部参与连环画编印工作的就是任率英先生。在任率英先生的影响和动员下,当时画界高手如徐操(燕荪)、刘继卣、陈缘督、

墨浪、卜孝怀、王叔晖等，纷纷加入进来，成为当时人民美术出版社一个"新旧结合、老少互帮、群星灿烂的创作集体"（秦岭云语），进而为新中国的连环画事业开创了一个崭新的天地。其中徐燕荪先生是他的恩师，可见任率英先生的用心和影响力。

其实早在人民美术出版社成立之前，任率英先生已经身体力行，成为新中国连环画振臂一呼的先驱者。1950年，他在北京《新民报》发表文章，呼吁社会重视连环画的创作。同年，他出版了连环画作品《红娘子》，成为新中国成立后北方最早出版的连环画之一。

任率英先生自投身于人民美术出版社连环画、年画创作队伍中，一直干到"春蚕到死丝方尽"。与任老共事30多年的老同事姜维朴先生曾感叹："从50年代之初到1989年他去世。这期间历经风风雨雨，我深深感到他在任何情况下都保持着对连环画、年画艺术的赤诚之心。他对创作任务，总是甘挑重担，克服种种困难超前完成"，"可说是为连环画事业鞠躬尽瘁、贡献卓著的一位前辈画家。"

了解新中国连坏画历史的人都知道，《水浒》系列连环画是一部历久不衰的经典作品，而其中就有任率英先生付出的巨大心血。1953年，人民美术出版社确定编绘印制《水浒》连环画库重点工程，第一批计划出版21集并限期出版。这在今天来看也是一件不易的事情。

但尽管时间紧迫，任务繁重，任率英先生主动请缨，承担了《水浒》画库第一批重点连环画之一的《鲁智深》，一经出版深受读者好评。后来又接着完成《高唐州》《两破童贯》。在创作《水浒》画库的同时，这期间他还创作了《白蛇传》《桃花扇》等产生了重大社会反响的彩色连环画及年画条屏。任率英先生那时抱着向人民群众（特别是广大农村群众）"雪中送炭"的宗旨，只争朝夕，勤恳奉献，至今编辑部的一些老同事们回忆起来还是非常钦佩和感动。

任率英的连环画和年画，按现在的时髦话来说，"粉丝"不断，一直受到读者的喜爱，成为广大读者喜闻乐见的普及读物。从20世纪50年代初至今，依然不断再版。2008年，人民美术出版社将任率英的代表作结集出版《任率英连环画作品集》，这是人美社自建社以来出版的第一套画家个人的连环画作品集。一经出版，就受到读者和收藏家们的欢迎。2009 年，恰是任率英先生逝世 20 周年，中国书店为纪念这位对新中国年画做出巨大贡献的画家，特意出版线装 12 开本一函的《任率英年画精品集》，收入任率英先生年画精品百余幅，分"古代题材""四条屏""边塞诗""现代题材"四类，当年曾给千家万户老百姓带来美好精神享受的名作，如《嫦娥奔月》《天女散花》《洛神图》《送戏到村》《钟馗图》《蝶恋花》等，一律依原稿录制，那种画风工细、构图谨严、线条优美、色彩绚丽的风韵，其顶巅的艺术价值与美学价值，真是令人拊掌赞叹！

"豪放无隐，栩栩如生"，他一丝不苟的创作信条和深厚的艺术动力，使他的作品给千家万户老百姓带来精神享受

2008 年，在北京画院美术馆举办了《任率英连环画艺术回顾展》，并举办任率英先生连环画艺术研讨会，因时间关系我未在会上发言。看到任先生的一幅幅精品，真是感慨万端：现在还会有这样一丝不苟的画家吗？怀念和谈论任率英先生和他卓越的艺术成就，不能不提到他的一丝不苟。展览上陈列有大量任率英先生绘制连环画之前的小样、草稿，其中细到器物衣饰，无不精心考证设计。

20 世纪 80 年代中期，曾若干次见到过任率英先生，但都没有深谈。其实非常想告诉先生：我是先生的私淑弟子。因为少年时代即开始习画，不仅习小写意，也临摹过先生的《嫦娥奔月》《牛郎织女》等名作。至于先生的连环画《苏武》《岳云》《三盗芭蕉扇》《鲁智深》《逼上梁山》等，垂髫时即已捧读，真正是津津有味，爱不释手。甚至废寝忘食而受到家长的责罚。青年时代读过任先生的《怎样学习工笔重彩人物》，颇有心得。先生早于 1989 年逝去，当然永无请教的机缘了。

任先生在连环画领域的成就是巨大的，从1950年至1965年由人民美术出版社等共出版独创连环画28部，2001年人民美术出版社出版《钟离剑》，当是任先生的遗作。这么多的连环画足资证明任先生绘画艺术的生命力久盛不衰，也证明任先生的连环画对社会的影响力。

有人说：连环画是大艺术，能出大师。这绝非过誉。试想，连环画需要勾勒、白描，也需工笔重彩、青绿山水，举凡人物、山川、鸟兽、虫、花卉、服饰、楼阁及典章制度无不囊括，没有功底，岂可涉足连环画？

任先生10岁时即随河北束鹿县老画工习画，后又师承名家徐燕荪先生，专攻工笔重彩人物。40年代即参加中国画研究会。他的作品《九件衣》于40年代在《新民晚报》连载而产生广泛影响。50年代开始专力从事国画、连环画、年画创作。任先生连环画的重要特征是用白描技法创作连环画，正如欧阳中石老在研讨会上发言所云是："豪放无隐，栩栩如生。"而如此以白描为功底的连环画作品竟多达近30余部！这是何等的付出与心血的结晶。在创作连环画的同时，他还运用工笔重彩的传统技法创作了10余部四条屏年画形式的彩色连环画及大量单幅年画，这些绚丽多彩的精品从20世纪50年代至今仍不断再版。从展览中可见作者的连环画作品，须发可见，纤细如丝，那种精细令人感叹之极！由中可见他于中国画上的深厚功底。任先生连环画的特点之一即是每幅画的构图都非常注意营造意境和氛围，通过典型的环境去烘托人物的一颦一笑、一喜一哀、举手投足和故事情节的发展、变化，这无疑大大增强了连环画的感染力。尤其是在严谨不苟的线描基础上熟练地运用工笔重彩绘画技法，以透明的植物质颜料和浓重的矿物质颜料相互溶合调配，使整体画面的颜色丰富多彩又浑然一体，使之咫尺之间绚烂生辉！

任先生的连环画包括年画、中国画的创作，绝大多数以历史人物、神话传说、古典名著、戏曲、诗词等为表现题材，任先生学画的经历使他能将传统技法与民间艺术兼收并蓄，熔于一炉。尤长于工笔重彩，因之所绘人物造型准确，形象秀雅。人物衣纹线条工细圆劲而流畅，设色匀净，构图富丽典雅，于严谨中不失于变化。而且，任先生特别善于刻画不同类型人物的形神，使之栩栩如生而呼之欲出。启功先生曾有跋语评价任先生《百美图》，精当之语，不妨录之以见论定："北直鹿邑任率英先生专精六法，出徐霜江（即徐燕荪先生之号——笔者注）翁之门，于仕女尤备古法。盖自晚明以来，南陈北崔之后，几成绝学。若费晓楼、王小梅，姿媚偏多古厚未免稍逊。世传晓楼白描仕女一卷，实为钩存古本，不同于造意创编者。率英先生摹其全卷，复为点染丹碧，观者披图如见宋元妙迹。惜搁笔未久先生遂归道山。公子梦熊珍重装池，属识缘起。先生长功一岁，暮年精进于此巨卷，足以概见。念余衰朽自废沘笔书后，即用志愧且以自励焉。"启功先生此跋语写于1991年2月10日。"如见宋元妙迹"，可见评价之高。另外启功先生看了任先生的画卷后感慨要"即用志愧且以自励"，是见任先生绘画艺术的精进神魄和艺术感染力！

他奖掖后进，一视同仁，不拘门户。为学生点燃煤炉取暖，对贫寒弟子倾力资助

任率英先生在新中国连环画历史上的卓越贡献，使他在1963年首届全国连环画评奖中荣获"连环画工作劳动奖"。时隔18年的1981年，在第二届全国连环画评奖中又荣获"连环画工作荣誉奖"。鉴于他对社会的贡献，他还被选为东城区人大代表。任率英先生对连环画艺术领域的贡献不仅仅在于他创作了近30部优秀的连环画作品和大量年画，还在于他总结自己于连环画、年画创作的心得体会，著述《怎样画刀马人物》《怎样学习工笔重彩人物画》《创作方法十二要》等并出版，对学习连环画、年画创作的后学具有理论指导和实践普及的重要意义。需要指出的是，任先生的这些著作并不高深，完全是为了业余绘画爱好者学习的方便，堪称是自学绘画的入门指南。

从任率英连环画、年画创作年表中可以窥见，1956年他最后一部

连环画作品是朝花美术出版社出版的《买猪记》（他逝世后，人民美术出版社于2001年根据遗作出版《钟离剑》）。由于客观环境如"文革"及多年积劳成疾，他再没有创作连环画，这是非常令人惋惜的憾事。

在任率英先生1989年逝世后，2000年在中国美术馆举办了"任率英绘画艺术回顾展"，人们惊叹于他在连环画和年画艺术领域里的成就。2007年，又在北京画院美术馆举办了"任率英连环画艺术回顾展"，这次展览展出了任率英先生创作连环画之前大量的设计小样、手稿，更使人们感叹于任率英先生对艺术的一丝不苟和深厚的绘画功力……

任率英先生对新中国连环画领域的贡献，不仅仅在他自己振臂一呼，而更在于他自始至终为连环画事业培养人才，使之后继有人。他是一个当之无愧的美术教育家。

任率英先生收学生不分年龄大小，职务高低，都秉持一视同仁的原则：不收学费。对贫苦出身的学生还予以资助。他自己是从旧社会拜师出身的画家，但却以艺施教，以德育人，胸襟宽阔，无一丝门户之见。他坚持要求学生除在师门下认真学习之外，还应该向别的有造诣的画家学习，以便博采众长，不断提高。作为一个从旧时代未经过系统美术院校训练仅靠自学和拜师成长起来的画家，他并不排斥美术院校的优势，他也鼓励学生应该去美术院校深造。这对一个仅靠师门传承的画家来说，是非常难能可贵的。

任率英先生的事迹今天回忆起来，还是那样令人感动。早在50年代，任先生就热心参加职工业余美术辅导活动，受聘为艺术学院教授，他没有大画家的架子，与很多青年人都成为了朋友。

据沈鹏先生回忆："任率英先生为了办连环画学习班，不但口传身教，还每天赶早为大家点燃煤炉。为了启发画家，创作出版社需要的画稿，他可以为一幅作品设计出十来幅'小插图'供别人参考。为了组织出书、展览，他以病弱的身躯，到处奔波，宁肯替人作嫁……"那时，任率英先生不仅年逾古稀，而且身躯病弱，这由衷体现了任老的人格。

任率英先生对后辈从来都是循循善诱。据同与任率英先生供职于人民美术出版社的林锴先生之子林阳回忆：因为他们两家同住地安门东大街的一个院子里，林阳回忆他常常借串门机会去向任老借书，"他从不拒绝"，有时就在任家阅读。在任家看书的时候，"任先生总是伏案作画。任先生似乎永远都是一个姿势：挺身坐在书桌前，手握毛笔，平心静气地绘制那美好的作品"。林阳也读了任先生大量的连环画，在他眼中的任先生的姿势和那些"小人书"，似乎对他以后的人生道路产生了深刻影响。

林阳在上高中时，开始学习篆刻，林阳说："我那时的水平是很低的，但任先生不断地鼓励我，并拿出石章让我刻。学生时代的作品很稚嫩，但我刻的几枚图章居然出现在任先生的作品中，这件事给了我很大自信，直到今天还有影响。"一个誉满海内的大画家，把"很稚嫩"的一个青年的图章用在自己的作品上，由此可见任老对青年人的那种鼓励与扶携。如今，林阳也在人民美术出版社从事美术图书的编辑工作，任率英先生对他的影响应该绵延至今了吧？

任先生热爱学生，常把自己的画稿借给学生临摹，自己节衣缩食，为学生购买学习资料。他的心很细，有的学生因为忙于重要事情，一段时期没有绘画，他会不时提醒学生补上多画几幅。除了创作，任先生把毕生的精力用在了普及美术、培育绘画人才上了！

他不仅培养了众多的学生，还将自己的六个子女都培养成了画家和专门人才

任先生的人品在画界后辈中众口一词，无不赞叹。很多前辈名家多有赞语，此不赘述。任先生的成就不仅在于他留下了如此之多的瑰宝，在绘画教育领域，他不仅培养了众多的学生，他自己的儿女竟也皆成画家而成名，予谓不信，兹列之如下：

任梦璋，毕业于中央美术学院绘画系、文化部委托中央美术学院苏联专家马克西莫夫油画训练班（研究生班）。鲁迅美术学院副院长、教

授、硕士研究生导师，主要从事油画和全景画创作。

任梦龙，毕业于中央工艺美术学院，北京市美协会员，从事绘画与教学40余年。

任梦熊，毕业于北京教育学院美术系，中国美协会员，北京市美协会员，中国和平出版社编审，从事绘画与出版40余年。

任梦云，毕业于北京工业大学，曾任中国侨联文化交流部部长，中国华侨文学艺术家协会副会长。亦能画，并有作品多次参展。

任梦虎，自学成才，北京联合大学图书馆主任科员，业余绘画。

任梦强，毕业于北京教育学院美术系，北京市美协会员，线装书局副总经理。

任萍，直接受教于父亲，并拜王叔晖等为师，北京市美协会员。

这样的现象足以令人感叹，可见任先生不但是大师级的宗师，也是一位杰出的教育家。而且，同任先生教育众多学生一样，任率英先生自己向儿女们授业解惑，也同样没有门户之见。他鼓励自己的子女多向别的优秀画家学习，以博采众长，他介绍自己的二子任梦龙和小女儿任萍向工笔画家王叔晖学画。王叔晖是陈少梅的弟子，与任率英并非同一门户，且又都是工笔重彩的画路。但任率英却抛开门户的局限，鼓励子女转益多师。作为一个老画家，这在几十年前是非常难能可贵的。

任率英也不坚持子女非跟着自己学习国画。他的长子任梦璋是学油画的，父亲只是希望儿子在油画作品中吸收传统壁画的装饰效果，走油画民族化之路。从这些点点滴滴可以看出任率英先生的襟怀和卓见。

任率英先生逝世多年，斯人已去，遗泽乃存，这未尝不是一件幸事！他对新中国连环画的贡献也会永远镌刻在人们的记忆中！

人生自是有情痴
——怀刘炳森

一城白雪，凋残春草；纷纷扬扬的雪花，送走了书坛大家刘炳森。

2005年2月15日凌晨4时，炳森走完了他生命的68个年华走到了最后终点。墨渖欲滴，锥管悬寂，令人心痛而亟罄哀忱。

我与炳森有近20年的交往。20世纪80年代中期由画家友人介绍相识，过从未密，却成为淡泊之交。炳森为人颇忠厚，念旧，重情。他被选为全国政协常委之后，声誉日隆，相继又担任中国文联副主席、中国书协副主席、中国佛教协会副会长等职，社会活动、讲学、出访冗杂，加之我惧趋势之嫌，交往渐淡。20世纪90年代中期，我曾被借调到中国文联，参与创办《中国艺术报》，因工作关系，与炳森更多过从。1997年，我又被调到北京市一家报纸工作，负责社办公室和编辑部工作，异常繁忙，竟有两年余未与炳森联系。2000年初，忽然友人送来一册炳森新出散文集《紫垣秋草》，扉页题曰："小平仁兄哂正，炳森谨呈，辛巳处暑。"友人见告：炳森出书，欲赠予我，遍觅不得，甚为焦虑，恰遇友人来访，得知我之所在。大喜，遂托友人送达，叮咛之嘱甚为关切，据友人见告其殷殷之情溢于言表。

我抚书叹息，大为感动。炳森的忠厚和不忘旧情可见一斑。炳森长我18岁，多年交往，函件称谓一直曰："老弟"，今乃称"兄"，可见他对友人的尊重和怀思。以我的疏懒，实在有愧炳森的嘘拂之情。

古文字学家，也是书法家的大康先生，臧否人物，极为犀利，但他却说：炳森人好！大康先生能出此言，是极为难得的。炳森的忠厚还体现在一些细节上。比如他家里电话更改，恐怕我找不到他，迅速致函两次告我新的电话号码。当时少不更事，体会不到炳森兄长一般的细心；接到来函，随手一掷，也不回个电话告之。今日思来，真是自惭。又比如，约好某日上午几点到故宫博物院找炳森，高卧之后姗姗去迟，炳森不以为忤细细等待，和颜悦色而毫无愠意。有时借阅炳森的画册之类，说好何日归还，但早已抛到脑后，直待炳森急用来函催索。亦绝不见恼怒言辞。记得当时我亦从不道歉。今日思之，悔之不已。

相反，记得有一次心血来潮，急向炳森索一幅书法。炳森当时天天给外国友人讲书法课，忙碌而纷杂。但他答应晚上写好，第二天带到课堂上，请我去取。待第二天去取时，炳森虽然写好却因半夜备课，早晨出来时忘带了。炳森一脸惭愧，再三道歉，马上打电话让夫人想办法送来。相比之下，炳森的忠厚谦谦何其令人感动。但在当时我是不曾深刻感受到的，斯人已逝，才强烈感受到"人生自是有情痴"（欧阳修词）的可贵！炳森的"情痴"，当然还体现在他对社会公益事业的热忱，如2004年他向人民大学捐赠120万元，100万元以其老师之名"何二水"作为奖学金，资助经济困难的硕士研究生；20万元资助人大东方艺术研究所进行研究工作，并不搞任何宣传仪式。而上述只是他近年所捐之一笔，其情可感，其志可镌。

炳森的忠厚我常常感觉不到，对我的温情和宽厚不少是友人转述。20世纪90年代初期，我曾创作过一组系列小说《大腕》，抨击各类暴发户的骄奢，有一篇以书法家为原型。当时未曾深思熟虑，信笔写来。这组小说发表后有一定影响。有的报刊还加以转载。大概不少人误认为是以炳森原型，有戚戚者还去炳森处播弄。据友人讲，炳森看后颇为郁闷，对不止一位与我有交往的人说：小平为什么这样写我？我不是这样的人。但他并没有给我直接打电话。友人告知我后，我也未给炳森打电话解释，也是请友人转告释疑。友人后来对我说：炳森听了之后，很高兴，连声说：那就好，我相信他不会这样写我的。

炳森生前一直希望我能够写一写他。可惜他的这个愿望被我的懒散化为一憾。其实，炳森名满天下，仅牌匾之题，遍布域内，尤其北京，有"京城无处不炳森"之誉。他多才多艺，本是学画出身（北京艺术学院美术系中国画山水科毕业），后进入北京故宫博物院从事临摹复制工作，他的绘画有传统功力，也擅长速写，能作旧诗，出版过散文集。我读他的诗和散文，与他的为人类似，质朴无华，不饰辞藻。他的隶书最为人们所称道，我于书道是外行，不敢姑妄言之。写文至此，斟酌再三，真是一则以痛，一则以惧；人之将死，其言也善；人之已逝，夫复何言！求全之溢，似可不必。所以论定，留以时日最为妥帖，常人当无法置喙也。但以我之管蠡：将来中国书法史上必有其一席之地，这应该是毫无疑问的。

一个书法家生前名重，连中国极普通的老百姓都知道他的大名；死后哀荣，有那么多的朋友怀念他，感念他的忠厚和为人，这足以会令逝者瞑目而含笑九泉。炳森在成名之前经历过常人所想象不到的困苦，我略有所知，但这些令人酸楚的往事与他的艺术成就相比，当会是人生追求最高境界所必经过的磨难吧？唯其磨难，方成就高才。而高才人书俱老之际，不幸被病魔夺去生命，这是最令人为之扼腕的（知欧阳中石丈为炳森所撰悼词中有"未考竟殒"之句，真是痛彻之言）。

昔年读炳森之诗，曾有一绝相赠："书家也有诗情在，总引胸襟到碧霄。明月一肩挥大笔，清风纸上自飘飘。"炳森读后喜悦，曾相约唱和书写条幅相赠，但我漫不经心未曾如约。如今想相约与共，再也不会有这样的机会享受清风明月般的殷殷情谊了。

"人事有代谢，往来成古今。"紫垣秋草，似泫泪渍。满城白雪，更令人怆惋莫名，写此小文，已是惆怅五内。"人生自是有情痴"，炳森，炳森，汝无憾也。

最后的文人：张中行

2006年2月25日，98岁高龄的张中行老先生终于走完了生命的最后一段里程。不妨断言，像张老这样一个纯粹意义上的文人，一个有旧式文人情调、才学和深厚国学根基及北大传统气质的学者，真可以称之为广陵绝响了。

张中行老先生是大名人，著作等身，寿高笔健。应该算是中国文化史上的一个奇迹。现在冠以张老的头衔有若干，比如说学者、作家，甚至还有称之为"国学大师"者。依我看，似乎都不太准确。例如《文言与白话》《禅外说禅》《佛教与中国文学》《诗词读写丛话》《顺生论》等，都是以极博学的手法挥洒自如写来，他并非只专注于国学、史学或古文字学；也与我们现在意义上所指的"作家"迥然不同。

他是什么呢？

他其实应该算是一个真正意义上的文人，一个旧学根底很深的、很博学的、带有怀旧情结的、也许是无意于功名的文人。我有时曾想：如果在封建时代，假设张老考取了功名，大概也不是那种正统的士大夫。他只能是一个纯粹的文人。

在张老还未家喻户晓之前，我已读过他的作品《负暄琐话》，在首都图书馆的索引目录上，我还以为是一部最晚也是清末民初时人写的野史笔记。待借回去灯下披阅，不禁暗暗吃惊：这是一位居然在世的老文人的随笔札记。在他笔下，中国学术史、思想史长河中的大师巨匠——白描勾勒毕现。鲁迅、胡适、蔡元培、刘半农、马叙伦、钱玄同……巨人、大师，迤逦而行，神采卓然，令人仰止。尤其字里行间悲天悯人、怆然怀旧的情调，更令人引起共鸣而无限向往。

在张老的笔下,有一位不为现在人所知,但却在鉴赏收藏界极有名气的人物,更使我感到亲切。那就是张效彬先生,是我父亲学鉴赏的老师。按以前的说法,我是应称其为太老师的。在少年时代,这位学问渊博、行止怪异的老人给我留下了很深刻的印象。掩卷之后不禁遐思:也许那时就在"二十砚斋"里,已见过来造访张效彬老人的张中行先生?

怀旧应该是人类一种有共性的情愫,而在张老身上体现得更为深沉、更为强烈,这也许是中国传统文化给予张老最深刻影响的体现之一。我总觉得,儒家传统在张老身上广积而未发受到浸染而未受其束缚。怀旧情结缘于何源呢?

一个布衣布履、淡泊无求的人,何以如此怀念着逝去的人、物、故旧山川胜迹呢?这也许可以写成一本书,也许值得哲学家、社会学家们深入探讨罢?

他怀念故人,独独不怀念"所谓伊人"。

我是20世纪90年代初始与张老相识的,早在未拜识张老以前,因为出版一部人物传记,听一位老编辑赫然指出:张中行即《青春之歌》中的余永泽。这当然有后来张老自己所写文字为证,自然传言不虚。

关于余永泽那类典型人物,在"五四"之后以"整理国故"或"教育救国"为己任,后来予以非议,这以《青春之歌》在文学上的描述最有代表性。是耶非耶,自有后论。后来据此书拍成的电影更具丑化性,使余永泽类成为被洪流所唾弃的人。其实历史、现实远非如此漫画化或公式化。

50年前,在北京大学与张老同居四年余的杨沫,毅然出走,投身于大革命的激流;而张老则以"沿着母校老路走,讲理,不说违心话",为座右铭,仍与李夫人相濡以沫,平静而气和。面对《青春之歌》的流布,更是极为坦然:"我一生自认为缺点很多,受些咒骂应该。但小说不是历史。如果我写小说,绝不会这样做。"

据说,几十万字的张老自叙中,谈及杨沫的仅有数千字,文笔平和,毫不剑拔弩张。也完全不见那种动人心弦的怀旧韵味。对往事:

"尤其曾经朝夕与共的，有恩怨，应该多记恩，少记仇"。如果换了他人，恐怕要大书特书，单出一本书也会卖出大价钱。正像钱钟书先生所云：写自传会产生无限丰富的想象力（大意）。

且看张老在"文革"中，面对有关单位揭发杨沫的要求，只谈杨沫直爽、热情，有济世救民理想，并有求其实现的魄力云云，不否定、不丑化、不报复，何等襟怀、何等智慧，简直胸无挂碍、天心月圆。这与钱钟书夫人杨绛女士"宁肯挨打，绝不打人；宁肯挨骂，绝不骂人"真有异曲同工之妙。至于杨沫逝世，问以何不参加追悼之类，所答更是大有机锋：因为对死者或是情牵或是敬重才会去，对杨女士两者皆无。

据说《青春之歌》被改成电视剧后，余永泽这个原本在小说中落后、自私的小知识分子的典型，已被作了很大程度的改编。一位友人问张老知否此事，他说已有人见告，惜乎他对电视懒得看，爱怎么改就怎么改，好坏由之，他并不关心。又据说，张老夫人也是知道杨沫及《青春之歌》的，但她认为余永泽这个人物完全是对自己丈夫的贬毁而愤愤。张老则不以为然，泰然处之。他的理论是：倘若《青春之歌》中的余永泽就叫张中行，他也不会去辩诬。

伟大的北大培养出伟大的精神，其中便有张老所云的"自由与容忍"，更闪烁着中国文人数千年高贵气质的灿烂光芒。张老的怀旧更折射出中国文人人文主义精神的悲悯情怀和温情。这种情怀和温情不仅体现在对那些巨人、大师的怀旧，更体现在对寻常人物的怀旧。在张老的《三话》中，各色人等均出于笔下，闪烁着小人物最光辉的高尚情操。诚如张老所言"读书明理"的读书人往往不如那些平民阶层更明理（大意）。我们不必一一列举。张老对那些名不见经传甚至是引车卖浆者之流的怀旧。在某种程度上比对那些巨匠、名人的怀旧更具有人文主义的震撼力。"小人怀土"在士大夫眼里是天经地义；而在张老的眼底笔下则激荡着高尚、正直、坦诚、幽默、温情的交响乐章。我以为这是张老那些怀旧式随笔中最光彩的、最富有人情味、最具哲理智慧的篇什。

悲天悯人不是一句空话。士大夫旧文人情调也许在所不免。对张老来说,"刑天舞干戚"是不必苛求了。仅有那些怀旧式的随笔就已经令说大话、说空话者汗颜了罢?

"心里有所疑就说,是自由;听者不以为忤,是容忍",对于张老来说,再出一本《负暄四话》(在张老逝世前他只出了《负暄琐话》《负暄续话》《负暄三话》三部书),"添衣问老妻"足矣。惜乎人事代谢,已成今古,骑鹤而去,永不能把笔行文了。

张老生前曾填过一首《贺新郎》,我个人认为,这是张老心底情愫的流露:"岁月空抛掷。数流年,朱颜翠鬓,跨牛吹笛。几度春明闲试马,倦倚佳人锦瑟。漫自许、琼林词客。燧火烽烟天下事,任苍毫点染纤筹策。追梦影,竟何益。芸编石墨今陈迹。剩冰心、清宵暗计,旅程多踬。负郭园荒三径废,补学涂鸦画壁。镇怅望、朋交山隔。白发冯唐真老矣,且高歌共祝遂初日。吟啸罢,泪双滴。"我曾步韵奉和,其中有句云:"登楼唱罢明心迹","自古才人皆有憾",我个人认为张老"吟啸罢,泪双滴",有憾亦无憾,只有他自己知道了。

犹忆当年唱和时

我读汪曾祺散文，极喜欢他写父亲的那篇《多年父子成兄弟》，父子对坐，可以浅酌，可以吸烟，看画写字，何其温馨隽永？

汪曾祺先生是大家，小说、散文皆精——有一种大家气象，行云流水，挥洒自如，深蕴醍醐。我觉得汪老有名士气，文如其人，散文即冲淡。他也写旧体诗、画画。因为闲时爱涂鸦旧诗，所以也很注意汪老写的诗。

汪老的诗有一种韵味，耐咀嚼——诗里有名士气？书卷气？抑或是隐逸气？说不清，反正没有浮躁矫情，耐读。记得少不更事时，曾拿了自己不知天高地厚的涂鸦之作，请一位诗人去看，他评论曰：口气太大，这极不好——不过，古味很浓。我斗胆认为：汪老的诗，口气并不大，韵味却极醇厚。古人云："与周公瑾谈，如饮醇醪"，读汪老的诗，似乎也有这种感觉。汪老的一些诗句，如：

> 往事回思如细雨，旧书重读似春潮
> 薄禄何如饼在手，浮名得似酒盈樽？
> 寻常一饱增惭愧，待看沿河柳色新
> 夹道白杨无尽绿，殷红数点女郎衫
> 经霜竹树皆无语，小鸟啾啾为底忙？
> 芭蕉叶响知来雨，已觉清流涨小溪
> 浊酒一杯天过午，木香花湿雨沉沉
> ……

抒怀、抒情、写景，韵味何其浓也！

汪老还在世时，我曾建议华艺出版社社长、杂文家孙波先生：汪老的诗倘若编辑成册，一定是一本非常耐咀嚼的诗集。我又加以分析：汪老的诗集倘若出版，绝不会赔钱。因为时下出版社都要考虑经济效益的。孙先生极赞成，他委托我去寻汪老接洽，大家见面谈一谈，促成此事。

不久，应是1993年，我写一本画家的人物传记《画侠杜月涛》，要由新华出版社出版，杜月涛与汪老熟稔，问我请汪老写序何如？我说：极好，汪老是很懂画的。遂求赐序，但后来汪老却写了一首十五韵的五言古诗寄来。诗不妨抄录如下：

> 我识杜月涛，高逾一米八。
> 首发如飞蓬，浓须乱双颊。
> 本是农家子，耕种无伏腊。
> 却慕诗书画，所亲在笔札。
> 单车行万里，随身只一箧。
> 听鸟入深林，描树到版纳。
> 归来展素纸，凝神目不眨。
> 笔落惊风雨，又似山洪发。
> 水墨色俱下，勾抹扫相杂。
> 却又收拾细，淋漓不邋遢。
> 或染孩儿面，可钤缶翁押。①
> 或垂数穗藤，真是青藤法。
> 粗豪兼娟秀，臣书不是刷。②
> 精进二十年，可为寰中甲。
> 画师名亦佳，何必称画侠。
>
> 　　　　　　　一九九三年十月

---

① "孩儿面"牡丹名，出菏泽。
② 米芾自称"臣书刷字"。

诗后面的两条释语是汪老自注。但"缶翁"却未注,这是吴昌硕的别号。一般人大约不知何意。书画界中人当然耳熟能详。杜月涛当年不过23岁,长发飘飘,挟刀单骑(自行车),自署"画侠",遍游天下名山大川,目穷搜尽,摹本写生,草稿盈尺,各地前辈多题诗题词勉励,并成为当时各地的新闻。所以汪老用幽默的口气说他"首发如飞蓬,浓须乱双颊",全诗当然是称赞他的画,只不过最后两句,我觉得别有意味。汪老是很喜欢月涛的,出版社最终还是用《画侠杜月涛》的书名。收到寄来的诗,还附有信札,信云:"'序'写得。因为不太像序,乃改为'题'。如你认为作序更好,则用于画集上可改为'序诗'。诗录如另纸,请斟酌,如不合用,即掷去。……诗我已请人录副,原稿不必退还。……"请我看,拜读之后,辄为称赞。月涛则有些失望:不是文序,奈何?我则云:以诗代序,不是更好吗?对人、对画的评价全在诗中,可谓精炼之至。"笔落惊风雨",用杜少陵的诗意,称赞"真是青藤法","青藤"是明代诗文书画大家徐渭徐文长的别号,已经有推崇意味了。江老不是轻易褒扬与人者,云胡不喜?月涛大乐。我也不惮鄙陋步原韵奉和了一首,也是十五韵,亦抄如下,以见玉前砖后之照:

我写杜月涛,酷暑逢月八。
忆昔春夜酌,酡颜每染颊。
坎坷曾缠身,万里出伏腊。
我慕汪曾老,欣喜见诗札。
大才传海内,博学行书箧。
氍毹闻管弦,诗书共吐纳。
说部耐咀嚼,美食人惊眨。
不知老将至,揽镜藐霜发。
笔力遒而劲,散文最博杂。
每每夜中读,称绝欲歌踏。
或见淋漓时,真正古拙法。

或看五古歌，韵似少陵押。
恂恂何娴雅，落笔岂是刷。
我羡杜月涛，赠诗可称甲。
我亦步歌吟：文豪与画侠！

  后来与月涛相约去拜访汪老，先去电话，嘱来小酌，汪老的擅肴馔是海内外驰誉的。但我们怕添麻烦，遂用饭后造访，告之书出在即，即以诗为代序，汪老称善。闲谈中，我将唱和之作呈上求教。汪老得知我是北方人之后，说：以北方人押入声韵之稳不易。得长者奖掖，我自然很高兴。谈到旧体诗词，我说未见过汪老填词，记得汪老似乎说填词比诗难，麻烦之类。比如古风，则不受拘束云云。问我，我答也填，月涛说：有一首词赠我，甚好。汪老愿一观，可惜我和他背不下来，答应回去抄呈，月涛后来是不是抄送汪老，我不复记忆了。后来还看了汪老的近作绘画和书法。然而，建议汪老出诗集的意见终于未敢贸然端出来。汪老是个散淡的人，我是怕汪老拒绝的。

  汪老极罕见发表诗，往往散见题画、散文中。我觉得似应付诸报章，以彰雅声。当时还征求汪老意见，以《北京晚报》影响较大，发表可否？汪老却云：晚报好像不发我的文章（大意）。我后来询问主政晚报的李凤翔主任，答曰：不是不发，是汪老罕见给文章。我云诗可否？凤翔先生应允。后来我送达，诗发表。据我目力所见，汪老旧体诗在报刊发表可能还是颇罕见的吧？

  汪老之名是不以诗显的，诗名被文名——甚至被书画、美食等方面的造诣所掩，很少有人注意他的诗，这真是一件憾事。对于汪老的诗，我辈不敢妄加评说，只是心向往之而爱读。而读之后则心境平淡——写诗原本应该"温柔敦厚"，给别人以气质上的陶冶（当然，这里并没有排斥豪放慷慨之意）。

  近年来，看到坊间出版不少汪老的散文集，诗集则从未见到过。而月涛还是那样有侠气，每年都要花大半时间外出写生，只不过不是当年

"单车行万里"了。他的画也够汪老所咏"精进二十年",气象迥然,面目一新,汪老若健在,微醺,观画,盎然,还会写诗吧?

我曾去过汪老故里高邮,这是一个文风颇盛之地。"苏门四学士"之一的秦少游是此地人。那里毗邻秦氏故里建了汪曾祺纪念馆。人生若此,被父老怀念,也不枉满腹才学来到世上吧?

据说,汪老生前不大爱看别人过誉评论他的文章;因而,我只得对自己喝一声:"且住!"

忽如远行客

2019年7月1日我还在三峡采风,《北京晚报》副刊编辑张逸良告诉我赵大年先生已病逝。我去三峡前已知晓赵老病危,听说在急救中仍坚持要回家,但是您真的回不了家了。逸良迅即写成《老朋友·新朋友》一文,于7月2日在晚报刊出,文中提及"去年年底我和朱小平先生一起给赵老送稿费",忆之恍如昨日,令人嗟叹。我读后即占一绝发他怀念赵老:"平生风义兼师友(古人成句),今日文章见挚心。记得去年楼寓里,归来惆怅说同君。"诗后注云:"悼赵老兼忆去岁11月21日共去探望,辞出于和平门小酌共话感慨。"

记得那天与逸良去拜访赵老,若干年未见,手里捏着赵老几笔稿费,一直不安。赵老对我们说:他很感寂寞。赵老88岁了,属羊。2018年年初摔坏骨股,至今行走尚不便。他回忆所住文联宿舍,刘绍棠曾戏称为"红顶子楼",1991年建成,入住过31位作家,大多逝去。在世者如陈建功、刘恒等已搬走。他回忆建功曾住楼上,"至少唤他下楼100趟帮助鼓捣电脑"。于今赵老也已老眼昏花,电脑写稿时头上绑着如矿灯般放大设备,一只手敲键盘,还须用放大镜校稿。但赵老依然不断坚持写作,阿姨逝世后,写文章已成为赵老排遣寂寞的生活方式。赵老听力也渐差,谈锋尚可。但说话间停顿几次无言,我们二人不知怎样安慰您?逸良本来带好墨水笔,想请赵老为"五色土"副刊题"知味",不想笔头脱落,弄得满手墨迹,只得作罢。天色已晚,送上请书法家郭宝庆先生用大红纸写的"大吉祥"书法,祝愿赵老心绪能惬意快乐。三人合影后,告辞出来,我们去小餐,一直心情沉郁,他说下次再去请赵老题字,但上天永远不会赐予这个机会了!

春明旧事

忽如远行客 — 无双毕竟是家山

我与赵老相交甚久，往函甚多，可忆之事亦多。主持报纸副刊时，每周必约您和李国文先生各赐稿一篇。2004年到杂志社后，赵老亦成为重要的专栏作者，我略统计自2005年至2019年，已刊发近70篇。赵老是老辈风范，电脑打字，寄来，必附手写一笺，其实不过几句话，但透出对比您年纪小两轮的编辑的尊重。后来是年高手颤，不便写信了。再到后来，稿件也稀少了，我曾几次打电话，无人接听，以前致电，一般是阿姨接，一会儿便会传来浑厚而兼磁性的男中音。心生疑虑，遂致函探询。一个月后的2018年6月4日，您回复我一打字信："……我年初跌跤骨折，手术、住院，至今依靠助步器，老伴也住院大手术，刚去世。家里没人，迟复为歉。……我现在写字难看，还可以打字，见谅。"我才知道赵老遇到变故。9月2日，您又给我来了一封信，抄录如下：

小平兄：

近好。

今春家里多难，先是我跌倒骨折，入院手术，换股骨头，继而老伴做大手术失败，当天逝世。孩子们从各地赶来，家里乱了套，加之酷暑如蒸，心情也乱了。目前我靠助步器在楼道里练习走路，毕竟八十七岁了，恢复得很慢，连写字都难，只好用一个手指敲键盘，久未联系，乞谅。

敲键盘可以转移苦闷，奉上《八百里坝上》请审定（同时发电子稿贵刊邮箱）。此致

笔健

赵大年上

这是不是您一生与编辑交往的最后一函，我不敢断定，但捧读此函，内心真是五味杂陈，不免涌起一丝凄凉，一个87岁的老作家的感喟令人叹息。人生其实都在踽踽独行，终是一个远行之客，只不过大多

数众生感觉不到而已。

  我也有个遗憾。2009年我出版《无双毕竟是家山——传说之外的老北京》一书，原来想请李滨声和赵大年各写一序，滨老是口述，已故陈援兄记录。赵老来信说他从不写序，长者言，不敢疑。回想不起来赵老给谁写过序？无法举证，只好作罢。书版权期已过，补充后交另一家出版社再版。忽然得《北京晚报》老友纪从周出书寄送我，赫然见赵老之序。迅速驰书询问，赵老马上写成一序赐来，心中大乐！但惜乎出版社至今仍未印成，白驹如隙，而出书之慢，赵老再也看不到他为我写的序言印在书前了！

  "青青陵上柏，磊磊涧中石。人生天地间，忽如远行客。"我甚爱《古诗十九首》中的这几句诗，因为道出人生归宿，极有哲理！赵老也应是一个"百代之过客"的远行者，远行复远行，也许仍然会写文章，厄酒，吸烟，雀战，电话中也依然会传来那浑厚而富有磁性的男中音吧？

燕京感旧录

但为君故

我在写作上的成长之途与《北京晚报》《北京日报》有着极密切的关系。这两家报社中，与我年龄相仿及更年长的编辑、记者我基本相识，不少人是挚友，若干更被视为尊师、兄长。我的很多诗文从青年时代起，都是在这两家报社刊发的。而李凤祥（笔名凤翔）老师则被我视为尊师，我在《北京晚报》"五色土"副刊发表的第一篇小文就是经他手编发的。其后一发而不可收，得其掖助，故有知遇之恩，一直执弟子礼甚恭。我现在也两鬓飞霜，但在遇到他的场合，必站起趋前问候。初闻他逝世，惊诧莫名。因为国庆节他还发来短信（逢过节他是必寄贺卡和发短信的，前辈风范，是令人很感到如沐春风的）。

1980年《北京晚报》复刊，那年我25岁，贸然写了一篇小稿寄将过去，纯属径自乱投。我从20世纪70年代初即发表作品，亦皆如此。寄稿也不用贴邮票，剪个小口即可，故可"万炮齐轰"，天南海北，无经济负担。投稿也不用写人名，编辑不用也会退稿。所以寄出之后，大约数日，接到李凤祥老师的电话（稿件后附有地址和单位电话），约我去位于西褡裢胡同34号的《北京晚报》传达室谈稿件。我自然有些受宠若惊，见到李老师，感觉到他很温和，很亲切地鼓励我，勉慰有加。

当时那个年代颇传统，编辑对作者尤其是年轻人，很平等和爱护，我从20世纪70年代中期投稿，如《诗刊》的封敏、《北京文艺》（即《北京文学》前身）的高进贤、《人民戏剧》的阎钢等，都对我很和蔼，约到编辑部循循善诱、改稿等。使我在20出头就在这些刊物发表文章。他们也很关心我，记得1975年我的一篇短文在《诗刊》登出后，封敏老师还专门打电话叮嘱我不要骄傲。凤翔老师也一直关心着我的成长，凡不用的稿件必退回，并每附短笺，有时还指出文章的不足之处。使我感到他对年轻的我是那样尊重（其实他对很多业余作者都是尊重的）和爱护。2015年4月，冯其利逝世，凤翔老师还在《海内与海外》杂志发表《我知道的冯其利》一文。冯其利也是业余作者，后来成为研究清史一个领域的专家，他的第一篇小文也是在《北京晚报》经凤翔老师之手编发的。

有一件事，使我铭记至今。一次投稿给《北京日报》"广场"副刊的王振荣（阵容）老师，他转给另一个版的刘京钊兄刊发了。我那时写稿还不懂得严谨，引用他人文章段落未注明，原作者指出有抄袭之嫌，阵容老师马上找到凤翔老师，我立即接到凤翔老师电话要我到晚报去，自然受到他严肃的批评，并要我写出书面检查。他认可后还要转给阵容老师看。我记得阵容老师说：凤翔有些着急，唯恐年轻人急功近利，毁于歧途。这件事对我可说是受益终生。阵容老师于2003年作古，凤翔老师也归道山，这件事在与他们生前见面时，我一直羞于提及，他们还会记得这件事对一个年轻作者的警醒吗？

北京有很多业余作者对凤翔老师非常尊重，因为都受到过他的扶掖。我也是其中之一。我至今留存两册剪报本，都是经凤翔老师发表在《北京晚报》上的诗文，跨度自1990年至他退休时，仅旧体诗词即在"五色土"副刊上发表了近90首，可以编一本小诗集了。1980年4月2日，凤翔老师在"五色土"编发了我在《北京晚报》上刊载的第一篇数百字小文，今天看来微不足道。这类短文大作家们是称其为"报屁股"的，但《北京晚报》影响很大，在那个年代北京也没有几家报纸。因而对一个年轻人来说，心里是很喜悦的。凤翔老师不以我位卑齿浅，在1980年10月《北京晚报》对多年禁演《四郎探母》展开讨论时，也选发了我的一篇短文，使我受到莫大鼓舞。

翻着那一篇篇的贴在剪报册上的诗文，眼前不禁浮现出凤翔老师的音容笑貌，是那样清晰……

燕京感旧录

但为君故－四郎探母

凤翔老师淳朴热情,望之并不"俨然",但却为人和蔼,"即之也温",不仅是优秀的编辑、作家,而且还是一个伯乐。他对我的奖掖温语、他的淳朴的笑容,会一直铭刻在我心间……

什刹海忆旧

雨中游什刹海,坐上三轮,雨色婆娑,另有一番情趣。胡同游开发很早,现在在海外也很有名气。但对我来说,坐上三轮,不如迤逦漫步,细细品味幽静的什刹海。数年前过什刹海,凭栏望海,曾有七绝吟咏:"漪空皱绿柳葱茏,小刹垣墙若隐红。横去兰舟桥下过,朦胧塔影待新晴。"诗未必佳,景色却令人痴迷。

我自幼生活在北京什刹海畔,从小学开始直到青年时期,夏秋之际,几乎天天到此游泳玩耍,有时一天游三四次,风雨无阻。那时暑夏无空调,经常夜里跳进什刹海。什刹海的水泡大了我,小学三年级就有了深水合格证。青年时期游泳妥游到11月末。冬天,小时候去滑冰车,上中学以后滑冰。我初中毕业参加工作后的单位也在什刹海畔……古人说:"无双毕竟是家山"(清龚自珍),家乡不是抽象的,那就是碧水柳荫、小桥秋荷的什刹海。

今天的什刹海可以说是老北京最后的一片净土,旧貌基本没有改变。但是商业化的冲击已使得幽雅的什刹海改变了以往的宁静。《北京青年报》曾载"……整条街噪声超过了70分贝。其中女孩子的笑声74分贝,音响放的诺拉琼斯的歌声80分贝,现场乐队演奏84分贝……",居民"窗前的噪声最底都在68分贝以上",这是夜色中的什刹海酒吧的喧嚣。谢天谢地,雨中的什刹海酒吧难得有一天的沉寂。

当然,有忧亦有喜,什刹海周围15条胡同环境整治工程早已启动。我前年还去大、小金丝胡同等地转了转,这些胡同皆历经百年,胡同、院落以及院墙、大门、台阶等基本保持了老北京胡同的旧貌。据说改造风格是"修旧如旧",基本保持原有的灰色基调,这很令人欣慰。

那么这种老北京人文宁静的风格与喧嚣嘈杂的酒吧如何协调一体呢？据报载：什刹海酒吧是从2001年出现的，那时也不过两三家。而目前已增加至100多家。什刹海地区的地价已迅猛上涨。我曾注意到什刹海所属西城区政府和什刹海风景管理处的态度（见2003年6月19日《北京青年报》）："在保护历史风貌的基础上将什刹海地区分为'前海热闹区'、'后海安静区'和'西海垂钓区'，形成以前海为龙头，向后海、西海辐射的什刹海旅游休闲产业经济圈。"据西城区常务副区长隋振江指出："从目前酒吧街的发展来看，一些酒吧的风格与宁静的风格不符，必须有政府的力量介入，才能使什刹海的整体风格保持一致。"数月前曾于什刹海酒吧小酌，只见万众喧嚣，曲奏亢奋，士女如云，夜色如昼，众人皆醉而我为之心悸。

什刹海的传统风格主要是宁静，那时什刹海周边饭馆很少，临海据我少年时代印象似乎只有烤肉季一家。商业街主要集中在烟袋斜街（报载这条斜街将修缮成清末风格）。什刹海主要是古迹、民居，清代主要以恭王府、醇王府为主，加上一些庙宇，"宁静"二字真是恰如其分。什刹海周边有很多名人故居，如郭沫若、宋庆龄、梅兰芳、杨沫、吴冠中等人，我青年时代于此拜访过不少名人，很多都住在这一带，如萧军、侯宝林、骆宾基、张效彬、潘洁兹、张伯驹、张中行、马海德等。清末最后一位太监孙老我曾采访过他，就住在鸦儿胡同的广化寺里，还送我一幅他写的字。这还未计徐帅、杨勇上将、钱信忠等故居，至今犹在，因为徐帅的倡导，使得原本名不见经传的柳荫街名传遐迩。如果从近代往前上溯，则更数不胜数。有人编过一本书《什刹海的名人遗迹》，可见什刹海的特色名人故居居其一。当然，什刹海也有著名的荷花市场，可惜雨色如烟，胡同游没有这一站。

荷花市场什么时候才出现的？有人认为，元代已是"饼铺饭馆云集，酒旗绵延数里""沿岸处处是酒楼歌台"。现有史可据的是，明清鼓楼前才是京城最繁华的商业区，米市、面市、绸缎市、珠宝市、鹅鸭市、果子市（现鼓楼西大街还保留了这个胡同名），加上商肆作坊，触目皆是。但我查了《明北京城复原图》,那时西海位置上仅标明积水潭,后海、前海皆无此名,后海区域是一片稻田。周围触目可见"净业寺""莲花庵""杨园""王园"等庙宇、府邸之名。清乾隆京城图已见西、后、前海水域,但无名,仅标明有什刹海。三块水域周围有"什刹海寺""太平庵""广化寺"等20余座庙、观、寺、庵。未见有荷花市场之名。

实际上什刹海是连积水潭也包括在内的,积水潭称什刹西海,与什刹后海、前海统称什刹海或后三海。其实什刹海乃明代一古庙之名,位于后海西岸,后来人们把庙前的湖泊叫成了什刹海。也有因净业寺之故,称之为净业湖。在元代是称为海子或积水潭的。积水潭在元代成为海港后,什刹海也成了风景区。因为当时湖山园林皆为皇家禁地,一般人不能涉足,所以什刹海和南城的陶然亭就成了诗人墨客酬唱游玩之地。

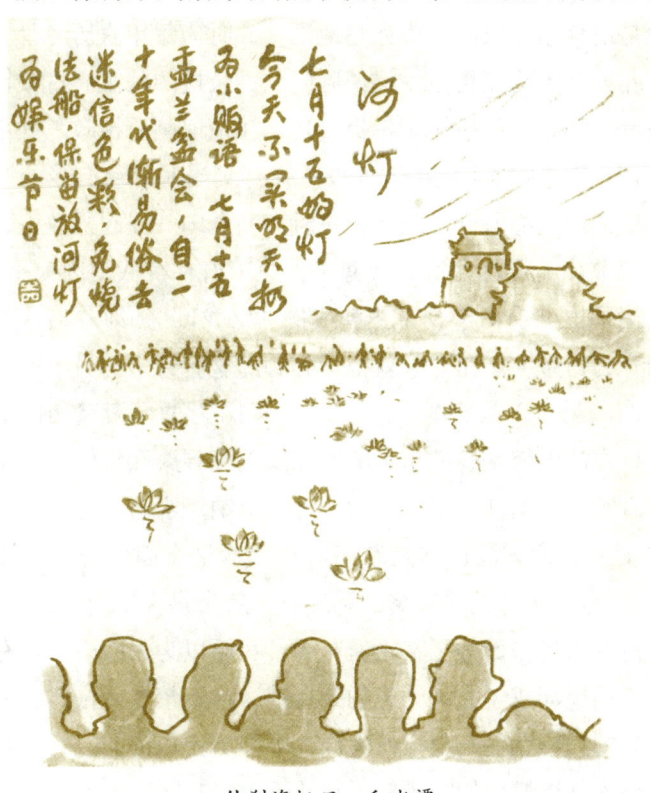

什刹海忆旧 – 积水潭

燕京感旧录

什刹海水源是昆明湖，通过积水潭、德胜桥流入什刹后海，登上南岸树丛中的土山，即可眺望后海全景，沿柳堤北行至银锭桥，只见水摇桥影，风吹柳枝，加上游船古庙，又是一番幽雅景色。过桥便是垂柳环绕的什刹前海，海中有座花木丛生的小岛，隔海相望，波光树影，颇令人有眼界清新之感。正因为什刹海风景幽静，所以竟有人把什刹海的"银锭观山"称为燕京八景之一。实际上燕京八景中没有这一景，只不过是文人们附庸风雅罢了。但在夕阳西下时，站在银锭桥上，在晚霞碧波的衬托下，越过一汪澄碧、湖平如镜的水面，远眺落日余晖中碧叶田田的荷花、一抹如黛的西山和潭南萧疏孤立的古塔，倒是令人非常心旷神怡的。

什刹海的附近严格来说在明清并没有大规模的市场，古迹倒是不少。此地是清代皇家校阅八旗冰嬉地之一，时为每年农历冬月。到此往西北或东北方向不远还可以一瞻德胜门、钟鼓楼的壮观。过银锭桥顺什刹前海西岸就到了后门桥（附带提一句，汪精卫刺杀摄政王并不在银锭桥），清末时汪精卫曾于此桥下埋设炸弹行刺当时赫赫有名的监国摄政王、宣统皇帝之父醇贤亲王载沣，一时声闻全国。提起摄政王，他的王府就在后海北岸。载沣乃第二代醇王，原王府在宣武门内太平湖东岸。后因其兄当了光绪皇帝，据雍正朝成例"潜龙邸"（即"皇帝发祥地"）就要空闲升为宫殿，于是慈禧就把什刹海的这座原来的贝子府（贝子是清宗室第四等爵位）改为醇王府，并专拨16万两白银重加修缮，清朝最后一代皇帝溥仪就是在此出生的。如果追溯到康熙年间，这里是大学士明珠的府邸，他的儿子是康熙的一等侍卫纳兰容若，也是清代最有名的婉约派词人。什刹海西岸是恭王府，这就是人们传说《红楼梦》中"大观园"的地方（之前是有名的和珅府，后来嘉庆赐给了其弟）。雨中游未曾去荷花市场，而去了恭王府花园。我原以为大殿中一定有恭王生平和介绍，谁知却成了人满为患的杂货铺，这不禁令人怅然。恭王是清代非常有名的人物，倘若他主政大局，中国历史也许会改写。我望看雨中如织的游人，惋惜他们花了钱，却并不了解花园的主人。

过银锭桥北岸是明代文学家李西涯（东阳）故居，不远就是闻名京城的"烤肉季"。"烤肉季"开业于清道光二十八年（1848年），迄今已有100多年历史，坐在二楼上把盏扶栏，放眼远眺，真正是别有一番风味，堪称赏心乐事。记得少时长辈常携我至此，酒浓处指点古今，可惜印象已十分淡薄了。有趣的是，在此吃过烤肉的不光是劳动人民。老舍、溥杰、梁实秋、路易斯·斯特朗等都曾光顾于此。听老人讲印象深刻的莫过于什刹海的书市和夏市了。书市位于摄政王府前，像芥子园、点石斋之类的画谱就是于此购得的。再有什刹海后门桥附近的夏市，两岸长棚不绝，专卖海子里生产的菱角、鸡头米、藕等，皆以鲜荷叶包裹，最佳者为冰镇果藕，称之为"冰鲜"。鲁迅在日记中有四次逛荷花市场的记录。此外还有卖茶、演小戏、变戏法和卖各种风味小吃的，像豆汁儿、萝卜丝饼、空心烧饼、焦圈儿等，这令人一饱口福的夏市，如能恢复，不怕种类多，就怕变味。

我对烤肉季印象最为深刻，因为自20世纪70年代起，我常常在这里吃饭。而且应该是独此一家，因为那时什刹海幽静之极，除了烤肉季，没有其他的餐饮。我印象中前海有棋院、市业余体校、游泳场、郭老宅院，后海有航海俱乐部和一些大机关，如卫生部及宋庆龄宅院，根本就没有什么市场。

很多老人都写文章谈过荷花市场，如已故的翁偶虹、刘叶秋等，但是都没有提到荷花市场从何时开始。刘叶秋先生说20世纪30年代他常去荷花市场。金云臻先生谈到荷花市场，认为"极盛时期"约在20年代到30年代之间（见《回忆旧北京》，北京燕山出版社1992年版），最早起于何时，有关北京的地方志、野史笔记大都语焉不详。如清光绪年间成书的《天咫偶闻》（震钧著），是最早谈到什刹海的野史笔记之一，但是他也只谈到纳凉、茶酒聚会之类："……都人士游踪，多集于什刹海。以其去市较近，故裙屐争趋。长夏夕阳，大伞初敛，柳阴水曲，团扇风荷，几席纵横，茶瓜狼藉，玻璃十顷，卷浪溶溶，菡萏一枝，飘香冉冉。想唐代曲江，不过如是。"由此看不出一点集市景象，完全是私人冶游。

我认为，荷花市场的形成，应该在清末以后。因为前海有恭王府，而且前海南沿紧邻皇家禁地北海；后海有醇王府，都是禁地，怎么可能容许老百姓大开集市，嘈杂喧哗？两处王府周围，常有巡查人员，是不会允许老百姓们在此开市的。清朝建都北京后，连戏院都不准在内城开设。在皇城周边不要说开市场，汉人民居都必须迁走。一些大的庙会也都要远离皇城。据记载，什刹海醇王府警戒森严，当年汪精卫等人欲谋刺摄政王，先期到什刹海"踩道"，观察在桥下埋炸弹之处，马上就引起巡逻人员的警觉，第二天便被逮捕。

什刹海忆旧

查《元史·地理志》，当年积水潭"汪洋如海""恣民渔采无禁"，周围形成餐饮、贸易市场是在鼓楼一带。文人们于此流连赏景，最早记载是明代公安派大家袁宗道、袁中道、袁宏道兄弟饮酒赏月赋诗。但那时习俗，冶游是自带酒菜的，如唐代有名的曲江，人们游玩吃用之物皆自备。

提起积水潭，莫说是外地的游客，就是北京人甚至住在积水潭附近的人，知道积水潭历史的恐怕也很少。所以非但外地的旅游者不来涉足，就是一般北京人也很少问津。

今天我们所说的积水潭，是指德胜门内大街以西部分，又称什刹西海，与什刹前海、什刹后海统而称之为什刹海（或叫后三海），其实什刹海本是明代一个古庙的名称，庙址原在后海西岸，后来人们就把庙前的湖泊叫成了什刹海。这是明代的称呼，在元代是称为积水潭或海子。朱国桢《涌幢小品》云："禁城中外海子，即古燕市积水潭也。"其实溯源应为永定河故道，东汉后故道南移，所遗湖泊上源即为高梁河。元代以积水潭为中心兴建人都。蒙古人"凡水之积者辄曰为海"，故积水潭又称"海子"。而且在明代积水潭还有一个名字叫净业湖，这大概是因为北岸有一座净业寺的缘故。而且积水潭的名气是和大科学家郭守敬的名字分不开的。据历史记载，在1291年（元世祖至元二十八年）对水利、天文、地理、历法无不知晓的郭守敬，奉元世祖忽必烈之命，修通元大都（即今北京）到通州的运河，并将昌平东南凤凰山的白浮泉水流，经玉泉、翁山泊（即昆明湖）注入积水潭，一年以后河道告成。从此，由长江、刘家港出发的海船和由杭州出发的漕船，就可以顺通惠河在积水潭停泊，将粮食等物资直接运到大都。《元史·郭守敬传》载："三十年帝还自上都，过积水潭，见舳舻蔽水，大悦。"积水潭成为港口和码头后，一时南来北往的货物漕粮都于此吞吐，船舶如林、桅帆蔽水，这是何等热闹的场面。而且，东北岸上的斜街一带日中坊（鼓楼西大街至烟袋斜街），也因此成了元期最繁华的商业区。诗人墨客也纷纷到此吟咏。有不少诗篇反映了当时的盛况和景色。元诗人傅若金《海子》诗云:"舳舻遮海水,仿佛到方壶。"元人宋耿《海子岸望海潮》词云:"十里烟波,几双鸥鹭,两两渔舟。"王元章诗云:"燕山三月风和柔,海子酒船如画楼。"明人劳宗茂诗云:"莫谓盈盈衣带水,胜他多少犊轮辛!"到了明清两代虽然因漕运问题,多次疏浚,但终究不能恢复本来面目了。

虽然积水潭作为码头的面貌已不复存在,但它却以一个风景区而逐渐闻名,积水潭是什刹海中最为幽静的地方。潭北有个小岛,岛上有座小巧玲珑的能汇祠(现改成郭守敬纪念馆),后面有一块巨陨石,人称鸡狮石或鸡石,下面的水就叫鸡石潭。有趣的是幽静的积水潭如今几乎成了餐饮区,比较有名的是北岸的山釜烧烤,这是北京最早出现的异域烧烤,80年代初开业时人们都称为"刀快"之地。西岸有汇通园饭庄,范曾题的匾。近来,南岸还开了一家水上海鲜城,从华灯初上直到夜半,可谓"买卖兴隆通四海"。

辛亥革命后,清室退位,皇族特权取消,老百姓们才为了迎合人们消夏的需要,开设市场。当然,据老辈人回忆:什刹海集市不大,只占西岸沿堤一条便道。南岸近马路,过桥就是地安门。东岸较僻静,有百米斜街一带居民区。北岸一角为集市尾部,商贩渐少,为杂耍娱乐场所和停车场。再转过去就是著名的会贤堂饭庄(早已不存)。什刹海集市商品种类并不算丰富,远逊于三大庙会。

"无双毕竟是家山",什刹海这片集名胜古迹、名人旧居、湖光荷影的幽静之地,但愿成为老北京人文景色的最后一片净土——这是我雨中游什刹海后的感慨。

烟袋斜街今昔谈

据说什刹海烟袋斜街的保护与修缮试点工程已开始全面启动，一期工程涉及大、小石碑胡同16个院落共67户居民，内有正式房屋110余间。工程将对予以保护的房屋进行修缮，拆除违章建筑，同时降低人口密度。至2008年，烟袋斜街及周边近7公顷平房将形成保护区，烟袋斜街也将成为一条以购物、休闲为主的传统商业步行街，初步恢复旧貌。

听到这一消息，心中十分兴奋，这不仅是我从少年时代就非常熟悉的地方，更因为它是一条历史最为悠久的商业街。烟袋斜街的形成年代可追溯到13世纪中期，它是随着元大都的兴建而逐渐形成的。那时元大都主要的商业区有三大处，即老北京流传至今的一句话："东单西四鼓楼前"。一处为积水潭、什刹海东北岸的鼓楼西大街一带（当时称斜市街），其余两处是西四牌楼和东四牌楼附近。积水潭当时是繁华的商业码头，南来北往的漕运货物都要从此进港和出发，通惠河经今崇文门向西最终到地安门外后门桥，樯帆蔽日，因而逐渐形成元大都最大的商业区，这个商业区沿鼓楼西大街向东南延深，顶端即为烟袋斜街，据《唐土名胜图绘》（北京古籍出版社）载：烟袋斜街"左右房屋都销售新奇果品饼面食品，以至柴炭器用之类，是京师繁华之处"。

斜街的形式与元代修通惠河漕粮货物之运有最直接的关系，所以烟袋斜街的繁华发轫于鼓楼西大街。我们不妨简要回顾一下鼓楼西大街的由来。

元世祖忽必烈修建大都，布局是"前朝后市"，即从永定门到三大殿是朝，钟鼓楼后是市场，更由于开凿一条360里的"通惠河"，接通南北大运河，使南方货船直接到大都靠岸，各种商品源源不断供应大都市场。

元至元二十八年（1291年），精通天文、数学、历法、水利的郭守敬（今河北邢台人）向元世祖忽必烈建议，修复金代原有的京城漕运河，引白浮泉水西流，沿西山东麓折而向南，汇入瓮山泊，经高粱河从和义门北流入大都，蓄于积水潭；再引水南流，东下通州。忽必烈采纳了这个建议。两年后的至元三十年（1293年）八月，工程全部完毕。元世祖忽必烈亲自赐名曰"通惠河"。

通惠河建成后，积水潭就成为了港口码头。大米、茶、竹等源源而至，附近船舶如云，商栈林立。为使码头至鼓楼前有一通道，遂在积水潭至鼓楼之间修筑了这条斜街。从布局看，元大都的建设在世界建筑史上是独辟蹊径的创举，城呈长方形，城内东西、南北各有九条干线，街道宽直整齐。唯德胜门至鼓楼这条干线是斜的。但若以实用眼光看，这条斜街却非常实惠，解决了交通急需，缩短了距离，因而斜街不但是北京城内唯一最早的斜街，也成为当时这一带运输贸易的生命线。

明代以后，城市中心南移，通惠河水道开始淤积堵塞，运粮船已不能驶入积水潭。明清两代虽因漕运的需要多次疏通，然终无复当年之貌。但是斜市街（鼓楼西大街包括烟袋斜街）却基本保持着六百多年前的格局和模样。

鼓楼西大街和烟袋斜街在元代称斜街市，其繁华有赖于两个方面：一是东西达二里之宽的积水潭，吞吐转运南北货物；查《元史·郭守敬传》有"舳舻蔽天"之描述，可见当年之盛况。其二是建于元朝至元九年（1272年）的鼓楼，当时称为"齐政楼"，又紧临什刹海后海后门桥码头，也是元代遵循《礼记》"前朝后市，左宗右社"（所以元大都宫殿在城南，钟鼓楼商业区在城北）所设定的商业区。元代地方志《析津志》云："齐政楼，都城之丽谯也"，"此楼正居都城之中"，如果复原元大都平面图，我们就可以看到，鼓楼（加上北面的钟楼）确为城之中心。所以《析津志》称之为元大都中"富庶殷实莫盛于此"之地，鼓楼"东南转角街市，俱是针铺"，楼西一带"率多歌台酒馆，有望湖亭，昔日皆贵官游赏之地"。楼左右一带则"俱有果木、饼面、柴炭、器用之属。"

现在保存下来有关元代钟鼓楼商业街市的记载不多，正史是不属于入传商贾街肆之类记载的。我们从零星的记述中，知道鼓楼市场街市栉比、人声鼎沸，加上"海子酒楼如画船"，其繁华之况并不逊于东京之汴梁，只可惜没有如《清明上河图》那样的有长卷描绘其盛罢了。鼓楼市场百货齐备，交易是很活跃的。有日用百货、粮米油盐、布匹绸绢、烟酒糖茶、四时干鲜果蔬、糕点食品等。行业众多，分粮行、绢行、木行、糖行、干货行等，尤其茶馆、客栈、酒店更是星罗棋布。

尤其令人感兴趣的是，由于蒙古族是以少数民族统一欧亚的大帝国（所谓"元朝"的版图，只是成吉思汗分封的十几个儿子管理的小汗国之一），所以并不闭关自守，当年来华的意大利人马可·波罗非常惊诧于大都街市的繁华，他赞叹元大都是世界上"无能与比"的"商业繁华之城"，"外国巨价异物及百物之输力此，世界诸城无能与比"。在钟鼓楼一带，随处可见来自波斯、高丽（今朝鲜）、交趾（今越南）及中亚西亚和欧洲的商人。马可·波罗来华后所写的《马可·波罗游记》尽管如今仍有外国学者认定为他根本没有来过中国，尽是根据记载或道听途说而写，但迄今中国学术界仍认定《马可·波罗游记》是真实可信的。其实，即便马可·波罗未来华一游，他根据记载和传闻描述元大都的商业繁华状况，也较为真实，为我们了解元大都商业特别是外商贸易及"巨价异物"舶来品的交易，提供了很珍贵的史料。

不过，我们从有限的史料中只知鼓楼市场的繁华，而烟袋斜街（元代也没有这个名字）这个地段究竟有何种特色和店铺，却未知其详。元朝统治中国时间较短，只有150余年。在元朝灭亡之后，钟鼓楼商业区开始步入萧条。这不仅是因为元末朱元璋的农民义军攻入北京，更由于明朝将国都建在了南京，直接影响了商业的繁荣。当然，这个时期较为短暂，明成祖朱棣（当时是分封在北京的燕王）发动"靖难之役"，从侄子手中夺取了皇位。由于他长期经营北京（当时称"北平"），将此定为国都，但对整体布局进行了改造，如果将明代北京地图与元代大都地图相对比，就会发现明代北京都城已南移，原来位居元大都城中心位置的钟鼓楼成为城之北隅。而且，将元代的中心阁、齐政楼彻底改成钟、鼓楼，使之完全成为京城报时的中心。加上明初北京通惠河码头作用仍然存在，使斜街商肆依旧繁荣。但不可否认斜街商业区已自然南移，重心变成地安门外一带。但其繁华程度已大大逊于元大都时期，而且消费点有所变换。

明初换都北京，明成祖仿效历代皇朝做法，为保持稳定，迁来南方大批商贾富户。由于积水潭一带风景幽静，所以富户贵人在沿岸纷纷修建别墅，因而在连接积水潭和地安门外商业区的斜街上，不仅维持了斜街市南端的繁荣，还应运而生出现一些为达官贵人、文人士子宴饮游乐服务的酒楼。从史料记载中可以查到明代嘉靖年间就出现了有名的天香楼。尽管明中期以后通惠河淤塞、积水潭面积萎缩，交通货运逐渐改成陆路，但仍然没有影响斜街商业区。通过记载得知，当时北方少数民族商人频繁出入北京，大多居住于德胜门、安定门一带，这很可能是离鼓楼斜街商业区较近的缘故（也可能是当时规范指定他们居住之地），自然也方便他们在斜街买卖货物。

总之，明代城中心南移，码头不存。使斜街也南移，尽管不如元代繁华，但有一个很明显的标志就是繁华中心也变为今天的烟袋斜街一带。这为清代和民国时烟袋斜街的兴盛和繁华奠定了最重要的基石。

清朝严格规定商业娱乐区不得在内城，由于清朝不像历代那样，取得统治地位，便把前朝皇城焚毁；清朝完全在明朝内外城建都，所以格局基本未变。因而钟鼓楼商业区仍然保存下来，尽管清代已不再依靠积水潭的水路码头。

钟鼓楼商业区之所以能保存下来，很大程度是因为积水潭尤其是什刹海形成了园林景区。皇城圈的北海水域平民百姓甚至达官贵人均不得涉足，所以各阶层人士便把什刹海当成了休闲宴饮的好去处。一些王公也依此而建府邸，如恭亲王府、醇亲王府（以上均因是"铁帽子王"，王府不必降格或迁出）、成亲王府、蒙古罗王府、涛贝勒府（贝勒载涛是溥仪的七叔，还未升到王爷就赶上辛亥革命了）等。还有一些汉人权要的私家园邸也纷纷挤进，一时使什刹海竟成了王公贵族、达官显赫的云集之处。贵族达官阶层自然豪奢讲排场，开支不菲，这都促成了鼓楼一带商业区的畸形发展。文人学士也要到此处游玩（除此之外便是南城的陶然亭），因而如光绪年间的会贤楼、望湖楼、庆云楼等著名酒楼应运而生，特别是夏季斜街的荷花市场更是车水马龙、喧嚣异常。

从可以考证的资料看，烟袋斜街最繁盛红火的时候是清代光绪年间，这个称谓大约也是此时叫开的。斜街里出现多家饭庄、酒楼、烟铺、茶馆、浴池等。特别是出现了以经营烟具为主的"同台盛"和"双盛泰"两个店铺，据说两个店老板曾为那拉氏通洗水烟袋，于是声闻京华，斜街东口便出现了以烟袋作店幌子的烟袋商店，这两家店在斜街中名声、气派最大，幌子也最醒目，于是老百姓们便称之为烟袋斜街（《北京地区经济史料》，北京燕山出版社1990年版）。

现在有些文章谈到烟袋斜街或以为是为平民百姓服务的，其实不然。烟袋斜街是典型的为贵族官宦服务的高档商业区。比如会贤楼、庆云楼之类；很有气派，档次也高，平民百姓是不会涉足的。再如我们读《红楼梦》，薛家在鼓楼西大街开了一家当铺名"恒舒"，恐怕主要服务对象也不是平民百姓（过去官宦人家因周转不开也需要典当）。又如老舍先生在《茶馆》中描写的裕泰大茶馆，据说原型就在鼓楼附近。这种大型茶馆也是有求于王公贵族的各色人等在这里议事和"拉纤"之地。对老北京商业颇有研究的张双林先生曾考证：地安门外大街（鼓楼前大街）52号，有一坐东朝西的铺面房，建筑面积近400平方米，三间门面，雕镂细致，彩绘新颖，门面楼后还有后楼、仓库和账房，是一间有百年历史的大绸布店（《老北京的商市》，北京燕山出版社1999年版）。这种绸布店也只能是为王公贵族、官宦之家服务的。莫要小看这条既短又窄的斜街（从最西端银锭桥到最东头烟袋铺东口据说总长为390米），这里竟是古都西装裁剪的发源地——斜街东口有一家"都不昆西装店",一般平头百姓是不会做西装的(当然西装店的出现最早也在清末,但由此可见它开在此处也是缘于烟袋斜街是高档商业区)。比如宣统皇帝溥仪的老师、英国人庄士敦就住在今天地安门油漆座胡同1号。他要做西装,恐怕是会光顾"都不昆西装店"的吧?

斜街除了酒楼、饭庄、烟铺、浴池、茶馆等,日杂百货、布匹丝绸、烟酒食品、干鲜茶叶等诸店都红火兴隆。

烟袋斜街的平民化是在辛亥革命清廷退位之后,居住在什刹海附近的王公贵族、八旗子弟失去俸禄,又肩不能扛手不能提,于是纷纷开始变卖古玩字画,这使得烟袋斜街重新定位,又一次畸形发展,经营古玩的宝文斋、敏文斋、绣古斋、抱璞山房等纷纷落户斜街。那时溥仪还在故宫,仍然使用宣统年号,也有宫里的太监在地安门开设古玩店,货源都是从宫内盗取(见溥仪《我的前半生》,群众出版社1964版)。那时老北京一提"小琉璃厂"便指此处。

这时开始形成民俗商业街,据统计,在50年代以前,不到400米的烟袋斜街竟然分布着84个店铺,功能各异,种类齐全,除了古玩店、酒楼、茶馆、烟袋铺、浴池等,还有国光药店、长宗兴铁丝铺、振兴理发馆、双龙盛弹花店等,还有各种京味饮食,如震阳春烧饼铺、东顺成包子铺、王金坡早点铺、刘记烧饼铺、李二炸虾店、爆肚张、面人汤等,共22家。这直到1956年公私合营以后,才逐渐减少(《烟袋斜街商业的兴衰和重建的布局基调》,见《北京经济史资料》第33至44页)。

烟袋斜街在民国以后时期的繁荣,一个是上述谈到的王公贵族变卖古玩的刺激,另一个是国民党政府将首都迁到南京,迫使鼓楼商业区店铺改成平民色彩,多经营中低档货色。当时北平市政部门又将鼓楼改为"明耻楼",举办爱国主题展览,开设电影院,在钟、鼓楼之间开办游艺场和平民市场,使之游客不断,维持住了鼓楼商业区的繁华。

莲花池及金中都遗址

我所工作单位的地址一度位于莲花池东路。推窗可见北京城有纪年以来最古老的建筑——辽代天宁寺砖塔，距今已逾千年。天宁寺位于今广安门北滨河路西，是辽国陪都燕京城（当时称"南京析津府"，是辽"五京"中最具规模和繁华的都城）内的建筑物。辽燕京遗址，即在今广安门一带。而莲花池是金朝地名，至今仍存；"绿水澄澹，川亭望远，亦为游瞩之胜所"，古人誉美的莲花池，于今仍然风韵不减，只不过今天辟为古辽金遗址公园，位于北京西站南。

莲花池大概是金人建中都时起的名字。在八百多年以前，它被称为"西湖"。北京过去水资源极为丰富，现在从资料中看，金中都西南不仅有莲花池，还有莲花河，这片湖泊水系，一直承担着蓟城的护城河、园林、水道的供水。不过，八百多年前，莲花河被称之为"洗马沟"，这是一个典型的带有游牧部落军事色彩的名称。确实，在辽、金时代，燕京一带被强制辟为牧场，辽初选征马数万，牧于雄、霸、清、沧间，以备军用（《辽史拾遗》，《北京史苑》第1辑北京出版社1983年版）。到金章宗时期的明昌五年（1194年），还"散乘马，令中者、西京、河北东、西路分畜"（《金史·兵志》，中华书局版）。

1400余年前，北魏著名水文地理学家郦道元在《水经注》中曾记载："水俱出县西北平地，导泉流结西湖。湖东西二里，南北三里，盖燕京之旧池也。……湖水东流为洗马沟，侧城南门东注……"郦道元是河北涿县人（当时称范阳），与燕京极近，又博览群书，精于历史地理之学，他的记载应该是最可靠的。可见"燕之旧池"证明西湖（莲花池）的历史要比北京建都八百多年的历史悠久得多。

西湖何以改称莲华池？史无记载，我推测应该与海陵王完颜亮（金太祖完颜阿骨打之孙）有密切关系。完颜亮是金代第四任皇帝，弑君登基，至今人们对他褒贬不一，单看"三言"中《海陵王纵欲丧身》，即可看出后世对他的评价。但从《金史》本纪中的记载来看，他还应该算是一位英锐而有大志的政治家。他的迁都之举不仅仅是为便于控制全国，其目的还有便于与中原地区的经济交流。

迁都在当时无疑会遭到很多人的反对，特别是那些痛恨他弑君篡位的贵族豪门阶层，所以完颜亮迁都北京后，竟焚毁了原国都"上京会宁

莲花池及金中都遗址

府"（今位于黑龙江阿城东南）。这位出身于松花江畔渔猎部落的"生女真"，居然喜好种莲赏莲，并且渲染成为迁都的一个理由。完颜亮在寒冷的黑龙江上京种植了200株莲花，但未成活，他故意在朝会上问是何原因？大概也是他的授意，一位大臣慷慨而言："自古江南为桔，汇此为枳，非种者不能，盖地势也。上京地寒，惟燕京地暖，可栽莲。"并引申开来大声疾呼："燕京自古霸国，虎视中原，为万世之基。"看来，完颜亮在黑龙江种莲，朝会辩论及散布舆论都是为迁都而造势。

不过，完颜亮确乎爱莲，迁都之后在西湖栽种了大量荷花，大概也改成了一直称呼到今的名字——莲花池。

我所在单位的莲花池东路就位于天宁寺桥西北角，天宁寺桥往西咫尺之遥就是会城门桥墩，不少人不知桥名其意，其实这是当年金中都一个城门之名，也大约应该是其遗址所在。

辽建燕京，中心位于今广安门附近，呈正方形，周围27里，共辟8个城门。金建中都，环燕京而扩，北城墙与燕京城北墙重叠，东、南、西外扩，周围36里，共卅13个城门，其中北面有4个城门，会城门是其中之一。我有时不免遐思，会城门墙与燕京北面的通天门或拱辰门城墙是重叠的，这真令人会生出无限感慨。正如已故著名建筑学家梁思成先生谈及北京古城时曾言："无论哪一个巍峨的古城楼，或一角倾颓的殿基的灵魂，无形中都在诉说乃至歌唱时间上漫不可信的变迁。"

金庸先生的武侠名著《射雕英雄传》，读过的人不少，不知是否还记得书中借郭靖之眼对金中都的描述："……这一日到了中都北京。这是大金国的京城，当时天下第一兴盛繁华之地，即便宋朝旧京汴梁、新都临安，也是有所不及……，只见高柜巨铺，尽陈奇化物；茶坛酒肆，但见华服珠履。真是花光满路，箫鼓喧空；金翠耀日，罗绮飘香"。我所引的金先生书中他的第一句话就易产生误人的错误概念。当时宋朝有北京大名府的建制，不必了解宋代地理，凡是读过《水浒传》的都很清楚。辽代"皇都"称"上京临潢府"（今内蒙古巴林左旗东南），其余四个陪都分别为"南京析津府"（前称幽州，即今北京）、"东京辽阳府"

（今内蒙古宁城西南）和"西京大同府"（今山西大同），无"北京"之称谓。金代完颜亮仿效辽"五京"之制定燕京新都为"中都大兴府"，四陪都分别为"北京大定府"（内蒙古宁城西南）、"南京开封府"（北宋旧都开封）、"东京辽阳府"（今辽宁辽阳）、"西京大同府"（今山西大同）。"中都"与"北京"在金代并不是一个地域概念。但是金庸先生对中都商业繁华的描述，应该说还是有一定历史根据的。

从史料可知，当年金中都辖区面积居然比今天的北京还要大。共辖十县一镇：大兴、宛平、安次、漷县（今通州）、永清、宝坻、香河、昌平、武清、良乡十县及广阳镇（今丰台区）。金中都的皇宫仿效北宋皇都开封，部分建筑构件也是从开封拆运来的原件。例如今天北海公园里的叠石就是当年金朝拆移的汴京御苑里的艮岳太湖石。据《日下旧闻考》载，金中都皇宫"宫阙壮丽，延亘阡陌，上切霄汉，虽秦阿房、汉建章，不过如是"。完颜亮还将祖先的陵寝也迁来，建置于西郊今房山区一带，当时专设万宁县予以保护和管理。这座金皇陵区包括太祖完颜阿骨打及太宗、德宗、睿宗、世宗五代帝王陵，国家文物局已进行了历时两年的秘密发掘，出土了大量文物，相信以后此处会成为北京的另一处景区（1996年此处已列为市级文物保护单位）。

金中都的建成使之成为当时世界上最繁华的商业大都市。当时完颜亮将皇族贵戚全部迁到中都，为了断绝退路，还将旧都上京会宁府的宫殿豪宅彻底夷毁。大批贵族官僚阶层的进入中都，使得中都商业迅速发展。史籍记载：完颜亮注重减轻赋税，缓和民族矛盾，休养生息，使农业得到发展，商业繁荣，市场兴盛。这段时期史书称之为"小尧舜"。金中都不仅商业市场百货云集，而且由于贵族官僚众多，使得金中都也成为了一个高消费的商业城市，供贵族需要的日用品和奢侈品也有极大的市场。特别是酒楼歌台，处处笙歌，一片繁华景象。由于完颜亮提倡发展经济，交通也急需改造以适应中都的大都市地位。因而在中都之东开通了潞河，潞城因引改名通州，西面则建成卢沟桥〔金大定二十九年（1189年）始建石桥，三年后的金章宗明昌三年（1192年）建成，当时称广利桥］，使西南陆路各种货物可以直接进入中都。金代还首创了漕运形式，即从水路运送粮米到京城。

金中都的繁华和高度的商业化，刺激了帝王贵族赏心乐事对于风景区的需要。当时北京本来就水域众多，因而在金中都存在的短短63年中［金贞元元年（1153年）建中都至金贞祐三年（1215年）被蒙古铁骑攻陷彻底摧毁］，竟为今天的北京留下大量名胜古迹。今天尚存的北海、香山、钓鱼台、玉泉山、陶然亭、玉渊潭等，都是当年金朝皇帝的离宫别苑。我们今天所津津乐道的燕京八景太液秋风、琼岛春荫、西山晴雪、卢沟晓月、玉泉垂虹等也是从金朝开始的。近年北京昌平区开发的旅游区铁壁银山，其中法华禅寺塔林，也是金朝的故物。12年前，右安门外玉林小区在施工时，发现了金中都城墙水关遗址，引起了轰动，今天已辟为博物馆，供人们凭吊金中都城垣唯一的遗存。

金中都的街市即商业市场在哪儿？历史记载未见。元大都的街市是明确可考的，即今鼓楼一带。因为元人建都源于汉人悠久的礼制文化。即《礼记·考工记》所明示的"匠人营国，方九里，旁三门，国中九经九纬，经涂九轨，左祖右社，面朝背市"。"九经九纬"是城市纵横九条街道，"经涂九轨"是街道可以并驱九辆马车。金人是不是在建都时也源于汉人古老的礼制呢？从金中都多重方城中轴式布局来看，极像中原宋朝首都汴京（今开封）的翻版。从《金史》有关记载来看，当时金朝左丞相张浩受完颜亮之命，确实南下至汴京，抄绘汴京都市格局甚至宫殿形制。

金中都的中心是皇城，基址位于今天广安门南滨河路一带。东西窄，南北长，周围3里，共有城门四：东为宣华门，南为宣阳门，西为玉华门，北是拱辰门。皇城中有宫城，中心则是大安殿，为朝会庆典之所。其基址为今白纸坊立交桥北端之东，距原白纸坊百货商场颇近。1993年建"西厢道路工程"时被发现。玉华门外是皇家园林同乐园，有鱼藻池等名胜。鱼藻池即太液池，遗址即1949年以后疏挖的青年湖，即今白纸坊立交桥西鸭子桥路西端。皇城外为都城，周围36里，共13

个城门。如果按"面朝背市"的仪制，商业中心应在北面会城门、通玄门、崇智门、光泰门之内。很可能是会城门内天宁寺一带。也有可能在金代漕运沿线一带。旧渠漕沿袭辽代，还有引黄河、漳河、衡水三条道，但都到达通州，通州至中都50里，不可能成为商业中心。颇有可能的是"金口引水渠"，即引永定河之水，"金口"即今石景山麻峪村东石景山发电厂院内。据近人考证："至京城北入壕"（金中都北护城河），"东至通州之北，入潞水"（即沿今通惠河）。金口引水线上段引永定河水至石景山，设闸。水流经今老山、八宝山北，东至玉渊潭，折向南流入北护城河；再东流折向东北，过今旧帘子胡同、人民大会堂南侧、历史博物馆南，沿台基厂三条、同仁医院、北京火车站，出东便门，流经通惠河至通州北入北运河（见《京水名桥》，北京美术摄影出版社2003年版）。金中都东有3个城门：施仁门、宣曜门、阳春门，那么商业中心也颇有可能在这3个城门附近。但最有可能仍会在靠近北护城河的会城门至光泰门一带。元大都商业中心就围绕在漕运线主要码头一带。但金代的漕运又分春、秋两季，会不会春至秋在中都东南形成市场，而在中都之北还会有一个商业中心？打电话请教著名水利史专家、原北京水利局局长段天顺先生，他认为金中都商业中心也应在北护城河内北城门一带。

  金人吟咏中都风光诗作不少，但我查不到有关商业繁华的描述。也许是金中都湖光水色吸引了人们的目光。手头只有《二十五史精编》，135卷总计百万字的《金史》中的"食货志"之类也无记载。因为正史很少关心商业，我查遍有关北京地区经济史料，隋、唐时经济发展很快，特别是绢帛。基本记载都从元代开始。辽、金以少数民族入主在北方强迫推行游牧制，加大北京一带畜牧业的发展，这是一个原因即不重视商业。还有一个重要的原因是金中都存在时间太短，只有短短62年。我很注意金庸先生《射雕英雄传》里对金中都商业繁华的描述，也并未提到具体位置。因而金中都的商业中心具体位置究竟位于何外，也只好令人为之遐想了。

家山谈荟

西单右翼宗学的名人遗迹

几年前,西单商业街将要斥资66亿元进行设施扩建工程,据说"在未来五年内……新建商业设施面积超过100万平方米。尤其是西单路口以南地区将兴建娱乐休闲配套设施,包括西店、餐饭等场所",据西城区区长林铎答记者云"未来的西单会是一个商气更加浓厚的现代化商业中心"(见2003年12月14日《北京青年报》)。

在老北京的商业区域中,西单形成繁华商业区最晚,与鼓楼商业区近800年的历史相比,西单也不过近百年的历史。

1900年以前,这里只不过聚集一些小商贩,经营品种不过日用小百货、小吃店、旧书、估衣、杂品之类。西单商场的原地是清代王府的马廊,1913年才由6家私人小店组成商场(见《北京经济史资料》,北京燕山出版社1990年版)。但据《旧西单商场》(王岫雯主编,北京出版社1988年版)说:"西单商场,始建于20年代末、30年代初",但无论建于何时,都超不过20世纪初至30年代以前这一段时间,这是不争的事实。所以过去老北京有句顺口溜来形容北京商业繁华之地是"东单西四鼓楼前",其中没有西单,可见出现之晚。1936年出版的《北平一顾》中说:"市场"除东安市场外,还有一个"商场",即指西单商场。可见30年代以后才真正形成了规模化的商场。

但尽管西单商业区出现较晚,却颇有特色。老北京也有一句谚语:"东富西贵南贱北贫"。西单位于西城,西城之"贵",首先清代大多数王府均位于此。例如千年不倒的孔子后裔衍圣公,府第就在西单,清代文职机构太仆寺等也设在西城。历代帝王庙、恭亲王、郑亲王、顺承郡王、醇亲王等也都在西城,若算上贝勒、贝子的府第,那就更多了。民

167

国成立，国会就距西单不远（今新华社所在地），大多国会议员也住西城。所以西城又是文化区，从清代以来如雍正皇帝下令设立的右翼宗学、京师大学堂、图书馆等均在西城，特别是右翼宗学就位于西单石虎胡同。由此可见西城在清代至民国，形成了一个政治中心和文化区。

而且，西单的商业区也不仅仅皆是纯商业的行业。一般人们认为前门剧院较多，形成了一个娱乐区，其实首先是在西单附近发展起来的。如哈尔飞（后叫西单剧场）、长安大戏院、新新戏院（今首都电影院）等。专印簿记表格的成文厚也开业于西单以北，这是中国传统商业管理转向西化的标志之一。过去传统商业无论大小流水账均用毛边纸，外为方形簿记篮布面线装，毛笔记录。而西式簿记表格在西单的出现，也证明西单商场的开风气之先。

西单商场按资料记载由六个商场组成，不仅是日用百货，其中戏曲杂技是非常吸引人的一个行业。曲剧艺术家魏喜奎生前曾对我说过：她的"母校"就是西单商场，曲艺演员也没有不熟悉西单商场的。启明茶社集中曲艺的精英，举凡张寿臣、骆玉笙、侯宝林、刘宝瑞、郭全宝、常氏兄弟等数代艺人在此演出、受业。我少年时代数次在这里听相声，至今印象深刻。除此之外，珠宝字画、旧书印章也应有尽有。我直到青年时代还常常去商场内的旧书店访书，但今天现代的高楼内已不复旧时景象了。有人认为，西单商场是"劝业场"，是模仿上海大世界建造的一个北京平面大世界，这不无道理。也是当时老北京人爱逛西单的一个重要原因。

西单商场蕴含着浓郁的文化气息。不仅是那里集中了众多的餐饮老字号，如曲园、玉华台、同春园、鸿宾楼等。也集中了有名的几家戏院、电影院，而今天都拆移星散了。而首都电影院的拆迁，标志西单最后一个文化殿堂彻底消失。

若干年前就有过令人不安的消息：北京唯一留有曹雪芹雪泥鸿爪的清代右翼宗学遗址曾有动议要拆除，著名学者周汝昌、吴晓铃、杨乃济等纷纷予以呼吁。

西单右翼宗学的名人遗迹

燕京感旧录

曹氏在京华的遗迹如芷园、老槐园等，而今皆已荡然无存。位于西单牌楼石虎胡同七号的右翼宗学遗址，则不仅与曹氏有关，且与近代文坛名士巨子多有因缘。且不说敦敏、敦诚兄弟诗人，近代梁启超、蔡锷、徐志摩、张君劢、陈叔通（中华人民共和国成立后曾任人大常委会副委员长）等皆在这所历尽沧桑的庭院留下过遗迹。

20世纪20年代，蔡锷病逝之后，他的老师梁启超为纪念这位名扬中外的得意弟子，于1923年在右翼宗学遗址成立松坡图书馆，他自己捐了十万册藏书，并自任馆长，蒋百里任编辑主持。该馆还收集了大量与蔡锷有关的报章杂志、书籍等资料，当时著名的新月派诗人徐志摩任该馆干事，并协助处理有关英文函件。徐先生在此期间，还写了一首题为《石虎胡同七号》的诗，描写这所故宅的景致，蒋复璁、梁实秋主编的《徐志摩全集》收有这首诗，而蒋先生当年也曾在该馆服务过（他现任"台北故宫博物院"院长）。1923年，蒋先生毕业于北大哲学系，与张君劢住此处，并在馆里任编辑。有意思的是：蒋先生是有名的军事家蒋方震（百里）的族侄，而蒋百里先生（他的三女婿是大科学家钱学森）与蔡锷为同窗挚友，当年在日本官学校留学时并列"士官三杰"，是赫赫有名的。这也算是历史上的一段佳话罢。

至于松坡图书馆，它本身在北京文化史上也应有一席之地。开馆以后，常来这里的名人不计其数，鲁迅、周作人似乎都去过此处。有一幅很有名的照片：林语堂、胡适、周作人、郁达夫、徐志摩等20多位名人在北海松坡图书馆前合影，可见耆宿云集之盛况。鲁迅先生当年任北洋政府教育司佥事兼第二科科长，主管图书馆、博物馆、文艺等业务，经常外出视察。后来，松坡图书馆一度迁到北海公园内澂观堂里的蔡公祠。20世纪50年代后由陈叔通先生一手经办，移交给了文化部。此后蔡公祠和松坡图书馆均被关闭，作文化部仓库之用。20世纪70年代，因拍摄电影《小凤仙》，摄制组曾到蔡公祠和松坡图书馆查阅资料，据说蔡将军的遗物军刀、望远镜等仍在，而且发现了大批与蔡将军有关的书报杂志，其中蔡锷的大幅原版相片，竟成了电影拍摄中蔡将军的造型依据。当时报载，还发现有梁启超在内的签名纪念册（可惜未说明其他名人的名字），例如驰誉海内外的杨守敬观海堂藏书，北洋政府收购后将一部分拨交松坡图书馆收藏。可见这类文物单位保存的珍贵资料不少。北海澂观堂已由文化部今年交还北海公园，对外开放，但蔡公祠松坡图书馆将如何处理，却不得而知。如今右翼宗学遗址不知仍在否？而有关的名士只有蒋先生尚健在，其余皆已作古，其中的文物资料若不抢救、整理、运用，将会造成无法弥补的损失！

记得报载：西单将拆除原来的科技广场，改建成一座影院。几乎同时，还有两则令人感兴趣的消息：一是什刹海的仿古民居向外国人开放，价格不菲，但老外趋之若鹜。二是圣诞节前大宾馆提前布置圣诞装饰，老外们并不感兴趣。有的老外竟将贴在所住房间门上的圣诞饰物撕去。可见，西单商业街的改建是需要动脑筋的，如果只是与东京银座或纽约商业大街不分伯仲，那真是没必要浪费那么多纳税人的钱了。

燕京感旧录

千秋共仰于公祠

于谦在历史上是知名度仅次于岳飞的民族英雄。上了年纪的老人小时候都读过他的少年之作《石灰吟》:"千锤万凿出深山,烈火焚烧若等闲,粉身碎骨全不怕,要留清白在人间。"这首诗曾感动过很多人。明末抗清英雄张煌言,誓以岳飞、于谦为楷模,曾诗云:"国亡家破欲何之?西子湖头有我师。日月双悬于氏墓,乾坤半壁岳家祠……"最终喋血赴死。

北京西裱褙胡同有于忠肃公祠,亦是他的故居。明正统十四年(1449年)蒙古瓦剌族酋长也先率兵入侵,边关告急。昏庸的英宗,听从宦官王振的怂恿"御驾亲征",令文武大臣100余人陪同,调集50万大军,仓促从北京出发应战。不料战事不利,王振又挥军退回土木堡,想回老家衣锦还乡去炫耀,延误了时间,遭瓦剌突袭,50万大军尽数溃灭。英宗亦被俘去,这便是史书所称的"土木之变"。随后,也先挟持英宗举兵直逼北京。当时北京只有一些老弱残兵,满朝文武百官跪在午门外痛哭流涕:中华民族危在旦夕矣!当时留守京城主持军事的兵部尚书于谦"毅然以社稷安危为己任",力斥南下迁都之议,厉兵秣马,亲临督战,德胜门首战击杀"铁颈元帅"、也先两个胞弟叫孛罗和平章卯那孩。彰义门(今广安门)一战又获大胜,解除了京师之危。从史料记载,于谦确有指挥才能,无愧儒将。也先退兵时,被迫将英宗放还。英宗复辟后,由于奸臣进谗,于谦反而被杀害。据说临刑之日"阴霾翳天,京郊妇孺,无不洒泣"。他死后,北京民间还流行着这样一句民谣:"鹭鸶水上走,何处觅鱼嗛(暗指于谦)。"

于谦是个清官,《明史》本传说他"忧国忘身""口不言功""自奉俭约,所居仅蔽风雨"。他的故居就是今天的于忠肃公祠。曾监国摄政的景帝赐他西华门一座豪府,他固辞不受。抄家时发现他"家无余赀,萧然仅书籍耳"，可谓清白一世。到了明成化元年（1465年），于谦之冤才被昭雪，特诏追认复官，赐谥"肃愍"，并将其故宅建为忠烈祠。神宗时大司马王一谔梦于谦诵诗曰："空山血泪凭谁诉，万里忠魂独自归。"后有人上书请改谥，万历十八年（1590年）遂改谥"忠肃"，并于祠中立于谦塑像。后人有很多诗词吟咏于公祠，其中以明人凌煜《谒于公祠》最为著名："銮舆北幸国无人，保障须凭柱石臣。不是于公决大议，中原回首尽胡尘。"

据清人励宗万《京城古迹考》、吴长元《宸垣识略》等书记载，清初时于谦塑像被毁，祠亦废弃，现在的于忠肃公祠是光绪年间重建的，原旧居已无。但纪念于谦的神位及"热血千秋"匾额据说存放在后面的奎光阁楼上，不知无恙否？

于谦是杭州钱塘人，少即有抱负，读书时将文天祥的像挂在座位旁。他的祠不仅北京这一处，太原、开封、南昌、杭州等地都有。杭州庆寿门有"于公读书楼"，他的墓葬就在西湖畔三台山。清人袁枚曾有诗吊云："江山也要伟人扶，神化丹青即画图。赖有岳于双少保，人间始觉重西湖。"于公祠与文天祥祠可以说是北京人的骄傲！

于谦不仅是儒将，亦是诗人。他在巡抚山西、河南作《到泽州》诗："跃马天将暮，离山路转平。川萦太行驿，树绕泽州城。落日翻旗影，长风送鼓声。孤云在天际，回首若为情。"此诗的墨迹至今留存，我曾一观，是一笔行草，有淋漓磅礴之慨。其实上述诗并非于谦诗的主旨。于谦由于多视察、巡抚地方，颇注意民间疾苦，农民的艰辛成为他写诗的主题，如《村舍耕夫》："倚门皓首老耕夫，辛苦年年叹未苏。桩木运来桑柘尽，民丁抽后子孙无。典余田宅因供役，卖绝鸡豚为了逋。安得岁丰输赋早，免教俗吏横催租。"又如《荒村》："村落甚荒凉，年年苦旱蝗。老翁佣纳债，稚子卖输粮。壁破风生屋，梁颓月堕床。那知牧民者，不肯报灾伤。"可见于谦作为清官其来有自，岳飞所提倡的："文官不爱钱，武官不怕死"，在于谦身上都得到了最真实的体现。于谦不仅清贫自守，亦刚正不阿，他的《入京》《北风吹》两首诗与《石灰吟》一脉相承，令后人心生敬意，千秋共仰。

"是何意态雄且杰"

——杨椒山与谏草堂

记得少时见过一幅杨椒山诗帖,诗句自然已经不复记忆了。但那淋漓飘逸毫无馆阁气的书体,却给予我很深的印象。那时听长辈讲,杨椒山是明朝的大忠臣,后来读了《明史》,才知道他是明代一位极有气节的忠臣义士。

杨椒山是河北容城人,名继盛,字忠芳。椒山是他的号,因他忠贞刚烈不畏权奸,所以后人尊称他为"椒山先生"。他32岁考中进士,初选入南京吏部,三年后又调升北京兵部车驾司员外郎,此时正值嘉靖皇帝在位后期,这位懒惰的皇帝只知潜心斋醮以图成仙,他迷信道教,竟长达20年不见朝臣,在西苑深居不出,朝政尽悉落入大奸臣严嵩之手。严嵩与其子严世蕃狼狈为奸,不顾边境北有俺答、南有倭寇的长期外患,只知敛财纳贿,结党伐异,擅政专权,当时朝中正直之士无不对此忧虑和愤恨,先后有敢于直言的"八言臣"奋起上疏,其中第一位便是杨椒山。

杨椒山初到北京兵部任职,正遇上贿赂严世蕃当上大将军的仇鸾不敢与俺答作战,与之妥协,并建议互开马市。杨椒山当即上疏"十不可五大谬"严词反对。在严党诋毁下,他获罪下狱被击一百棍,并被刑具掰断了手指,出狱后被贬到甘肃以西的狄道县,去做一个管捕捉盗贼的典史。不到一年,马市真相败露,嘉靖帝才感到冤枉了杨椒山,特旨调升山东诸城知县,一个月又调南京户部主事,三天后再升刑部员外郎,马上又转任兵部武选司员外郎,不到半年之内他竟连升四级!兵部武选司员外郎，主管武官考铨升迁。这在兵部中被视为肥差，是嘉靖皇帝内疚之下给他的奖赏，杨椒山完全可以凭此发财升官。但杨椒山全然不考虑"皇恩浩荡"和前次上疏的后果，到职未满一月，便写成《请诛贼臣疏》，痛斥严嵩"十大罪五大奸"状。在起草疏稿时，他的亲朋好友都百般苦劝，但杨椒山决心效仿夏商时进谏遇害的忠臣龙逢、比干，下必死信念。果然，他这回受到比上次更残酷的大刑，并被投进死囚牢中，严嵩指示党羽欲将杨椒山"绞"杀，但嘉靖帝"犹未欲杀也"，被囚三年。初入狱时，好友曾托人密送蚺蛇（即蟒蛇）之胆，谓此可御杖止痛。他得知慨言道："椒山自有胆，何以蚺蛇为？"明朝的监狱最为黑暗，他在狱中屡受严刑酷打，直至骨折皮破、死去活来，他的两股也因棒伤糜烂。而严党爪牙竟断绝医药之治，他即打碎瓷碗，将瓷片自刮手腕被打烂发炎溃烂的腐肉，并将刮不净的筋以手扯断，之间血流遍地，腐肉盈斗，狱卒望见亦为之战颤不已，而杨椒山"意气自如"，这是怎样的一种英雄气概？！杨椒山的"意气自如"，还体现在他临刑之际，将狱中所书年谱、写给妻儿的各两封遗书包括狱中诗作交付其子，这是怎样的一种从容不迫？！所谓"视死如归"不是所有的仁人君子都能做到的，看看后来"戊戌六君子"中若干人的临刑表现，就不能不令人生发感慨了。

杨椒山入仕仅五年，其间七易其职，六赴任所，一贬谪地，两入诏狱，最后终遭严党杀害，死时年仅40岁。临刑前曾写下两首正气淋漓的叠韵绝命诗："浩气传太虚，丹心照千古。生前未了事，留与后人补。""天王自圣明，制作高千古。生平未报恩，留作忠魂补。"他就义时，观看行刑者无不涕下。赴义后，许多读到此诗的正直之士，无不为之痛哭失声！他的这种不畏奸邪、不计得失的浩然正气也受到后人的传诵与敬仰。杨椒山在北京兵部任职时住在宣武门外达智桥松筠庵，他起草弹劾严嵩疏稿的书房，被后人尊称为"谏草堂"，一直受到人们的凭吊。为纪念杨椒山，在他遇难后，后人于乾隆年间将其故居松筠庵改祠以祭。后经道光年间法名心泉的和尚又募捐重建，从此成为北京数百年来最值得瞻仰的名胜之一。杨椒山弹劾仇鸾和严嵩的两道奏疏遗墨，由海盐人张受之手摹勒石。张受之是有名的镌石名家，布衣一生，但敬仰杨椒山的人品行事，来庵中精心摹勒疏稿墨迹于石，疏稿刻就，张受之竟死于庵内，令人为之痛心。同为海盐人的沈炳垣写谏草亭落成纪事诗，曾感慨："张君劲铁笔一枝，惜不镌公临死诗"，这是指杨椒山的绝命诗，可惜没有勒石于碑。但"腥风漉漉璧上喷，丹心万古振聋疲"，能流芳青史，传之口碑，是会被后人永远朗朗吟诵的！

松筠庵西南隅有座八角攒尖顶亭，大概也是心泉和尚所募建的。看来心泉虽是出家人，也是杨椒山的崇拜者。此亭也被后人称为"谏草亭"，张受之镌刻的杨椒山疏稿墨迹碑就立于此。还有一棵据说是杨椒山手植的榆树（也有说为槐树），时光荏苒数百年，但愿有志士手泽的遗物无恙。包括记载的何绍基题"谏草堂"匾额，"正气锄奸"匾，"不与炎黄同一辈，独留青山永千年"楹联等，据说20世纪末有关人士考察时尚在。杨椒山祠已被北京市立为重点文物保护单位，基本院落结构尚完好，是可以修复开放的。因为这个地方见证了后来历史上的重大事件，杨椒山忠贞刚烈的品格也影响着后世的读书人和仁人志士。杨椒山被明穆宗昭雪后，于明万历二年（1574年）被赐封护国保宁王，即北京城隍，杨椒山即成为继文天祥之后的城隍。松筠庵内设杨椒山神像，凡来京会试举人，皆至此拜祭。清代一些官员士大夫也常于此雅集诗会，留有不少充溢情感诗赋，如清代尤侗访谒谏草堂的一首五律："谏草留遗石，年年化碧痕。悲风吹古树，大鸟叫祠门。青史平生事，内楹故国恩。永陵北望在，流涕向黄昏。"颇值得一读，如有心人搜辑编成一部《明清咏椒山祠诗》，还是很有文史价值的。

清同治、光绪年间，著名的清流派张之洞、张佩纶、宝廷等"四谏"，抨击时弊上疏前，常聚集于谏草堂谋划奏稿。清末戊戌维新的领袖康有为、梁启超，也是在此召集入京会试举子出发去"公车上书"的，在当时这里就是变法人士的集会之地。革命先驱李大钊是河北人，生前就非常景仰杨椒山，他也经常在松筠庵进行革命活动。他最为欣赏杨椒山的名联："铁肩担道义，辣手著文章。"并将其中的"辣"改为

"妙"，以此作为自己的座右铭。杨椒山的这副对联名气很大，我最早以为这是他在北京时所写。后来才知是他贬官甘肃临洮狄道县当典史后所写，可见虽然位卑受厄，却胸襟不改。杨椒山遇难后，不仅北京的椒山祠供人瞻仰，他写对联时所在的临洮，当地人也修建了一座椒山祠，以为纪念。1937年，顾颉刚先生到甘肃考察教育，曾到这座祠参观过。"丹心照千古"，不知临洮的椒山祠尚在否？

为何当地人建祠以祭？古代的仁人志士，为官彰显忠义，哪怕被贬谪边荒烟瘴之地，仍会为当地百姓做事行善，这从苏东坡到林则徐，真正做到了"苟利国家生死以，岂因福祸避趋之"！据《明史》本传载：杨椒山贬到狄县时还不到四十岁，"其地杂番，俗罕知诗书，继盛简子弟秀者百余人，聘三经师教之。鬻所乘马，出妇服装，市田资诸生。县有煤山，为番人所据，民仰薪二百里外。继盛召番人谕之，咸服，曰：'杨公即须我曹穿帐亦舍之，况煤山耶？'番民信爱之，呼曰：'杨父'"。杨椒山卖了自己的乘马和夫人的服饰，办起了超然书院，资助乡里穷苦后生入学，怎么能不受到百姓的"信爱"呢？典史是知县的副手，可做事亦可无为，但杨椒山不因贬谪而怨殆，以诚挚之心施泽百姓，所以当地百姓包括少数民族为爱戴的"杨父"建祠怀念，是发自内心理所当然的。临洮人不仅仅是建祠，至今临洮有以"杨父"命名的"椒山街""椒山中学""椒山社区"等，足见人心所向不可磨灭。明代出了两个流芳青史的典史，除了江阴抗清的阎应元，便是杨椒山。除北京、临洮外，保定也有杨公祠。杨椒山去没去过江阴，我未考证，但江阴人也敬仰他，在当地兴国寺原址的兴国园内，也建了一座四角攒尖的椒山亭纪念他。

报刊上写杨椒山的文章不算少，但极少提到他被贬官后为当地百姓做的好事，更极罕见提及他的夫人张氏。杨椒山被贬到荒远的甘肃，张夫人可以不从夫去受苦，但她甘心如饴相随而去。还拿出自己的衣服首饰，帮助夫君教养当地孩子接受教育，可见是一个明理贤惠的妻子。更令人钦敬的是，夫人不仅贤惠，更凛然刚烈。听到已在狱中三年的丈夫，被严嵩浑水摸鱼，在杀张经、李天宠案中将杨椒山名字夹带上奏，奉旨"勾决"。张夫人听闻噩耗，毅然伏阙上书嘉靖皇帝："荷上不即加戮，俾从吏议。杖后入狱，割肉二斤，断筋二条。日夜笼柙，备诸苦楚。年荒家贫，臣纺绩供给。两次奏谳，俱蒙特宥。今混入张经疏尾，奉旨处决。傥以罪不可赦唯圣德，昆虫草木，皆欲得所，岂惜一回宸顾，下垂覆盆？倘以罪重，乞臣枭首，以代夫命，夫生一日，必能执戈矛，御魑魅，为疆场效命，以报陛下。"（《明史纪事本末》）。这篇名为《吁天乞恩愿代夫死疏》之文是王世贞代笔。录入史书已删去富有感情色彩的文字，但哀词之下，仍可见张夫人对夫君之情，挽救夫君性命之不惜代死之志。可惜，按明制掌管奏疏的机构是通使司，但被严嵩安插的走狗所控制，上书被封拦。如果上书能到嘉靖面前，依他不杀海瑞的心理，看见代死哀词，极有可能赦免杨椒山的死罪。只是可怜了夫人一片赤诚肝胆！张夫人在听到夫君处死消息，即自缢绝命！杨椒山祠及谏草堂，据报载在规划腾退居民完成后，再修复对外开放。我倒是建议，循例当陈叙杨椒山的刚烈事迹时，也应该彰显张夫人的刚烈才好。

很多年前，我曾读过杨椒山后人的一篇文章，谈及杨椒山的绝命诗墨迹仍然保存在后人手中，其中一个字与流传的诗句不同，是不是流传的"生平未报恩"的最后一字为"国"？岁月荏苒，具体情形已不复记忆了。而且也并不是流传的那一首"浩气还太虚，丹心照千古。生平未报恩，留作忠魂补"，应该是笔者所引用的那两首。杨椒山的遗书真迹至今完整保存在河北容城县档案馆，并有从刘墉至民国二十四年（1935年）126个名人题跋手卷。不可拜观，只能心诵"一纸家书五百年"！

杨椒山曾为杨氏宗祠撰联曰："是何意态雄且杰，不露文章世已惊"，颇显旷放胸襟。我去过河北不少地方，但从来未去过杨椒山的故里。据张伯驹先生所编《春游琐谈》说：定兴县北河店南有石桥，桥侧有当年的杨椒山读书处，不知还在否？能去体验"读圣贤书，庶几无愧"的境界，诵一诵他绝命之诗句"生前未了事，留与后人补"，真的很令人回味和向往。

顺承郡王府的沧桑

电视连续剧《少帅》近日热播，其中涉及与张作霖、张学良父子有密切关系的顺承郡王府。

顺承郡王府原址即今全国政协所在地，位于今西城区太平桥大街之西，锦什坊街以东，南至武定胡同，北临大麻线胡同，总面积约2万6千多平方米。20世纪末以前，王府中殿堂房舍大致尚存，因政协办公楼改建，殿堂整体迁至今朝阳公园内按原样放置，但惜乎未按原王府规制搭建。

顺承郡王是清初八大"世袭罔替"的"铁帽子"王之一，从第一代勒克德浑始至清末共传承15代。勒克德浑的祖父是声名赫赫的努尔哈赤第二子礼亲王代善，父亲是代善第三子颖亲王萨哈廉。代善战功卓著，于"统一寰宇"和皇权更迭"无不殚厥心力"，故褒封极重。代善的八个儿子七位被封爵：三个亲王、两个郡王和两个贝勒。"八大铁帽子王"，礼亲王代善及子孙克勤郡王、顺承郡王竟占其三，可谓"旷典"。郡王在清制本身就是"显爵"，又加"世袭罔替"，尤其贵重。清制，如无"世袭罔替"，爵位隔代要递减。

《清史稿》载勒克德浑在平定明朝和李自成余部的战争中立下战功，于顺治五年（1648年）由贝勒晋封多罗顺承郡王，"世袭罔替"。后又出征，南明名将何腾蛟就是被他生俘的。但在顺治九年（1652年）时因病逝世，年仅34岁。

按清制，封爵即赏赐府邸，褫夺爵位则府邸收回。因勒克德浑籍属正红旗，故在正红旗辖地建王府。这座王府一直延续到民国十年（1921年），历代郡王共居住了270余年，王府格局基本无大改变。当然，随着岁月流逝，王府外围及一些建筑已然不存。王府南墙外原有扁担胡同，再往南是勒克德浑胞弟杜兰的贝勒府。于今杜兰贝勒府早已化为民房，而扁担胡同在十多年前已大部被拆除辟为广场，余下部分并入武定胡同。这条胡同今天已荡然无存。王府内部直通正殿原有月台，前后有廊，为七开间双重檐、琉璃瓦起脊带鸱吻兽的宫殿式建筑，被八国联军焚毁。

在北京的王府中，顺承郡王府是保存最完好的，建筑格局基本无变动，应是研究王府建筑的最佳实物。原因就在于传承稳定，因为假若被废黜爵位，府邸收回赐予其他亲王，必然会按规制大动。

另外，顺承郡王府与别的王府有区别，例如按制度，王府正门前必有石狮两座，顺承郡王府则无。王府中路按惯例不能有大树，顺承郡王府则于东西翼楼各有两棵楸树，在王府建筑迁移时，树尚在。这几棵树一直传说是唐树，后来经成为园林专家的郡王后裔金诚先生考察，认定是清初所栽。王府大门前是院落，东西是值班房，各三间，居中一间是穿堂门，满语称"阿斯门"（"阿斯"为"翅膀"之意，即指位于两翼的门），一般王府东西"阿斯门"夜间关闭，白天只开一扇，顺承郡王府则两扇全开，且容许百姓步行通过。这是一件很有趣的事情，王府森严，郡王尊贵，能够为百姓穿行提供便利，在封建时代很难得。据传说扁担胡同被视为郡王府和贝勒府私产，百姓也可以步行，但不准推车经过。

勒克德浑以下的十几代郡王中，碌碌无为者居多，以战功卓著者鲜见，这主要是清初以后，限制亲贵干政，一般只给爵位或闲散"差事"养尊处优，而吝予实权。可述者唯第二代郡王勒尔锦与第八代郡王锡保。勒尔锦于康熙十二年（1673年）授宁南靖寇大将军，与吴三桂作战，因"老师靡饷，坐失军机"，一度被革爵、羁禁。锡保于雍正九年（1731年）授靖远大将军与西北噶尔丹首领作战，也因"坐失军机"被削爵。但无论革削与否，总有后代承袭，所以王府幸存。

到1917年，第十五代郡王纳勒赫病死，因无嗣，家族将其侄、年仅六岁的文葵过继。后经溥仪小朝廷的宗人府、内务府呈请民国总统府批准，由文葵承袭爵位。

清代的王府靠什么维持？以纳勒赫为例，他任过鸟枪营、阅兵、禁烟大臣、镶黄旗满洲都统、右宗人等职，但郡王俸银只有岁5000两，慈禧后特旨岁加2000两，任"右宗人"加津俸2400两，另有俸米2500石及钱粮米等。郡王卫队等杂役钱粮数千两。此外有分布于京郊、河北、东北的庄园地30万亩。但宣统退位，俸银等一概皆无，从此入不敷出，坐吃山空。虽然隆裕太后已于宣统元年（1909年）下旨将王府赏给个人，使这些金枝玉叶们有最后的生存依靠，但仍然无济于事。顺承郡王府走上了风雨飘摇之途。此后，顺承郡王府的房契送入东交民巷的法国东方汇理银行，息借贷款。1917年又租给皖系军阀徐树铮。奉系张作霖进入北京后，王府被奉系汤玉麟没收自住。后张作霖进京，自任安国军政府大元帅，将王府作为大元帅府。

顺承郡王府家族人等生活无着，不得已请贝勒载涛居中说和，最后同意售价75000大洋，房产从此归张作霖所有。日本侵占北京后，王府由日本宪兵队没收。北平解放后，政府又从张作霖亲属中购回王府，1950年成为全国政协办公机关至今。

王府成为大元帅府后，张作霖在其中居住时间很短，1920年来京时住奉天会馆。其中因与直系战争，几度往返。1924年击败吴佩孚控制华北。1927年在北京成立安国军政府，称陆海军大元帅，一时成为北方政治中心，云谲波诡，角逐斗法。尤其于1927年4月6日，张作霖于此下令包围苏联驻华使馆，搜查、逮捕国共两党领袖60余人，绞死李大钊等20余人，一时震惊中外。1928年因受北伐军和直、晋军阀夹击出京，在皇姑屯被日本人炸死。

张学良其实很少在此居住，1930年后与夫人于凤至来北京住进顺承郡王府，赵一荻也随张、于入住，朝夕相处。还于王府内空地建有网球场。但张学良嫌王府建筑陈旧，遂于西单太仆寺街新建胡同觅宅，设施均为西式，考究且舒适。张学良居住时间最多的地方应是天津赤峰道法租界32号（今赤峰道78号），占地总面积约1400余平方米。建于1921年，初为三层小楼，1926年又在后面增建二层小楼。房主为张作霖五姨太张寿懿。1924年张学良任京榆地区卫戍区总司令，后又任民国政府陆海空军副总司令、东北边防司令长官、北平绥靖公署主任等职，至1932年，常往返于京津及沈阳，夏季多去北戴河。王府内设陆海空军副总司令北平行营秘书处等机构。张学良在天津居住时间最长，而在顺承郡王府的居住时间相对较少。1933年3月11日，张学良通电下野，4月11日携家眷出国考察，从此再也没有回到过顺承郡王府。中国现代史上的一些大事与顺承郡王府密不可分，如"九一八"不抵抗的命令即于此发出。还有"九一八"后张学良组织北洋政府遗老成立东北外交委员会，于王府内召开两次会议，主张东北问题由南京政府外交解决。北平市学联激愤之下发动各大学学生上街游行，尤其在王府墙上张贴"谁要接受交涉的条件，决碎其头颅、火其居"的大幅标语，迫使张学良消然收场。

于今沧海桑田，白驹过隙，曾是顺承郡王府主人叱咤风云的张氏父子，墓木已拱。顺承郡王府的最后一代郡王文葵，一生颠沛流离，20世纪50年代被安排在工厂工作，任过区政协委员。晚年生活安定，1992年，作为清代历史上的最后一位郡王逝世，年84岁。

"北钓鱼台"趣话

北京的玉渊潭钓鱼台是国宾馆，不仅国人熟知，在海外也颇负盛名。从金朝至清代，均为皇家园林，是皇帝垂纶休闲之地。金章宗、乾隆皇帝都在此垂钓。除此之外，还有西钓鱼台、东钓鱼台、南钓鱼台三处钓鱼台。今除玉渊潭钓鱼台成为国宾馆外，其余三处钓鱼台随着城市外延，基本上在民国初年以后已不复存在矣。唯独西钓鱼台留下了地名，地铁10号线今有"西钓鱼台"站名。

其实，北京除西、东、南三处钓鱼台外，城里还有一处以钓鱼台为名的胡同，西、东、南皆有钓鱼台而尚缺北，故此处称之为"北钓鱼台"。前不久，我看到《北京日报》"古都"版（2013年6月25日）载文《北京有四处钓鱼台》，叙述钩沉爬梳，饶有兴味，却没有提及北钓鱼台。连叙述北京玉渊潭钓鱼台（包括西、东、南三处钓鱼台）史料最为详尽的《钓鱼台历史档案》（中央党校出版社，1999年版）一书，也没有提及。北钓鱼台位于朝内大街，为由东至西第二条南北走向的胡同。朝内以北通向朝内大街的胡同，从东到西依次为北顺城街（北水关）、北钓鱼台胡同、马掌胡同，以北钓鱼台离朝内大街最为近便。

虽然称之为北钓鱼台，但当年居民是称之为"钓鱼台儿胡同"，"台"字后必加儿音，也有人说是城内最短最窄的胡同。据曾经住过此处老人的回忆，一说为"70多米"（2012年2月20日《北京日报》9版《东四居民"晒"出胡同故事》)，还有人记叙"为一百多米"（《北钓鱼台》，2011年2月27日《北京晚报》)，相差30多米，也许回忆有误，显然并非一个准确测量的数字，但要说是朝内最短的一条胡同，应无疑义。因为现存北京最短最窄的胡同应为前门外的钱市胡同，全长55

米，平均宽度 70 厘米，最窄处 40 厘米。而且清代《朝市丛载》对这条小胡同已有记载，当时称"银钱市"，是"前门外珠宝市中间路西小胡同"（当然，按当时区域划分，钱市胡同是在城外）。而北钓鱼台出现或许很晚，因为在康熙年间以来的有关志籍未予记载，如康熙时朱彝尊编辑《日下旧闻》、乾隆敕编《日下旧闻考》、乾隆时吴长元编著《宸垣识略》等，均付阙如。今人所编的《北京地名典》（王彬等主编，中国文联出版社 2001 年版）也无此名。当然，此书出版之际北钓鱼台胡同已不复存在了。也有一种看法认为它大约出现于民国。但我却不妨假设：它的出现应该还是与河道有关，它紧邻北水关，也许当年就是一处垂钓区亦未可知，只不过后来胡同纵横，不复原貌。这条胡同的历史应该至少有百年左右，如果它与河道有关的假设能够成立，那么它的历史还会上溯。

北钓鱼台的起名或许与玉渊潭钓鱼台及南、东、西钓鱼台有关，玉渊潭钓鱼台在明代刘侗、于奕正合著《帝京景物略》一书已有详细描述，在金代即已出现成为御花园。东、西钓鱼台在清光绪年间的北京都是很有名气的风景区，不乏来此踏青垂纶者。而且都与金代运粮河、护城河毗邻。所谓东、西、南的称谓，应是以玉渊潭为方位，北钓鱼台拾遗补阙名之为"北"，以此起名的推论不知应否成立？再则老北京的胡同名字都有来历，如同上述钱市胡同，在清代光绪年间是朝廷特批熔铸造制钱、贵重金属的作坊。但北钓鱼台从 20 世纪 50 年代的状况来看，则已经完全与"钓鱼台"含义无关。按居住过此处老人的回忆，这条短短的胡同只有 20 户左右居民，胡同两侧百分之八十都是店面，有饭馆、理发店、馒头铺、面铺、烧饼铺、裁缝铺、豆腐房、干鲜水果铺，及卖面茶、切糕、麻花等小摊位，据说还有一家小医院，活脱脱一个供市民日常生活消费的小市场，与"钓鱼台"真是风马牛不相及。北钓鱼台的繁荣在 20 世纪 50 年代末期以后，随着公私合营的浪潮，店面逐渐萎缩。在 1965 年并入后石道胡同后，更随着城市拆迁，永远在京城的地面上消逝。除了在此居住过年岁大的老人会记得它的老名"钓鱼台儿"，年轻人再不会知道老北京还曾经有过这么一条饶有诗意的胡同。

昌平履痕

王府之建与消失

我一直对昌平东南的"平西王府"有浓郁的兴趣。其坐落地即今昌平北七家镇,至今仍有平西府村。而北七家镇曾名"平西府"镇,原名南郑家庄。自清代于此建府安置废太子之后,即代之以"平西府"之称。现有郑各庄的地名,也即所在地。但这次行色匆匆,只参观了康熙行宫(当然是在原址上新建的)。但那口铜井却是地道康熙皇家遗物,雕栏尚在,水质清冽。又至温榆河御码头吊古,遥想康熙、乾隆御驾,当年从畅春园仪仗迤逦,由郑家庄渡温榆河,遂兴修御码头。这个遗迹与郑各庄行宫、王府的护城河、地基,是硕果仅存的康熙年间遗存。

当然,从大内档案中可以查到内务府大臣关于修建行宫的奏折,根据规制,可以想见当年行宫的气派。而且,行宫即位于紫禁城中轴线之最北端,是标准的皇家建筑规划。

此地的历史很久远,明末顾炎武《昌平山水记》记载温榆河辽代即有此名(《辽史》)。其他据顾炎武考证还有燕王冢、曹操驻军地等。并"有燕丹村,年祀绵邈,罕能究焉"(《昌平山水记·京东考古记》,北京古籍出版社 1982 年版 25 页)。而北七家地域内正有燕丹村的地名留存至今,正可与顾炎武所考相印证。

当地人称行宫为"郑家庄皇城",并非仅有行宫,比邻还建有理亲王府,实际即康熙所立太子理密亲王胤礽府邸。太子在京城内府邸位于今东城区北新桥三条东口北侧(原名王大人胡同,明末为崇祯帝近侍王承恩府邸）。胤礽第二次被废后，康熙加强对他的防范，决定建造昌平郑家庄王府作为废太子的归宿。据内府档案可得知，建王府耗时三年、糜银26万两，于康熙六十年（1721年）完工。在清代，这是唯一一个王府建在城外甚至毗邻行宫的特例。清代不像明代，诸王成年后要"之国"封藩，不得在内城居住，亦不能擅自晋京。清代恰好相反，亲王、郡王、贝勒诸等，只能在内城赐府而居，无旨不能出城。但王府建成，康熙生前却并没有立即让胤礽迁居郑家庄，雍正登基曾谕："皇考（指康熙）已有让二阿哥（胤礽）移往郑家庄之意，因无明旨，朕未敢擅自办理。"实际上，即便两次废立，康熙对废太子还是有感情的，另外对废太子长子弘晳更是特别宠爱。连朝鲜的《李朝实录》都有记载，这也许是康熙定不下废太子迁居郑家庄的原因？

康熙六十一年（1722年），雍正登基，第二年废太子病死，弘晳承袭多罗理郡王之爵，并移往郑家庄，也许为了稳定这位"太子长孙"，雍正多所赏赐，雍正八年（1730年）还晋封弘晳和硕理亲王。但弘晳不甘现状，逐渐形成了以自己为首的小集团，还在王府中私设内务府的下属部门如会计司、掌仪司等，违制制作皇帝器物，用乾隆的话说是"自以为旧日东宫嫡子，其心甚不可问"。从乾隆四年（1739年）开始，乾隆开始整治弘晳，先改名"四十六"，削爵除宗籍，下旨永远圈禁。乾隆七年（1742年）九月二十八日死于禁所王府，终年49岁。乾隆二十九年（1764年），乾隆终下谕旨，将郑家庄王府护卫官兵连眷属一律调往福州，并平毁整个王府及兵弁营房。这座历经康熙、雍正、乾隆三朝45年的王府从郑家庄消失，只有深埋的城墙遗址可辨当年王府的规制。

弘晳死后，葬于黄土南店村东土冈之上。乾隆四十三年（1778年）正月谕旨复入宗籍，复其原名。除弘晳墓外，还有废太子第三子弘晋、第十一子弘晀的墓葬。1960年，此地改为公共墓地，1971年彻底清除，楠木棺材起出，并有玉碗、鼻烟壶、怀表等殉葬品（《清代工爷坟》，紫禁城出版社1996年版143—144页）。据说，平西府西南八里的黄土北店村有东岳齐天庙，为弘晳监造，被视为王府的家庙，但今天很可能不存在了。

看来，北七家不仅有康熙行宫，还有王府、家庙、墓冢，如果保存至今，是可以形成一条小旅游线路的。我观康熙行宫及附属建筑，占地不小，我建议不妨辟开展室，陈列有关清代王府建制的资料，特别是清代仅此一例的毗邻行宫、建于京城外的王府。加上康、雍、乾三朝围绕太子之争的骨肉残杀史实，俾使人们对封建社会的本质有所认识，也为旅游文化增加些许文史氛围。

狼烟不见见青山

"高高秋月照长城"，蜿蜒曲折的长城，其实在战术功能上并非无懈可击，它岿然屹立的真正意义在于精神层面，它实际已成为中华民族的精神象征。历代修筑的长城累计达几万公里，那一砖一石固然是长城的基础，但那些长城脚下的点点村落何尝不是支撑长城的底座？那成千上万跋山涉水来此戍边的士兵，又何尝不是一块块长城的基石？

翻越北齐岭，来到离长城近乎数里的长峪城村，始建于明代正德和万历年间的新旧两座堡城，已成残垣断墙，昔日的戍边士兵后代已将这里聚集为村落。穿过瓮城，登临残墙，摩挲砖石，俯看马道，遥望敌台故垒，令人遥想几百年的轮回，遥想戍守在这里的士兵，在近千米高的山岭城垣上，昼夜无休的瞭望、巡逻、值更，无论寒风刺骨，抑或烈日蒸腾，他们永远面对的是天苍苍、野茫茫、腹饥衣寒、鼙鼓狼烟……

今日的长峪城村，不再是军事要塞，不再是城堡兵营，也不再具有屯兵戍边防御外患的功能，而是随着岁月的流逝，已成为兴隆一方供旅游消闲的新农村，这里脍炙人口的猪蹄宴，已成为士兵后代们生计的金色招牌，而吸引着八方来客。那诱人的香味弥漫在空气里，向葱茏的山岭、碧蓝的天穹袅袅四散……

村民们的惬意欢快，游人的笑语喧哗，交织成了轻快曼妙的圆舞曲。但是他们知道祖辈的艰辛苦难吗？知晓戍边士兵先辈内心的悲壮凄凉吗？

封建时代的军人身份低贱，与"娼、优、隶"同列，明代继承元朝的军户制，属军籍，世袭。军户分入卫所服役与居地供给，入卫所要随时征调，江南、东南军户要调拨江北、西北，江北、西北军户要解往江南、东南。明隆庆元年（1567年），朝廷召戚继光入京拱卫，授总理蓟昌保定练兵事务，他的戚家军也随他调往昌平长城脚下戍守，其士兵皆为福建籍。长城还有一处戍边卫所指挥官为于谦后代，其所辖士兵大概也是江南籍，据说这些江南军士早已落户在这里形成了村落。他们思念水乡故土吗？"悲歌可以当泣，远望可以当归"，他们也只能手持戈剑在城堞上唱着哀怨古老的汉乐府民谣寄托乡愁吧？

今天的人们想象不到当年的军户来这里戍守的艰辛与凄惶。

车辚辚，马萧萧，一声起解，号角凄鸣。军户的户下余丁（指除服军役外军户家中的其他男丁）要供给军服和旅费，士兵家眷要随军起解，自筹衣被等物。到戍边地后生育的子女不再增发粮饷。此外，明代军制规定军户因世袭，有生育下代军人的义务，严禁独身不娶。如起解士兵尚未婚娶，必须马上成婚后再赴戍地。这一笔笔费用的恶果就是"全家都在秋风里"，食不果腹，衣不蔽体，形同乞丐！

到达戍守地后，若有幸遇见体恤士兵的军官，尚可度日。若是军官盘剥役使，克扣军粮，那就如野史所记载的"累年不给军粮，士皆饥疲，往往乞食道路"，这是何等凄惨的景象！

长峪城村地处偏远山岭，无皇族贵戚的庄田，若有就更是雪上加霜。史载，这种庄田常被勋贵们勒令士兵耕种看管，及役使其他捕猎、运输等额外劳作。士兵被军官们役使凌辱也是家常便饭，明代法律苛酷，军户与民户同样犯法，对军户的处罚要严于民户百姓。士兵到了戍边地，不仅要操练、值守，还要参加建筑城堡垣墙等杂役。尤其值守长城城墙、隘口、敌台，最为艰苦。按戍守之制，守敌台60名士兵，30名守台，设台长。30名守垛，下分六伍，伍设垛长。每个墙台（俗称

"马面")设守卒 14 名,其中 10 人分两伍一旗守垛,余 4 人守台。这些守兵不分昼夜寒暑,风雪雨淋,都要轮换值守,其忍辱负重、备尝艰辛的惨况是我们今人极难想象的。

但即便如此,这些不识字的士兵们,却日复一日地戍守在荒凉的边地,肩负着保卫家国的责任,他们和妻儿老小别离了江南故土,"年年饮马汉营人",在这里扎营戍边、安家落户,一代又一代繁衍生息,与长城的一砖一石凝结成不朽的屏障!

长峪城村里有一座小庙叫永兴寺,应该是当年的士兵们所建,庙门里左右各有小小的钟楼和鼓楼,其实并不是楼而只是逼仄的小房间,这是我见过的最窄小的"钟鼓楼"。在这个小庙里,一定会日复一日撞响晨钟暮鼓,一定会齐诵起眷属们的喃喃祈祷,祝福身为军人的丈夫们远离征战岁岁平安。那温馨安宁的声音会和风扫旌旗的猎猎声、落日号角的凄厉声、铠甲与兵戈的撞击声、操练火器的轰鸣声,组成这个村庄里循环往复的动人乐章!

步出庙门,吟成一首小诗:

> 狼烟不见见山青,
> 岭半颓垣绕旧城。
> 寺外虬榆知兴替,
> 笳声曾伴暮钟声。

是啊,狼烟不再,青山依旧,故垒依然,长峪城村历经几百年的烽燧社火,几百年的笳声鸡鸣,几百年的悲欣交集,几百年的生生不息,她仍然聚落在长城之畔,永远延续着埋头苦干、坚韧不拔、不屈不挠、达观奋发的性格和气质。

永兴寺有一棵几围的老榆树,年代真是久远,苍壮的虬枝横斜交错,葱绿的簇簇树叶焕发出勃勃生机,令人从心里生出对古老生命的敬畏和赞叹,这难道不是长峪城村生机勃发绵延至今的真实写照吗?

燕市钩沉

燕市钩沉

秦良玉·四川营·棉花胡同

  北京的街道和胡同有多少与商业、商品、饮食、服饰等五行八作有关，还从来没有人认真统计过。街道有灯市、花市、羊市、珠市、缸瓦市、菜市、骡马市、煤市、米市、西什库、海运仓、禄米仓等，胡同更多了，如果子市、果子巷、酒醋局、茶叶、干面、烧酒、官帽、卫衣、皮裤、胭脂、绒线、手帕、轿子、小市、钱市、铺陈、驴市、鹁鸽市、铸钟厂等；这些街道和胡同的名称，折射出元、明、清近千年商业的迁延沉浮。如果写旧京商业史，这些胡同是最生动的历史实物。

  不过，有的胡同从字面上来看即可知其含义，有的胡同就不能望文生义了。如宣武区棉花胡同，是不是专卖棉花之处？我曾遍查史料，却发现这条胡同与明末一位民族女英雄有关，按今天的话说就是纺棉织布的工厂区。

  秦良玉是明末驰名巴蜀的爱国巾帼英雄，执戈马上，纵横驰骋，一时声闻遐迩。《明史》将她入传，其述颇有传奇色彩："良玉为人饶胆智，善骑射，兼通词翰，仪度娴雅。而驭下严峻，每行军发令，戎伍肃然。所部号'白杆兵'，为远近所惮。"

  古有花木兰、穆桂英，虽然家喻户晓、妇孺皆知，然而率出于民间俚诗及演义小说，其实是史付阙如查无其人的。真正有史可据的则属秦良玉，而且其人其行并不在花、穆二人之下。

  秦良玉乃四川忠州人（忠州出过战国时巴国"断头将军"巴蔓子和三国时不肯投降的老将严颜，此地忠义衍成风气，故名"忠州"），自幼与兄弟比肩习武，兼读兵法。20岁之前即精于骑射。且胆智过人，又擅词翰，以娴雅仪度与善武知兵名于时，当时四川石砫宣慰使马千乘

193

极敬慕她，在秦良玉20岁时，两人结为伉俪。明末外警频频，为卫护桑梓，夫妻训练家乡子弟为戎旅，以备保家卫国之用。所部称"白杆兵"，士卒皆以白木为矛杆，柄设钩，尾结环。川蜀多山，军伍攀岩越壁，以矛上钩、环相衔，故而行军疾速，往往出其不意，百战不殆，威名远播。

不幸马千乘后被宦官诬陷，死于狱中，后秦良玉"代领其职"。时值女真崛起，屡兴边衅。明万历四十七年（1619年）女真兴兵侵掠辽东，明军惨败，"京师大震"。朝廷急调劲旅，秦良玉奉诏督师北上，与清兵大战。此役中秦良玉之兄秦邦屏战死沙场，其弟秦民屏、爱子马祥麟皆受重伤，所部子弟兵殉国者极多。京师解危后，秦良玉便率部返回家乡。

崇祯三年（1630年），清兵入关，北京再次告警。崇祯急诏天下兵马"勤王"。秦良玉"奉诏勤王，出家财济饷"，日夜兼程北上，马未解鞍，立即与清兵激战，先后会同友军收复滦州、遵化等地，再次解除了北京之危。由于秦良玉抗击外虏有功，崇祯皇帝"优诏褒美，召见平台"，赐她"三品服色"及彩缎、羊、酒等物，还亲自写诗四首赐赠，以示褒彰。这即所谓"平台赐诗"的"旷典"。诗云："学就西川八陈图，鸳鸯袖里握兵符。古来巾帼甘心受，何必将军是丈夫？"其二："蜀锦战袍自剪成，桃花马上请长缨。世间多少奇男子，谁肯沙场万里行？"其三："胡虏饥餐誓不辞，饮得鲜血带胭脂。凯歌马上清吟曲，不是昭君出塞时。"其四："凭将箕帚扫虏胡，一派欢声动地呼。试看他年麟阁上，丹青先画美人图。"诗未必皆佳句，亦不免夸张，因为那时秦良玉已是半老之妇了，但于秦良玉飒爽英姿之描绘却也不无生动之处。

值得一提的是，秦良玉不仅名震巴蜀，也遗誉京华。她在保卫北京之役后，曾驻军于北京城内。因而留下了一些遗迹。一些野史笔记如《藤阴杂记》《宸垣识略》《燕京访古录》等皆有记载，并说她勤王之后"驻兵于宣武门外四川营。其遗址，川人乃筑会馆以祀之"。四川营现为北京胡同名，今位于北京宣武门外骡马市大街路北。北京凡带"营"之地，均与军旅或军事后勤保障有关，如高丽营、骚子营、菜户营、铁匠营、小营等。四川营因有秦良玉屯兵之故，乃有此名。胡同内有四川会馆，祠堂内中央原有一木龛，悬秦良玉戎装画像，牌位书"明太保秦良玉之位"。龛前还有楹联曰："出胜国垂三百年，在劫火销沉，犹剩数亩荒营，大庇北来桑梓客。起英魂于九幽地，看辽云惨淡。应添两行热泪，同声重哭海天涯。"门外有横匾书"蜀女界伟人秦良玉驻兵遗址"十二字。民初此地曾设女子学校，现今四川会馆已为民宅，匾额、楹联均毁之不存，唯秦良玉戎装画像幸由北京文物部门保存（见《北京史苑》第一辑，北京出版社1983版）。

除此之外，四川营胡同附近还有十几条"棉花胡同"，分头条、上二条、下二条等名称。这也与秦良玉有关。她在驻扎期间，曾令部下与女眷纺绵织布，故而附近的一些胡同就被后人呼之为"棉花胡同"。清代曾有人写《四川营吊秦良玉驻兵遗址》一诗咏道："金印夙传三世将，绣旗争认四川营。至今秋雨秋风夜，隐约钲声杂纺声。"诗非名家手笔，却颇能反映出人们对这位爱国女英雄的怀念。确实，北京的四川营、棉花胡同的地名一直沿用至今，足以说明人们对这位巾帼豪杰的敬慕了。后世仁人志士也有不少对秦良玉钦敬者，如辛亥先烈秋瑾女侠13岁时读描写秦良玉的小说《芝龛记》，非常感动和羡慕，曾写了一首《满江红》，句中有"良玉勋名襟上泪"之句（见《秋瑾集》，中华书局版），可见秋瑾的忠义侠胆不无秦良玉的遗风。

当然，人们注意秦良玉驻军的四川营胡同，却疏忽了棉花胡同。如按史料记载，"驻兵"于"四川营"，从地图上看，四川营只是一条胡同，而棉花胡同却分头条、上二、下二、下三、上四、下四、五条、上六、下六条、上七、下七条、八条、九条共十三条胡同，相对排列，完全是兵营营房格式。我觉得，四川营应该是指挥部，十三条胡同才是士兵及家眷驻屯之地。为什么要纺棉织布？因为秦良玉的部队不属于明代国家常备军，按阶级分析的方法，应属于地主武装，国家不负责兵饷。

所以只能靠纺棉织布自筹军衣，也有可能就地出售充作饷银。这些史籍均无记载，我查过《北京经济史资料》（北京燕山出版社1985年版），也无棉花胡同相关史料的记载。北京最早以产绢闻名。《北平考》（北京古籍出版社1982年版）记载唐代幽州就以范阳绫绢闻名。明代有尚衣监，负责官帽、鞋袜等，清代有针织局、织染局等，都在今北京景山后身一带，棉花胡同不是官办，大概引不起注意。但我猜测，秦良玉的子弟兵连家眷估计住满十三条胡同，约近上万人，"纺声"轰鸣，如果再形成市场，一定非常热闹。

有意思的是北京还有两条棉花胡同，一在东城，称东棉花胡同，为中央戏剧学院所在地；一在西城，称西棉花胡同，我印象中这里的66号曾是护国名将蔡锷的故居。这两条胡同是否与秦良玉纺棉织布有关，还是老北京过去纺棉织布集散地，只好付之阙如留待专家去研究了。附带提及，棉花胡同头条1号老北京人视为凶宅，传说秦良玉曾于此斩首过违反军纪的士兵，但正史未曾记载。民国时人陈宗藩著《燕都丛考》曾载：此为其友林白水故居，林白水因办《社会时报》抨击军阀于此被捕，而枪杀于天桥，"凶宅"之说大约由此而来。

六必居·鹤年堂与严嵩题匾

北京的老字号是宝贵的财富，是老北京文化的一个重要组成部分。老字号大都有流传下来的牌匾，这也是老字号的无形资产。牌匾基本是历史上各界名人所题，但其中一部分真假莫辨。如都一处烧麦馆是否为乾隆所题？如瑞蚨祥绸布店的牌匾，至今不知何人所写；再如六必居、鹤年堂的匾，一直传说为明嘉靖年间的奸臣严嵩所书，是否如此？其实是很令人怀疑的。

六必居是北京最著名的老酱园，传说最初为六个人所开办，请严嵩题匾，严嵩便题"六心居"，但又觉得六人不可能同心合作，便又在"心"字上添了一撇，成为"六必居"。清代的一部笔记《朝市丛谈》也写明六必居为严嵩所写，但却是孤证，其他野史笔记均不见载。民国以后的蒋芷侪所著《都门识小录》云："都中名人所书市招匾时，庚子拳乱，毁于兵燹，而严嵩所书之'六必居'，严世藩所书之'鹤年堂'三字，巍然独存"，这也照抄前朝野史笔记，更不可靠。但也有人认为六必居原先是小酒馆，为保证质量，酿酒要"六必"，即"黍稻必齐，曲蘖必实，湛炽必洁，陶瓷必良，火候必得，水泉必香"，所以取名"六必居"。这种说法流传甚广。

但据六必居原经理贺永昌的解释："六必居"不是六人而是山西临汾赵氏三兄弟所开专卖柴米油盐的小店，店名即据"开门七件事，柴、米、油、盐、酱、醋、茶"而来，除不卖茶，其他六件都卖。也兼营酒，还卖青菜，制酱菜是以后的事了（《驰名京华的老字号》，中国文史出版社1986年版）。如据此解释，严嵩题"六必居"的原意就根本站不住脚了。

燕京感旧录

六必居·鹤年堂与严嵩题匾

又据叶祖孚《燕都旧事》（中国书店1998年版）载：六必居最初确为小酒店，但本身不产酒，只是从其他酒店趸来酒经加工制成"伏酒""蒸酒"再出售（"伏酒"是买来后放在老缸内封好，经三伏天半年后开缸。"蒸酒"我查资料，皆未记载如何制作），后来才变成制作高档酱菜的酱园。更重要的是，20世纪60年代，邓拓通过贺永昌借走六必居大量房契与账本，并从中考证出六必居不是传说中的创建于明朝嘉靖初年，而是创建于清康熙十九年（1680年）至五十九年（1720年）间。而且原来也不叫"六必居"，雍正六年（1728年）的账本上都称"源升号"，直到乾隆六年（1741年）才出现"六必居"的名字。这是邓拓极为重要的钩沉发现。这就铁证六必居既不开业于明代，何来严嵩题匾？我读过邓拓《论中国历史的几个问题》（三联书店1979年版），知道60年代他为研究明代资本主义萌芽现象，调查研究了北京地区商号、煤窑等大量契约、账簿资料，他最初可能也相信六必居是明代老商号，但一经实物调查，才发现它是清代商号，与他研究的课题年代不符，所以《论中国历史的几个问题》一书中引用附录了不少资料和契约照片，并无六必居的资料。

由此可见，关于严嵩题匾只不过是六必居老东家为商业利益利用了民间对于严嵩的知名度，用今天的话说就叫"名人效应"吧？其实，假设六必居真的开业于嘉靖初年，也不会去找严嵩题匾，因为那时严嵩还供职于南京，50多岁还一直坐冷板凳，根本没有什么知名度。

当然，严嵩的匾无下款。因此有人以为他是奸臣，题款被后人抠掉，再如著名学者吴晓铃先生认为鹤年堂药店是严嵩所书，所云何据，无缘请教。鹤年堂也是一家老字号，相传也创于明嘉靖末年。有一种说法认为鹤年堂之名原为绳匠胡同严府花园一个厅堂的名字，严嵩倒台之后，这块严嵩自书匾流落出去，后来成了店名。店外还有一块"西鹤年堂"的匾，传说为严嵩之子严世藩所书，更不可信。赵洛《京城偶记》（北京出版社2000年版）认为"严嵩题额是有可能的。后用作药铺招牌以资招客"。过去鹤年堂的配匾、竖匾分别传为戚继光、杨继盛所书，戚、杨二人均为忠臣，尤其杨继盛当年弹劾严嵩十大罪被下诏狱而死，将忠、奸死对头的匾额配在一起，岂不滑天下之大稽？再者，严嵩在明嘉靖年代炙手可热，是内阁首辅（明代不设宰相，以内阁大学士集体行使行政等权力，为首领班的大学士地位最重要，称为"首辅"，颇相当于宰相），一人之下万人之上。他怎么可能以"首辅"之尊一而再为当时的小酒馆（六必居）、小药店题匾？

再假设严嵩败落，"鹤年堂"匾流落出来，当时的形势是万人痛恨严嵩，恨不得碎尸万段，开业于严嵩倒台之后的鹤年堂药店老板怎敢把严嵩的匾额堂而皇之悬挂？鹤年堂要冒天下之大不韪挂严嵩的匾，肯定要被愤怒的士子百姓们砸烂的。抠掉题款也不行，严嵩当年是诗文书法大家，《明史》也不得不承认他"为诗古文辞，颇著清誉"，并以擅写"青词"（一种诗书俱佳的带有道教色彩的文体）名传天下，这瞒不过人们的眼睛。

正因为严嵩是奸臣，他的书法和秦桧、蔡京一样一幅也没有流传下来。如果有实物，也可以鉴定比较。从鹤年堂、六必居的匾看，字体苍劲、笔锋端正。严嵩的字是不是这种风格呢？据《燕都旧事》载：琉璃厂宝古斋的老板邱震生曾见过严嵩真迹。20世纪30年代，山西榆次有人来京求售明人书札册页，其中一页是严嵩手札。内容是他写给下级的手谕，签署"严嵩具示"。书为二王体，字颇娟秀。邱震生后来成为国内有名的鉴定专家，他毕生只见过这一页严嵩真迹（同册页还有文徵明等明代名人手札），他认为是真迹无疑。因而研究老北京掌故的叶祖孚先生断定，六必居等所谓严嵩题匾与真迹完全不同。老北京老字号的牌匾还有相传曾为严嵩所题，如柳泉居。我在青少年时代就听老辈人讲过，这里还有一段有趣的故事，似乎发生在严嵩被贬谪的途中，这更不可能了。北京沙河明代巩华城的匾额，传说也是严嵩所书，当然存留至今字体已模糊难辨。查正史该城确是严嵩向嘉靖皇帝进言而修建的。但严嵩死后，依惯例他的题匾是应该被换掉的。

严嵩在中国历史上是个知名人物，除正史外，俚曲多有表现，如京剧《打严嵩》。其他以严世蕃为主角并涉及严嵩的杂剧《丹心照》《一捧雪》《万花楼》《鸣凤记》等，使得老百姓对这对奸佞父子家喻户晓。再比如山东孔府大堂通往二堂的通廊，几百年来放着一条红漆长板凳，据《孔府内宅轶事》（天津人民出版社1983年版）记乃严嵩被劾时，跑到孔府求衍圣公替他向皇帝求情，这是他所坐过的板凳。严嵩之孙女曾嫁与衍圣公第六十五代孙孔尚贤，但稍有文史常识熟悉明代典章制度的人都不会相信"板凳"的传说是真实的。

传说尽管是传说，但人们仍然在口碑流传，这似乎成为老北京老字号吸引人的一个方面？"文革"当中，为保护这些牌匾，还产生了若干故事。这些牌匾至今仍在，我可以肯定，这些牌匾的真正题写者应该是当时无名的文人，岁月的流逝已不可考证出他们的名字。唯一的科学态度是不要以讹传讹，例如，《北京新老字号名匾荟萃》在"六必居""鹤年堂"照片下均注明"严嵩书"，还特意指出"其历史和书法价值较高"，这就违背真实了。北京美术摄影出版社曾出过一部《北京名匾》，也收入"六必居""鹤年堂"匾照片，注释写明不知书写者姓名，这是正确的，因为不误人子弟。

都一处与乾隆题匾

《六必居·鹤年堂与严嵩题匾》刊载之后,有人询问:乾隆为都一处题的匾会是假的吗?那可是有实物为证。确实,在北京商号的题匾中,以都一处级别最高——皇帝亲赐,据说这也是促成了当年都一处买卖兴隆的直接原因之一。

据说都一处开业于清乾隆三年(1738年),是个简陋的小酒店,生意一直不好。乾隆十七年(1752年)除夕夜亥时,一主二仆来到此处,对酒菜甚为赞赏,当得知小酒铺尚无字号(一直称"李记"),为首之人便说:"此时不关门的酒店,京都只有你们一处了吧!就叫'都一处'吧!"一个月后,十几名太监送来乾隆亲题的虎头牌匾:"都一处",此时方知那为首之人便是乾隆皇帝,这件事顷刻轰动京城。不光立即将匾悬挂,还将乾隆坐过的椅子盖上黄绸,下垫黄土供奉起来称为"宝座",从此京城人人皆知,生意也开始兴旺。

据都一处前经理栾寿山回忆:宝座是褪了色的红罗圈椅,置于楼外晾台上,下垫黄布,新中国成立前夕撤去放于杂物堆中,后不知去向。虎头牌匾为椭圆形,黑漆油饰字贴金箔,因其椭圆形状如虎头,故称虎头匾。匾四周雕刻蝙蝠图案(见《驰名京华的老字号》,中国文史出版社1986年版)。"文革"中被保护藏匿,80年代重新悬挂。

综上所述,首先清代有关北京的野史笔记根本未见记载。如同治年间谈及都一处的《增补都门杂咏》等书都未提到乾隆题匾,清末《朝市丛载》提到老北京37家店铺匾额,其中谈到六必居为严嵩所题,但却只字未提名气并不亚于六必居的都一处乾隆题匾,可见一直到清末也并未有什么"乾隆题匾"之说。

都一处乾隆题匾今尚存（现门口所悬匾额为郭沫若 1965 年所题），从形制上看不符清代皇家匾额形状。一般应庄重大方，且凡乾隆题匾额，必属"御笔"和钤印。

再者，清代皇帝一般较严谨，尤其康、雍、乾三帝，均以"勤政亲贤"为法度，事无巨细皆必躬亲，又都博览群书广学多才，具备统治才能。极注重"九五之尊"的威仪，提倡满洲血统的高贵，绝不可能降低

都一处与乾隆题匾

身份，跑到一个极不知名的小酒馆去和下层平民百姓共度除夕。而且，这也极不符清代皇家典制。

首先，中国历代皇帝都有"起居注"制度，官员编制中专设"起居注官"，清代起居注官品秩很高，可参加元旦国宴，等同于一品、二品官秩。皇帝的一言一行均被史官记载，皇帝亦不得干涉。如明神宗无子，与一宫女私通而得子，但他嫌宫女身份低贱矢口否认。他的母亲叫来起居注官查阅起居注。日期、地点、人物，一一载明，神宗皇帝才无话可说。乾隆皇帝是一个极重视个人形象、好大喜功的"有为"之主，他绝不可能让历史记载他的这一"失仪"形象。

此外，中国历代都有正规的谏官制度，一旦御史们发现皇帝这种有违国法家规的不检点行为会纷纷上奏，掀起风潮，皇帝会下不来台，严重时还会下"罪己诏"（公开向臣民自我检讨），仍举明神宗为例，他因与小太监一起醉酒，被皇太后和张居正为首的大臣联合批评"失仪"，甚至以废黜皇位相威胁，神宗皇帝最后只好下"罪己诏"。清朝提倡"以孝治天下"，乾隆本人奉母致孝，即便谏官们不敢劝谏，皇太后干预，乾隆虽贵为天子，也是要考虑后果的。

再者，皇家制度规定，皇帝出巡是极其严格的。比如看戏，皇帝在京城只能在皇城和皇家园苑如颐和园内，"巡幸"到外地只能在行宫内（清代规定官员都不准许在街市戏园内听戏）。过去，皇帝出巡戒备森严，仪仗烦琐。如无行宫，"驻跸"大营都搭设帐房、幔城，极大，御殿（处理政务）、寝宫、佛堂等一应俱全，各种管事机构，包括专门管理皇帝冠、抱、带、履的部门，皇子住所，侍卫帐房、军机、大臣等帐房，加上层层禁卫帐房，犹如一座小紫禁城，也犹如北京皇城，层层关卡，禁卫森严，皇帝根本不可能"微服出行"。

实际上"微服出行"只是民间的想象。清代是皇帝服饰制度最严谨的皇朝，皇帝在什么场合、什么季节，穿何种制服，都有极严格的规定（见《大清会典》等）。所谓"微服"根本是不可能的事。

最重要的一点是：清朝重国法也重家法，清规戒律超过任何一个朝代。除夕夜老百姓要合家团圆，皇家也要合家团圆。按清代制度，除夕乾清宫要举行大规模家宴，皇帝要与皇后、嫔妃等合宴。从中午即开始，称"金龙大宴"，各种冷膳、果品、点心等共40品，申初二刻（下午5时左右）始传摆热膳酒宴，也是40品，还要奏乐。除夕同日保和殿筵宴蒙古王公，元旦大和殿筵宴最为盛大，动辄一二百席，程序烦琐，称为"大朝会"。还有外藩使臣参加。元旦晚上乾清宫宴请宗室，元旦次日慈宁宫举行皇太后家宴。元旦清晨皇帝出席大朝会之前，先要到家庙祭告天地神灵和列祖列宗，然后出席"国宴"。乾隆皇帝与众不同，元旦还要抄写一部《心经》，这都是费时费力之事。除夕这一天还要举行封笔仪式等。纵观除夕至元旦，皇帝根本没有闲工夫，岂可有"微行"之暇？按传说，乾隆是亥时（晚9时至11时）至都一处，这也是不可能的。首先，紫禁城宫禁在黄昏全部关闭，任何人不得出入。其次，皇帝在除夕要参加三次宴会和封笔仪式等，元旦要举行祭告典礼、两个宴会，还要书一部佛经，抽暇还要处理军政要务（如乾隆有一年除夕封笔仪式后，还处理了大小金川之战的军务）。他还有什么精力跑到都一处去喝酒？他也只有一个可能：除夕家宴之后溜出去，但时间上绝不可能。再诸如甩开后妃、禁卫、太监等，其他如寻找车辆、开启各道门等，在今天可以办到的事情，在那时是完全不可想象，也绝对办不到的。

假设，"都一处"匾真的是乾隆所题，谏官们也不会善罢甘休，起码陪同皇帝"微服私行"的两个太监要掉脑袋。如果酒馆老板借此宣扬，被弹压地方的五城察院缉知，也会以"大不敬"即冒犯皇帝尊严招摇撞骗予以治罪，罪行严重还会送交刑部。《大清律》所载有这样的罪名。我的分析，都一处借"乾隆题匾"做广告也是辛亥革命以后的事了。那个所谓乾隆坐过的罗圈椅大约也是个假古董。这块匾如同六必居、鹤年堂的匾一样，大约也是一位无名文人所写。

皇帝永远深居九重不接触民间商市吗？可以，那必须在皇家宫禁园苑中。据《清代十三朝宫闱秘史》等载，乾隆年间在圆明园设有"宫市"，"设买卖街，凡古玩、估衣以及酒肆、茶炉，无一不备，甚至携小筐售瓜子者，亦备焉。店主供以宦者（太监）为之。此处商市"言明价值，具于册，售去者，给价值，存留者，还原物"。看来类似游戏，完全是为了取悦乾隆。据说：乾隆至此，"步行过肆门，则走堂者呼菜，店小二报账，司账者核算，众间杂沓，纷然并作"。与民间店铺并无二致。圆明园宫市开设于福海湖东面同乐园，为清宫内务府与工部联合开办，为逼真起见，仅仿民间街市招牌、幌子等"市招"就达165个。此外，颐和园（当时称清漪园）也设了买卖街——苏州街，是仿照南方街市而建的。以上是假买假卖，博"皇上"一笑。但在紫禁城中也有"宫市"，是一些老年宫女或失宠妃嫔，"不足自给"，令太监买卖自制手工艺品（见《清宫词》）。另外，王公大臣上朝必经之路隆宗门，也由太监和"苏拉"（杂役）开了个小吃摊，卖各种苏造肉、芝麻烧饼、杏仁茶之类。但是历史记载乾隆只去过圆明园、清漪园的"宫市"，紫禁城、隆宗门的"宫市"、小吃摊他未曾涉足。由此可见，乾隆皇帝连宫禁内的低档"宫市"、小吃摊都不肯去，他又怎肯去市井杂居的小酒铺去自降身份呢？

皇帝是从不亲手花钱的，他去都一处小酒馆如何结账呢？《清宫词》记载，乾隆曾携爱女固伦公主游苏州街，固伦公主"见大红呢袍，爱之"，老爹嫌贵不肯掏腰包（他也不会带钱），还是未来的公公和珅"以八十二金买与之"。关于都一处的传说没有说乾隆付账与否，只好姑妄想之吧（其实这也不符清代皇家膳食制度，只是限于篇幅无法详谈了）。

当然，乾隆题匾也罢，假古董罗圈椅子也罢，都不会妨碍都一处成为驰名京华的老字号，这种传说只不过给老字号更增添了一种传奇色彩、绝对是戏说拍电视剧的好素材。

燕市钩沉

军机处与军机处胡同

稍有清史常识或观过宫廷剧的人，大概都会知道军机处；凡去过故宫游览的人，大概也会到隆宗门内的军机处直房一观（"直"通"值"）。而今，军机处东端开放成展室，展出有关军机处的历史和文物，诸如谕旨、朝珠、帽筒、章京炕几、军机处原貌照片之类，每每引起游人的兴趣。倒退至 20 世纪 80 年代，这里是很红火的食品店。我于己亥初十雪中一游，很有些感慨，但发现西端仍未开放。而南面的军机章京直房则悬着妇婴休息处的牌子，令人有些感慨。军机章京是草拟谕旨文稿的人员，是军机大臣的助手。《清史稿》上说军机处"军国大计，罔不总揽"，"威命所寄，不于内阁而于军机处"，这个当年处理军国大事的枢密重地，如此简陋，与巍峨的紫禁城宫殿真是有云泥之别。

据说军机处原貌从未真正向游人开放过：靠墙一半是炕床，余为桌椅，墙上有雍正皇帝御书匾额"一堂和气"，有咸丰皇帝御书匾额"喜报红旌"。与养心殿一墙之隔的军机处，房五楹，称"北屋"。南面的军机章京直房，为五间悬山顶小屋，另有小门空院，道光三十年（1850 年）军机大臣祁寯藻曾"恐供事等于此传递、透漏消息，奏请将此门封闭"。清人笔记称此处为"南屋"，汉人章京办公在西，满人章京在东。除"直房"外，还有"军机堂""枢垣""直庐""直舍"等称谓。军机处最早称军需房，后改军机房，最后才叫军机处。"庐"字较雅，称"房""舍"则恰如其分。《十朝诗乘》说章京"直舍"最初"仅屋一间有半"，原在军机大臣直房西侧，后来改建于南面。

据《南屋述闻》载：军机处初始仅为临时搭建的板屋，乾隆中期才改建瓦屋。但就这几间瓦房，与故宫殿宇相比，不仅寒酸，也更窄小。

试想，军机章京满、汉两班共32人，各分两班轮值，十多个人挤在这里，其窘状可想而知。夜间值班好一些，因规定仅需两人。军机大臣的"北屋"容人尚少，从《清史稿·军机大臣年表》看，历朝军机大臣少则三人，最多超不过十人，一般为五人左右。

说起军机处"直房"，其实并不仅仅限于故宫隆宗门内，还有所谓"园班""外直庐"等。因为清代皇帝并不总在故宫内理政，据统计，清朝268年中，竟有226年的皇帝在"三山五园"（主体即香山静宜园、玉泉山静明园、万寿山清漪园即后改的颐和园，及畅春园、圆明园）理政。有专家统计（仅以军机处于雍正七年即1729年成立后的圆明园为例），雍正平均驻园210余日、嘉庆160余日、道光260余日、咸丰210余日，这还未计至避暑山庄、出巡等天数。因而，军机处的"直房"随皇帝行止而设，《南屋述闻》记："西苑直房在苑门之北，中海之东岸，背苑墙而面海；圆明园直房在左如意门内，颐和园直房亦在宫门内之左庑，皆视隆宗门内直庐为胜。"此意即说这几处"直房"办公条件均比隆宗门内佳。西苑直房与宝光门隔岸相对，军机大臣、章京入值均获准乘船代步。但若按李伯元《南亭笔记》载：颐和园军处机不过破房三间，中设藜床，风透窗纸，刺寒入骨。门外小贩叫卖嘈杂，军机处官员要不时驱散之。我印象在20世纪60年代始，这几间在颐和园东宫门外之南的直房，与故宫直房相同，也是茶肆小吃之地。

皇帝有时也赏赐园邸作为"该班直宿之所"，《南屋述闻》的作者郭则沄当过宣统年间的军机章京，他记载"挂甲屯、冰窖两处皆有章京直庐"。军机大臣直房则在"七峰别墅"。像承德避暑山庄内也有固定的军机处"直房"，在皇帝出巡期间，则设临时直房。若途中休息，会搭起蒙古包毡房，更加简陋，连几案都没有，军机章京们只能"伏地起草"谕旨。巡幸中军机处直房则无固定地点，"有行宫者以宫门左偏之屋"（《春游琐谈》）。

清代部院衙门官员上班是"点卯"制，中午前即散。但军机处上值似乎比部院"点卯"还要早，王文韶当过军机大臣并留有日记，入值基本是"寅初"（凌晨三时），个别时间是凌晨两点。散值时间一般为早七点至八点。军机章京则更辛苦，昼夜要轮流值守，皇帝为照顾军机大臣就近值班，有时会赐以园墅，如乾隆年间任过20多年军机大臣的傅恒，即《延禧攻略》中的那位富察皇后的弟弟，深受乾隆宠眷，这位"高富帅"不仅在皇城内景山东侧有宅邸，在圆明园东南更有"春和园"，他去军机处上班真是很便利。和珅就不用说了，在海淀有豪华的园邸"十笏园"，以他的权势，据说他都不用去军机处值班，只在家里处理公务。乾隆年间，和珅任军机大臣，同僚"各不相能"，只有阿桂在军机处直房值班，王杰、董浩在南书房，福隆在造办处，和珅除在家外，"或止内右门直庐，或止隆宗门外近造办处直庐""每日召对，联行而入，退即各还所处"，钱沣曾上疏抨击此现象，得到乾隆首肯，谕钱沣入直军机处章京，虽引起和珅仇视，但亦无可奈何。由于皇帝主要在圆明园、颐和园理政，要随时应召承旨的军机大臣们纷纷在海淀镇北置办宅邸，以免路途遥远之苦。故因此形成一条宅邸栉次邻比的胡同——军机处胡同。民国以后不乏名人居此，如美国记者斯诺受聘于燕京大学时，曾长期居于军机处胡同8号。当然，这条当年车轿络绎冠盖如云的胡同，随着城市的变迁，早已杳无痕迹了。当然，也并非所有军机大臣都能置房，如左宗棠进京任军机大臣，只能在菜市口觅房暂住（今菜市口胡同16号为其故居）。

军机处胡同在道光年间曾发生过一件震惊朝野之事。军机大臣王鼎在道光贬谪林则徐时，曾上疏建议派林与他一起去黄河决堤抢险。但合龙庆功时，道光仍下旨仍将林发配伊犁。王鼎回京力谏，道光避而不见，王鼎愤而在住邸自缢尸谏。

军机大臣、章京值班，吃是一大问题。《重修枢垣记略》记载"军机大臣及章京每日晨直饮食，皆内膳房承应"，《清宫述闻》引《僚直记略》说"枢臣每日皆有堂餐茶烛，悉由内务府支给，五日一给果饵，暑给冰瓜，冬给薪炭"。逢节令，皇帝会赏赐春饼、年糕、元宵、炒面、粽子、月饼、馄饨、腊八粥等，"其余花果饼饵肴蔬之属，无不随时颁赐",历官嘉、道、咸、同四朝的祁寯藻,位至军机大臣,著有日记体的《枢廷载笔》,颇细致的记载皇帝召见军机大臣时赏赐的食物,有哈密瓜、奶饼、酒、鹿肉、奶卷、豌豆泥、羊肉、鲈鱼等,很明显有若干满洲特色食品。但"枢臣"是指军机大臣,军机章京们大概无此待遇。

何德刚《话梦集》记载:"军机处阶前,每晨必烧饼、油炸果数件,备枢臣召见后作为点心,可谓俭啬极矣。"亦即《南亭笔记》中的"军机大臣退朝后,至直庐办事,茶房供点两包"。但即便如此"俭啬"的"点心",也有人认为是"靡费"。曾任过户部尚书的阎敬铭,一向以节俭著称,连慈禧太后修颐和园伸手要钱,他也敢峻拒。他任军机大臣后,将他认为"靡费"的军机处"点心钱""裁之"。《南亭笔记》卷载:每天清晨的烧饼、油条没有了,"同列皆枵腹",阎敬铭"则于袖中出油麻花、酱烧饼自啖,旁若无人"。军机大臣是兼职,阎的原职是户部尚书,所以有权"首裁点心钱"。看来"堂餐茶烛由内务府支给",钱应该是户部出,所以阎敬铭能做主裁掉。按野史记载,颐和园军机大臣值班时,有人见过荣禄出来买"汤饼",王文韶亦出购"糖葫芦",鹿传霖则买"山楂糕",用以充饥(《南亭笔记》)。以军机大臣之威仪,似不可亲出购食,也许是令"苏拉"(仆役)购买。据说,家中有厨师的军机大臣会吃足夜宵再上晨值,一般军机章京则无此条件,只是夜间值班的章京供应半桌酒席。

光绪三十四年(1908年)有《军处机经费岁入岁出总表》,一年中计"度支部饭银六千两、内务府参赏银四千五百两、崇文门饭食四百二十四两。外省解款,系各省津贴银七千八百八十两"。可见主要是"饭银""饭食",估计还有笔墨费用。"崇文门"应指崇文门税关,还有各省津贴,可窥经费主要不是国库开支(《清宫述闻·军机处档》)。

莫看这些简陋不起眼的军机处大臣和章京直房,在清代自军机处成立以来的180年中,一直是机密重地,上至王公大臣、部院内外各级官员,均不得擅入,"其帘前窗外、阶下,均不许闲人窥视"(《枢垣记略》),大臣、章京也不准携带仆人。从嘉庆五年(1800年)开始,每日派都察院御史一名,至军机处直房附近的内务府直房监视,随军机大臣上下班。由此可见,军机处直房是门可罗雀、禁绝人迹的。

清制,外省各级文武官员,逢外出皆有仪仗,可乘轿。在京汉人官员准许可自备骡车,以车灯上剪纸显示身份,除部院是红黑字相间书衙门名称,其他皆以物表示,如南书房、上书房翰林是"书套",四品京堂官以上为"方胜如意",而军机章京则是"葫芦",寓意缄口机密。军机大臣和章京半夜入宫,军机章京夜间值班入宫禁,也由太监提着"葫芦"灯笼引路,灯笼中间还围着一条红纸。在清代,只有军机处官员有此待遇,其他官员都只能摸黑上朝。夜间军机章京值班,宫禁肃肃,灯影绰绰,逢皇帝夜间紧急军情召对,太监传旨,靴声橐橐,也是很令人为之遐想的吧?

军机大臣、军机章京都不是专职,从各部院调来充任。均按原官品级服色,军机大臣的明显标志是绿牙缝靴。起自嘉庆二十一年(1816年)特旨赏军机大臣托津、卢荫溥穿用,以后规定"军机大臣俱准穿用"。另外,全红帽罩(红雨衣)按规制只许三品以上大臣、御前侍卫、各省督抚许用,军机章京是不能穿戴的。乾隆雨天时召见大臣,由军机章京引见,"冠缨尽湿,上问其故",军机大臣于敏中答不合"体制"。这是说军机章京的品级是不准着红雨衣。乾隆说:"遇雨暂用何妨"。自此军机章京"冠罩无不全红矣"(《郎潜记闻》)。军机章京品级一般较低,如调充章京的内阁中书、翰林院编修、检讨等基本六品甚至七品。朝廷为示恩宠特赏章京可以穿戴貂褂、朝珠,这两项皆为四品以上方可佩穿,故此成为军机章京的明显服饰。另,军机章京值班,因终日书写谕稿,特制"军机襖"(军机坎),如马褂,开右襟,袖至肘,可使臂腕灵便用笔。官员服制,穿错都要受处分,别说自制了。但有清一代军机章京穿"军机襖",则未见纠劾,可见得到朝廷的默许,也可见军机章京的清贵。除此之外,红车沿也是军机章京经皇帝批准特赏使用。

煤渣胡同、海军衙门及醇亲王

如果上网点击，北京东城的煤渣胡同会介绍得很细，这条仅300余米长的胡同从清代始先后有神机营衙署、冯国璋宅邸、平汉铁路俱乐部及两个教会机构，有不少可助谈资的轶事。日伪时期，还发生轰动一时的军统行刺大汉奸王克敏案。但却没有"总理海军事务衙门"的介绍，这颇令人疑惑。其实何止网上，若查权威的工具书《清代国家机关考略》，也是付之阙如的。

这条胡同位于王府井东侧，东起米市大街，北邻金鱼胡同，西止校尉胡同，南可通北帅府胡同。其历史可上溯至明代，为京城36坊之一的澄清坊辖地，坊依次而下是牌、铺、胡同。清代八旗驻防内城，取消坊之区划，以各旗辖管，朝阳门归镶白旗，故煤渣胡同属镶白旗。明代称"煤炸"，所以震钧《天咫偶闻》说："神机营署在煤炸胡同。"清初改"煤渣"，朱一新《京师坊巷志稿》则注明："煤渣衕衕，煤作炸。"他也注明神机营在此胡同。传说设铸造铁厂堆积炼铁之残渣，故有此名。

煤渣胡同的有名，是因咸丰十一年（1861年）于此设神机营衙门。神机营是沿袭明代称谓，为明朝京城禁卫三大营之一，是世界上第一支独立建制的火器部队，比西班牙著名的火枪兵还要早100年。地方部队也相继配备火炮营，如明末孔有德、耿仲明的登州火炮营。清沿袭明制，从八旗中选精锐1万余人，配新式步枪，由恭亲王奕䜣统领，用以禁卫紫禁城、三海及皇帝警卫、出巡等。当年衙署刚设立，这条胡同车马人流即络绎不绝：是因旗人们纷纷至此谋取差使。有意思的是，当时奕譞还是郡王，两宫太后谕他会同奕䜣，议定神机营章程共十条。可见神机营的创立也有醇亲王的参与。而当醇亲王逝世后，他的哥哥恭亲王继任也是最后一任总理海军事务大臣，时间是光绪二十年（1894年）九月至廿一年（1895年）二月，任职不到一年。

清朝建有绿营水师，直到同治末年，才开始筹建新式海军，但一直没有统一的海军管理部门。光绪九年（1883年）起，翰林院侍读学士张佩纶上奏呼吁，清廷先于总理衙门下设"海防股"，专习南洋、北洋海防，并掌管长江水师、北洋海军、沿海炮台、船厂及购买兵船、枪炮、弹药，并电线、铁路、矿务等。继而在全国各地设立海防支应局、军械局、鱼雷营、水雷营、机器局、制造局、火药局、矿务局等，开办设备、水师、水雷学堂。虽然有海军管理机构的雏形，但其实仅外得其名，收效甚微。一个小小的海防股，并不能统一指挥、调度全国海防和海军的管理。加上并无懂得海防和海军的人才，不过又给旗人设立谋差使的员额部门而已。光绪十年（1884年），张佩纶又上奏设水师衙门，驻日公使黎庶昌亦奏设水师衙门于天津。清廷才于光绪十一年九月十七日（1885年10月24日）下诏设"总理海军事务衙门"，简称"海署"。虽然比日本晚了13年，比英国则整整晚了300年，但毕竟有了类似西洋的海军部。

清廷设此衙门的目的，仍然是不放心海军由汉人掌握，但毕竟"所有外海水师悉归该衙门节制调遣"，统一各省海防、沿海各地船坞、船厂、机器等，统一支配调拨南、北洋海军经费，这当然有利于加强国防。而且以亲王的人品尊贵统辖海军衙门的调度。与海防股当然不可同日而语。

慈禧指定妹夫醇亲王奕譞出任总理海军事务王大臣，庆郡王奕劻（他当时还未擢升亲王）任会办大臣。李鸿章虽然也是会办大臣，但只是"专司"，决定不了大事。衙门从上到下各级官吏直至办事人员，全部是旗人。大臣皆是兼职，无专责，而所有具体各部门办事员，无一人出身海军或专科毕业。甚至大部分人不知海军为何物。所以有人说"海军衙门"就是"新内务府"，也不无道理。当然，帮办大臣中不乏了解洋务的人物,如曾纪泽、刘坤一及刘铭传、张曜等名将,但均无实权。真正了解海军的除李鸿章,也只有曾纪泽一人而已。

这样一个重要的全国海军管理部门,办公地点竟借用神机营衙门,这也是咄咄怪事。据档案载,神机营设立之初,因当时旗人仕途僧多粥少,借新增衙门之机缘,大量安插关系户,以至于掌全国军事的兵部员额仅148人,而神机营衙门居然下设10个部门,总员额540人!再安插进一个与兵部平行的"海署"(当时外国将之称为六部以外的"第七部"),如何办公?神机营大约与毗邻的贤良寺面积相仿佛,如何塞进这五六百号人呢?而且,海军衙门无实缺,办事人员多是神机营军校兼差,甚至连关防(公章)都借用神机营大印。成立三年后才正式颁发公章。

封建时代衙门是点卯制,数百人穿行于胡同,其状可观。若赶上王爷与各位大臣会商军务,仪仗车马,岂不阻塞于途?若众大臣会商于衙门议事,侍从护卫如何安置?当年,李鸿章的洋枪卫队即达一百人,加上其他亲王、大臣仪仗侍卫,人数可观不知如何调度?

醇亲王奕譞是道光皇帝第七子,真正的天潢贵胄。四哥是咸丰皇帝,他娶了慈禧的胞妹,更是亲上加亲。同治皇帝死后,醇亲王第二子载湉被姨母慈禧指定为皇帝。在"辛酉政变"中,奕譞坚决支持慈禧,21岁立下大功,亲手捉拿肃顺,是他引为一生的骄傲。溥仪在《我的前半生》一书中有着生动的描述:某日王府唱堂会,演到《铡美案》最后一场时,六子载洵见陈世美被铡,吓得跌倒在地大哭。奕譞见状,立即当众向载洵大喝道:"太不像话!想我二十一岁就亲手拿肃顺,像你这样,将来还能担当起国家大事吗?"慈禧垂帘听政重用恭亲王,因醇亲王是皇帝"本生父",故辞去一切职务在家赋闲。看到六哥风光,内心不甘寂寞,静极思动。中法战争后恭亲王失宠,慈禧起用他参预军国大事,出任海军大臣,初始还推诿、观望,后来则慨然就任。也不乏雄心勃勃,想做一番事业。但因他不懂海军,实际则仰赖于会办大臣兼北洋大臣李鸿章。在执政期间,他唯一风光的大事即是巡阅北洋海防,对建立北洋舰队未加掣肘。今天来看，北洋海军的成立，没有慈禧和醇亲王的支持，恐怕是还要大费周折的。但挪用海军经费，却是醇亲王执掌"海署"的一大败笔，甲午之败与此攸关。醇亲王相比于他六哥恭亲王的锋芒外露，非常懂得韬晦。他在家中到处悬挂自撰的治家格言："财也大，产也大，后来子孙祸也大。借问此理是若何？子孙钱多胆也大，天样大事都不怕，不丧身家不肯罢。财也少，产也少，后来子孙祸也少。若问此理是若何？子孙钱少胆也小，些微产业自知保，俭使俭用也过了。"不知醇亲王是否读过《红楼梦》，这格言颇有"好了歌"的味道。而且，他唯恐别人不知其心，特请人仿制一件周代"欹器"端置于书房显著处，所谓"欹器"，放入一半水可持平衡，若注满，水则溢至流尽。他还特意刻上手写铭语："谦受益满招损。"除警诫自己外，也向世人特别是慈禧示以谦卑无野心。醇亲王从相片上看乃似赳赳武夫，实则心细谨慎。他从不得罪慈禧，永远谦抑，所以慈禧想修三海和颐和园，自然甘心报效。

"海署"成立以来，共为全国海军筹划拨款两千多万两，且远远不够。但"海署"确实成了大修工程的挪借账户，据现存档案记载，海军经费挪用于颐和园工程，应近800万两，而非传说的数千万两。虽然最后全部归还，但中国当时海防吃紧，停拨经费不能更新战舰。梁启超所说甲午战败之因与修园关联，是不无道理的。

"海署"日益腐败，所以甲午战败，即被裁撤。从成立到结束整整十年。醇亲王初始，也有建立新办公地点的计划，地址选在西四牌楼粉子胡同，但直到他死去，也未见到新衙门建成。直到光绪二十一年（1895年）春，已接任海军王大臣的庆亲王奕劻，才主持建成衙署，宣统二年（1910年）恢复迁入办公。有趣的是，醇亲王的六子载洵在20年后，居然也当了海军大臣，这当然是他的兄弟摄政王载沣为强化控制军权的措施，但载洵和他父亲一样，"轮船之制，苦不深悉（醇亲王语）"。当然，载洵并非无所事事，他曾奉旨到沪、闽、苏、鄂、港等地考察，建设军港，起草规划，出洋购舰，等等。当然或许载洵倚重于其副手、原北洋水师将领萨镇冰，但得其支持有所务实，还是值得肯定的。

"海署"撤销后，此址于光绪年末成立"贵胄法政学堂"，八国联军曾纵火烧毁。袁世凯时代成为招待所，1912年2月27日，受孙中山委托，蔡元培、宋教仁等专使团下榻于此，以敦促袁世凯至南京就任大总统。但两天后，士兵在东、西城纵火抢劫，并进入专使房间，将文件、行李尽数抢走。这明显是袁世凯的诡计。后来一度是民国陆军部军需学校。日伪时期，为日本宪兵队强占。20世纪40年代后期，为英文《时事日报》社址。20世纪50年代后成为《人民日报》宿舍。现在旧址已不存，即今王府饭店所在。原来饭店门口还有两株老槐树，据说是旧物，现在也无踪影，不能供人怀旧了。

醇亲王从1886年5月14日至28日，巡阅北洋舰队、巡阅旅顺、津沽防军、军校、炮台等。李鸿章为了获得醇亲王支持海军建设，大拉感情，写了两首诗呈送，醇亲王也诗兴大发，步韵奉和二首。今天看来二人皆无诗才，刻意雕琢，藻饰无味，但醇亲王的诗句"投醪才绌愧戎行"，却表达出他外行的愧疚心理。曾读单士元先生为《清宫述闻》写的序，其中提到其作者章乃炜先生致他的函中曾说醇亲王著有《竹窗笔记》，未曾读过，估计是稿本，不知其中有无提及巡阅北洋海军的轶事？

醇亲王巡阅北洋舰队后，还计划1888年再赴海口，但1887年始，醇亲王也遭慈禧猜忌，避邸养病，二次阅兵化为泡影。使这次校阅成为中国近代海军历史上的唯一一次亲王阅兵。

1891年醇亲王逝去，李鸿章致电丁汝昌，下令北洋海军各舰船均降半旗致哀。这也是中国海军第一次使用西方降旗礼节。

有个小趣闻，文前提到的朱一新和《京师坊巷志稿》，该书已成为今天研究北京地理的必读书。作者为光绪二年（1876年）进士，后改翰林院庶吉士，授编修。官至监察御史，与醇亲王为同一时代人。醇亲王巡阅北洋天津海口，慈禧特派李莲英随侍，当然或许也有监视之意。

朱一新上奏称太监随亲王出京巡阅不合体制。但此时慈禧已非当年安德海事发时，受东太后、恭亲王和同治皇帝的合力制约，眼睁睁看着自己宠信的太监被斩而无可奈何。她此时的威权如日中天，马上将朱一新革职，降为主事候补。朱大概知事不可为，告归，被张之洞邀去主持广州广雅书院。《京师坊巷志稿》不知是否辞官之后所作？除此书外，他还撰有《汉书管见》，讲学著作《无邪堂答问》等，遗著合编为《拙庵丛稿》。康有为佩服他的经学，编有《朱一新论学文存》。《清史稿》有传，称赞他"言论侃侃，不避贵戚"，是一个正直忧国而有学问的人。朱一新关心海防，在中法战争时就有建议加强海防的奏疏。光绪十二年（1886年），上《敬陈海军事宜疏》，主张胶州建海军基地；闽粤添置水陆学堂以训练储备人才，颇受有识者赞誉，惜未采纳。也终不得志。在光绪二十年（1894年）甲午战争阴云密布前逝去。

清代北京书法四名家

北京历来是书法名家荟萃之地，诚所谓名都人杰、斐然代出。清代北京有书法四大名家，笔走龙蛇，声闻大江南北，求墨宝者如过江之鲫；一些野史笔记每每津津乐道，说来犹有余香。

四家中声誉最著者乃大兴人翁方纲，他字正三，号覃溪，晚号苏斋。为乾隆进士，官至内阁学士。书学欧阳询、虞世南，隶法史晨、韩敕诸碑。他谨守法度，讲究"笔笔有来历"，写起楷书来每以欧、虞为典范，堪称得其神髓。因他官至内阁学士，又是两朝帝师，所以海内多来求书碑版，致使书名冠绝一时。他同时又是大金石家，精于鉴赏，尤长考证，海内著名帖多经他题跋。曾著有《两汉金石记》《汉石经残字考》《集山鼎铭考》《苏米斋兰亭考》等。他又是诗论"肌理说"的创始者，著有《石洲诗话》，有《复初斋文集诗集》行世。虽然时人将他奉若神明，但也不乏颇有微词者。同时书法也享大名的刘墉，广泛师承，独创了一种丰腴厚重的书体。他就很瞧不起翁方纲，曾揶揄道：翁老先生哪一笔是自己？这句话还是颇有见地的。才子袁枚对翁方纲提倡的"肌理说"甚有不屑，袁枚提倡写诗要有"性灵"，即个性、才情，而"肌理说"则主张以学问入诗，所以袁枚大加讥讽"误把抄书当作诗"。

四家中还有一位上述提到的人们熟知的人物，便是北京人称作"刘罗锅"的刘墉。老北京人大多都能说很多刘墉的掌故逸闻。据说他是极聪慧过人的，其慧黠谐谑无逊于东方朔。权贵如和珅之流经常受到他的讥讽，连乾隆也免不了挨要弄。过去北京说书的就有专讲"刘罗锅"的。他似乎又是个清官，著名的"四大公案"小说中的《刘公案》，说的也是他。固然刘墉奉旨查办过一些舞弊贪腐案，但是《刘公案》和影视剧中的描述多属虚构。他与和珅斗法也不见于正史，反倒正史记载评价他在和珅炙手可热时，"委蛇滑稽悦容其间"。乾隆曾训斥他遇事模棱圆滑，并多次对他降职、处罚，最严重的一次因属下贪污失察，本拟受刑，还是爱才的乾隆恩诏免职发往军台效力，一年后复职。刘墉晚年在官场一改早期风格，因和珅把持朝政，为人处事开始圆滑。但在乾隆死后，却上书嘉庆揭露和珅之罪，成为他一生的亮点。他的父亲刘统勋是乾隆朝的名臣，是清朝仅有八个谥"文正"的勋臣之一。刘墉正是因为父亲的缘故，以恩荫举人身份参加进士考试才步入仕途的。刘墉在乾、嘉两朝任官，到85岁才无疾而终，逝于他在北京驴市胡同宅中。他是一个清官，有20多年任地方官的经历，廉洁始终。作为书法家也一直受到后人推崇。他是山东诸城人，字崇如，号石庵、香岩、日观峰道人。刘家是官宦世家望族，从曾祖父几代都是进士出身。刘墉本人官至体仁阁大学士，加太子太保，谥文清。他书法学颜鲁公、苏东坡，善行楷，具有多肉少筋的特点，有"浓墨相国"之誉。当然后人也有以此为诟病的。但清代碑派书家是大为推崇他的，包世臣《艺舟双楫·国朝书品》称其书是"意识学识，超然尘外"，康有为《广艺舟双楫》更为赞誉，称"石庵亦出于董，然力厚思沉，筋摇脉聚。近世行草书作浑厚一路，未能出石庵之范围者，吾故谓石庵集帖学之成也"。

四家中另外两家都是满人。一是成亲王永瑆，乾隆第十一子。他书法深得欧阳询九成宫醴泉铭、化度寺碑之神韵，风骨秀丽挺拔，无一丝媚俗之态。如他的行书《爱莲说》帖，确乎令人悦目赏心。他有《成亲王习字帖》行世。曾奉旨书裕陵圣德神功碑，一时书名颇重。葛虚存《清代名人轶事》说成亲王"幼时握笔，即波磔成文"，后"名重一时，士大夫得片纸只字，重若珍宝。上（皇帝）特命刊其帖，序行诸海内以为荣云"。成亲王以亲王之尊贵，自然不肯轻易下笔流布，所以他父亲乾隆下令将墨迹印刷成帖，以供人们欣赏。乾隆对自己的书法一向自负，看来对儿子的书法还是很欣赏的。

另一位是满洲正黄旗人铁保，字冶亭，号梅庵，将门之后，少有诗名。于乾隆三十七年（1772年）20岁时中进士。大学士阿桂器重他，每有提携。乾隆曾经考试科甲出身的军机处官员，出题一诗一赋，铁保首先交卷，乾隆钦定第一，从此引起重视，宦途发达，官至吏部尚书、两江总督。铁保为人性情耿介，做事勤勉，官声甚好。但随着年龄增长，宦海消磨，渐有颓唐之气，政事多委于幕僚属下，将时间穷究于诗书。嘉庆初年因此摔了个大跟斗，起因是铁保任两江总督时，查赈委员李毓昌被当地官吏暗杀于淮安，嘉庆非常重视，亲自过问督促破案缉凶，多次斥责铁保办案不力："江南有如此奇案，可见吏治败坏已极！该督抚直同木偶，尚有何颜上对朕下对民？"嘉庆还将亲自御制书写悼念李毓昌的《悯忠诗》三十韵抄寄铁保，用意是令其知耻，早日破案。日理万机的皇帝为一个不到七品的小吏写长诗悼念，是非常不寻常的。但惜乎铁保仍然未予重视，自李毓昌被害后八个月，仍未破案。嘉庆忍无可忍，震怒之下，斥铁保为"无用废物"，立予革职发往乌鲁木齐效力赎罪。嘉庆不像他的父亲乾隆爱才，如刘墉，多次被降职处分，但从未如此重谴。嘉庆虽性情仁慈，但最痛恨官员不守规矩、办事拖沓懈怠，铁保撞到枪口还是咎由自取。写诗写书法固然风雅，但他比不得成亲王悠闲，清代亲贵不得干政，有差使亦闲散，可以不负责任。铁保年轻时就有名气，时与百龄、法式善号称"三才子"。他擅长小篆，写来极有韵致，令观者爱不释手。他死后也不安宁，其墓在今北京永定路，有清一代至民国一直无恙，但在日寇占领北平后，竟被炸墓盗掘，令人愤然。日本侵华同时大肆劫掠文物，看来铁保墓也被列入黑名单了。但至今不知盗走何物？这也成为一个谜团。

过去北京书肆如琉璃厂等处，这四大名家的墨笔真迹流行不少，价格据说以翁方纲的为贵。但清四家也有不同说法，亦有所谓"三个半书家"之说，即：乾嘉年间翰林院侍读学士梁同书（山舟）、刘墉（石庵）、翁方纲（覃溪）、王文治（梦楼），王文治即"半个"。而无成亲王与铁保。《清朝野史大观》云："梁山舟学士书法名播中外。论者谓刘文清朴而少姿，王梦楼艳而无骨；翁覃溪摹三唐，面目仅存；汪时斋谨守家风，典型犹在；惟梁兼数人之长，出入苏米，笔力纵横，如天马行空；汪文端、张文敏后一人而已。"王文治少时即以书法文章闻名乡里，其书学米、董，后法二王，而得力于李北海。他喜用淡墨，与擅用浓墨之刘墉相映成趣，有"淡墨探花"的美誉。但识者谓其秉承帖意，董其昌痕迹略重。所谓"艳而无骨"，是一家之评。王文治书法的佳处是尽显才情，俊爽清隽，不乏妩媚动人之处。故将其与梁、刘、翁并入四家之中，也不无道理。当然这是一家之言，成亲王、铁保的书法成就还是应该承认的。

燕京感旧录

清宫的称谓与制度

  现在荧屏上清代宫廷题材电视剧令人目不暇接，姑且不论插科打诨、歪曲历史的戏说，其剧中的典章制度、住行服饰特别是称谓言谈，也都是随心所欲，大多与历史真实不符。

  清代最讲究国法礼仪，官场上的礼度和称谓言谈极有分寸，特别是皇帝或皇太后召见内外大臣，大臣们觐见、奏对，更要遵守礼仪制度。稍不注意就会"失仪"，最轻者也要罚俸（停发工资），重者还会降级、丢掉官职甚至判刑，因为这都有礼仪规章，觐见皇帝也是六部之一礼部的职掌。但现在大量清代题材电视剧，包括历史小说中，称谓言谈错误百出。我们常见清代题材电视剧中大臣们觐见皇帝或皇太后，动辄称"万岁"或"太后吉祥""老佛爷吉祥"等，是完全不符合清代礼制的。清代文武官员被皇帝或皇太后召见，应一律跪安，汉大臣必须自称"臣×××恭请皇上圣安"或"臣×××恭请皇太后圣安"，满籍大臣则称"奴才"。皇后、妃嫔、大臣无论当面或背后都称皇帝为"皇上"，只有皇太后或皇太妃称皇帝为"皇帝"。清代历史上只有极少数例外。如宣统年间，据溥仪回忆："太后太妃都叫我皇帝，我的本生父母和祖母也这样称呼我，其他人都叫我皇上。"（见《我的前半生》，群众出版社2003年版58页）这不仅因为载沣是监国摄政王，还是溥仪宣统皇帝的本生父，否则是不能称"皇帝"的。

  在旗的满人有时称皇帝为"主子"，但也不会称"万岁"。"万岁"之类是戏剧舞台上的称呼，大臣的口中是根本不会这样称呼皇帝的。在雍正朝，不要说口头称"万岁"，就是在奏折中出现"万寿无疆""万岁"字样，也会受到痛斥，因为雍正最讨厌这种阿谀奉承的虚文。清中期以后，皇帝的近侍太监、宫女开始称呼在位皇帝为"万岁爷"，对死去的皇帝在"爷"字前加年号，如"康熙爷""乾隆爷"。太监和内务府记录的有关皇帝的档案也标以《万岁爷档》之类。但是，这也是局限于一小部分太监，大臣们是不会这样称呼的。

至于"太后吉祥""老佛爷吉祥"之类的称谓更为荒谬。皇帝、后妃、满汉大臣和大部分内务府官员、太监，无论当面或背地都称"皇太后"。道吉祥是太监圈里流行的见面问候语，皇帝、后妃、大臣们绝不会用下层太监之间的问候语去称呼皇太后。在清代，只有某些内务府低级官员才会与有地位的太监互道吉祥，以示亲近。至于"老佛爷"，这是清末一小部分近侍太监与内务府官员背地称慈禧的代名词，以示受宠和亲近，但当面是绝不敢称呼的（据记载，也有称呼"老祖宗"者）。同治年间是两宫皇太后垂帘听政，大臣们为加以区分，在正式文书中会以尊号加以区分，如钮祜禄氏称"慈安皇太后"、那拉氏称"慈禧皇太后"。"慈安""慈禧"均为尊号中的头两个字，背后会简称"东太后""西太后"，但也不会在当面或背地称呼那拉氏为"老佛爷"，因为这是为礼仪制度所不允许的。对死去的皇太后，大臣们提到时都要称谥号，如那拉氏，则称"孝钦皇太后"。其实，即便太监们背后称"老佛爷"的也是极少数，一般对东、西两太后会简称"东边""西边"，称皇帝为"上边"。"老佛爷"之称其实并不自西太后始，乾隆皇帝因为寿高，当时近侍、太监背后就称他为"老佛爷""老爷子"，但大臣们则不会这样称呼。野史记载：纪晓岚曾在背后称乾隆为"老头子"，恰被乾隆听见，欲加治罪。纪氏机智解释才使乾隆转怒为喜。真实与否姑且不论，但由此可见大臣们在背后对皇帝也是不能随便称呼的。

"老爷子"的称呼一直到清末还存在，如溥仪的乳母就这样称呼他（见《我的前半生》）。

对妃嫔，太监称"主子"。因皇帝的妃嫔不止一位，则在前面冠以封号，如对光绪之妃珍妃称"珍主"，瑜妃称"瑜主"，以示区分。书面行文称"主位"。至于对皇子的称呼，也不像现在影视剧中一律称"阿哥"。在清代对皇子的称呼，不同身份是有区别的。"阿哥"是大臣们对皇子的称谓，内务府官员和太监一律按皇子的排行称"×爷"。书面行文则按排行称"皇×子"。皇帝之女在未授封公主之前，一律称"格格"。

大臣们与皇帝奏对时提到死去的历朝皇帝，也不会说"康熙爷""乾隆爷"这样的话，这是近侍太监的语言，如嘉庆皇帝与大臣奏对时提到他的父亲乾隆，嘉庆称之为"皇考"，大臣们则必须称乾隆的庙号与谥号"高宗纯皇帝"。清宫档案文书也是如此，皇帝在位时标以年号，死去的皇帝则标以庙号与谥号。

另外，常见影视剧中皇帝称大臣的职务，或大臣对皇帝提及他人时称职务或"×大人"，这也不符当时的制度。清代皇帝或皇太后接见大臣，无论地位多高、年龄多大，一律直呼其名。皇帝和大臣们谈话中提到他人，也一律直呼其名。即便贵为亲王，也不称爵位。皇帝或皇太后只有在对他人提及亲王时，才会不直呼其名而称"×亲王"。清代只有个别时期才有例外，如顺治年间对摄政王多尔衮，顺治皇帝不呼其名而称"皇叔父""皇父"；宣统年间，醇亲王载沣不仅是监国摄政王，又是宣统皇帝溥仪的本生父，所以溥仪称他为"王爷"。至于同治皇帝的亲叔父恭亲王奕䜣是议政王，权力极大，地位尊崇，但也只是免除一定的朝见跪拜礼仪，称谓上仍依规章。另外，清朝特别尊重皇帝的老师，为示优崇，往往会称"先生"而不名。如乾隆帝师朱轼，乾隆皇帝非常敬重他的宿学和品德，为示尊崇，特称"可亭朱先生"。"可亭"是朱轼的别号，古人称对方的号即表示尊敬。嘉庆皇帝对他的老师朱珪，尊称为"石君师傅"（石君为朱珪别号）。对其他大臣，即使年龄再大，学问再深，再有名望，皇帝也是要直呼其名的。

就目前所看，在大量的清代题材影视剧和小说中，台湾高阳（许骈晏）的清代系列小说中皇帝、皇太后与大臣们的称谓言谈，基本符合当时的礼仪制度，不误人子弟。

清代题材影视剧中，还经常有皇帝接见大臣谈话的场景，但无论其形式、地点、服饰乃至谈话方式都不符清代礼仪制度。这就给观众一个错觉，以为清代皇帝接见大臣谈话极其随便。

清代除国家大典朝会，皇帝接见大臣有两种方式：召见（俗称"叫起"）和引见（俗称"递牌子"）。清代大臣奏事，分折奏与面奏，大臣可以请求皇帝陛见，皇帝需商议军国大事，就要召见御前大臣、军机大臣、六部九卿等。另，被任命的够一定品级的文武官员也必须在出任前觐见皇帝，被称之为"引见"。

清代除登基等重大庆典在太和殿举行，皇帝临朝议政一般在乾清门，临时设宝座、御案等。但召见和引见官员却不在此。召见多于养心殿东暖阁，引见多于养心殿明殿。其他如承德避暑山庄、圆明园等处，随皇帝巡狩、避暑而定。如影视剧中地点多模拟太和殿召见和引见，则是不符当时习惯的。

召见须由亲王、御前大臣、领衔军机大臣轮流带领大臣们去面见皇帝。引见须先进名单、履历折、绿头签，一人或数人觐见。现在影视剧中或见皇帝与大臣平起平坐，或站立谈话，这在当时是绝不可能的。召见或引见官员，须先由奏事处太监传旨，直呼被召见人其名，并领进屋内，大臣进来必须先跪安，口称"臣×××恭请皇上圣安"，满人则必称"奴才"，起立后走到皇帝所坐木炕前，在预设白毡垫上下跪，皇帝问即答。多人参加召见，只能由领衔者回答，别人不能插话；被召见人也不能相互说话，只有皇帝问到方可回答。不像现在影视剧中给人印象似乎是在开讨论会。召见、引见无论时间多长，官员自始至终必须跪奏，直到皇帝允许"跪安"表示谈话结束，才可起立后退至门口转身退出。清代只有极少数人因身份特殊，可以坐或站与皇帝谈话。如顺治时"皇叔父"摄政王多尔衮免礼节，康熙时顾命大臣鳌拜赐座谈话，同光时议政王恭亲王、监国摄政王醇亲王可站立与皇帝谈话。但也不是永远不变，如恭亲王在同治时以议政王身份可站立谈话，但进门时也要跪安。在光绪时恭亲王只是领班军机大臣，就必须跪奏了。

跪奏时大臣们与皇帝的对话极其简明扼要，不像现在影视剧中长篇大论，喋喋不休。因为说话越啰唆，跪的时间就越长。我们现在看清代档案召见记录，一般皇帝问话较多，大臣回答简而又简，几乎没有废话。跪奏是一件痛苦的事情，所以清代大臣都有一条不成文的规矩："无论奏对何事，必以三语为率，并须简浅明白，不须让（皇帝）再问。"而且都用厚棉絮做成护膝，以免跪奏时间过长引起疼痛。并且经常练习，以免"失仪"（清制君前"失仪"要受处分）。清代笔记载：同光时军机大臣王文韶年届70，仍每日在家练习下跪；贵为直隶总督的李鸿章在慈禧做寿前也每日练习三次下跪。不少大臣常因跪之太久，腰酸膝痛直至病倒。所以跪奏时绝不会长篇大论。

另外，清代题材影视剧中召见场面皇帝与大臣往往光头、便服，这在清代也是绝对不允许的。大臣觐见须着常服补褂朝珠，戴红缨官帽。皇帝也是常服袍褂着冠。常服是皇帝在宫中正式场合所穿礼服，用为处理一般政务或召见大臣。官员亦如是，按清制穿错朝服最轻也要罚俸一月，因为这是清代制度所严格规定的，即以天子之尊，亦不能违背。

还有一点必须指出：无论召见或引见，太监、侍卫等均不得在屋内停留。

庆霄楼与冰嬉

滑冰，古代叫"冰嬉"，或称"冰戏"，在我国已有近千年的历史，远在 10 世纪的宋代就有了记载，如《宋史·礼记》就记载了当时宫廷中的这种游戏："幸后苑观花，作冰戏。"清代初年，冰戏便在北京兴盛起来，而且由以前的军中习武，渐渐发展为供皇帝校阅观赏之用的典制。北京的"太液池（今北海、中海、南海）则陈冰嬉，习劳行赏，以阅武事而修国俗"（《日下旧闻考》）。也正是由于"国俗"，才将冰戏立为制度，即"冰戏之制"。

乾隆年间，在太液池旁，自东至西，建起了庆霄楼，专供皇帝观赏冰戏。清初的几个皇帝无不登上此楼校阅观赏。《清朝文献通考》载，"冰戏每岁十月"，在八旗士卒中"照定数各挑选善走冰者二百名"，于西苑三海验冰习武。所谓"验冰"，就是在冰戏前夜凿冰验质，击声如石，方可上冰。《内阁起居注》载：每岁十二月初六，乾隆奉母至庆霄楼观"冰嬉"。他还有咏庆霄楼观冰嬉诗："冰鞋队在液池西，冬至才过集健儿。鞠蹴分棚旗八色，庆霄楼上看冰嬉。"

习武者分两翼入场，每翼首领 12 名，其一翼首领着红马褂，士卒着红齐肩褂（坎肩），另一翼首领着黄马褂，士卒着黄齐肩褂，全体俱佩有名曰"带"的护膝一对。翼中有背插各色小旗者，分正黄、镶黄、正白、镶白、正红、镶红、正蓝、镶蓝八种依色入场，以辨八旗之别。至于冰鞋，古称"冰凝"，是用一根钢条嵌于鞋底之下制成的。这在当时的诗文中也有反映，如《燕京岁时记》云："冰鞋以铁为之。"《都门纪略》中有一首竹枝词说："往来冰上走如风，鞋底钢条制造工。"《从偶斋诗草》也有"炼铁贯韦当行滕""铁若剑脊冰若镜，以履踏剑摩

庆霄楼与冰嬉

镜行"等诗句,可见当时的冰鞋,很接近现代的冰鞋。有关冰戏时的服装,乾隆所写的《冰嬉赋序》中曾有颇详的记载。

冰戏场上,设有一特制冰床,供皇帝观赏之用。冰床附近设一入场门,全体士卒分两队,从庆霄楼前徐徐滑过,接受皇帝的检阅。表演的主要内容有:"抢筹""抢球""走冰"和"转龙射球"等项目。"抢筹"就是在距冰床二三里外竖一大旗,令炮一响,表演者以各式滑行奔向冰床,先至者为胜,类似今天的速度滑冰。"走冰"就是冰上杂技和花样滑冰,滑法丰富多彩,有蜻蜓点水、紫燕穿波、金鸡独立、童子拜佛、朝天镫、双飞燕等。也有一些器械表演,如盘杠、举叉、耍刀、缘竿、弄幡等。还有的在竿上、杠上、肩上表演倒立、扯旗等高难动作。"转龙射球"则有浓厚的习武色彩,即在冰床附近设一彩门,上悬天球,下设地球,160名士卒和40名幼童按八旗颜色分成八队,每队首第一人持弓箭,队末为一幼童,双手持一大旗不停舞动,以示龙尾。八队连成一条游龙,蜿蜒滑行,在接近彩门时,持弓箭者各射天地两球,中者为胜。乾隆初年所绘《冰嬉图》,描绘的就是北海五龙亭前"转龙射球"的壮观场面。《金鳌退食笔记》还记载有"抢球":"冰上作掷球之战,每队数十人,各有统领,分伍而立,以皮作球,掷于空中,俟其将坠,群起而争之,以得者为胜。或此队之人将得,则彼队之人中,蹴之令远。喧笑驰逐,以便捷勇敢为能。本朝用以习武。所著之履皆有铁齿,行冰上不滑也。"

冰戏结束后,还有隆重的赏赐仪式。"头等三名,各赏银十两;二等三名,各赏银八两;三等三名,各赏银六两,其余兵丁各赏银四两。"(《清朝文献通考》卷一百七十五)当年冰嬉在皇宫内,也可谓一大盛典。每逢腊月,乾隆便陪同其母登楼观赏。清末的慈禧更是观赏的常客。冰戏在乾隆年间最为盛行,规模也最为庞大和隆重,以后不断,至清末规模才日趋减小。

据有据可查的清末最后一次冰嬉是光绪二十年(1894年),光绪拟仿乾隆奉太后观冰嬉成例,谕派领侍卫内大臣、礼亲王世铎、庆亲王奕勋选拔宗室八旗子弟熟习者应差,由内务府查取乾隆时冰嬉图册,行文宗人府、八旗各衙门选送滑冰熟练者,无论官阶高低一律受训,并指定什刹海为滑冰教场,内务府造办处赶制冰鞋。

腊月初八辰刻(7时),光绪奉慈禧率皇后及嫔妃、宫妇、太监等至漪澜堂碧照楼,传旨按图演示。演示者皆翎顶衣饰。表演者分左右翼,步伐齐整,一丝不乱,天球、地球均射中。慈禧降旨:所有应差人员,每人赏荷一对,内有金银镙两锭,单人花样滑冰者加赏尺头二件。参加大典者所有应差大臣及至太监均穿冰靴,即在靴上绑一皮条,连紧小铁板,板上有小钉三枚。冰嬉毕,皆跪于冰上向皇太后等谢恩。午初(11时)结束。

1924年11月,溥仪被逐。1925年5月,内务总长兼市政督办朱启钤议开放北海。1926年1月31日,举办化装滑冰大会,自愿报名,盛况之极,约2000人观看。花样舞蹈,各种杂技大饱眼福。以后基本一年一届。

据说,故宫里至今藏有乾隆年冰嬉图,而这真迹是寻常人所无法看到的;但是香港导演李翰祥执导的《火烧圆明园》《垂帘听政》里所再现的冰嬉场面,还是很真实的。

燕市钩沉

漫谈八旗的"骑射"

"骑射"是清代尤其是道光以前最受重视和最普遍的一种军事项目,"骑"指骑马,"射"指射箭。不少典籍均有记载,凡看古典小说《红楼梦》的人,大概还记得第七十五回说到贾宝玉等人练习"习射",一向迂腐的贾政也赞道:"这才是正理,文既误了,武也当习,况在武荫之属。"书中说到的"习射"便是"骑射"。所谓"骑射"即在策马疾驰中飞箭中的。这是女真人长年狩猎生涯的特技。努尔哈赤建立后金时,鄂温克、鄂伦春、赫哲人融入后金,受到努尔哈赤的特别喜爱。因他们都善射,尤其赫哲人最擅此技,专设箭队,用小弩射紫貂眼睛,是因紫貂皮珍稀贵重,射眼而保护皮毛完整。因而努尔哈赤提倡善战的满人向赫哲人等学习射箭绝技。八旗士卒保持骑射传统,不但使之具有高超的武艺,又具备矫健强悍的体魄。满人入主中原和夺取全国政权,当得力于此。

满人入关建立清王朝后,更加重视"骑射"。据《清太宗实录》载,入关前清太宗皇太极就根据金世宗完颜雍提倡的"衣服语言,悉遵旧制,时时练习骑射,以备武功"之法,归结为"国语骑射",并拒绝朝臣效法汉人服饰的建议,坚决主张保持"骑射"制度。入关后,清王朝更作出详细规定。规定武举要试"骑射",八旗官兵的考核科目第一重要的也是"骑射"。不仅皇帝本人和满洲八旗官兵要能驰马骑射,蒙古八旗、汉军八旗官兵也要掌握这项技能,而且还扩大到所有八旗成员和子弟,包括国子监和官学学生。并规定自幼练习,所以《红楼梦》第二十六回贾兰说:"这会子不念书,闲着做什么?所以演习演习骑射",是非常真实的描述。包括皇子也要自六岁起练习骑射,《听雨丛谈》记

"每日皇子于卯初入学,未正二刻散学,散学后习步射。在圆明园,五日一习马射,寒暑无间"。除步、骑射外,还要练习竹板弓。清代制度规定:亲王、贝勒以下,年满60岁,才可免去骑射练习和考试。从朝廷的考核标准来看是极为严格的,《旗军志》载:"(朝廷)命兵部尚书于春二月,角射而赏罚之。前期,都统、副都统率其属及部卒,习射于国郊。日一往。数日,兵部尚书监视,而第其上下:一卒步射十矢,马射五矢,步射中的七,马射中的三,为上等,赏以弓一矢十、白金、布帛各七。步射中五、马射中二,为中等。赏白金、布帛各五,无弓矢。步射中三,马射中一,为下等,无所赏。马步射或一不中。或两俱不中,则笞之。一佐领受笞之卒过十人,则佐领有不善教练之罚,至夺俸。一旗满六百人则都统、副都统之罚亦如之。护军、先锋营阅射亦如马军之制。"《续文献通考》卷八十八武举选考也同样要"照例考试马箭"。可见清代对"骑射"的重视。

清代鼎盛时期的几位皇帝都极为重视"骑射"。其中最身体力行者当数乾隆。《乾隆御制诗五集》卷廿五中有他作的《骑诗》,在注中又提到他12岁即陪康熙"临门骑射,每因射中,荷蒙天语褒嘉"。他年年举行围猎骑射,亲自倡导,在他80岁时还亲临木兰打围。据《清朝野史大观》载,他每年夏季接见武官之后,即率百官至宫门外较射。如官员较射三箭不中,立予斥责。乾隆秋岁出塞也要较射,每次三矢三中,从无虚发。乾隆十四年(1749年)十月,他于大西门外连射九矢,竟无虚发而九矢中的,可见其射术之高。他认为:本朝以弧矢得天下,岂可忘本?所以,为了保持满洲武士的尚武传统,不仅他自己身体力行,也制定各种规章落实,并特别强调八旗子弟十岁左右就要学习骑射。

而且清朝选定皇位继承人,其中一个重要条件就是必须擅于骑射。清代有个很有名的与立储有关的掌故。道光皇帝在皇四子奕詝和六子奕訢之间,一直犹豫不决谁继承皇位?他几次测试两个儿子,最后一次是木兰秋狩比试骑射,奕詝自知骑射比不过弟弟,恐慌之卜请教老师杜受田,杜密示其"藏拙示仁"之策。待比试之日,奕訢驰马弯弓奋力射杀了不少走兽，而哥哥却持弓不射，道光询之，答："时方春和，鸟兽孕育，不忍伤生以干天和，且不欲以弓马一日之长与诸弟竞争也。"这番话引得道光大悦赞叹："此真帝者之言！"始密诏立储，奕詝成为后来的咸丰皇帝。其实，咸丰不仅骑射不如后来被封为恭亲王的弟弟，资质也远逊之。这是有关骑射的趣事，不仅野史如《清朝野史大观》收录，清代正史也是有记载的。

自清初以来，历代皇帝（至道光帝）都要巡幸塞外行围，这就是所谓"非以从禽，实以习武"的"讲武之典"，目的在于提倡"骑射"以"肄武绥藩"，这就是历史上有名的木兰行围（木兰是满语"哨鹿"之意）。地点在承德以北，一年一度，自康熙二十年（1681年）至道光元年（1821年），约140余年而从未间断。道光是清代最后一位重视骑射的皇帝，他曾画过习射像，并在画像上题诗云："几闲弧矢每操持，家法勤修志莫移"，看来他将骑射已视为"家法"，并勤于练习。以后"骑射"之习则开始逐渐没落，同治年间曾于北京南苑进行过一次行围"骑射"，参阅的八旗成员竟然预先买好野鸡野兔之类，交差时则"临时插矢献之"。到后来，八旗士兵简直只会提笼架鸟，而不识弓箭为何物了。至清末，八旗遇到校阅则干脆雇人冒名顶替。逢到战事，则只能依靠汉人的绿营军队（后来连绿营也腐败了，只能靠曾国藩等汉人训练的民团）。昔日英勇善战，体魄强健的八旗子弟都变成了肩不能扛、手不能提的纨绔子弟。而"骑射"这一带有浓厚军事色彩的训练科目，也彻底走完了它的历史进程。

当然，在清末的北京依然可以看见"骑射"遗风，然而那已经演变成了民间游戏。如清人李声振《百戏竹枝词》有一首咏《射鼓》诗云："熊虎为俟此滥觞，连环绣革试穿杨。太平脱剑军鼙息，却忆昆仑狄武襄。"诗前小序道："以皮为的，连环数重，如鼓形，在于命中，儒射也。"还有一种射戏名《引腹受骲》，李声振也有诗咏："画腹为正君莫疑，便便引受了无奇。骲头休倚雕弓劲，礼射原来不主皮。"诗前小序云："健儿戏也。人以骲镞箭射，辄引腹受。了无所损，以示其勇。"这则更是一种游戏了。不过，李声振"太平脱剑军謦息"的诗句，倒成了对清代"骑射"制度没落的最好讽刺和生动写照。

今天的北京仍然留有不少与骑射有关的遗迹，今故宫内有顺治四年（1647年）所建"射殿"，位于奉先殿南，康熙常于此率皇子、侍卫射箭。雍正时改"箭亭"。嘉庆时成为武进士弓刀石考试场地。至今尚存乾隆、嘉庆《国语骑射碑》。今已辟为武备展厅，向观众展示包括弓箭在内的清代武备。中南海一侧院中有乾隆皇帝御碑，为乾隆十七年（1752年）三月二十日的一道上谕："朕常躬率八旗臣仆行围校猎，时时以国语骑射操演技勇，谅切训诲"，"昭示后代臣庶，咸知满洲旧制，敬谨遵循，学习骑射，娴熟国语，敦崇淳朴，屏去浮华，毋或稍有怠惰"，"冀亿万世共享无疆之庥焉"。今国家图书馆文津分馆内，也存有乾隆十七年（1752年）立的《乾隆上谕学习骑射国语碑》，可见乾隆用心良苦。安定门内国子监西路北，有个箭厂胡同，原是清代国子监学生练习骑马射箭之地，曾修建供监生习武的"射圃"、箭亭，而今均已拆毁，早已成为住宅。今北五环路上有地名"箭亭桥"，是因当年圆明园护军营每个旗营中皆有箭亭，供习射之用。而今已不见踪迹了。老年间旗人有若干与骑射习俗的谚语，如"弓箭师傅数弓码——一五一十"，现在也没有人会说了。

清代京城租房面面观

长安居，大不易

16岁时的白居易，去长安谒见顾况，顾说："长安米贵，居大不易。"见唐人张固《幽闲鼓吹》、宋人龙衮《全唐诗话》等笔记，但五代《唐摭言》则记为"长安百物贵，居大不易"，大同小异。由此衍生了三个成语"居大不易""长安居，大不易""长安米贵"。后来顾况看了白居易"野火烧不尽"那首诗，马上说："居天下有甚难！老夫前言戏之尔尔。"但白居易后来入仕，有了大名，依然无房可住，曾写《卜居》诗："游宦京都二十春，贫中无处可安贫。长羡蜗牛犹有舍，不如硕鼠解藏身。"

"自来政府臣僚，在京僦（租）官舍私宇居止，比比皆是"（韩琦），"百官都无居住，虽宰执亦是赁屋"（朱熹），由唐至清，在京城的官员们大多是买不起房的，皆租赁而居。

历朝对官员住房不实行供给制。房屋租赁业可溯秦汉，唐宋则形成市场，极为普遍。政府对市场进行宏观调控，北宋更是设置房产租赁管理机构，包括修缮。元代在大都虽然为官员设有"公廨"，但较低级官员都要去租房而居。以后的朝代基本予以参照。本文主要谈清代北京京官、商民租房的状况。

八旗"官房"也出租

清代不同于前朝，进入北京后，内城原住居民和商家全部迁出，每间房发银四两,从顺治五年(1648年)开始限一年迁毕。并将八旗划为八个区域,官佐士兵及家属皆免费居住。王公由朝廷按等级配置府邸,废黜再收回。降等也须迁出,原邸重新分配。

但由此出现一个问题,进京满洲、蒙古、汉军八旗旗人连家属不过20万人(其中满人成丁五万人),房屋有余,于是按满洲、蒙古、汉军八旗划为24片,各将"官房"出租,并各自负责签订租约、修缮等事宜。北京今西城仍有"官房""东官房""南官房""北官房"等地名,即为遗迹。开除旗籍的如曹雪芹,房屋也会被没收划为"官房"。

北京"官房"甚多,租金也不贵。《故宫珍本丛刊》所记现存"内务府则例"及八旗档案可窥租金价格,是按新旧和房间檩数收取。雍正年规定从三檩至七檩每间银五分至二钱不等。但因地理位置增减,繁华地带可高至三四两左右。

除"官房"外,旅店也可长租,租金不贵,但环境较差。东四、西单牌楼一带铺面房则贵,三四间月租八吊至十吊(清中期后一吊折合一千至一千五百文左右),相对于正阳门内的铺面房,在道光年间一两间至上下六间,为一吊至一吊六百文之间。小院两吊四百文。空地也可出租,乾隆年间正阳门外肉市"房基地一块,自盖房开设铺面而生理",租价每月银十两,"永远租与"。出租"官房"方便了商家、外地进京之人,对北京的繁华起到了颇大的作用。

京官租房价不同

但汉人京官不管分配住宅,俸禄也不足以在京购买住宅。清初开始为少数高级官员入值便利,始由皇帝在内城"赐居",如朱彝尊被"赐居"禁垣以内的"黄瓦门之东"(即今黄化门街),他在《曝书亭集》特意大书一笔,因为这是极高的恩典。康、雍时大臣张廷玉也曾被赐宅于内城。当然,这在京城整体官员阶层中是极少数宠臣才能享受的待遇。能买得起大宅邸的如张之洞,必是高官。即如李鸿章等封疆大吏,进京也多借住校尉胡同贤良寺。如翁同龢宅邸，位于今东单二条东口，有数十平方米的假山小花园，由几个横向排列的小四合组成。在京城，这不算"深宅大院"，但即便如此，一般京官也只能望洋兴叹。

清代北京的会馆是公益性的，可为各地赶考举子、京官、进京商人提供住宿。不收房租，仅提供开水，但好处是住期不限。但严格禁止携住女眷、婢女。李伯元《南亭笔记》曾记载，有婢女入住，引起"阖馆大哗"。此规矩一直延续到民国之后，鲁迅住绍兴会馆期间，也曾目睹由此引起的争吵。所以有家眷的京官会去租房，咸丰年李慈铭官做到户部司官，在他的《越缦堂日记》中，详细记录了租房过程、价格等。从同治十年（1871年）起，连续转租了前门打磨厂吉顺旅店（四间三人合租，月租京钱九千文）、菜市口铁门胡同（十五六间，月租三万六千七百文）、保安寺街（三重四合院的后一重，月租金四两，后涨至六两）。由此看出他刚来京时年俸不高，将就合租。后来年俸涨到二百四十两，可以用来租住四合院了。清人何刚德做过六品京官，他写的《春明梦录·客座偶谈》一书中谈到：自己年俸只有六十两，初入仕还要六折发放。以此收入租不起如李慈铭那样的四合院，恐怕也只能如李慈铭初入京时与别人合租，或住免租金的会馆。在马克思《资本论》中唯一被提及的中国人王茂荫，是道光十二年（1832年）进士，官居户部右侍郎兼管钱法堂事物，品秩不低，在京城历经三朝，为官三十年，未携眷属，一直独居宣武门外歙县会馆。由此亦可见一个直言敢谏、居官清廉的高官，在京城也是买不起房的。

级别稍高的京官们租房，一般在宣南，大部分是小四合（三间至五间房）。因为小四合购价不菲，清人张集馨《道咸宦海见闻录》载，咸丰九年（1859年）有人将宣南骡马市果子巷一个小四合抵债，以"七百两"银"作抵"。七百两近小京官十数年俸银。咸丰年间房价贵，租金也上涨。《林则徐日记》载，林则徐当时是翰林院庶吉士，无实职，要参加"考差"，取得名次才可分配职事。但考试地点在圆明园正大光明殿，只能在园外租临时住处，他与朋友二人共租"房九间，租银七两",此九间非九间房,按行规计算,一条檩一间,如三间东、西房不加隔断,即称三间。"九间"实际上是三个筒间,三人合租,平均每人二两多银。当时银七两可折黄金三钱,可见花费不菲。原因不外有二:其一,翰林院庶吉士虽清贫,但属京官清要,要顾及面子。其二,为考试前途,宁可住得舒适一些,但由此可见租金之贵。

京官很少租"官房",虽然租金较宣南一带价廉且稳定,亦可长租,但不如小四合私密、舒适。所以京官还是选择宣南,再者,清中期以前,汉人包括官员不准在内城居住。六部衙门均在今长安街两侧,居在宣南,去衙门点卯也便利。

"拉房纤"的成行当

租房如同买房,中间也有职业掮客,称之为"纤手"。《实用北京指南》有"纤手"条:"买卖房地物件或租赁及借贷银钱等事,均可托之。事成,各出资酬之。通例为成三破二。如价值百元,买者酬百分之三,卖者酬百分之二"。纤手在老北京话中称为"拉房纤"的。《北平指南》则云:"租赁房屋,与买卖不同,俗有两份三份之说,两份者,即所租之房,初迁入时,一起交租金两份,又名一茶一房,意即一份为租房,一份为茶钱。作为打扫费之意。如欲迁移时,可停付房租一月,谓之住茶钱。其中费由租房人酌给纤手,数约房租之半。其三份者,除一茶一房外,余归中费,惟纤手撮合买卖、租赁各事,于双方成立契约时,须免中人之责、签名画押。"两书虽出版于20世纪二三十年代,但与清代的行规基本沿袭。《北京商业契书集》收光绪三十一年(1905年)"租折",记东安门外一所房月租银50两,但付"扫钱、房钱、茶钱,共是一百五十两",除房租外,酬劳并不低。

租房者当然也可自己去寻租,但易发生变故,尤其人生地不熟,前谈及李慈铭,通过车夫寻租被骗,损失十六万八千文京钱。

清代一般经中人介绍,确定租赁关系,会有"契约",包括"铺保""房折""装修账簿"等，具有法律效力。所以，租房者大多还是会选择"跑纤"，即"纤手"操办，既省心又省事。

总而言之，除了旗人，清代200多年，北京租房者基本是京官、商号、外地进京者。政府除对八旗"官房"设管理机构，对民间租房并不加以干涉。民间也并无买房租房的商号，均由"纤手"们运作。发生纠纷或诈骗，则由主管衙门受理裁判。

房屋买卖·契约·纤手

近来电视剧《安家》热播，引起观众兴趣。其实买卖房屋及中介之类，古即有之，只不过名称不同而已。唯一有区别的是：以前买房是包括地皮。早在西周已出现地产交易了，如岐山等地出土的卫盉等，皆有铭文记载。宋、元、明、清也都有政府备案房契的管理制度。

清初住房国有化

为避冗长，本文只谈清代至民国内城房屋买卖。清代入关后实行住房公有制，将内城汉民房屋强行收购后迁往外城，明代勋戚府邸一律没收，并圈占西北郊区田宅。清代王公按等级入住高档府第，八旗官佐兵民按等级无偿分配住房，五品至一品，标准是七、十、十二、十五、二十间，八品至六品为三至四间，九品、无品级者一律两间。产权归朝廷，不准买卖、出租，也严禁购置汉人住宅。对外城汉人私宅，则允许汉人之间买卖、出租，管理机构征收契税。

八旗及家属按规定方位入住，即镶黄、正黄、正白、镶白、正红、镶红、正蓝、镶蓝满、蒙、汉八旗军民，分安定、德胜、东直、朝阳、西直、阜成、崇文、宣武八座城门内的二十四个驻防区，由左右翼八旗统领衙门按住房标准分配入驻。如作家老舍的老宅，即在西直门内正红旗驻防区。升职调房也不能迁出旗籍所在区域。去外地任职的旗人保留内城住房，以保证退休回籍有房可住。

但由此出现一个问题，即原内城收购的汉人房屋，有正规各种大小四合院，也有三合房、排房等，入住标准并非严格整齐划一。后来八旗人口增多，在康熙年间又于城外按八旗方位建造房屋一万六千间，每旗二千间。由工部、内务府出资，北京有名的兴、隆、广、丰四大厂家承建，房屋样式开始整齐有序。如外火器营营房，皆坐北朝阳，前后有院，盖瓦青砖，屋内铺地砖，院墙砌西山出产虎皮石。其他西北郊的外三营圆明园护军营、健锐营、火器营，其住房也各具特色，在当地成为兼具兵营和家属居住功能的住宅区。

这些福利分房称"官房"，由内务府、八旗统领衙门统一管理。王公府第由宗人府管理，除世袭铁帽子王可永久居住，其他辅国公以上贝子、贝勒、郡王、亲王，死后后代要降等爵位，迁出另行分配府第。各等府第从建筑材料、雕刻饰物、粉饰颜色、房殿规制，细到大门上的门钉，皆有详细规制。这类府第遍布内城，还有公主府、外戚府等，《啸亭杂录》《清稗类钞》等有对王公府第位置的详细记载，此不赘述。不过，府第也不是老增加，如果被夺去封爵，府第就要由宗人府收回，另行分配了。

旗人的住房不是"铁杆庄稼"，若被开除或失去旗籍，公房要被收回。江宁织造曹𫖯被抄家后革职，在蒜市口还留了十七间半公房，供一家老小居住。而曹雪芹失去正白旗的旗籍，就再也不能享受公房待遇，只能流落西山而居无定所。

住房逐渐私有化

但一个更严峻的问题是：由于旗人丁口膨胀繁衍，住房愈加紧张，顺治初年没收和收购的公私房屋不到二十万间，早已不敷分配。于是，从康熙中期开始，颁布规定八旗中的汉军旗人可在外城居住，包括满洲、蒙古官员退休亦可照此办理。这实际等于被迫承认旗人可以去购买城外汉民房屋。这个口子一开，贫苦旗人迫于生计，开始出租、典当直至卖房，而且大多不经内务府等机构认可办理税契，买卖双方私下交易。很多违法案件无法处理。到乾隆年间，开始将空置的公房（内务府有空房出租）优惠卖给如分家等原因无房者，只许购置一所，且允许分期付款，购房款首付一半，八年还清。嘉庆登基后将买房制度固定，但首付一半后，可根据房款多少分四年至七年付清。

  道光年间，财政状况已无力兜底旗人的庞大支出，朝廷再次被迫"准许旗人自谋生计"，放弃公房国有产权，放弃旗人必须居住城内、汉人必须居住城外的制度，认可旗人与汉民交易房屋产权，但必须交纳契税。

  辛亥革命后，一般旗人因生计已失去房屋，大多租房而居。宗室王公也因小朝廷无力支付年俸，民国政府的《清室优待条件》对王公的生活保证更不见落实，经隆裕太后同意，王公府第可以自行出租、出售，如此清朝最后的国有资产也彻底丢掉了。几乎所有坐吃山空的王公们，纷纷将府第出租和卖掉，如顺承郡王府，民国初年将房契抵押法国人开的东方汇理银行，以息借贷款。后被张作霖强占为大元帅府，末代郡王文葵只好托人请张作霖出价75000银元，算是卖掉了王府。20世纪50年代初，政府从张学良亲属手中购回，成为全国政协办公地。

房屋买卖有契约

  房屋买卖自古就有房契证明，称"官契"，即最初官府发放的固定格式契纸，填写房主姓名、地址、面积、间数等。再买卖时签"草契"，等于买卖合同。无论几易房主，契纸皆随之为房产凭证。草契一般只有一份，也大多只书卖主、中人或经手人姓名，而无买主姓名（民国以后开始书写买主姓名）。从唐宋至清代，房契格式没有太大变化。须书写卖方姓名，房屋地址、户型、面积、间数、新旧等项，中人姓名，买方姓名（但常常不写，至多只写姓），卖出价格。最后是卖房人、中人、经手人签字，日期。买房人大多不签字。从宋朝始，官方机构予以备案，未经备案称草契（俗称"白契"），经备案者称官契（俗称"红契")。正规步骤是：官方提供正式合同文本签订，验证草契，再交契税，贴"契尾"（官方认可标识），最后钤官印。"官契"交由买方保存。但实际上真正办理官契者不多，因为契税甚高，程序烦琐，加上衙门办事要打点，求人送礼，故不少买房者皆省去备案程序。但缺点是未经备案，"白契"一旦遗失，又无买方姓名，会给产权持有者带来极大麻烦。

纤手应运而生

无论买卖房备案与否，"拉房纤儿"这一行当应运而生，专吃买房、卖房者，多为游手好闲无正当职业之人，常晨起聚于茶馆，探听信息。"故人皆呼之为'跑纤'"（《实用北京指南》，商务印书馆1920年版），也被称为"纤手"。

纤手们口齿伶俐，精熟行情，能说会道，也不乏云山雾罩，虚实莫辩。这个行当中人竞争也很激烈，互相利用、拆台、钩心斗角是常事，《安家》中的一些事例，是不乏前朝纤手影子的，如"撬单"之类。但拉成一单买卖，很少有一人或二三人得佣金，一般至少三五人至七八人。若像《安家》那种大洋房买卖，在清末民初类同于王府门第，中间人常常高达数十人甚至百人，连王府管家、仆人也要利益均沾。

所以纤手揽活并不易，行里有句口号："十个纤儿九个空，拉上一号就不轻"，即指一旦"拉上"，佣金还是可观的。

"佣金"是行话，即辛苦费。规矩从清代沿至20世纪50年代前，都是买房者出房价3%，卖房者出2%，俗称"成三破二"。无论中介多少人参与，按劳分钱。纤手在契上则署名中保人。

买卖房成交一般在饭馆签约付款。卖房者写"卖字儿"（卖房说明），同时将房契、房屋蓝图交买房者。买房者写"倒字儿"（买房说明），明确交房手续、保证如期付清余款之类。文字一般单有人代笔。纤手则以中保人身份在双方的"字儿"上画押、盖私章。买卖房双方即刻交付房价5%佣金。最后一道程序是酒席，大多固定是"猪八样"或

"花九样"。不过若按20世纪30年代出版的《北平指南》说，虽然"此项人素无正业"，但好处是"较买房人自己办理，尤妥"。

买房付款在清代准许旗人购买公房后，可以分期付款，但这只是朝廷对旗人的优惠。民国以后的北京，一般需一次性付清。因为那时房价虽然并不高，但一次性付款确限制了房地产交易量。只有上海在20世纪30年代开始出现抵押付清余款，即将房契抵押于钱庄，由钱庄代付余款。

名人买卖房有记录

普通人买卖房，只有房契，不见过程。而名人买房，或有日记，或有他人回忆文字，则使今人可见全部交易过程，是房地产业珍贵的史料。

如鲁迅先生，似乎并未经过纤手。据《鲁迅日记》载，他花了约半年时间，从1919年2月起，请齐寿山、林鲁生、徐吉轩、张协和各处看房源，计有报子街、铁匠胡同、广宁伯街、辟才胡同、蒋宅口、护国寺等约十处，最后看中八道湾。8月19日于"广和居收契，并先付见泉（钱）一千七百五十元，又中保泉一百七十五元"。虽然鲁迅未找纤手，但无中保人不合法，所以请朋友做中保，也要付佣金（前面提到的顺承郡王卖房，更无纤手，中保人是京师警察厅督察长李达三、摄政王载沣管家张彬舫和贝勒载涛）。

之后的10月、11月，房屋到手，两次付清全款。鲁迅在日记中还数次记载走法律程序，到市政、税务部门"验新契"，"取得买房凭单并图，合粘一枚"，"纳屋税"，"取官契纸"。手续完成后，产权才真正归属个人。八道湾房价3500银元，宫门口西三条800银元（付税45银元）。房价以当时论尚算公道。

作家刘绍棠在世时，我常去他光明胡同家中。这是一进院子，九间房，但不是标准四合院，是他20世纪50年代以稿费人民币2400元买下的。今天这所院子以其地段价值可观，但刘先生在逝世前捐给公家了。如同鲁迅购置的宫门口私宅，20世纪50年代后由夫人许广平捐给国家，即今鲁迅博物馆所在地。

一般来说买卖房屋，双方尤其中保人都皆大欢喜，但也确有悲剧发生。当年徐志摩虽是名教授，但因夫人陆小曼花钱大手大脚，常感入不敷出。蒋百里先生（钱学森岳父）欲卖上海洋房，价十万元，好意请徐志摩来上海，在律师公证时，当个介绍人签字，干拿5000大洋。事毕，徐志摩急于回京，搭乘邮政小飞机，不料失事，令所有朋友扼腕叹息！

买卖房也有段时期以物折价。如"七七"时期的宛平县长王冷斋，抗战胜利曾出席东京国际法庭作证。他在南长街的新式大四合院，临街六间西房，外院两间，里分东西院，各有三东房、三西房加北房。1949年年底被公家收购作宿舍，价折1650匹"绿阳光"牌布。当时物价不稳，遂以布计值。据熟悉老北京房市掌故的邓云乡先生说，这些布以银元折达万元以上。

在老北京，除朋友间当中人外，"拉房纤儿"这个行当较为灰色，所以我查《北京经济史资料》，上列各行业商会、公会名录，唯独无"拉房纤儿"这一行。至20世纪50年代初，这个老北京的行当彻底消失。

明清养马制度与胡同

北京有不少与明清养马制度有关的胡同街庙，如马相胡同、观马胡同、马圈（怀柔汤口镇也有个"马圈"地名）、小马厂、马甸、兵马司胡同、骡马市大街、亮马河南路、前马厂胡同、后马厂胡同、马神庙街、东马尾帽胡同、南马道、马家堡、南养马营胡同、北养马营胡同、草厂……近郊也有马坊、望马台等地名。

在封建时代，马是重要的军用物资，对马的使用、饲养有严格的规定，若干朝代甚至禁止民间私自养马。因此，北京与"马"有关的地名，多与明清两代官府养马机构、制度有关。

如西直门大街内有条马相胡同，历史颇为悠久，在明代称之为"御马监官房胡同"。御马监是明代宫廷机构十二监之一，始于洪武年间，由太监掌管，执事太监官职均为正四品、从四品或正五品，主要负责管理皇帝用马，"掌腾骧四卫营马匹"（《中国历代职官词典》）。清代顺治时设十三衙门，仍称御马监，康熙时裁撤，该机构由内务府上驷院取代。后谐音称为"马香胡同"，民国以后改称"马相胡同"。一条小小的胡同，牵扯明、清两代管理宫廷用马机构的沿革，令人叹止。

广渠门内的观马胡同也与清代养马机构、制度有关。清代内务府专设管理"御用"马匹的机构——上驷院（原名御马监，这是沿用明代的称谓）。顺治年曾改为"阿敦衙门"（"阿敦"为满语，意为"马群"），康熙年间改为"上驷院"，主管为皇家和八旗骑兵驯练马匹。据史载，明代御马圈在景山东街。清代上驷院在紫禁城内外及南苑共有17个马厩，分"御马厩""副马厩""内五厩"等，饲养700多匹马。在口外及盛京等还设四个牧厂，养马260多群（每群四五百匹）。除朝廷专用养马场，驻京八旗也各有养马场所。满洲八旗均以骑兵为主要作战力量，分京营和驻防。驻守北京京营八旗约十万人，按旗划分驻地：正黄旗驻德胜门内，镶黄旗驻安定门内，正白旗驻东直门内，镶白旗驻朝阳门内，正蓝旗驻崇文门内，镶蓝旗驻宣武门内，镶红旗驻阜成门内，正红旗驻西直门内；各旗在驻地均有养马场，所养战马俗称"官马"，养马之地称之为"官马圈"（音"券"，加儿音）。除八旗兵营口有马圈，八旗衙门也有马圈，如管理八旗事务的"值年旗衙门"，位于雨儿胡同路北中部（即今25~33号院），其中30号院即为值年旗衙门马圈。皇家上驷院养马场所称之为"马厩"，查《清乾隆北京城图》：此地曾一度为"兵部马圈"，乾隆十三年（1748年）始称之为"官马圈"，成为正蓝旗兵驯养官马之地。附近街巷被称为"官马圈胡同"。200年间没有改变，直到1965年才被改叫"观马胡同"延续至今，位于广渠门内幸福大街延庆街内，是一条很短的死胡同。而广渠门外也有个地名称之为"马圈"，推想大约也与清代京营正蓝旗养马地有关。而今面目已非，成为居民楼小区，只剩下公共汽车站名及以"马圈"命名的一家邮政所。

东城方家胡同，原为清代神机营所属内火器营马队厂，胡同内北还有一条小胡同，称马园胡同，不知是否当年内火器营口马队厂的遗迹？

位于宣武区西北的小马厂，原称马厂，今分小马厂路一、二、三、四巷及小马厂西里、南里，也是清代八旗兵放马驯马之地，后来成为八旗子弟赛马场，民国后成为北京有名的跑马场。20世纪50年代开始兴建民宅。

德胜门外的马甸也与京营正黄旗驯马骑射有关。此地在明代称马店，是马羊交易集散地。后"店"衍称为"甸"（加儿音）。马甸南村在清代是正黄旗骑射校场，并设有官厅，管考武举。往东不远是六铺炕，明代为五军神枢营校场，该营配备精锐火炮，常在此试炮。清初于此屯兵，八旗兵丁也常在此操练骑射。

西直门内有南草厂和北草厂街，据说在元代就是马料场，元代常在城墙上存放马草饲料。故北京有不少草厂的地名，均与养马存放马料有关。

朝阳区西有亮马河南路，明代曾为放马场。今朝阳农场一带，明永乐年间曾设御马苑。朝阳区北的马泉营，传为元代战马饲养场。又传明代朱棣于此设营屯兵厉马。

北京的兵马司胡同有三处，《京师胡同街巷考》载："在外城者有南兵马司，位于宣武门外菜市口。在北城者，有北兵马司，位于安定门内交道口。在西城，有兵马司胡同，位于丰盛胡同与大院胡同之间，皆因明、清置兵马司官署得名。"只有"南兵马司"改称"前兵马司"。这个地名也很悠久，在明代称为"南城兵马司"。兵马司设置最早见于元代，《明史·职官志》载兵马司为"指挥巡捕盗贼，疏理街道、沟渠及囚犯、火禁之事，凡京城内外，各划境而分领之"。清承明制，《光绪会典》载顺治元年（1644年）设兵马司指挥、副指挥等职，"专司京师访缉逃盗、稽查奸宄等事"，分中、东、西、南、北五城，并各设衙署，由五城御史管辖。兵马司出巡或捕盗，还配有马匹，以求快速。

骡马市大街形成甚早，可溯源至金代，明代嘉靖年间成为南城骡马交易市场，一直延续到清代，称之为"骡马市"，官府还设立骡马税局。1965年改称"骡马市大街"。值得一提的是骡马市在清光绪二十七年（1901年）设立了北京内外城最早的两个邮政支局之一——骡马市支局，在2013年11月已迁址更名为菜市口大街邮政所。

我自少年时代起，一直居前马厂胡同，位于旧鼓楼大街西。原称"养马场胡同"，为明代官马饲养场，后逐渐谐音为"养马厂胡同""马厂胡同"。至清初后，才逐渐废止。由此开始出现多条街巷，马厂胡同也辗转变成南、北两条胡同，南称为"前马厂"，北称为"后马厂"。大约在20世纪80年代，前马厂最西端一段还称之为"果子罐胡同"，随着拆迁这条胡同不复存在。据说马厂胡同一分为二始于雍正年间，之前应为正黄旗马圈。清中期，此地成为内务府官员"钟杨家"的大宅院，钟杨家是内务府汉军镶黄旗人，汉姓杨。至钟祥（字云亭）考上进士，累官至山东按察使、浙江布政使、山东巡抚、闽浙总督、库伦办事大臣、河道总督等职。史料载钟杨家"庐舍连云，几遍前后两街，四乡田地尤广，存终年取不尽之租"。"前后两街"即指占地前马厂、后马厂两条胡同，钟杨家宅邸格局今犹存，我家所住宅舍据说乃当年钟杨家管家等住所，但今已面目全非，已成北京人所谓"大杂院儿"了。

如果出前马厂西口往西不远就是德胜门，再往左转不远就是连通积水潭与后海的德胜桥，明代所建，清代有刷洗御马之制，就在德胜桥头，时间是每逢农历六月初六。原来洗象也在此处，后象房迁至宣武门，洗象亦改在宣武门西护城河。洗马则仍从旧制，洗马有仪式，鼓号齐鸣，乐队引导仪仗，养马人牵马列队入水，两岸观者如堵，是清代一景。

有些地名虽无马字，但却与明清养马制度更为密切相关。如西城太仆寺街，太仆寺是明清皇家管理"马政"的机构，负责皇帝、嫔妃、太子、亲王、公主出行及皇家礼仪御马的饲养和放牧。

北京过去有很多马神庙的地名。明清两代均重视对马的祭祀，除国家设庙祭祀（明代设于今朝阳东坝，见《日下旧闻考》），皇家养马机构也设马神庙，如明代在景山东街御马监修建马神庙，清代康、乾年间两次重建。清代皇家本身也在紫禁城西北角城隍庙东建皇家马神庙，并规定春秋两季派大臣祭祀马神。据《顺天府志》等记载，明清两代北京马神庙众多，在清末民初基本消失。今天只留有海淀区阜成路的公共汽车站的站名——马神庙站。

有趣的是，清代养马制度还留下若干老北京歇后语，如"蒙古大夫——恶治"。清代八旗专设蒙古大夫，职司为马治病，每旗十人，又设"蒙古医师长"一人、"副长"二人。蒙古大夫并非绝对是蒙古族人，上三旗士兵会接骨者均可入院。如同光年间有名的医师长德寿田，即是满族。蒙古大夫皆隶属上驷院绰班处管理。宫中执事人若受外伤也均由蒙古大夫诊治。蒙古大夫最擅长接骨，"蒙古大夫——恶治"似由接骨而来，有调侃味道，其实应无恶意。上驷院还有一句歇后语："上驷院抹白矾——满漾"，抹白矾者，今人恐怕已不知其意了。

漕运与漕运总督

漕运的历史甚为悠久，秦汉时就已开始实行。何谓"漕"？胡三省注《史记》"漕挽"云："水运曰：漕，陆运曰：挽。"唐代已有专门管理机构——转运使，宋代设发运使。元明清之际，由沿海省份征收米石，沿水路运河直达北京通州，故称"漕粮"。因其重要，故自元代设都漕司二使。明代起设漕运总督官职，专司职掌漕运。清朝入主中原，亦靠漕运。沿明制设漕运总督，并专设"总漕部院衙门"机构。该官品秩为正二品，如兼兵部侍郎（类今国防部副部长）或都察院右副都御史（类今监察部副部长）衔，则为从一品。乾隆十年（1745年）后，都察院不设专员，御史规定由巡抚、河道总督、漕运总督兼衔。

漕运总督权威重，有负责保障漕运的亲辖军队。仿地方总督、巡抚之亲辖部队"督标""抚标"，而称之为"漕标"。《光绪会典》载：漕运总督所亲辖"漕标"共分本标、左、中、右、城守、水师七营，兵额3400余人。辖制武职官佐，最高者为从二品的副将。并节制鲁、豫、苏、徽、赣、浙、鄂、湘八省漕粮卫、所（因上述八省漕粮归漕运总督管辖，其余省份粮务归地方总督、巡抚）。

漕运总督设衙门，非今人所想象称"总督衙门"，而称"总漕部院衙门"，衙址设于江苏淮安。不受当地巡抚、总督管辖，不受部院节制，直接向皇帝负责，可专折和密折奏事。总督按清代官场规矩，尊称"漕台"。因其领兵，故又尊称为"漕帅"。又因兼兵部侍郎及都察院右副都御史衔，故出行仪仗、官衔灯笼署"总漕部院"。沿海收粮起运、漕船北进、视察调度、弹压运送等，均需总督率官佐"漕标"亲稽。每年漕船北上过津后，循例要入京觐见，向皇帝汇报漕粮运输完成诸事。

清代皇帝非常重视漕务，如康熙皇帝，亲政时将"漕运"列为与"三藩""河务"必须要解决的三件大事。今人说到道光皇帝，多以鸦片战争相联系。其实道光不仅节俭自律，更是非常亲政，"旰食宵衣，三十年如一日，不敢自暇自逸"。除了惩贪、吏治、清厘盐政等，他在"漕运"整顿上花费了很大精力。他登基后首先急迫要抓的三件大事：调整中枢、治理河漕、平叛新疆，漕运亦列其二，可见重视。所以对漕运的官员甄选、查核，包括具体事务，并不松懈。他的政绩不仅治河通漕，还开通海运输漕，在清代不失为创举。

咸丰年间因战事频仍，咸丰皇帝特令漕运总督节制江北镇、道。咸丰十年（1860年）裁撤江南河道总督，其河工调遣、督护及守汛、防险事务，均由漕运总督所属漕标部队兼管，这是漕运总督权威最重之际。漕运总督出过不少名宦，清浊各分。

漕运管理机构对运河漕运生命线的畅通起到了非常重要的作用。所以封建时代对漕运总督人选也颇慎重，皆选能干官员担任。因而漕运总督也出了不少史册留名的人物。以清代为例，名官迭出，甚至衍生野史小说，而为老百姓所津津乐道。如清康熙年间有名的漕运总督施世纶，他的父亲是收复台湾的名将施琅。施世纶受康熙重用，被康熙赞誉为"天下第一清官"。在总督任上十分称职，《清史稿·施世纶传》载其："察运漕积弊，革羡金，劾贪弁，除蠹役，以严明为治。岁督漕船，应限全完，无稍愆误。"清代有名的四大公案小说《包公案》《彭公案》《刘公案》《施公案》，其中《施公案》即写施世纶，流行一时。《刘公案》则为"刘罗锅"刘墉，他的父亲刘统勋在乾隆年间也署理过漕运总督。刘统勋有才干，多次受命勘疏运河，最后升至军机大臣。刘也是清官，死在上朝路上。乾隆"临其丧，见其俭素，为之恸"，回到宫里见群臣再次流泪："朕失一股肱。"谥"文正"（清朝仅有八人死后谥"文正"），与儿子同朝为官。当然，《施公案》《刘公案》是小说，当不得正史看。

最有名的漕运总督是阮元，清代乾隆、嘉庆年间的名臣，被誉为

"三朝阁老、九省疆臣、一代文宗",而且于经史、数学、天算、舆地、金石、校勘、编纂等领域皆有建树,乾隆对阮元十分赞赏,曾慨叹:"不意朕八旬外复得一人。"(《清史稿·阮元传》)他的学问被"海内学者奉为山斗",而且在为官任上一向性格果敢、强硬。近来看到一则消息,他在两广总督任上的官服在英国伦敦现身拍卖,令人好奇。

道光年间权倾朝野的权臣穆彰阿,因"漕船滞运",曾两次出任漕运总督。他还倡议"试行海运"运送漕粮,是有利漕运的举措。但他是禁烟运动中禁烟派林则徐的对立面,受到道光皇帝的宠信,林则徐禁烟被掣肘,直至最终被迫害流放,穆彰阿起了不可小觑的作用。电影《林则徐》中有他的形象,虽然有些漫画化了。道光死后,早就痛恶他的咸丰登基,历数其罪,下诏"革职永不叙用",重新起用林则徐,"天下称快"。

漕运总督中在野史里传播最广的是吴棠。传说他有恩于慈禧,才一直"官符如火"超擢重用。恽毓鼎《崇陵传信录》最早记叙:吴棠早年任淮安清河知县,那拉氏扶亡父灵柩沿运河归京时暂停,恰巧吴棠一位故人丧舟亦泊于此。吴棠遣仆人送赙仪,却送至那拉氏舟上。吴棠怒,欲追回,被幕客劝解:"舟中为'满洲闺秀',入京选秀女,安知非贵人,姑结好焉,于公或有利。"吴转怒为喜,"且登舟行吊"。她大为感激涕零,发誓"他日若得志,无忘此令也"。慈禧垂帘主政,吴棠屡升迁,"实无他才能,言官屡劾之,皆不听"。该书刊行时已是民国的1914年了。此后一些著名的野史演义如《清朝野史大观》《清史演义》《清宫十三朝》直至高阳的《慈禧前传》,皆有生动的演绎。实际慈禧在其父亡故前就已入宫,并无扶柩北上之事。若按正史记载,吴棠"家奇贫,不能具膏火,读书恒在雪光月明之下",只是举人出身,未考中进士,而晋身朝廷一品大员之列,在清代官场确为奇迹。他年轻时即入漕运总督杨殿邦处为幕吏,对漕运是很熟悉的。他任总督时,基本在与捻军作战,后来朝廷调他升两广总督,他坚辞不就。朝廷嘉奖他"不避难就易"。战事初平,马上筹复运河漕运。《清史稿》本传并未载他与慈禧运河上相见之事，看来野史是不可轻信的。

直到光绪三十年（1904年）河运全停，"总漕部院衙门"和漕运总督才被裁撤。

最后一任漕运总督是陈夔龙，辛亥革命后到上海做了寓公。他任漕运总督时，光绪二十七年（1901年）因京津铁路开通，北运河已停漕，管辖漕运事务已大为缩减。陈夔龙在官场上善阿谀，时人谓之"巧宦"。但却好风雅，写过一部《梦蕉亭杂记》，也好写诗，但多矫饰。如他由江苏巡抚升四川总督，路过寒山寺，作《感怀》："一别姑苏感旧游，五年客梦上心头。逢人怕问寒山寺，零落江枫瑟瑟秋。"我去寒山寺时看到过他的诗碑，真是觉得言不由衷，已是封疆大吏了，又不是怀才不遇没有功名的读书人，哪里来的"客梦"呢？当然他有的诗却也有的放矢。他和袁世凯是把兄弟，袁世凯的叔祖袁甲三因剿捻有功，升任漕运总督，还赏戴花翎、黄马褂。袁世凯被罢官后隐居河南项城，为迷惑朝廷，故作闲散，写诗垂钓。但有的诗往往暴露出其野心，如《春雪》有句"袁安踪迹流风渺，裴度心朝忍事灰"，竟自比唐代中兴名将裴度，欲仿袁安高卧，等待时机。时任北洋大臣的陈夔龙奉和"谢傅中年有哀乐，泉明荒径盍归来"，居然将袁比为东山再起的谢安，肯定要重回仕途。看来陈的"巧宦"眼光还是很准的。陈夔龙死于20世纪40年代，不能入传《清史稿》。掌故专家徐一士《一士类稿》为其立传，颇可一阅。

陈当寓公后，不大参与复辟活动，以颐养天年为乐事，还开诗社。不过我看过一则史料：陈的小女儿是中共地下党员，陈的公寓竟成为中共中央绝密文件的档案存放地，连陈的姨太太也参与这一绝密工作，但陈本人并不知悉。1950年，大批绝密文件完整交给了党中央。这是很有传奇色彩的。

漕运总督节制八省漕粮，于每省设负责漕运的督粮道（又称"粮储道"），正四品。督粮道职责是监稽收粮、督押粮船，直驰山东临清，待山东粮道盘验结束回任。山东粮道须待最后一次粮船抵通州才告回任。

最后一次粮船按规定由漕运总督亲押至通州，并向皇帝述职后才可回任淮安衙门。

为监督漕运，明代还专设巡漕御史，负监察之责，权力极大，不受漕运总督节制，直接向皇帝负责，有权弹劾总督。清代亦仿明制，设巡漕御史四人，分赴稽察，襄办漕务。品秩不高，但职权令人忌惮，可风闻专折密奏。相比较费力不讨好的河道总督，漕运总督在明、清两代可属肥差。我曾读野史，载某人受邀赴某漕运总督家宴，山珍海味，不一而足。其中有道菜不过是一盘猪肉，甚为鲜美，某人离席去解手，发现后院有数十头死猪，经问才知，每头猪只割一片肉，乃做成此肴，由此可见漕运总督家宴的气派与奢靡。该总督家肴，据说猪肉馔肴花样达50余种！（《金瓶风月话》）又因漕运总督与绅粮大户、漕帮（青帮）密切，故内幕甚多。当然，贪腐者还是少数。大多漕运总督还是肯忠于职守，漕运是中枢首善之区的生命线，玩忽职守处分是极重的。

漕运总督在清代为一、二品大员。帽饰红宝石（二品为珊瑚），蟒袍为九蟒五爪（二品同），仙鹤补服（二品为锦鸡）。收入并不高，岁俸银仅180两（二品155两）。年养廉银为15000两至30000两左右（二品20000两以下）。

清代漕运积弊甚深，朝廷一直想整顿。如道光年间，曾派权倾朝野的穆彰阿两任漕运总督，以整顿滞运等弊。道光年间名臣陶澍也曾大力整顿漕务，并奏准以苏州等地漕米，改由海运，以杜绝弊端。虽然海运一旦实行可节约时间人力资金，但终未完全代替河漕。

漕运还给封建王朝带来重要的税收。明永乐年间开始设关卡征收船税。据清道光二十年（1840年）史料，户部全国定额所收税银为400万两，其中约三分之一收自商船。据载，明清北上输送漕粮每年约400万石（1石约27市斤）。除漕粮，棉花、布匹等也是运河船运的主要资物。另外，皇家所需各种用品也经运河至京城。仅清代江宁等三处织造由运河至京丝织品就达数十万匹之多！但按《大清会典》所载规定，"上用者陆运，宫用者水运"即是皇帝所用丝织品规定单独"陆

运"。(《清宫述闻》"内务府"条)

另外,漕粮装运、征收、行船次序、期限管理及至运送时间、航行里数都有繁杂的制度,各省有船帮,胥吏勾结,正粮之外"耗米""耗费"横征暴敛,苦的是承担交纳漕粮、漕运的船工("漕户")和老百姓!清代道光元年(1821年)就曾发生过一起所谓"把持漕务"的大冤案。清代学者包世臣曾写《书三案始末》,概括来说,是浙江归安人陆名扬看到漕粮弊端,而纠劾借漕粮征收敛财的地方官员。清代漕粮征收可以用银两替代。但因贮运过程有损耗,为弥补则制订多种附加费,其额度皆由官府决定,故州、府、县官吏趁机暴敛。陆名扬抓住归安知县徐起渭为浮收而伪造"八折收漕"朱牌,逼迫其定约"每斛一石,作漕九斗五升,绝'捉猪'、'飞觚'诸弊"。各地闻之纷起效仿,百姓负担大为减轻,但"府县恨名扬甚",因为断了敛财的来源。故官吏们捏造陆名扬"纠约抗粮""把持漕务",这在清代是很重的罪名。差役逮捕陆名扬时,遭到百姓们的抵抗,差役落水而死。官府借机深文周纳"逞凶拒捕""殴杀官差",问成死罪,被"即行正法,枭取首级"。当然,亲手下令处死陆的浙江巡抚帅承瀛,"后乃知由于官吏之酿变,深悔之"。帅是有名的清官,《清史稿》称其"治浙数年,以廉勤著",曾平反过著名的徐文诰冤案(《书三案始末》)。由此可见清代漕运陋规的黑暗,官吏的凶横贪敛,而不惜"酿变"草菅人命。陆名扬案的情节极复杂,牵扯面极广,我只不过撮其要而述之,若铺陈开来,是写影视剧的好题材。

据史料载,漕运最昌盛时期,仅从天津至通州北运河上,一年要通过漕船两万余艘,护漕官弁达12万人次,还有商船一万余艘。波光云影,舟舻相连,帆樯骈集,是何等蔚为壮观的画面!

京通十三仓的沧桑和变迁

京通十三仓，从元初至清末存在了约七百多年，源源不断的漕船，将南方的粮米运到这里，储存于十三仓中。元、明、清三朝，均有专职官员和部门管理仓储事物。

仓场管理机构和仓场侍郎

清代漕运和储存，分别由总漕部院和户部仓场两个衙门管理，各有规定职权范围。总漕部院最高长官为"漕运总督"，仓场衙门最高长官为"总督仓场侍郎"。简而言之，漕运负责收粮起运、运输安全等。而漕粮到达通州后，其仓储事务就由户部接管。户部是中央政府六部之一，执掌管理全国疆土、田亩、户口、财谷、政令等。按地区分工设清吏司，海河运粮事务的"漕政"，即由云南清吏司兼管，下设南漕、北漕二科。但只限政令，具体事务仍由漕运总督和仓场侍郎管辖。总漕部院衙门设于江苏淮安，而明代的总督仓场公署，《钦定日下旧闻考》说设于北京东城裱褙胡同（见卷六十三"官署"条），即今北京日报集团一带。清代改称"户部仓场衙门"，为便于管理改设通州。

积储"漕粮"及京通北运河运粮事务，由户部仓场衙门掌管。所谓"漕粮"，是清代规定田赋除人税与土地税（"地丁"）外，于鲁、豫、苏、徽、浙、鄂、湘、奉天八省征收米豆，漕运北京，即称"漕粮"。《史记》上有"河渭漕挽天下"之句，胡三省注云："水运曰：漕，陆运曰：挽。""漕运"这个词汇在汉代就有了。而漕运仓储管理机构，在元代即已设立，有京畿都漕运使的官职，还设"管河公判"，遗址在通州城东北运河之西。明代设总督仓场公署，统管漕运仓储，衙门在北京东城裱褙胡同。还设工部分署，分管堤岸、闸坝等修葺工程。清代仓场衙门是在明代工部分署基础上改建的，位于今通州西北，据说遗址尚存。雍正皇帝曾为仓场大堂御书"慎储九谷"匾额，当然早已湮没无存。不过在康熙六十一年（1722年），还未继承皇位的雍亲王，奉旨勘查通仓、京仓，应是对仓储的重要铭记于心，故当了皇帝念念不忘，大书"慎储九谷"匾额命悬于大堂，还是寓有深意的。

户部仓场衙门设于顺治元年（1644年），总督仓场侍郎为正二品。此"总督"非清代所设总督官位，如漕运总督、闽浙总督、两广总督等，是动词，"侍郎"才是官衔。漕运总督麾下有数千人的军队，而仓场侍郎只有少数兵丁负责护卫仓储。

据《光绪会典》《清史稿志八十九》"仓场"条等载，仓场衙门分设东、西、漕等各科，分掌各仓场。何谓"仓场"？这即是有名的"京、通十三仓"。我们今天仍可见北京东直门内小街往南迤逦有海运仓、北新仓、禄米仓等地名，即为清代"十三仓"的遗留。其中唯有遗存的部分南新仓修缮保留，俾使今人可窥漕粮仓储风貌。但具体仓内设施，据档案记载，每个仓廒内都铺有地木板，建有气楼、门罩、明间闸板、扇面墙、护墙板等，以使防潮通风。多年前，我记得此地拆建，发现大批沉积漕粮，已成霉黑色。附近居民蜂拥而至掘去当花草肥料，据说施之花草异常繁茂。

十三仓的分布和用途

"十三仓"也称"京仓"，本为元代所建，元初的十三仓均建于通州。明清沿用，至乾隆年已增至十五座，但仍习惯称"京通十三仓"。城区有十三座官仓，朝阳门内分布有"禄米""南新""旧太""富新""兴平"五仓，朝阳门外有"太平""万安"两仓，东直门内有"海运""北新"两仓，东便门外通惠河北岸有"裕丰""储济"两仓，德胜门外有"本裕""丰益"两仓，十三仓总计有廒口932座，加上通州中仓、西仓，称"通仓"，总计十五仓，总计廒口1332座。丰益仓建于安河桥，归内务府辖管。还有内仓、恩丰仓，分别由户部和内务府专属管理。禄米、南新、旧太、海运、北新、富新、兴平称城内七仓，非单独各仓，仓基是三座。除禄米仓独为一仓在朝阳门内南小街，南新、旧太、富新、兴平四仓在朝阳门北小街，整体为一仓，四面四门。海运、北新二仓位于东直门南小街，共作一仓；南门为海运仓，北门为北新仓。城外共六仓，太平、万安东西、裕丰、储济四仓位于朝阳东便门外，本裕仓则在清河。多为明代所建，清代有所增加。旗人兵丁持凭证到上述仓库领取漕粮。元代漕运走积水潭，而到了清代则走通惠河，河位于北京城东南，故崇文门为海关，以取大宗货物关税。每仓各设满、汉监督二人管理。各省漕粮运抵通州，按粮石种类与支放用途，分别储入京、通十三仓，专供八旗、文武四品以下官俸禄米及军马豆料等。

除十三仓外，户部还单设"内仓"，所储米豆供驻京蒙古王公、喇嘛，与来京蒙古人等，及宗学、觉罗学教习用米。另发放匠役等口粮，祭祀造酒用米，及工部马豆等。清室内务府的"恩丰仓"，负责太监米石，就设于紫禁城外东围房护城河边，共有仓廒十二座房72间，但今天也已渺无遗迹。内务府还有"官三仓"，储米石、麦等，不属户部，以上两仓均归内务府会计司管辖。

上述各仓所储粮米，苏、浙两省征收的"白粮"（粳米、糯米），仅供皇室内府及王公、百官食用。其他漕粮支放八旗官俸兵米及养马饲料。简而述之，漕粮有严格分类：八旗领军米（俗称"老米"，因稻谷储仓年久变色故有此称），王公百官领俸米（俗称"白米"）。亲王、郡王等有爵位者还可领江米、黑豆、黍米。各类米料各有仓属，如黍米由北新仓放领，八旗军米由京仓放领，而俸米则由通州放领。这是由于清朝入关，满人八旗驻城内、汉人包括百官不得驻内城形成的。按规制，每月皆可领军米、俸米，故京内东城一带和京通路上，车马络绎不绝，是京城特有的一景。北京东城的钱粮胡同也与八旗官兵领取俸米有关。

"漕粮"支出有严格规定,绝不准许平民食用。只有三种情况下才可以变通卖给平民:"廒底成色米"(过期霉变)、"扫收零撒土米"和"仓粮有余"。

仓场衙门一个重要的职能是掌管漕粮验收及由通州至北京水陆转运,并包括北运河河工。这些职能由坐粮厅统管,分设东、南、西、北、河税、收支、白粮等科分掌。坐粮厅是仓场衙门最重要的部门,所属通济库,负责收、支款项,收各省漕粮折价、芦粮折价等。支出则有官吏俸银、河工、造船、兵船夫役银等。北运河至京城的石坝、土坝、闸口、陆运、车运等也均由坐粮厅委派官吏管理。石坝、土坝皆在通州,运京正兑漕粮交石坝,贮存改兑漕粮交土坝,散装运来的米全部装袋,坐粮厅委派职官验收。天通、庆丰、高碑店、花儿、普济五闸亦归坐粮厅管理。仓场衙门还下设大通桥监督,满、汉各一人,掌管漕粮陆运。

仓储管理多弊端

漕粮事务在清代一直弊端丛生,有清一代也一直在整顿,历代皇帝也颇重视。清代著名学者包世臣写过《剔漕弊说》,清代捐官大都容纳到漕运等几个衙门,纯属"借帮丁脂膏"。逢关过卡,运米入仓,处处勒索。"沿途过闸,闸夫需索,一船一闸,不下千文"。道光年间两江总督孙玉庭上疏《恤丁除弊》,其中指出:"旗丁勒索州县,必借米色为刁制","致使粮户无厌输纳"。

清人记载,百姓交纳漕粮,官吏层层用各种方法克扣,最后每石"耗损"后只算五斗或六斗,百姓稍有反抗,便会被官府诬指为"抗粮"。

粮仓的管理也很成问题,尤其在乾隆皇帝在位后期,官场腐败成风,仓场也出现种种弊端。纪晓岚的父亲纪昀任南新仓监督时,曾对纪晓岚谈及仓廒轶闻,被纪晓岚写进《阅微草堂笔记·槐西杂志》:"先父姚安公（纪昀后任云南姚安知府，故族人尊称"姚安公"——笔者注）任官监督南新仓时，一廒后壁无故圮。掘之，得死鼠近一石，其巨大者形几如猫。盖鼠穴壁下，滋生日久，其穴益日廓；廓至壁下全空，力不任而覆压也。公同事福公海曰：'方其坏人之屋，以广己之宅，殆忘其宅之托于屋也耶？'余谓李林甫、杨国忠辈尚不明此理，于鼠乎何尤。"纪昀借此大发感慨，但失于巡视灭鼠，储粮必大受损失！

　　相比仓储的腐败，鼠患当然是小巫见大巫。清人何刚德，光绪三年（1877年）进士，曾官史部主事，后外放江西建昌知府、江苏苏州知府，对清代官场弊端甚为知悉。他写了一部有名的笔记《春明梦录》，书内有不少篇目揭露晚清官场腐败内幕，其中有一条专门抨击"京、通粮仓之弊"，他大致归纳数种粮仓玩忽职守、行贿受贿的劣迹。其一，"其米色好者，则储于通州仓，以备宫中所用及五品以上官俸。京仓米即朽坏，京官领米不能挑剔，只付与米铺打折扣而已"。京仓米"朽坏"，五品以下京官领了也不能食用，只能忍气吞声打折售与米铺。看来发放"朽坏"之米居然形成了固定的制度。何刚德所说的发放官员仓米的弊端，其实明朝就出现了，明代官员发米却要凭票去南京领取，因为明初建都南京，但改在北京建都，领米制度却不变。官员们不可能千里迢迢去南京领米，只好贱卖出让。其二，八旗禄米是单发放，禄米俗称"兵米""军米"，"每次发兵米时，八旗都统必派员先看仓，此仓米色不对，则换彼仓。若此仓个个不要，则仓监督必当查办。于是请托行贿，百弊丛生，计无所出，只有亏之于米而已。亏之愈甚，竟至有放火自焚者"。这比京官米的发放弊端还大，勾结贿赂，亏空放火，令人触目惊心。其三，负责监察的御史形同虚设，与贪官污吏狼狈为奸，"领米者不能得好米。八旗官吏，及参仓弊之被动御史，与夫仓官仓书（文书），皆得钱也"。其四，即便被参劾下旨严查，也是糊弄过去不了了之，"忆癸巳仓亏案发，奉旨严查，口说官话而从中黑幕，何曾是因公？米数固当查点，然数百仓储廒，何能遍查？只饰其名曰抽查而已"。看来皇帝下旨也不管用，可见黑幕之深不可测。何刚德曾入过粮仓，

"看其廒座外隙地一律铺席……席上粒米狼戾，结成饼团，几与粪土无异，任人践踏而过。暴殄天物，迄今思之，犹为痛心也。"仓里是朽米，仓外是极大的浪费，民脂民膏，真是令人"痛心"，也可见庸官胥吏之可恨！何刚德的笔记是写于民国之后，清朝不倒，他谅是不敢公诸笔墨的，他的笔记使今人可窥清末仓储的腐败，是很珍贵的史料。

开仓放粮传佳话

另外，各省州府县亦设"常平仓"和"义仓"，与漕仓无关。清代设陪都盛京（今辽宁），也设户部，下辖粮储司、内仓、城仓等机构，但人事、业务均归盛京将军管辖。逢到各地灾害需要动用仓储赈济放粮，地方官要按制度上报得到批准方可。

逢到大灾，皇帝会亲自决定截留漕粮。据正史记载，康熙年间共截留漕粮赈灾240万石，雍正年间截留290万石，而乾隆元年至二十年，已截留漕粮1320余万石，这一数字还未计各地仓储放粮约700万石。乾隆五十年（1785年）全国发生灾荒，下旨截留漕粮，开放仓储，仅赈灾银两即达1400万两，竟占当年清朝全年财政总收入三分之一还要多！而且乾隆鼓励为受灾百姓放粮不能墨守成规。

乾隆二十六年（1761年），山东德州发生了一个赈粮的感人故事。当时水灾严重，大雨不止，百姓皆避于城墙之上，饥困至极。督粮道颜希深出差在外，虽有仓谷，但无人敢开仓放赈。70多岁的颜母闻听饥民震天哭啼，询问儿子手下官员何不放粮？告之必须等督粮官归来奏请上级批准，擅自开仓不仅会丢乌纱帽，还要全数赔补。颜母听后大怒，等我儿出差归来，再详奏上峰复核批准，数十万饥民必成饿殍！她坚请属下们开仓，处罚由儿子承担，愿倾家所有赔偿。

最终在颜母的坚持下，大开仓门放粮，数十万饥民免遭饿死。在清代，擅自开仓是极重的处罚。山东巡抚闻之后，立即上奏朝廷请按律治罪。但乾隆看了奏折非常生气，认为颜氏母子是贤良母亲和贤官，为民而权宜通变，值得鼓励！他下旨令仓谷无须赔补，特赐颜母三品诰封。其子也特别受到眷顾，最后升至督抚一品封疆大吏之列。

莫看乾隆精明之极，遇事爱斤斤计较，但他对开仓放粮中的夸大、滥赈、冒赈等弊端极少追究，他的口号是："办赈理宜宁滥勿遗"，对赈灾不力、舍不得出钱放粮的官员则会立予罢官。这也就是乾隆宁肯违反国家体制，也要奖励颜氏母子的心理。

漕粮趣话和产业

从元代开始，北京作为京城，完全靠运漕粮保障皇室官吏军民。每年运到北京的漕粮约300至400万担，尤其清代的"康乾盛世"，仓廪充盈，陈米积存，发放不完的米则变成红色陈米，称为"老米"，据说陈米味道独特，煮粥烧饭很好吃。尤其旗人，自认吃"老米"比士子商贾食用的普通米好吃，更以吃"铁杆儿庄稼"领"老米"为荣耀。凡受邀汉民家聚会吃饭，必自带"老米"一包，请主人单蒸自吃，以示旗人才有资格吃"老米"。这种风习一直贯穿到清末民初。

当然，太平时节仓储丰盈，但逢战事，漕运阻滞，北京就会粮食紧张，比如庚子年义和团与八国联军之乱，仲芳《庚子记事》曾记1900年8月米价等飞涨，"白米每石银十两，粗麦白面每斤银五分，买米只卖十斤，买面只卖二斤，尚须鸡鸣而起，太阳一出即停售矣"。可见不仅米贵，还有购量限制。

漕运在清代还形成了一个产业，即"串粗米"。据金受申先生所写《北京通》所叙，因军米非精米，故须再"串"，用现在的话说是将粗皮去掉。一是"碓房"，"粗石砌成圆圈，中心立木柱，上有活轴，系以横杠。碓砦中立圆石如磨盘，边为圆形"，称为"碓"，中心有孔，穿过轴上横杠，以驴骡拉横杠，则碓在砦中转动，粗米置其中去皮。还有串街者，肩挑竹箩筛子、斗杠等，沿街串巷，称为"串米的"，以杠在缸中捣杵，然后筛净过斗。两种从业者多为山东人。八旗官兵依等级每年分季领米4次，600斤至100斤稻米，领取后即可至碓房换米，亦可换其他杂粮。清末停漕运，民国以后，则少见了。按邓云乡《黄叶谭风》所记，他在20世纪30年代中期到北京，"一般大米洋面还是便宜的"，但"老米已成珍品，要卖一元一斤，当药吃了"。

光绪二十七年（1901年），京津铁路通车，北运河漕运废止，有700年历史通州仓场随之废弃，伴随着清代200多年的仓场衙门也被改作他用，最终完成了它的历史使命。

八大胡同烟花巷

旧北京若说起"八大胡同"是没有不知的,这是一个令人厌恶的地方,洁身自好之士是绝不光顾此地的。

在清代,前三门一带乃软红十丈的繁华地区,商业十分发达,而妓院亦多在珠市口北、前门至和平门之间,其中有八条胡同为最多,故称"八大胡同"。

这八条胡同是:陕西巷、韩家潭、石头胡同、胭脂胡同、皮条营、百顺胡同、王广福斜街、大李纱帽胡同。妓院以"书寓""书馆"形式,有的则是两合小院以至三合、四合、楼房小院形式,小院还分成若干单间。妓女大都是被拐带贩卖的破产农民、城市贫民的女儿,堕入火坑任凭欺辱,完全没有人身自由。妓院老板则勾结警痞恶棍,组织反动帮会,靠权势虐待妇女大发不义之财。

据说日伪时期是"八大胡同"的鼎盛时代,有妓院117家,妓女750余人,暗娼还不在此数。

北京城有不少胡同的名称都带有烟花勾栏的色彩。如西四砖塔胡同在元代乃妓女、行首聚居之地,是戏曲表演集中区。元杂剧《沙门岛张生煮海》中,张羽问梅香:"你家住哪里?"梅香答:"我家住砖塔儿胡同。"可见元代已有此名。附近的大院胡同原称西院勾栏胡同。此地即《东京梦华录》所云:"勾栏""瓦舍"之地。勾栏之名乃从舞台而来,旧时京、津一带下层茶园、书馆舞台台柱间,均横搭一个彩色栏杆,由妓女或演员手扶栏杆卖唱。

古时演员与妓女身份同等,故此把勾栏作为妓院代称。东城本司胡同则是明代教坊司所在。教坊司主要管辖妓院。明时教坊司属宫廷内府，明代宫廷音乐乐工由教坊司所属官妓、官奴充任。

所谓宫妓、官奴即犯罪官吏子女。永乐朱棣"清君侧"政变篡位后，把反抗他的臣子全部杀戮，将其家属、子女"籍没入官"：女的打入勾栏为官妓，男的则为官奴。并且世代相传，永为贱民。此制乃明太祖朱元璋所设，他曾命教坊司所属官奴于喜庆日只准穿猪皮靴、布衣，行路不准走中间，违者打死勿论。官妓则须在官僚宴肴时陪酒、奏乐、演唱，甚至成为军营之营妓。今天东城的勾栏胡同则是明代官妓集中地，演乐胡同则是教坊司所属乐队演习奏乐之地，这两条胡同与教坊司胡同相邻。可以说这一地带是明代戏曲、音乐的活动地区。

至于宋姑娘胡同、粉子胡同乃私家妓院或暗娼地带。宋姑娘乃明代北京名妓，《宸垣识略》曾有叙及。粉子又称粉头，明、清时北京人对妓女的称呼，很多明清小说里都有谈及。清代取消了官妓制度和教坊司，并规定官员尤其是旗人不得进入妓院和戏园。但到清末禁令逐渐废弛，官员们常去吃"花酒"。八大胡同分"清吟小班"与"茶室"，相当于上海的"长三"与"么二"，"清吟小班"与"长三"号称是"卖嘴不卖身"。即所谓吃"花酒"，这种风气一直延续到民国以后。出入妓院、戏园，不仅有政客，"望之俨然"的名人教授也会去吃"花酒"，有时还会成为新闻。甚至有的大学生也会染上此等恶习。冯友兰先生曾回忆："当时的'八大胡同'有'两院一堂'之说。'两院'指当时的国会，众议院和参议院；'一堂'指北京大学（当时称为大学堂）。"当时的政客不以为耻，反以为荣，云集于韩家潭的庆余堂，使之名声大噪，是因为一些政客居然在此办公，从国务院总理到议员如赵秉钧、梁士诒、袁克文、袁乃宪等。大军阀张宗昌凡来北京，一下火车即直奔八大胡同，换家逛，前呼后拥令人为之侧目。

新中国成立后，一夜之间所有妓院被彻底封闭，恶霸老鸨被镇压，这一悠久而丑恶的现象被彻底荡涤。

不过，八大胡同里的一些"行话"至今仍在使用，如"跳槽""吊儿郎当""泡蘑菇""穷泡""难缠""难歪估"等，只不过含意已经转换了。

岁时流韵

岁时流韵

逝去的节俗——中秋祭月

现在人们过中秋节,基本是团圆赏月,但在百年以前,中秋节从国家到民间都是要有仪式的,那就是祭月。

祭月在封建时代是国家祭祀,从周朝即已存在,目的是祈祷国家祥和安定。明代在北京建月坛,专为祭月场所。清代定制祭祀有三等,祭月称中祀,比祭天地、太庙、社稷的大祀低一等。但也要由皇帝亲祭或遣王公大臣代祭。但祭月并不在中秋节,而是在每年秋分日酉时,即月上之刻,地点在月坛。仪注甚为复杂,此不赘述。

中秋佳节则还要在乾清宫设宴摆供祭月,设供桌,悬挂月宫符象,供旨径五十五公分、十斤大月饼和左右各三斤重的月饼,及数盘小月饼、酒茶、应时鲜花果品。最独特的是"供月例用九节藕"(《燕京岁时记》),此藕只出于西苑中、南、北三海莲花池内,九节生于一根,寓九九至尊之意,为皇家专用。另外必供的是莲瓣形西瓜,即整瓜雕成数瓣,互相绽开,瓣底与瓜蒂连而不断,状似莲花,寓意团圆。

摆毕供品要燃香,皇帝和皇后等依序向"太阴星君"(民间称"月光马儿""月光神马""月光纸")像行礼如仪。待香尽,焚像,撒供。大月饼则包贮存至除夕阖家分食,其他月饼、西瓜、仙果等赐予妃嫔及太监宫女等。其祭月所需供器物品等各类甚繁杂,以上只是约略而述。皇家所用月饼,由内膳房承做,集苏式、广式、京式而合一,其精工细做不惜成本,当然是民间所望尘莫及。据说今故宫博物院仍存有内膳房全套月饼模子,是很令人产生兴趣的。

民间也有祭月习俗,但只在中秋节那天。明人刘侗等著《帝京景物略》载:"八月十五日祭月,其祭果饼必圆,分瓜必牙错瓣刻之,如莲华。纸肆市月光纸,绩满月像,趺坐莲花者,月光普照菩萨也。华下月轮桂殿,有兔杵而人立,捣药臼中。"在清代,不仅是民间,王府官宦人家都会举行祭月仪式。

现在的人们对那时的祭月仪式是很生疏了。今人所熟悉的《红楼梦》《西游记》《儒林外史》《儿女英雄传》等小说中都写过祭月,但大都一笔带过。如《红楼梦》中说祭月,无非"陈献着瓜饼及各色果品",

兔爷－中秋祭月

"铺着拜毯锦褥","贾母盥手上香,拜毕,于是大家皆拜过"。曹雪芹是内务府上三旗汉军包衣出身,但曹家受康熙皇帝信任,几任织造,虽然身份卑贱,但富贵之极,祭月仪式不可能如此简单。再看已故溥杰先生回忆醇亲王府中秋祭月:"西方向东摆一架木屏风","挂有鸡冠花、毛豆枝、鲜藕之类,说是供月兔之用。屏风前摆一个八仙桌,桌上供有一个十几斤重的大月饼",由祖母率众人"依次向月饼烧香叩头"(《晚清宫廷生活见闻》)。虽显出亲王府气派,但描述仍然失之简略。而且都没有提到挂月宫符象即"月光神马",简称"月光马儿"。

  我与已故的老作家金寄水先生是忘年交,他是睿亲王多尔衮直系后代,在溥仪小朝廷时期还被袭封过王爵。他写过一部回忆录《王府生活实录》,亲眼见过亲王府里的祭月仪式。他说亲王府祭月不用"月光马儿","供品与民间稍异"。时间是八月十五戌正左右,供桌朝向东南,两旁各捆竹竿,挂工笔月宫图像,画面为满月,"月内绘广寒宫殿阁之形。宫前有一女菩萨坐像,两旁各有一名执扇侍女。菩萨头上绘有佛光"。所谓菩萨也是"太阴星君"。"太阴"是古人对月亮的称谓。但太阴星君并非嫦娥,金寄水幼时见太监悬挂太阴星君像,问是否嫦娥?被母亲知道斥责他"渎犯神明",令其罚跪。看来那时人们对祭月是非常有神圣感的。

  祭月其实不可或缺的是"月光马儿",也称"月光纸",即上述祭月所用"月光神马",是祭月光菩萨的像,即纸马,祭祀天地、日月神、财神、灶神等包括360行祖师爷所用纸质物品。因秦代牲用马,唐以后改纸马。月光马儿基本为三种,分红、黄、白三色,木版水印,产地不同,精糙有别,彩色、黑白各分。清人富察敦崇《燕京岁时记》说其"上绘太阴星君,如菩萨像。下绘月宫,及捣药之玉兔,人立而执杵。藻彩精制,金碧辉煌,市肆间多卖之者。长者七八尺,短者二三尺,顶有旗,作红绿或黄色,向月供之"。明代则高逾一丈,小者仅三寸。《帝京景物略》提到的是佛教色彩,为黄纸刻印。还有一种为太阴星君道教色彩的,白纸,因传说月神为太阴星君,故道教奉之为女神。红纸刻印文武财神关帝或赵公明,为商家所用。月光马儿在焚香行祀后,要与纸元宝等一并烧掉。收藏纸马最丰富的是已故漫画家毕克官先生,我请他的儿子查找,却仅有一幅山西老版祭月之神的纸马,无月光马儿。读赵珩先生《老饕续笔》,知他藏有一幅彩色木版水印的太阴星君月光马儿,他也感叹:"今天已很难看到了。"可见,当时的寻常之物,今天却真成了凤毛麟角。《红楼梦》与醇亲王府的祭月都未提及月光马儿,但"木屏风"应是挂置月光马儿所用。若以金寄水先生所见,亲王府所悬挂月光马儿,人物基本相同,只不过没有玉兔、执杵人而已。看来祭月各阶层所用月光马儿是不一样的。

据金老亲历,祭月供品"除五盘应时鲜果外,还有五盘蜜食,如金糕、栗子糕、蜜红果和油酥核桃。在各种供品后面,有个月牙形状的大型木制托架,上置一个约五斤重的月饼。月饼之上模刻彩色月宫图,两旁各插鸡冠花和带叶毛豆枝"。祭月者"皆为内眷",由年龄最大的女性长辈主祭。之后举行"团圆酒"赏月宴,将供品撤到席上,月饼分而食之。

祭月供品必有西瓜,切成莲花瓣状。供桌上摆放香炉、蜡扦、花瓶之类,压下敬祭的黄纸等。鸡冠花寓意广寒宫桂树,毛豆枝是献上玉兔的供品,藕当然不会是三海所产九节白藕,但祭品必用藕,大约是以洁白喻嫦娥?

上述供品据翁偶虹先生《北京话旧》回忆:月光马儿售于南纸店和香烛铺,鸡冠花和毛豆枝则逢中秋添卖于油盐店,早花西瓜是在干果店贮藏的,售价颇昂贵。

北京最早的月饼只有"自来红""自来白""团圆饼"三种,后来才增加品种。祭月的月饼一般外购,也有王府官宦家自制。五六寸至一尺左右,厚一二寸。祭月后由主祭者分给家人。

果品供什么?很遗憾《红楼梦》和溥杰老、金老都没有列出具体品种。过去北京水果种类不多。石榴、京西小白梨、玫瑰时葡萄、郎家园枣、"虎拉车"(一种沙果,今已绝迹)、核桃、栗了之类,是中秋前后时令果品。旧时北京有专卖"果子"(当年北京没有"水果"一词)的店铺，称之为"果局子"。

贾府与醇亲王府、睿亲王府的祭月，都是由辈分最长的女性先拜祭，之后才大家"依次""拜过"。《燕京岁时记》所说："惟供月时男子多不叩拜，故京师谚云'男不拜月，女不祭灶'。"但贾、醇二府所述拜祭中有男性，只不过先拜的主祭者为辈分最长的女性而已，其实男性参加是为了赞礼、执事等协助程序。这与皇帝家拜月略有不同，皇家是皇帝先拜，其后才是女性。女子过去另有拜月习俗，《礼记·礼器》载："太阳生于东，月生于西，此阴阳之分，夫妇之位也。"也许"男不拜月"是循此说。

过去贫苦人家一般是不会举行祭月仪式的。首先祭月要有庭院，像溥老回忆是在祖母所居寝院，贾府是在嘉荫堂前的月台上，贫民小户住人仅可立锥，何谈祭月场地？另外，置办供品都需破费，仅西瓜一项就是贫家半年粮了。已故的老北京习俗掌故专家邓云乡先生，曾回忆他家的中秋祭月，除葡萄、沙果外，他家非贫民，祭月用的西瓜还只用半个。贫民过中秋节，无非买张月光马、兔爷、几块"自来红""自来白"寓团圆应景。

周作人的《儿童杂事诗》中有吟咏祭月："红烛高香供月华，如盘月饼供南瓜"，诗后注说，除了水果四色和西瓜，还有南瓜和北瓜（西葫芦），可见江浙习俗。他在《中秋的月亮》中说当年将月神称之为"月光婆婆"，尤有情趣，比"星君""菩萨"的称呼温情多了。

祭月习俗流传了那么多年，民间的祭月仪式逐渐向赏月、团圆欢聚过渡，仪式变得越来越不重要。今天只剩下兔爷点缀和团圆宴分食月饼了。当然，今非昔比，人们过中秋节，生活安定，举家团圆，月饼、果品的种类极其丰富，可以望空拜月，寄寓心愿而不必拘泥于旧习俗。

过去中秋团聚，会饮桂花酒、绿豆烧、莲花白，后两种是白酒，其中绿豆烧今天已绝迹了。也有只饮果酒，金寄水先生记叙的赏月宴就不上白酒。但今时可供选择的酒品更令人目不暇接，那就让人们在月光如水的佳节良辰，沽酒举杯而祝"但愿人长久"吧！

二闸·水狮子·修禊图·小鱼汤

100多年前,"逛二闸"还是老北京最有名的消夏民俗活动之一,有关北京的典籍如《日下旧闻考》《天咫偶闻》《光绪顺天府志》等,大都提及。远的不谈,沈从文先生写过著名的散文《二闸》,其他如翁偶虹前辈,皆有颇为生动的文笔予以描述。清代的京城全图能找到它的位置,它比如今的什刹海名气要大得多。

二闸本名庆丰闸,二闸是俗称,位于东便门外,历史甚为悠久。明人吴仲撰《通惠河志》(段天顺点校本)记载:闸原名籍东闸,俗名二闸。时任元朝都水监的郭守敬,于元至元二十九年(1292年),主持开凿通惠河时所建。初为木闸,分上、下两座。38年后改石闸,易名庆丰。吴仲在明嘉靖年间主持重修通惠河,废弃下闸,但"八"字形闸基到20世纪80年代仍尚存。20世纪90年代中期修复庆丰闸遗址,修复的其实是元代的上闸。

二闸在明、清两代作为京杭运河首段,是重要的一处通航船闸,"以时蓄泄,因水转漕,船舻相衔,功莫大焉"(《竹枝斋文存·京水稿卷》)。

二闸也不仅是一座船闸,而自明代以来竟成为游憩胜地,一直延续到同治、光绪年间,如震钧《天咫偶闻》所云:此地"自五月朔至七月望,青帘画舫,酒肆歌台,令人疑在秦淮河上",著名的嘉庆年间诗人得硕亭《草珠一串》竹枝词咏"二闸"也云:"桅樯烟雨似江南",看来,二闸似江南风光,如秦淮景色,是当时人们的共识。

二闸还有一个特色,也令时人叹奇。北京是基本见不到潮汐的,但二闸却水势涛诡波谲,不仅飞珠泻玉,甚至声如雷鸣。翁同龢在丰岛海战爆发前一日,晨出东便门,乘船沿通惠河至二闸看水,日记中记:"徜徉野店看闸,水声如雷"(《翁同龢日记》第五册)。余生也晚,虽未一听二闸涛声,但我却聆听过闸水波涛之势。约十多年前,曾宿怀柔渤海所,写过一首听闸泄水而不能寐的小诗,还记得诗序说:"遇雨停饮,宿碧峰下。邻阔渠,有闸蓄水而泄,杂秋雨淅沥,涛声惊梦。"那涛声真是宛似低沉的雷鸣,给我留下极深的印象。所以,翁同龢说二闸"水声如雷",确非夸张之语。所以一到盛夏,竟游人如织,多有专去一睹水势飞泻者。遑论达官贵人,墨客百姓,或策马乘船,或沿河步游,逛市场听戏,看健儿游水。现在人可能不知道,已故翁偶虹先生在《消夏四胜》一文曾谈:当地儿童擅游泳,在水中嬉戏,在"水势凶猛"中"做出诸般解数"。"好事者在桥上掷下铜钱",儿童们"能逐钱直下,扎个猛子,瞬息之间,把钱衔在口里,踏水而出",这成为广招游人的一景。但翁老未谈到,当年二闸还有一景,每令观者如堵,即老北京谚语所说的"二闸的狮子会凫水",一对"铜铃武太狮"在水中宛若游龙,浪里翻飞,两岸喝彩声如雷贯耳。老百姓俗称"水狮子",大约在20世纪五六十年代还有人表演。今天已然绝迹,据说清代"水狮子"的表演者还得到过皇帝的册封,恐怕也只好看作是稗官野史。但若加以恢复,申请非物质文化遗产,应该是无可置疑入围的。

二闸成为景胜,名副其实:一川碧水奔泻,沿河古柳成荫。附近逐渐酒肆茶棚、小贩脚力云集,及码头、龙王庙、落子馆及各种店铺,辐辏成市。从《通惠河志》附图上看,沿河两侧还有各种"公馆"。过去北京好景致皆为皇家园苑禁地,官僚平民绝不能涉足,所以"逛二闸"成为各界消夏避暑的惬意之地。一般人去会在东便门外坐大船,沿路观景,看翁偶虹先生的描述,是很令人向往的。

明、清去二闸的名人极多,除了前述翁同龢,落魄时的曹雪芹也去过二闸附近的酒楼与友人聚饮。他的密友宗室敦敏,在曹雪芹死后的乾隆三十年(1765年),又至同一酒楼聚会,物是人非,忆至旧游,作诗《河干集饮题壁兼吊雪芹》,末两句是:"凭吊无端频怅望,寒林萧寺暮

二闸－"二闸"今昔

鸦飞。"（《懋斋诗抄》）二闸美景在敦敏眼中，因挚友雪芹不在，也有萧瑟凄怆之意。我曾见过老照片，当年英国公使馆人员也曾去逛二闸，可见名气之大。

现在二闸保护遗址还建有画廊，镌刻《鸿雪因缘图记》中的《二闸修禊图》。撰著者是清代嘉、道年间的河道总督麟庆，这是一位风雅的满洲镶黄旗世家，是金世宗完颜雍的二十四世孙。他在北京的私邸半亩园，是旧京极有口碑的名园。他的叔高祖完颜伟也任过江南河道总督，麟庆有学术著作《黄运河口古今图说》《河工器具图说》，是研究清代水利史的重要书目。其母为常州画派代表人物恽格之后，有才女之誉。麟庆的文学造诣来自其母。在河道总督任上因河决口被褫职，后开复官职后仅为四品京堂，比他任河道总督时正二品的官阶差了若干品级。嘉庆二十五年（1820年），时任兵部主事的麟庆邀16位友人游二闸，并请画师汪春泉等绘图纪念。图后附记写到："其二闸一带，清流萦碧，杂树连青，间以公主山林颇染逸致，故以春秋佳日都人士每往游焉。或泛小舟，或循曲岸，或流觞而列坐水次，或踏青而径入山林，日永风和，川晴野媚，觉高情爽气各任其天，是都人游幸之一。"由图可见岸柳画船、碧水粼粼，与文字的描述给今人呈现出近200年前二闸的旖旎风貌。

二闸河右岸当年有酒楼名"望东楼"，可凭栏望水。有一道镇堂美食"小鱼汤"，驰名京畿。通惠河水引自玉泉山等西山诸泉，水自清洌，鱼虾颇盛。尤河中小鲫鱼，为此中特产，味极鲜美，游人泛舟多于此上岸登楼，品尝此汤。文人多有诗咏之，如得硕亭诗曰："乘舟二闸欲幽探，食小鱼汤味亦甘。"

清光绪二十六年（1900年），清政府正式下谕叫停607年历史的漕运。河水渐次枯竭，虽然据记载，至民国初年二闸仍有船只往来，但失去运输功能，"逛二闸"渐成为历史。据说北京制订规划：环运河开辟游船，恢复二闸景胜。西段通往颐和园游船据说已运行，二闸何时可乘船观景，也是令人翘首。当然连同久违的"水狮子""小鱼汤"……

燕京感旧录

  过去老北京有不少关于二闸的童谣。1896年，德国人魏尔太来京考察，饶有兴致记下两句童谣"小孩小孩儿跟我玩儿，踢球打枀溜二闸儿"。"踢球"指的是老北京儿童的"踢石球"，冬天则移至冰面，称"冰蹴球"。"打枀"则是老北京及至北方地区流行的传统民间儿童游戏，类似于今之垒球。"溜"是老北京话，若平声，是偷偷之意。当然也有"溜达"即闲逛之意。但若说"溜弯儿"，即第四声。老北京人说"滑冰"是"溜冰"，在冰场叫"溜冰场"，皆为平声。若第四声，则是玩得好之意。我曾读过一篇文章，谈及已故启功先生也会说这个童谣，但可惜未注音。究竟读哪一音？若要请教老人，亦不易，因为会说这句童谣的人恐怕罕见了。小孩子们将喜爱的"踢球""打枀"与"溜二闸儿"并列，可见"逛二闸"在小孩子们心中的位置。还有一首当时北京儿童都会唱的："劳您驾，道您乏，明年请您逛二闸"……这些童谣比文人们写二闸的诗有趣多了。

春节三话

拜年

春节是中国人最重要的节日,而拜年则是春节中最重要的活动。现在生活节奏越来越快,过去充满亲情、温馨、祥和、快乐的拜年,随着现代社会人们观念的转变,则越来越简化。

现在实行象征性的礼仪拜年,前几年还流行汉显呼机问候、电话拜年,现在则已经发展到手机短信、礼仪鲜花、电子邮件等最现代化的手段,令人感慨不已。幼年时随着长辈和叔伯兄弟、姊妹们去拜年时兴高采烈的情景,早已恍如隔世了。青年时代参加工作后,还要在同学、师兄弟之间拜年,去给师傅、领导拜年……现在,除了必要的至亲要去拜年,或者必须去联络感情,人们都会采取最便捷的方式,既省钱省时,又不疲惫。何乐而不为乎?

拜年的历史太悠久。过去大年初一,穿戴簇新的晚辈要向祖父母、父母等长辈叩首拜年,然后再按辈分长序互拜——叩首、作揖、蹲福。直至今天,北京的很多家庭,孙辈们仍会跪下向长辈拜年,接受压岁钱,但那已不是封建时代必须行礼如仪的程序了,而是现代社会维系亲情的一种亲昵举动罢了。

旧时代拜年很讲程序和场面,今天我们从《红楼梦》及鲁迅的《祝福》中等都可见端倪,这里也不必赘述。一般男子在过去初一是要外出拜本家五服之内走动很近的亲戚,或走动不多但辈分较高也要去拜。这在我少年直至青年时代都是经历过的。比如,拜完父辈和兄弟姐妹之后，一些父辈的叔伯兄弟也必须去拜。关系较亲近的则会留下吃饭。初二至初三一般是拜母舅、岳父等姻亲。初四至初五则要对同事、邻居等进行礼节性拜访，一般略坐即可。按过去老北京习惯，一般邻里不必专程前往，只在见面时互致问候，亦不必入屋。我幼年常随父辈周旋于此，甚觉烦琐。但在那时确为"老礼儿"，否则必孤立于社会。旧时代妇女拜年须过初六之后，有孝服或在外地者须等过完灯节再去拜年。

过去拜年如果是一般关系者赶上主人不在家也没关系。本主不在家只需行礼如仪即可。有时也不必专程前往，如在大街上碰面行礼问好也可，当然这属于可拜可不拜的关系。封建时代官府、豪门之间有时只派管家或仆人持名帖送礼即可，不必本人亲自登门。我想，这可能是电话、手机短信拜年的起源吧？封建时代除夕之夜还要"辞岁"，以清代为例，大臣给皇帝、奴才（"府包衣""府哈喇"）给王爷、族人给族长

春节三话－拜年

直至家庭中晚辈给长辈，甚至已订未婚的女婿也要给岳丈家"辞岁"。清代从皇帝始，除夕、元旦都要举行家宴辞岁，皇太后、皇后，近支王公都要团聚。元旦还要于太和殿盛宴大臣、外藩使臣。这也等于君臣、家属之间互拜新年。因为皇帝除了给皇太后之外，不可能以万乘之尊给臣属们拜年。顶多有选择的给皇亲或亲信大臣赐"福"字或小礼品。王公大臣也不可能依次去直接向皇帝拜年。因而聚宴这种形式一直延续下来。民国以后，称之为"团拜"，即上级给下级集体拜年，有条件还要举会餐。这种新形式也一直延续到今天，除了机关团体要团拜会餐，现在很多私企也举行团拜会餐，给一年辛苦的员工们发红包，有条件的还要大家一起跳舞唱歌，联络感情。这种方式在今天看来很有科学性，免得下属员工单去拜年（当然关系近的还会去单独给上级拜年），既省钱又省时间。所以受到人们的欢迎。

拜年这一最为中国人看重的习俗，当然会一代一代延续下去。只不过随着时代的变迁和人们观念的转变。形式日新月异，试想前几年还流行电话拜年，谁会想到今天手机微信、电子邮件、视频已成为年节问候的新工具了呢？

门前春意浓

"千门万户曈曈日，总把新桃换旧符"，王安石的这首诗道出了中国人在过春节时最重要的标志之一——春联。

中国人春节贴春联的习俗很早就出现了。公元964年前，后蜀皇帝孟昶命学士辛寅逊题桃符于寝门，觉其词句不工，便自作一联："新年纳余庆，佳节号长春"（见《蜀梼杌》，《中国名联辞典》，山东大学出版社1991年版），一般公认这是中国最早的一副春联，距今已经一千余年了。

一元复始，"爆竹声中一岁除，春风送暖入屠苏。"（王安石诗）人们张贴春联，用吉庆祥和的词句表达对新的一年的祝福，这已成为春节

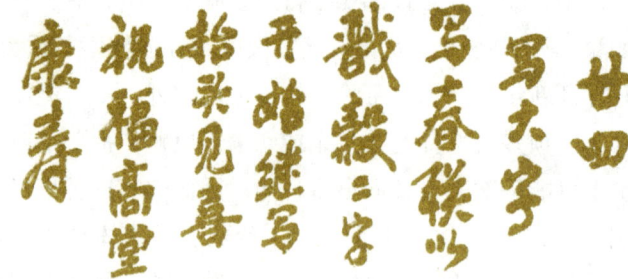

廿四
写大字
写春联以
戳毂二字
开端继写
抬头见喜
祝福高堂
康寿

门前春意浓 — 春联

期间的一个习俗。过去哪怕乡村僻野，人们也会请当地文化最高的人书写对联。所以历朝历代都有大量的有关对联集成的书供人们去选择。据现在资料统计，现存最早有关对联的书大概是明代王子承辑万历庚申刻本《唐诗联选》，明清以来有关对联的工具书不下数百种，例如清代嘉庆二十一年（1816年）京都文德堂石印本《春联大观》，恐怕是集大成之作了。一些著名文人如吴梅村、梁章钜、李渔、袁枚、俞樾（俞平伯先生的曾祖父）、吴汝纶、梁启超等，皆是"作对"高手，特别是梁启超的对联，如"能招过客饮文字，闲看儿童捉柳花""岂有雄心骋老骥，不妨余兴看游猪"等，读来令人耳目一新。

对联对中国文化的影响很深，以至原来的科举考试中有"试帖诗"，即作五言十句律诗；凡是参加过科举的士子，都会作对联。一些朝廷高官如梁章钜、纪晓岚、陶澍、林则徐、何绍基、曾国藩、左宗棠等，皆好作对联。尤其是梁章钜，他是宣南诗社的重要成员，任过广西巡抚、江苏巡抚和两广总督，楹联专著多有存世，如《楹联丛话》，在中国楹联史上占有重要地位。又如一些封疆大吏如张之洞都出版过楹联集之类的书（见《张文襄公全集·联语丛录》），其他如曾国藩有《曾文正公楹联》（有同治十三年长沙刊本）、左宗棠有《联语》（见《左文襄公全集》），曾、左皆为身经百战之人，由于是举人、进士出身，有着极好的古文功底。可见对联、春联士农工商都爱好，生活中也离不开。名人一般自撰春联，普通老百姓就要请人写。常写春联的人也需要工具书以备查考。

当然，作对联不仅为文人所好，明清的一些军事家也喜欢，如明代大败蒙古骑兵的兵部尚书于谦曾写一联："雨中红绽桃千树，风外青摇柳万枝。"春意盎然，令人心怡。我查原出处是他的一首七绝，韵脚是"条"，大概临近春节书成对联时才改"条"为"枝"，《北京对联集成》收入此联即如我引。在军机处做章京的谭嗣同，其对联大气磅礴："大陆龙方蛰，中原鹿正肥。"可窥其志向胸襟。

我藏有一册光绪甲辰刻本《对联集成》，署"烟台诚文信藏版"，我对版本是外行，但也能看出是坊间翻刻，与宋元殿版相比，简直有天壤之别。但由此看出，这类书在历朝历代都是很有市场的，比如这册《对联集成》，将对联细划若干类，什么"书室""房门""婚娶""挽联"之类，应有尽有，但却把"春联"放在卷首，可见重视。此书收录不少，不妨摘录若干，以供春节来临选用：

  旭日临门早，春风及第先。
  余寒生积雪，韶景应新年。
  草芽随意绿，柳眼向人青。
  暖入江山丽，光浮草木新。
  三阳从地起，五福自天来。
  旭日垂轮春色美，和风袭庆物华新。
  春入水光成嫩碧，日匀花色变新红。
  雪移北斗成天象，酒近南山作寿盃。
  旭日初晴海宇云霞呈秀，
  春风乍暖江城梅柳生辉。
  金宣吐秀一枝花艳北堂春，
  紫气腾辉五色云开南暄晓。
  日转阳和春到处山明水秀，
  天开太远福临时户吉门清。

  横联可根据不同选择，如"春日载阳""万象更新""万福来临"，"时和世春""人寿年丰""旭日和风""福随春至""太平元日""天相吉人""河清海晏""富贵新春"等。都是常用之语，体现人们对新的一年祈福。这些词句年年复始，但是人们仍然不觉厌烦，无非取个吉利福至之愿罢了。

  当然，明清时的对联书不易寻觅，而现在书店中有关对联的各种辞典、集成之类极多，不妨选购以供翻检使用。而且由于是新编，有时代气息。更能体现改革开放后信息社会人们的需求。

  时近春节，想必又有不少人开始为新年的春联"费脑筋"了，作春联自然要喜庆热闹，还要突出文采，但也有例外——雍正帝的自撰春联

岁时流韵

"岁岁平安节,年年如意春",平白如话,看似寻常,寓意甚深。

年礼轶事

逢年节,最重要的当然是欢聚宴庆,但礼亦不可缺。"礼"字在几千年前就出现了。"来而不往非礼也",故年节送礼已成为重要民俗之一,甚至是一门学问。年节有大小,亲朋有远近厚薄,送礼要得体,也需权衡。

年礼轶事

在封建时代有专门的礼仪部门，大宅门里也有管家专司其职。

说起送礼，源远流长，可以写一本书。远的不谈，只可浅近谈及清代至民国以后。清代上至皇帝，下至平民，都离不开年节送礼。但最重要的还是过节。过去皇帝登基换年号都要从正月初一算起。过年送礼最重的就应该算是国礼。清康乾时代，疆土辽阔，有很多藩国，如朝鲜、越南、缅甸、琉球等，经常进贡，包括恭贺"万岁登基"。藩国要派使节进贡礼品。礼品无所不包，可以是珍禽异兽、珠宝土产，甚至兵器盔甲。我记得看过一则史料记载，谈及琉球国送礼就是倭刀之类。清中期以后，与一些国家互派公使，逢到节日，各国公使也要晋见，也要互赠礼品。民初如袁世凯准备"登基"，就烧制大批精美瓷器，以回赠朝贺的各国公使。这就是后来被收藏界颇推重的"洪宪瓷"。

节礼一般重视春节、端午、中秋三大节，元宵、清明、中秋、冬至、腊八等算小节，过去除祭祀仪式外，都要送礼，而且颇为复杂，亲戚、朋友、上下级乃至王公贵族甚至宫廷内都要送。皇帝向王公贵戚送（宫廷用语叫"赏"），礼品有福字、对联、荷包、银两甚至食品等，皇上"赏"礼是礼仪性的，不在厚薄，能够得到"赏"礼已是万分荣耀了。但皇帝并不亲自书写福字和对联，一般由翰林们代笔，而且被赠者若遭到夺官抄家，礼品要被收缴。

除皇室，其他各阶层过年送礼就更复杂了，其品类繁多，真是无法说清。不过，旧时将所有礼品概而括之分成两大类："干礼"与"水礼"。"干礼"指贵重礼品如金、银、绸、缎之类。"水礼"则指食品、果品杂项之类。过去送礼要有"礼单"，收礼要记"礼账"。礼单一般是红纸折成折子，大约五六寸高、三四寸宽。纸用大红或红梅，封面恭楷书"礼单"二字，一一罗列；礼品名称细目、件数，前面书写通用的吉祥用语。礼品不能是单数，要四色、八色。收礼者可照单全收，也可全不收。按惯例基本是有收有退。并在礼单上注明"敬领"或"敬谢"，再把礼单交送礼人带回禀报主人。之后礼品要记账，主要目的是还礼时查考，以便对等。送礼一般主人不去，送礼的仆人要给"赏钱"，俗称

"封儿",男仆赏"封儿",女仆赏"尺头",就是可做一件衣服的绸缎衣料。当然,仆人必须要带上主人的名帖(类似如今的名片)。

　　送礼的讲究是今人难以想象的,已故的张伯驹先生在《续洪宪纪事补注》一书中,谈过拜年回礼的轶事。他家与袁世凯有戚谊,逢春节奉父命去中南海居仁堂给袁世凯拜年,辞出回家刚进门,回礼即到:金丝猴皮褥两副,狐皮、紫羔皮衣各一袭,书籍四部,食物等四包。由此可见"大总统"的"气派"。张伯驹当年18岁,感慨"余正少年,向不服

二踢脚考
除夕放鞭
以拟鞭声
驱走吃人的
年
初一放高
升炮炮再
双响寓意
追击逃去
的年再给
一脚
宾声

年礼轶事(2)

人，经此一事，英气全消"！阔绰的回礼竟让一个人"英气全消"，真是令人莫可置语。

　　王公贵族、官员豪绅的年礼，出于各种目的，自然不是寻常百姓所能企及，单看《红楼梦》中的"乌庄头"孝敬的年礼，就已令人吃惊了。百姓送礼，一般都是点心匣子，干鲜果筐、茶叶之类，上等茶叶包装为竹筒或铁筒，给孩子的礼品则为鞭炮、小食品之类。民国以后也有送店铺商家发行的礼品券，"点心匣子"的形式一直延续至今，是北京人的偏爱。现在物质当然极大丰富，可以说无所不包。果筐也早已流行洋式果篮。现在可以网上下单，方便快捷，省时省力，皆大欢喜。

　　年节送礼其实是中国民俗的一个大题目，些许篇幅很难说清。建议不妨重读《红楼梦》，因为里面有关于各阶层人送礼的细致描写，简直就是一部缩微的年节送礼学的小百科全书。

老北京鸟虫方言

老北京话带儿音,在清代称为"京片儿"或"官话",在清代以前的明代官话应是安徽语音,又如宋代官话是河南语音,皆与皇帝的籍贯有关系。但北京又是五朝古都,语言融合了契丹、女真、蒙古、满等民族的语言(如蒙古语"胡同"、满语"萨其玛"等),进而创造了极具特色的方言。及至融合了其他地域的语言,如延庆方言中有大量的山西方言等。北京方言成为普通话的基础语音。以北京方言写成的小说《红楼梦》《儿女英雄传》包括老舍先生的小说,其语言特色极其鲜明、生动。金受申先生编写的《北京话语汇》为我们留下北京方言的词典,功不可没。其实这部词典很多老北京话没有收录,如鸟虫类方言。

老北京人对鸟虫有极其独特的称谓,我童年即耳熟能详,不妨考出以博一粲。北京常见最多的鸟是麻雀,北京人称之为"老家儿雀儿"(音"巧")或"老家贼",所以北京北新桥南有条"石雀胡同",读音也要读成"石雀(音'巧')儿胡同",而且要加儿音。所谓"贼"者,大概是因其机警,不易捕捉,而即便捕到也养不活。麻雀"气性儿"大,抓到后往往不食而死。但也有例外,我少年时,家父曾拣到树上掉落的麻雀幼鸟,精心哺育,后来竟然来去自由,每天放飞,自己回到笼中。是否幼鸟"气性儿"不强烈,则不得而知。猫头鹰过去在北京也很常见,在北京方言中被呼为"夜猫子""大眼儿贼",很生动地概括了猫头鹰的习性和特征。老北京过去有一句歇后语,叫"夜猫子进宅——无事不来",其实猫头鹰是益鸟,在夜间是捕食鼠类。但北京门头沟斋堂方言却将猫头鹰称之为"呱呱鸟",大概因其叫声而起名。

北京人将乌鸦称之为"老鸹",过去也被视为不祥之物。北京常见的益鸟是啄木鸟，老北京人呼之为"奔得儿木"这也是因其啄木之声。门头沟斋堂方言则称其为"笨叨木"或"笨笨叨叨"，是取其啄树动作和鸣叫之声。

同样取其形而名的则有"长脖儿老等"，北京过去二环路以外护城河、沟渠塘池极多，常见这种水鸟在水中呆立一动不动的有趣形象，守株待兔立等鱼类游近捕食。少年时代一直不知它的学名，有一次去南海子麋鹿苑，看到水中有一只我少年时代就熟悉的"长脖儿老等"，异常惊喜，同行的一位动物保护专家说它的学名就是"苍鹭"。

但有的鸟名就令人费解。例如仙鹤，老北京方言叫"仙毫"，老北京过去有歌谣挖苦一毛不拔的人："铁公鸡，瓷仙毫，玻璃耗子（老鼠）琉璃猫。"再有"老西儿"，一种大约是八哥类的鸟，可饲养、喜食葵花籽，但不会学人语。"老西儿"不是形容山西人的俗称吗？为何冠以鸟名，殊为不解。

老北京唯四种动物可以统称为"老仙儿"或"大仙儿"，那就是黄鼠狼、狐狸、刺猬、蛇，过去北京胡同儿里除狐狸外是常见动物，北京蛇无毒，也称"长虫"（"虫"音读第四声），多以鼠类为食。所以今天多列为保护动物。据说它们有灵性，沾仙气儿，不能伤害。伤害了就会"附体"，过去有很多活灵活现的故事。今天北京胡同儿里只有黄鼠狼偶然能见。还有一种类似黄鼠狼，体形略大，毛色呈灰黄色，老北京人俗称"地狗子"，其实也是一种鼬科动物，属黑鼬科。黄鼠狼的学名其实应称"黄鼬"。老鼠叫"耗子"，老北京人小时候都会说："小耗子，上灯台，上了灯台下不来……"

北京过去常见的蝙蝠，俗称"燕末儿虎儿"，是何意亦令人百思不解。河湖泥里窜来窜去的一种小鱼叫"爬虎"，鲫鱼称之为"鲫瓜子"，一种细长的小鱼叫"白条儿"，大约是因其色浅而形长。青蛙叫"蛤蟆"，蟾蜍叫"癞蛤蟆"，也叫"介堵"，不知何意只能用两个音替代。它们的幼虫则叫"蛤蟆骨朵儿"。蚂蟥称之为"蚂鳖"，我想蚂蟥的形体并非像甲鱼（鳖），何以称"鳖"？过去老北京房子多为砖地，有一种虫名为"土鳖",极像缩微版的甲鱼,可入药。还有一种有翅膀的"飞土鳖",于今楼房林立,这种地虫早已无影无踪。至于蟋蟀,老北京叫"蛐蛐儿",如今也是罕见之物,随之消失的还有"捞咪""棺材板儿""金钟儿""油葫芦"等,北京平房过去有灶台,后来是煤炉,有一种很小的蟋蟀叫"灶火('火'读第四声)蚂子",就在这里生存。现在没有了灶台、煤炉,它们只有灭绝。还有壁虎,这种专食蚊子的益虫,现在也很难一见,老北京人管它叫"蝎了虎子"。我住的平房小院常有壁虎光顾,天津称为"尿虎",常喻胆小者,说其一遇惊吓,当即喷尿,腥臊无比,借此遁逃。但我常观院中壁虎,从未见此景观。

  北京现在还能见到的只有蝉、蜻蜓、蝈蝈等昆虫,蝉叫"季鸟儿",还有一种绿色的小蝉,叫"伏天儿",因为它的叫声听起来像在不停地鼓噪"伏天儿、伏天儿……",蜻蜓叫"老琉璃",是因为其黄色的身躯像北京宫殿庙宇上的琉璃瓦吗?蜻蜓还有若干种类,"红秦椒""膏药"通体翠绿的"捞仔儿"……相信老北京人想起童年的乐趣时,提到这些名字会有亲切之感吧?我少年时夏季的北京,蜻蜓翻飞之季,满胡同儿都是稚嫩的合唱:"老琉璃,飞过来……"

  令人回忆的还有很多,那些遥远而又生动的昆虫的名字:"扑楞蛾子""钱串子"(蚰蜒)、"小咬儿""天牛儿""刀镰"(螳螂,北郊称刀螂)、"屎克郎""蝲蝲蛄"(蝼蛄)、"臭大姐""洋蜥子""花大姐"(瓢虫)、"蝈蝈儿""吊死鬼儿"……可惜,有的已经永远在视野里消失了。

  哦,"水妞儿"(蜗牛)还能见到,为什么叫"水妞儿"呢?是它的样子像梳着两个犄角辫的小女孩儿吗?过去雨后"水妞儿"会爬满墙,小孩子们会齐声高唱:"水妞儿,水妞儿,先出来犄角儿后出头儿……"

"折箩"趣谈

中国菜在全世界都是很有知名度的，八大菜系及在此基础上不断衍生出的小菜系，加上南甜、北咸、东辣、西酸的风味及中国饮食文化无数令人感兴趣的掌故传说，不仅令国人一代一代百吃不厌，也更令碧眼高鼻的洋人叹为观止。

世界上有不少国家有中国城，有中国城就有中餐馆，于是八大菜系漂洋过海，但也往往异化即串了味儿。不少正宗的中国菜为了将就外国人的口味往往"中餐西做"。其实，外国人不一定欣赏。我看过一则资料：许多美国人爱吃美国中餐馆一道称之"Chopsuey"即"杂碎"的菜。这道菜源自19世纪在美国筑路的中国劳工。据说几个饥肠如鼓的白人路过劳工驻地。适逢晚餐已过，劳工们就将各种残羹剩饭同烩为客人充饥。不料几位白人吃罢大为赞赏，愿闻其名。劳工们告之以"Chopsuey"中文意思就是杂碎，以后遂成为旅美中国菜的开山鼻祖云云。也有一种说法认为是李鸿章1897年出使美国时用以款待美国人，名曰"杂碎"。梁启超曾有文记之。据我所看，这如同流传李鸿章在外交场合中旁若无人大吐其痰一样，意在讥讽，其真实性大可令人怀疑。

其实，这与"珍珠翡翠白玉汤"的故事异曲同工。人在饥饿状态下会将任何食品包括残渣剩饭视为美味佳肴。"杂碎"的传说真实与否我很怀疑，一个饭店若仅以"杂碎"起家，客源恐怕大成问题。现在美国中餐馆里的"杂碎"这道菜当然不是残羹剩菜，而是行其名而无其实——都是用新鲜食品烩制而成也。

"杂碎"者，即"折箩"也"折"读Zhē音，老北京的一个特有名词。金受申《北京话语汇》（商务印书馆1965版）未收此语。《北京土语辞典》（北京出版社 1990 年版）解释为："宴会的酒席吃罢，剩下的菜肴，不问种类，全倒在一块儿，……也叫'折箩菜'。"过去人们不富裕，头天的剩菜剩饭舍不得倒，第二天"折"到一起烩食，残羹剩饭有一种特殊的味道，有人喜食。北京郊区直到 70 年代末还保留着这样的习俗：红白喜事剩下的菜肴混杂一起由主家送给村里的各家各户。但在 20 世纪 80 年代后随着人们生活水平的逐渐提高，这种习俗已经消亡了。其实若从科学的角度来看，剩菜剩饭不利于健康，尤其是白菜、韭菜等，经过一夜发生变化，甚至会产生致癌物质。

北京在 50 年代以前有专卖"折箩"的小饭铺，头天从大饭庄里低价买来残羹剩饭，第二天专卖给穷苦的"脚力"等下层劳动人民。当然，不是"脚力"们爱吃"折箩"，纯因生活所迫而已。依此推断，有钱人当然不吃"折箩"？其实也不尽然。我读过孔子第 77 代嫡孙女孔德懋老人（她是台湾地区"考试院"院长孔德成的胞姐，全国政协委员）所著《孔府内宅轶事》（由其女儿据口述执笔），叙及她的父亲、第 76 代衍圣公（衍圣公是封建时代封给孔子后裔的爵位，历朝历代世袭不变，民国后改称"奉祀官"）孔令贻就极爱吃"折箩"——当地人称"渣菜"。衍圣公号称"天下第一家"，爵位千年不变，中外无此例。以此推论：想吃什么办不到呢？曲阜孔府至今保存有乾隆皇帝所赐"满汉全席"的全套餐具，孔府中最低等的酒席是给当差和老妈子们吃的：席地而坐，共 10 大碗。计有海参、鱼肚、红肉、鸡丝、瓦块鱼、白肉、肉饼、海米白菜、八仙汤、甜饭。由此可见孔府这"天下第一家"在吃上的气派。尤其衍圣公的老祖宗孔夫子提倡"食不厌精，脍不厌细"，以及"色恶"——颜色变坏、"臭恶"——霉变和气味不好等都"不食"（《论语·乡党》），因而在吃上他的后代也应该是很讲究的吧！但这位第 76 代衍圣公就恰恰违背了祖训，而酷嗜"折箩""色恶""臭恶"全占了。据孔德懋老人回忆：她父亲孔令贻喜珍馐美味，亦爱吃"渣菜"，是别人吃剩的各种菜混在一起，问其为何？"说是有股酸味，好吃"。逢到曲阜城里的大户喜庆之筵，孔令贻还会派差人端着盆去索要

"渣菜"。当然,那些大户岂能真给残羹剩菜,只能让厨师现做再混在一起烩烩,并设法做得像一些。据说,如果做不像,孔令贻便不爱吃。我想,剩菜和新做的菜味道是绝不一样的。由此可见,在吃上并不比皇家差的孔府衍圣公,也有吃"折箩"的爱好。

我不知外国人吃不吃"折箩",中国人大概都会有吃剩饭的经历,只不过因地域不同而称谓各异而已。除了"杂碎""折箩""渣菜"等叫法,北京人也有叫"烫饭"的,北京房山则称之为"拉(là)剩儿"和"杂货菜",云南昆明则称之为"酸汤"。近年来,我发现北京一些餐馆有类似的"折箩"形式出现(当然菜肴都是新鲜的),如某"靓汤",有一道饭杂以肉末、各色菜等,用酱油炒烩,味道不错。还有某台湾快餐店,有称"钵饭"者,也是杂以菜、鸡蛋,浇以红烧小肉丁和肉汁,亦令人颇快朵颐。我更联想到,快餐中各种盖浇饭,是不是也受到"折箩"的启迪,就不得而知了。但无论如何,上述种种均无"折箩"的隔夜酸味,这也算是一个不可替代的"风味"吧?

总而言之,国家逐步富裕,人们的生活水准也会越来越高,吃残羹剩菜"折箩"的人也会越来越少吧!

岁时流韵

北海仿膳记

每依北斗,最恋京华。尤杂花繁树、草茂莺啼之际,辄至琼岛而窥春荫。登山而小三海,隔岸而看九龙。太液与翠微顾盼,碧波共白塔同晖。亦可绕瀛洲、览三希,越堆云积翠,抱素静心,俯沁泉玉带,赏雨听琴。庆霄楼上,遥想八旗劲旅,冰场校阅;漪澜堂前,联翩域外画师,案几运斤。十全老人临湖而钓,煎炙而食,此或乃仿膳之滥觞欤?

钟鸣鼎食,脍细肴精,莫过于御膳。庙堂富垺四海,所谓普天之下莫非王土;庶人自有腹欲,诚哉食大于天攸系民生。游北海不可不去仿膳。夫幽情思古,园中之园飞檐斗拱、画栋雕栏,禁苑气度方领略;海中观海兰舸绿柳、黄瓦红墙,风光旖旎而披襟。八十年来名播宇内,贯耳如雷。燕台景诵有八,仿膳佳肴多四,更有满汉全席铺张扬厉,食供三日;亦奇豆黄芸卷取自闾巷,叩齿余香。

嗟夫!仓廪足而衣食暖,国家定而百姓安。昔者仿膳几经凋敝,盖因如此也。闻韶之后,岂忘墨面蒿莱;河山无异,珍重人心思定。倘天下人皆能闻香而入,遇膳而食,不亦乐乎?

应仿膳饭庄之邀写此小记。缘起曹忆南兄曾与我同在报社共事,他后调仿膳饭庄任党委书记,常樽酒而饮畅谈琴棋书画。他力邀我为仿膳作一小记,遂竭力而成。因体裁之限,有些句子颇需注释。"庆霄楼"一句指当年乾隆皇帝于此校阅八旗士卒,一律穿冰鞋,或登冰车,列队表演,目的自然是强化八旗健儿的尚武精神。庆霄楼位于琼岛之西,离仿膳不远。"漪澜堂"即仿膳所在地,乾隆很喜欢这里,曾题诗:"湖堂北向号漪澜,太液秋风正好看";乾隆常于此赐宴文臣,吟句联诗,这在《乾隆御制诗》集中颇可觅见。闲暇之时,乾隆常临湖垂钓,钓上的鱼令制膳人员就地煎炙。陪侍的大臣们也常常会得到品尝的"殊荣"。当年西洋画家郎世宁、蒋友仁等也曾于此被"赐宴"。可见,"御膳"在漪澜堂的历史还可以追溯更远,而不仅仅是仿膳时开业的1925年(当年叫"仿膳斋",也只经营豌豆黄、芸豆卷、肉末火烧几种小吃)。

"景诵有八""佳肴多四",燕京八景最有诗情画意的是"琼岛春荫",去仿膳必经此地,进倚晴楼门洞,过临水游廊用不了几步即到。湖光山色,尽收眼底。如果去仿膳用"膳",先读一读乾隆的御笔"琼岛春荫碑"上的诗文,也是很有意思的。乾隆好大喜功,毕生以"十全武功"自诩。当年他撰有《十全武功记》,又自号"十全老人",可见他颇以此自鸣得意。但"琼岛春荫碑"上的这通诗文却表达了他的重农思想,"民以食为天"还是硬道理。"佳肴多四"是指仿膳的镇堂名菜——宫廷"四抓"(抓炒腰花、抓炒里脊、抓炒鱼片、抓炒大虾)、四酥(酥鱼、酥肉、酥鸡、酥海菜)、"四酱"(炒黄瓜酱、炒胡萝卜酱、炒榛子酱、炒豌豆酱),这"四抓""四酥"等过去深藏御膳房中,公之于世后形成了与众多菜系迥然不同的仿膳风味,这也是值得珍惜的饮食历史文化遗产。

满汉全席一直有人存疑,形成的时间至今也无法考证,但清代奢靡之风由乾隆始,"康乾盛世"实际也是由兴而衰。比如乾隆南巡为备御膳之需,仅驮载茶膳房用具就需800头左右的骆驼。南巡随带茶房乳牛75头,膳房用羊1000头,还不算往返各地备用的无法统计的山珍海味、水陆八珍。我去过曲阜孔府,陈列有一套银质满汉全席餐具,但其名却称"满汉宴·银质点铜锡仿古象形水火餐具",共计404件,可上196道菜,镌记"辛卯年",查应为乾隆三十六年(1771年)。据说国内仅此一套,北京故宫、"台北故宫博物院"均付阙如。为何孔府有一套?史无明载。传说是乾隆为女儿嫁给孔府72代衍圣公孔宪培的陪嫁品。76代衍圣公孔令贻的女儿孔德懋所写《孔府内宅轶事》(柯蓝执笔)亦曾谈及。乾隆与皇后巡视过孔府,但餐具是否为陪嫁,则待专家考证。但由此证明"满汉宴"确实存在。另,乾隆时文人李斗所著《扬州画舫录》载有满汉宴菜单，与后来各地民间所传大同小异。我大胆假设，满汉宴也许是孔府或南方富绅为迎接乾隆而创造的？仿膳的功绩在于并不仅是保留，还不断完善丰富，据说，至1991年统计，仿膳已举办过400余席。当然，除了"铺张扬厉"的满汉宴，像芸豆卷、豌豆黄、小窝头等都来自民间，被清宫发现，连人带物，召入宫中，成为御膳房的一部分。由此可见，清朝统治者菜肴本身有满、蒙古等少数民族特点，又融汇汉族菜肴的南味北炒、民间小吃，集各家之长而自成体系，称作"清宫风味"。

概言之，仿膳继承发展的应该是中华民族的饮食文化传统，这也是撰写《北海仿膳记》的用意，当然，人心思定，国家强盛人民方可小康，所有普通老百姓都能去高档餐饮之所闻香下马、知味停车，那该是一件多么令人憧憬的"不亦乐乎"的小康社会景象呢？

房山风物

炸油香

每次去京郊房山,都会印证"一事不知,儒者之耻"的古训。也总会令人有大快朵颐的小惊喜。房山多丘陵,果树品种颇丰富。有毛桃、樱桃、杏、梨、核桃等,但皆体小。野菜品类亦颇丰富,只是记不住名。又如黄花、香椿、花椒、山茶等,味道浓郁。去大安山看到了层层梯田,号称是"京郊最美的梯田",其中若干栽种黄花,也成为一道怡人美景。还有一种野菜当地叫"根儿菜",茎可凉拌,叶可做馅,清香可口。"根儿菜"还有个奇妙之处:叶子扒下,便会迅速重新长出。但房山蔬果产量低,当地人曾试移至平原,则味索然,很奇怪。大概与山区土质、水、气候有关。

上述很值得有心人写一部《房山草木状》。除此,房山美食也很令人指动。我品尝过房山山村的扁豆焖饭,那里的扁豆有很多种,十分美味,只是产量低。

这次来房山,头一次品味大安山最有名气的特色小吃"炸油香","香",读音应读为"性"。类似油饼,但体形更小巧,呈菱形状。刚出锅时热气膨松,色泽金黄,口感软嫩,可蘸蜂蜜或白糖,回味绵长。

炸油香,在过去的乡村被视为佳肴,庄户人家可能一年也吃不上一回,只有贵客或新姑爷上门,才会上桌。也不像如今想做多少就做多少!由此想起我的老家山东招远,也有炸油香的习俗,在春节前做好准备过节之用,在物资匮乏的年代,一年中也只能享受这一次。那时老家人来北京，总会带些油香当作礼品。但比大安山的油香体形厚实，呈长方浑圆状，面发的硬一些。从炸油香可以看出时代的变化，这也不仅仅是"一事不知"的感慨了。

经询，大安山炸油香工艺，用料看似简单，无非普通的白面或玉米面，和面时放盐少许，醒面后入锅油炸。真正的关键技术是和面，水的温度要适中，温度低发不起来，温度高则将面"烫死"。面硬炸时如硬板，面软则卷缩不好看。两者口感都会欠佳。据说入油锅炸时用筷子翻动更需要技巧和功夫。过去当地炸油香讲究用杏核油，其他油皆不如杏核油炸出的油香可口。其中有何奥秘，尚不可知。

当地人说炸油香在大安山传了祖祖辈辈，但出处缘何？谁也说不清。城内的老北京人只食炸油饼（油条传进来很晚）、油糕、排叉、麻团等几种。回族才食炸油香，是小圆饼状，历史甚为悠久，最早称"油香"。但也比大安山的油香厚一些。逢喜庆婚丧当作馈赠之物。我单位一位回族同事逝去，几位同事去吊唁，辞去时每人会被奉赠一包油香，可见也是尊贵的礼节。

其实，油炸面食的历史在中国很早就出现了。《楚辞》"招魂"出现"粔籹"一词，朱熹《楚辞集注》云"环饼也。吴谓之膏环，亦谓之寒具。以蜜和米面煎熬之。"具体说就是"类似后代馓子的油炸食品"（《饮食杂俎》）。在魏晋时的《齐民要术》中仍有"膏坏"，以秫稻粉加蜜，在铛中油煎。这种食品在唐代已传入日本。书中还提到"截饼"，用牛羊乳调面油炸，这会不会是后代油香的原型，不敢武断。还有"细环饼"，也是油炸面食，记述是口感"美脆"。

宋元时出现炸春卷、麻团、油炸果子，果子不是油条，而是花色油炸的点心。《东京梦华录》提到"油饼"，大概并非今天的炸油饼。油条其实并非如传说是宋代人痛恨秦桧而发明，油条的制法据专家考证是明清时才出现的。袁枚《随园食单》列"油炸鬼"，是陕西面食，应当是油条。清代有"油追"（加食字旁），各地叫法不一，其实是麻团。清代山东有"油旋"（加食字旁），不知何状？但据字形看是不是今天的炸麻花，也不得而知。油香是否受到炸油饼的影响演化而来？清代苏州有"清油饼""夹油饼"，是否亦即北方意义上的炸油饼，也值得考证。或元代以来清真食品，其制作流传为汉民所喜欢。中国历史上各个民族的融合，食品也受到了影响。具体到房山大安山的"炸油香"，是少数民族的食品？是南方等地传过来的？还就是房山人的发明？这是很令人生发兴趣的。

不过，大安山祖祖辈辈传下来的炸油香，早已经认同这里是老家，扎根，光大，香溢群山，代代相传，齿有余香……

小黄嘴

有暇去京郊房山游，房山有个南窖村，有古街可供思幽，还有土产可供朵颐。

此地之杏有名气，称"小黄嘴"，甚甜。无农药、未嫁接，故不失本色。初到农家，品之，放之久，则腴软甘甜。从树上采摘尝之，则略甜中含酸，应是放一放更佳。

20世纪五六十年代，京城常见老农走街串巷叫卖"小黄嘴"，几分钱一大碗，香气扑鼻，酸甜可口。

过去京郊果农为使杏多结果，至农历四月先摘未熟青杏，走街串卖，俗称"青杏儿""青水杏儿"，味酸。至月末杏熟，进城杏贩增多，杏也个大甜熟。

清末闲园菊叟所辑《燕市货声》和翁偶虹先生《北京话旧》，生动记叙了串街贩杏者的叫卖声："杏来～～熟又烂来！酸来还又管换来！"还有"烂杏儿八达来""杏儿八达"，是指京杏以八达岭一带所产为名贵，"颗大而红，味甜而烂，食者珍之"。所谓"烂"是谓其熟透也！还有诸如"关公岭""大白杏""荷包杏""土黄杏"等品种，但均不如"八达"质优。"土黄杏"是否即"小黄嘴"？亦不可考。但据说"小黄嘴"不可多吃，多即上火，甚至会流鼻血。

杏，元代北方即已有之。元大都也有售卖，明代北京有"果子市"，称"北市"，位于北京德胜门内，今仍存地名。清初又有"南市"，位于前门外。京郊产杏则分甜、酸、苦三种。至20世纪50年代初，北京有鲜果批发商28家，"果局子"（零售户）700多家。据1932年北平市社会局印行《北平市工商业概况》，统计1929年共进售白杏1055780斤，红杏1169860斤。"红杏"应是八达岭所产，非指"小黄嘴"，因其并无此巨大产量。

据说南窖还有杏的另一品种"大黄嘴"，未见到。为何称"黄嘴"？当地人说祖辈就这样叫下来的。会不会鲜嫩如同小姑娘的樱桃小嘴？亦不可考！我曾去广东惠州，吃过一种木瓜称"美人唇"，南京过去有道名菜叫"美人肝"，还有植物叫"美人蕉"，等等。但都有些甜媚，不如"小黄嘴"生动形象有趣吧？

据我看，"小黄嘴"不失为京郊优质杏种，但似乎未形成规模种植，京城果店似乎也罕见。只是当地少量售卖，这，令人有些遗憾。本土品牌并不见得比舶来品差，如"国光"苹果之类，只留存于记忆了。

带回家"小黄嘴"，细细品尝，令人齿有余香，故口占一绝：

鲜唇微启小黄嘴，
调笑晶莹白马牙。
身在青山无限好，
欣然知物问农家。

白马牙

我很敬佩鲁迅先生，他对植物鸟虫的研究，钻之弥深，极其博学。古人说"一物不知，儒者之耻！"鲁迅是做到了！我等，只有兴趣，素无研究，望贤者项背都不够格。读杂书，履迹所至，也止乎盎然而已。

京郊房山之游，有小惊喜。在南窑镇一户农家院，居然见到久违的玉米品种"白马牙"，当然不是青纱片片，只是挂在农家院树上的十数根棒子。少年时代"学农"时是吃过的，现在早已罕见踪影。曾读有人撰文，说是因产量偏低，故早已被淘汰了。我所见者，经询亦非批量种植，大约是孑存而已。

"白马牙"的优点是可抗击风灾不倒伏，因它有三层"护茬根"。我那时印象中其秸秆高耸，挺拔而粗壮，其穗也硕大，叶展直径一个人伸开双臂竟还勉强并列其长，估计叶展最长者可达两米。其籽粒圆润饱满，呈洁白色，宛如骏马之牙齿，故称"白马牙"。

玉米是舶来品，中国古代无此物，粮食类惯称"五谷"，黍、稷、麦、菽、麻。简而言之，黍，黄米；稷即小米，谷子；麦子有大、小之分；菽，大豆；麻，籽可充饥。其他还有粟、粱、稻、禾等作物，故古籍中也冠以六谷、八谷之说。后来人们将玉米并入六谷，其实玉米从美洲传入中国很晚，至今亦无准确考证。过去，外国人认为哥伦布发现新大陆后，玉米才传播于世界。实际中国明代典籍关于玉米的记载皆早于哥伦布日记。比如李时珍《本草纲目》《滇南本草》，皆有玉米入药记述。《滇南本草》作者生于洪武年间，可佐证明初玉米即传入中国。通过何种路径传入？其说不一。一说与红薯相仿由海上传入东南。还有一说经印缅入滇（但也有认为玉米是中国传入印度），我倾向"入滇"说，因为有《滇南本草》为证。一说由波斯、中亚入陇上。有趣的是，玉米最早传入不是供人为主食的谷物，而居然是贡品。明代称为"御麦"（与元代宫廷食品"御麦面"有别），《盛京通志》载，直到清初，玉米还由"内务府沤粉充贡"。在明代，权贵人家以玉米食品作为美馔款待宾客。《金瓶梅》中西门庆宴会上就有一道"玉米面玫瑰果馅蒸饼"，看来是作为罕见的珍馐上席的。至18世纪中叶，广西《镇安府志》还赫然将玉米列为"果属，以食小儿"，看来是将玉米作为哄小孩子的果品，可见珍稀。云南则将玉米作为药物，《滇南本草》说"玉麦须，味甜，性微温，入阳明胃经，通肠下气，治妇人乳结红肿或小儿吹着，或睡卧压着，乳汁不通。"到了清乾隆至道光年间，玉米才开始在全国普遍种植，才成为中国人主要的食用谷物品种，所以《红楼梦》中所描写的各种簪缨之家的美味佳肴，就不会再见到玉米上宴席了，因为那已是再普通不过的平民谷物了。玉米与红薯的传入，是对中国人繁衍生息的一大贡献。

如今之玉米品种，多为转基因，从种子始即农药泡之，产量多则矣，但味道并不如产量低者。"白马牙"过去多种于京郊丘陵地势，房山也多丘陵，所以适合生长。总的看来，玉米基本适合山地种植。玉米在中国有多少品种？分白、黄、黑、糯、杂等若干类百余种，而且还不断培育繁衍出新的品种。京北有玉米名"八趟白"，不知是否即"白马牙"？"白马牙"粒大出数，但磨成面，味香略逊黄玉米面。《北京经济史资料》载：北京过去昌平高丽营玉米最为著名，黄玉米以东坝镇为多。粮市交易亦有河南、山西、徐州等玉米品种。

生物入侵还是应该值得警惕的，舶来的一些果品谷物，味道不一定有本土的好吃。以中华之大，本土物种都灭绝了，这世界也太单调了，对人类的生息也未必是好事。

古人说"遇物能名，可为大夫"，又说"士人束发受书，足不出户庭，交不出里巷，孤陋寡闻所不能免，安得合天下之大，极庶类之繁，一一尽知其名象哉"，世界之大，无可穷尽，仅读书，不见其物，也是泛泛。

积习赋得《咏白马牙》：

> 迎风屹立处，有穗灼其华。
> 叶密而肥阔，秸粗亦挺拔。
> 秋后结实硕，晶莹宛玉牙。
> 亭亭如翠盖，飒飒似涛发。

王府井的"狗不理"

如果以烤鸭为最具代表性的北京老字号风味，那么"狗不理"包子就是天津卫的代表性风味小吃。其名声之远播，已不仅仅限于神州大地了。

说来惭愧，我去过天津很多次，但从未品尝过天津卫原汁原味的"狗不理"包子。天津最久远的传统老店应是和平区的"狗不理"总店，而且据说"狗不理"兴旺发达，不仅有了豪华的大酒店，也有众多的连锁店，可惜我从未驻足品尝。

20世纪70年代末，北京地安门外大街十字路口西北角开了一家"狗不理"店，我始而光顾，感觉味道极鲜美。猪肉馅的1.90元一斤，大虾丸馅的2.60元一斤，同时还有传统鲁系菜肴，也很到位。因为离家不远，遂成为我辈呼朋引类的宴饮之地。

现在楼肆仍在，招牌却不再是"狗不理"了。包子馅的品种增加，但偶尔光顾，口味却似有不同，不能再使人流连忘返了。北京在90年代后，还开了若干家"狗不理"店，但最后似乎都消失了。翠微路有一家光顾过一次，据说现在也消失了。东直门开了一家，没有去过。北京最繁华的王府井大街，也开了一家"狗不理"店，据说最受欢迎，每日川流不息，从早至夜，供不应求，也许是为了适应客流量的需要，不设包间，没有热炒，只有凉菜，但供应酒水。即便如此，顾客们还是需要排队等位。

我品尝过一次，感觉馅的种类繁多，除肉馅、三鲜之外，尚有各色野菜，时令菜蔬做馅。100多年前的"狗不理"，只是小作坊，大概没有这么多的品种花色。

正宗而论，"狗不理"的特色应该是水馅、半发面的工艺，蒸出的包子柔软可口、鲜而不腻、香气四溢，形似白菊花。当年地安门外的"狗不理"，据说是用鸭油（或鸡油）拌馅，所以香气扑人，引人闻香停车。

岁时流韵

"狗不理"的创始人是劳动人民，是清代道光年间天津武清县一家农户的儿子，名高贵有，据说因是他父亲40岁才得子，依过去小户人家取贱名保平安之意，取名"狗子"。正史上是不会记载引车卖浆者流的，也是传说他14岁时到一家蒸食铺做小伙计，三年后自己开了个包子铺，原先招牌大概也不叫"狗不理"。"狗不理"是人们给他起的绰号，说他忙生意连话都顾不上说，"狗子忙得都不理人"，故而久之人们呼他为"狗不理"。也有传说他本身脾气倔强，是出了名的牛脾气，人们都叫他"狗不理"，意为脾气之坏狗都不搭理。我不知道天津卫的稗官野史有无记载，关于"狗不理"包子，传说袁世凯任直隶总督时品尝过"狗不理"包子，进京面圣时将包子作为贡品呈那拉氏，那拉氏品尝后连声称赞："山中走兽云中雁，腹地牛羊海底鲜，不及'狗不理'包子矣，食之长寿也。"（见《中国"狗不理"》宣传册2页）这言辞不文不白、比喻不伦不类的话稍有文史常识的人看了都会哑然一笑。清朝人无论皇帝百官、农工商民，说话都是口头语。只有官方文书、谕旨等才会是文言。但是中国老百姓非常相信这类传说，就像北京众多老字号一样，都各有活灵活现的轶闻掌故。

虽然经不得推敲考证，传说却代代流传，而且成为食品文化的重要组成部分。没有这些传说，老字号的风味也许会黯然失色。老百姓们对这样的传说喜闻乐见，津津有味。

我看王府井"狗不理"店前，就挂着这样的宣传牌。不仅介绍着"狗不理"包子的特色，还将民间传说穿插其中。人们在品尝之前，读一读引人入胜的故事，在大快朵颐之际，平添了精神上的愉悦，这也许就是老字号引人入胜的魅力之一吧？

不过，我所担忧的是并不是那些传说是否站得住脚，而是老字号最致命的死穴就是在全球一体化汹涌大潮的冲击下不断异化，亦即不断快餐化。

那种精雕细刻、一丝不苟的坚持品位渐渐成了挂羊头卖狗肉急功近利般的粗糙，长此以往谁也不能挽救百年甚至数百年老字号走向没落的厄运。商业化创新的精神固然勇气可嘉，可是老字号失掉了原来的精细和风味，非驴非马，那它的消失和被淘汰真的是为时不远矣！

王府井的"狗不理"店是不是正宗呢？还是应该老百姓说了算。它也许有创新，但恐怕也是在保持正宗风味的前提下，否则不会有那么多的北京人和外地人去光顾品尝，它也不会在餐饮业短兵相接、异常白热化的今天一花独放，数年而不衰。

王府井寸金寸地，餐饮业知名品牌不多，森隆、奇珍阁、五芳斋饭庄、和风（西餐）等老店已经踪影不见了。除了保留至今的东来顺、全聚德（王府井店）等，"狗不理"应该是一个弥足珍贵的晋京老字号，真心希望已经扎根、开花、结果的"狗不理"，继续鲜香四溢，快人朵颐。

"簋"与"鬼"

北京有名的食街"鬼街"改"簋街"的时候，很多人莫名其妙，更多的人看见这个古怪的字，甚至不知如何读其音，更不知其中含义。

"簋"读"轨"音，与"鬼"同音。它的本意并非像把"鬼街"改名的人士所解释的那样是古代一种食器，这未免有些简单了。"簋"的本意最初是用于盛粮食的器物，《诗经·小雅·伐木》记载："於祭洒扫，陈馈八簋"。据专家考证，它的形状很像大碗，圆口、大肚，下有圆座，也有有耳或方座形状的。后来逐渐用它盛饭，而后还与另一种盛粮食的器物"釜"（读"府"音）并用以代表祭祀。这不用去费劲查典籍考证，翻一翻许嘉璐先生的《中国古代衣食住行》就知道了。

于是，"簋"就有了三个含义：一、代表盛粮食的器物；二、代表盛饭的器物，不同于碗；三、代表祭祀的用语。用它给北京的一条美食街当名字，雅则雅矣，但却失掉老北京的民俗味，况且并不那么准确。起码这条街不是专卖五谷杂粮或丧葬用品的吧？

"鬼街"其名，我想必是深谙北京风土人情的某位人士的一种再创造。北京过去没有"鬼街"，只有"鬼市"，何为"鬼市"？按照已故的研究老北京风俗语汇的专家金受申老的解释：老北京买卖旧物的所在名为"小市"，以时间分。有"早市"——后夜三四点钟起日出即散、"晚市"——下午三四时起黄昏散市和"夜市"——掌灯后营业三更收市。"夜市"又名"鬼市"。早、晚两市只卖破货，不卖假货；"夜市"以售卖新货为主，偶有假劣品。那么为何又称"鬼市"呢？据金老的考证，亦有三：一、经营时间在夜里。二、时常会发现珍奇物品。三、所售物品亦有来路不正者。

酒缸

旧时北京酒馆皆以缸代桌故故名昔黄白二酒均须热饮并有谚云吃冷酒花现钱晚早是病提醒刘伶之好者 滨声

"篮"与"鬼"

东直门的食街干吗要起个"鬼街"的名字呢?其实过去的"夜市"并不仅仅出售各种货物,它唯一的附属营业,还在于"吃",据金老亲睹记载:卖烧饼、麻花、豆腐脑、老豆腐、炒肝、泡羊肉、烩丸子、杏仁茶、豆浆、炸丸子……以至酒馆、茶摊,以及各种肉类吃食如驴肉、酱牛肉、羊头肉、猪头肉、熏鱼、马肉脯、"狗肉陈"等,皆为老北京名吃。

过去北京"鬼街"约有两处,北新桥一带和正阳门外大街。由此来看,给东直门食街起名"鬼街"很有讲究。食街不等于"夜市",只经营肴馔,所以起名"鬼街",一字之差,截然分明。又取"鬼市"内涵,经营时间从晚饭起至半夜,还有新奇食品,如风靡一时的小龙虾。地理位置与过去北新桥的"夜市"接近,又符合老北京的习惯,叫起来通俗、平民化。因为"鬼街"不是一条纯高档食街,各色人等各取所需,当然还是最受工薪阶层欢迎。

我所熟悉的钟灵老先生与我谈起过,他当年在延安刷标语,非要把"工人阶级"的"工"写成一个古字,让那道竖拐一个弯,还加上三撇,以致被毛泽东批评:在这个地方你那样写给谁看呢!? 毛泽东《在延安文艺座谈会上的讲话》专举此例

很多北京人和外地来京的人们都去过"鬼街",大家说名字究竟是"鬼街"好,还是改成"簋街"好?

诗话全聚德

京华全聚德的驰名,不仅仅过去,在今天,也响遍了全世界。前几年,曾公布了有关国家权威资产评估机构对全聚德的品牌的评估:价值为 7.0858 亿元人民币!

现在自然更升值了。据 2007 年的数字,和平门店的每一把椅子,一年的流水十多万!但是,全聚德其实最值钱的还是自身的文化价值——老北京文化的组成之一不就是老字号吗?140 多年的历史积淀,这底蕴比世界上有的国家的历史还长!

有的食客可能不知道,全聚德有自己的展览馆,这可能是老字号饭庄里独一无二的。全聚德还保留了老墙——历尽沧桑的老墙。今年,我居中牵线促成北京诗词学会和全聚德集团共同为全聚德以诗立传——组织诗词名家撰写《全聚德竹枝词》,以期遗韵久远。会长段天顺先生非常热心,他也是一位诗家,在他的振臂一呼之下,这部有价值的书不久就可以问世了。我忝居附骥,也诌出俚句五首。因为一直想写一写全聚德,久未动笔,借此之机,始以诗话之体裁就教于方家。

>青葱黄酱蘸酥鸭,
>白饼蒜泥复卷夹。
>最是高汤飘碧片,
>一杯浊酒醉流霞。

全聚德挂炉烤鸭的朵颐佐料除葱丝、黄瓜条加之以自制甜面酱外,必有蒜泥,以去腥之意也。很多人可能不知道,最早以前(大约五六十年代)烤鸭上来,只有甜面酱、葱丝,黄瓜条是没有的。白糖更没有上桌的一席之地。这是梅兰芳的发明，他本意只是为了保护嗓子，故到全聚德吃烤鸭，让跑堂的"换个样儿"，跑堂的遂上了糖和黄瓜。这就是老字号的底蕴，何其简单的黄瓜条与糖，也是大名鼎鼎的"梅老板"的"发明"啊！这样，不同口味的顾客可以有不同的吃法，各取所需。至于蒜泥，我至今未考出是何时才出现的。但有一时期，没有了蒜泥，这是不对的。烤鸭本源于山东，山东人好吃大蒜，蒜泥还可去腥腻，故而佐料必不可缺此项。

> 流龙车马忆登楼，
> 此处鸭香馥气留。
> 知否当年全盛地，
> 霓虹早换幌招头。

全聚德发祥地是在前门大街东侧的肉市胡同。《都门杂咏》有竹枝词云："买得鸭雏须现炙，酒家还让醉葫芦"（"醉葫芦"是小酒家之名），可见其盛况。杨全仁最早在肉市摆摊售鸡鸭，后来买下德聚全干果铺，始经营烤鸭，始将原字号三字倒名"全聚德"，后来不断发展，方成拢了前门老店。至于和平门店，得于周恩来的提议，1979年才正式经营。所以，我当年去烤鸭店大快朵颐的时候，只有前门店。不过，听老人讲西单鸿宾楼原址曾是烤鸭店，当然这已经很久远了，鸿宾楼也早已迁址到西城展览路了，雪泥"鸿"爪，早了无痕迹了。我似乎没有看到有人考证过，故写此诗，借以抛砖引玉，期以解惑。但愿不是讹传。

> 曾是瓜香安定门，
> 畦畦高架顶花新。
> 切成条细入薄饼，
> 清气丝丝先进唇。

全聚德之所以脍炙人口，佐料之精细是令人叫绝的。比如黄瓜，据说专从安定门外菜圃订购，因为此地黄瓜清香可口，闻名于时。但现在安定门外一片灯火楼台，黄瓜早已绝种了。现在全聚德所进黄瓜不知何处？全聚德鸭席最后一道鸭架汤必须要俏黄瓜片，以去油腻（老北京话：俏头，烹调时为增加滋味或色泽而附加的香菜、青蒜、木耳、辣椒等）。但我仍觉得俏黄瓜片不适于去油腻，故我常常在品汤时，请服务员切上一盘碎细香菜末，洒于汤中，则清香无比，食者诸君不妨一试。

  挟来双筷卷成包，
  犹似雕花不用刀。
  左叠右折何用手，
  食家处处技筹高。

  老北京尤其是旗人，吃饭很讲究，所谓有"派"即优雅也。比如旧时南方人家吃螃蟹，不似北方人乱撕瞎吃，进退有据，使用各种工具，不但不浪费，还会将蟹壳、腿等码成原型。看一看《红楼梦》里贾母螃蟹宴那一章就明白了。南方人吃虾也如似，吃完壳是完整如初的。那么吃烤鸭也同理，听老辈人讲，用饼卷鸭片是不能用手的，须用筷子折叠卷好送入口中。我记得看过一篇史料，周恩来曾嘱咐要将此法教会外宾。但至今我看全聚德用餐者仍然用手挟卷。我曾多次示人此法，但多以费事而不肯。可见"优雅"二字不是随便可以学会的。另外，多少年来全聚德卷烤鸭的荷叶饼是圆形的，周恩来在此陪外宾用餐时，见外宾卷饼不甚得法。故嘱全聚德将饼做成椭圆形，卷起来更方便也。故此后饼皆改成椭圆形也。（见《驰名京华的老字号》，中国文史出版社 1986 版 8 页）

  堂头犹似大将军，
  若定偷眼记超群。
  招唤须看碟下菜，
  人人惬意喜出门。

旧时老北京饭庄的堂头是一个非常奇特的现象，类似如今大堂经理，但又不完全类似。其眼观六路，招呼有度，看人行止，那是现在的什么烹饪管理学院也教不出来的。而且根据来客的身份帮助点菜，绝对不像今天没头脑的瞎推荐。而且那时没有电脑、笔、纸，全凭记忆，所点菜肴酒水分毫不差，怎的一个了得！？全聚德如今做大了，常听人讲店大欺客，不免气粗。但在那时，全聚德的堂头和服务员们是绝不会这样做的。中国人讲究"宾至如归"，谁愿花钱吃饭生一肚子气呢？堂头现象太值得如今的老字号认真学习了。

其实，今人对全聚德每有不晓之处。殊不知全聚德并不仅仅以烤鸭擅长。比如全聚德有山东风味的看家菜，如三不粘。又比如它还有不外售的菜，有蒸炉鸭、大酥丸子、核桃酪等。只在内部三节（端阳、中秋、春节）掌柜与工人一起会餐时露面。据说凡吃过这几道菜的外人谈，味道确实特别好！今日大概已成绝响，还能发掘出来以飨食客吗？

说"老炮儿"

电影《老炮儿》的上映,掀起一股异乎寻常的关注,一时间"找回逝去的尊严",赞美"老炮儿"的"身上充满英雄气,他是为某种情怀和精神代言的悲剧英雄"(《〈老炮儿〉:找回逝去的尊严》,2015年12月30日《文艺报》第4版),"用这温情给了让我们感动的东西"(张颐武:《〈老炮儿〉迟暮英雄的挽歌》,2015年12月30日《环球时报》第15版),"仅片名听起来就硬气,能给精神上日渐羸弱的国民注入点血性"(《〈老炮儿〉的火爆与〈恶棍天使〉的恶搞》,2015年12月30日《北京青年报》A23版),甚至导演宣称"电影需要通过展现老北京的人物和味道来表现时代的更迭,北京人身上的规矩、讲理儿、大气、有里儿有面儿,不可能都遗留下来,只有少部分人身上继承这些特点,但我们需要这少部分人"(《"中炮儿"管虎亲释〈老炮儿〉疑点》,2015年12月30日《北京青年报》A23版)。

"老炮儿"果真是"英雄气""浪漫气""坚守道义",令人"感动"的英雄吗?何为"老炮儿"?这个词汇至今没有完全消逝,一部分北京人中仍然在口语中存在。但自20世纪五六十年代往上溯源,并没有这一词汇。金受申先生的《北京话语汇》(商务印书馆1965年版)及后来的《北京土语词典》(徐世荣编,北京出版社1990年版)都无此语。查连阔如《江湖丛谈》(中华书局2011年版)也无此词汇,但诚如作者曾云:"以我的江湖知识说呀,所知道的不过百分之一"(连丽如:《回忆父亲连阔如》),书中江湖内幕并无黑道、匪盗、娼妓等行当。陈刚编《北京方言词典》(商务印书馆1985年版)仅有"老泡儿"词条,与"老炮儿"谐音。"老泡儿"含义指:年轻时调皮过的老人,其次专指"相公"

（男妓）。与流氓匪类并不沾边儿。"泡"本身就是老北京话，有持续长久沉浸之意，老北京旧时代妓院有不少行话都与"泡"有关，如"泡蘑菇""穷泡"。我个人觉得"老泡儿"极有可能是指常去"逛窑子"的人，而并非仅指男妓。

但"老炮儿"似与此无关，麻将有"点炮儿"的术语；而自明清以来，科举考场替人当枪手而获中试的术语则称之为"响炮"。通览清末民初以来武侠小说，也无此称谓。而"老炮儿"一词出现大概在20世纪60年代中晚期以后，专指已失去风光的老流氓，多为刑满释放人员或劳教人员，基本无固定职业。北京有"炮局胡同"，从清朝以来即为监狱，1949年以后为拘留所，流氓类"犯事儿"，皆拘押于此。"老炮儿"或称常"折"进拘留所的老流氓，或也有此含义。

"流氓"在中国是一个古老的行当，是恶势力性质的无业游民寄生群体。至今在世界上也未绝迹。在苏联，被称为"反社会者"，在纳粹德国时，被称为"不劳而获者"，都是要强制送入劳改营或集中营。美国、意大利、日本、韩国等也数十年竭力抑制、制裁黑帮。在中国的历史更为悠久，春秋已出现"惰民"，商鞅变法所严厉打击的"五民"（实际有十余类人）则是不务农、怠惰、巧佞、游手好闲、蛊惑、邪僻等类。此后的"侠"一部分转为"流氓"，所以汉代明确"侠以武犯禁"，"侠"传入日本成为"武士"，但武士没落后一部分也转为流氓无产者，寻衅滋事成为"浪人"，在日本侵华前后成为在中国大地上为非作歹的恶势力。如果熟读宋元话本和小说，即可知宋元时流氓叫"破落户""泼皮""大虫"，《水浒传》里有非常形象的描写（隋唐时称谓则颇雅，"闲子""妙客"的称谓很难令今人想象成是流氓匪类）。明清时一般称为"光棍""无赖"。

至今，各地流氓的称呼迥异，北京称为"流氓"或"地痞""痞子""胡同串子"，天津称为"青皮""混混儿"，上海称为"阿飞""小赤佬"，苏州称为"赖皮"，其他城市诸如"二流子""地棍""地赖子"，等等。但无论何种称谓，都是特指不务正业甚至无职业者，为非作歹，勾结白道，欺行霸市，勒索敲诈，偷盗强索，侮辱妇女等无业闲杂，赌场、牙行、妓院无不有流氓的身影，是历代官府城市治安的重点打击对象。这些市井无赖，其中或有少数人加入江湖黑道或帮派组织，如旧社会的青红帮、哥老会之类。但还并非真正的黑道，纯属社会渣滓。所以"老炮儿"也不等于江湖帮派里的"万儿""堂主""袍哥大爷"之类，而纯是被镇压后失去流氓地位的刑满释放（或称"大狱"）者，一部分劳改就业，一部分回归社会，但因无技能，只能混迹于世。这样的被社会所淘汰者，如何谈"英雄气"？有何"温情""情怀""尊严""血性""硬气"？怎么能成为"精神代言的悲剧英雄"？这些人的流氓行径不容于社会，一旦被镇压则彻底被扫入垃圾堆，成为社会所不齿的人群。新社会流氓行径的空间被极大挤压，一般靠打架为业，生活来源依靠"吃""佛爷"（小偷）"进贡"，反过来又保护小偷，形成反社会的特殊群体。

流氓在五六十年代基本销声匿迹，"文革"混乱中又开始滋生。1966年对"地、富、反、坏、右"抄家、批斗，还要"横扫一切牛鬼蛇神"，"镇压流氓"使一切社会渣滓闻风丧胆，工人体育场曾召开10万人批斗大会，小有名气的流氓们被押上台来接受批斗。1968年的"大清查"、80年代初的"严打"，流氓小偷基本被扫荡一空。那时的流氓要被注销户口，押赴新疆劳改。所谓"九龙一凤""小混蛋"之类的流氓，在"铁拳"下皆不堪一击，现代的"打黑"，专指"有黑恶势力性质的流氓团伙"，用词很准确。由此可见流氓并未绝迹。

有人撰文"老炮儿"是指"老兵儿"（"红卫兵"）、"顽主儿"，这是混淆了二者的不同。"文革"中产生的"小顽闹儿"意指新生代的小流氓。像电影《老炮儿》的主角儿，依其年龄，大约应属"小顽闹儿"一类，真正的老流氓如能活到今天，起码应该在70岁左右。中外黑道、团伙都有规矩，但不代表真正的社会正义和伦理。流氓地位的确主要靠"胳膊根儿"和所谓流氓圈里"义气"，而不是"北京人身上的规矩、讲理儿、大气，有理儿有面儿"，若如此，就不会去当流氓了。对流氓大唱赞歌而没有批判，无论如何与《教父》《纽约黑帮》《英雄本色》等揭露黑帮残暴的电影不是同类档次。其实，我们不必对"老炮儿"这种流氓式的称谓太感兴趣儿，因为不是"礼失而求诸野"，汪曾祺先生说过：老北京话"其意义很难准确地解释清楚"，"老炮儿"只不过比"大虫""光棍""地痞""混混儿"之类更隐晦罢了，含义是指老流氓（或退出江湖、或丧失地位）则无疑义。

"老炮儿"这种与"圈子""碎催""小催吧儿""佛爷""顶爷"等，这种特殊年代的渣滓词汇，终究会消亡。流氓在任何时代、任何国家，都不可能在阳光下享受什么"尊严"，只能被法律所翦灭、荡涤。因为文明社会绝不会"需要这少部分人"！当年蒋介石、戴笠都曾是上海滩的"小混混"，混迹于青帮。但他们发迹之后，从来不曾也不耻于"找回逝去的尊严"。

中山公园里的幼儿园

据我所知，北京只有一个幼儿园设在中山公园里——北京市第三幼儿园。北海幼儿园其实并不在北海公园内，而是在先蚕坛。

中山公园在明清两代是皇宫禁地，称之为"社稷坛"，与天坛、地坛、日坛、月坛、先农坛、先蚕坛等并称为"九坛"。进入民国直到溥仪小朝廷年代，社稷坛仍归清室内务府管理。内务总长朱启钤到此参加隆裕太后葬礼，发现此处凋敝破败，才呈报政府收归国有，从此改名中山公园，真正成为大众的休闲之地。

而我的童年毫不夸张地说是在中山公园里度过的——准确地说是在公园里的北京市第三幼儿园里度过的。全日制每周只休一天，只有星期六方可由家长接回家。师资水平很高，老师都是师大或幼师毕业。环境幽雅，食宿舒适。一个月的食宿费是17.50元，相当于当时我父母工资总收入的八分之一。我三岁入园，至1962年毕业，这样的收费在那个年代已然不菲。

据说进这所幼儿园是有一定条件的。我家那时住南池子金钩胡同，是一个大院，原是同仁堂乐家宅院一部分，因为紧挨着的宅院乐家仍有人住。门房大爷特别喜欢我，老呼唤我到他屋里去玩。当时为接送方便，我母亲最初就近入的是东华门幼儿园，因我母亲就在附近的医院门诊部工作。但没几天我就传染上了红眼病，门诊部主任建议将我送到卫生、环境、食宿都比较优越的第三幼儿园，医院门诊部与第三幼儿园同属一个党支部，故有近水楼台之便。但如果没有父亲当年对外经贸学院（今对外经贸大学）讲师的身份，恐怕也不易进去。我后来才知道：这所幼儿园成立于1949年，一直是外事开放单位，不仅许多国家

燕京感旧录

中山公园里的幼儿园

领导人的子孙在此就读，在国外也有知名度，被称为"紫禁城里的幼儿园""园中园"。

中山公园里的楼台亭榭、扶疏花木都给幼小的我留下了朦胧而遥远的回忆。那时，每周一都由母亲骑车带着我沿着故宫后河到中山公园东门，她去上班，而幼小的我便自己穿行在鸟语花香的小径上，沐浴着清新湿润的草气，也许会唱着"小鸟给我们带路，春风迎着……"蹦蹦跳跳去社稷坛旁边的幼儿园吧？

老师会带着我们排着队沿着后河漫步，穿行在社稷坛的苍松古柏间，去海棠花下做游戏、捉草虫，去莲花池、金鱼廊、牡丹园写生作画……还会去天安门、故宫、北海公园、景山……

到了周六，母亲会带着弟弟来接我，会在来今雨轩吃有名的冬菜包子，然后去音乐堂看电影……

童年的记忆是朦胧的、片段的、不完整的，但是有的片段却总是会清晰地浮现出来。我当年在幼儿园老师们的眼里是一个淘气顽皮的孩子，举例来说明：幼儿园全班睡觉都在一个大屋里，而我却会受到"惩罚"——被小陈老师带到她自己的宿舍去睡觉，因为若将我放到大屋里，全班的小朋友们都会因我煽动嬉闹而不睡觉，老北京话我是属于"蔦儿淘"的那种，善于隐藏和搞小动作。当然，这最终逃不过老师的眼睛。还可举例说明：在幼儿园后期，赶上三年自然灾害，幼儿园的早餐除了牛奶、鸡蛋、点心之外，还加了极小的大概是白薯杂面的小窝头。不是每天都有，味道确实难以下咽，一般孩子都会"抗议"，或闹或不吃或扔到一边儿。而我却观察到地板上有个小窟窿，恰好可以将小窝头塞入，于是乎趁人不注意悄悄灭迹，给老师以吃完的假象。回忆至此，不禁为当年之"狡诈"而脸红。

但在老师的眼里我又是一个有绘画天赋和爱读书的孩子。小陈老师曾对我母亲说过：有一回下雪，布置孩子们去扫雪，然后以此为题材画一幅画。所有孩子所绘画面上都出现拿着扫帚扫雪的小朋友，但大都粗疏而意象，而只有我的画面上人物、树木、工具细致入微，包括扫帚上捆扎的铁丝都一一毕现。老师认为我的观察力很细，而且善于表现出来。我后来一直非常喜爱绘画，9岁时考入北京市少年宫绘画组，还参加过画展，如果不是"文革"的到来，我很有可能走上绘画之路。

在老师眼里，尽管我很淘气，但又很爱读书。幼儿园里的书不过是连环画或标注拼音的小书。我母亲上班很忙，到了星期六我几乎是全班最后一个被家长接走的孩子。别的孩子都在翘首盼望父母到来，见到父母都会欢呼雀跃，而我却一直静静坐着埋头读书，甚至听不见母亲到来的呼唤。

我至今记忆，幼时父母非常忙，有时星期六也无法接我回家。幼儿园只好留下一位老师陪我，为了不使我孤独，还将她的孩子也带到幼儿园陪我玩耍。我们俩就在幼儿园里的小花园寻觅各种草虫，然后登上滑梯将小虫子们纷纷释放，稚嫩的童音在回荡："放生喽，放生喽……"

这一幕在我的脑海里印象最深，我至今从保存的幼儿园毕业照中还能认出那位老师和她的儿子，我至今想念他们：放弃自己的家庭团聚，陪我在幼儿园度过一个又一个温馨而快乐的星期天……

童戏忆趣

现在儿童的学步前消费恐怕在三口之家中要占很大的比重，单是儿童玩具、游戏方面的开支就颇可观。现在的儿童玩具动辄近百元、数百元甚至更高，各式各样的电子、电动玩具，价格越来越贵，一般家庭难以承受。我听过很多朋友的诉苦。由于条件有限，高档的不敢问津，但最便宜的也花费不薄。

记得我小时，几角钱一个的"嘎嘎"叫的小木鸭子，便给我带来无穷乐趣。毛八分一册的"小人儿书"（连环画）更令人痴迷。现在是再也寻觅不到了。据说厂家现在也绝不生产这类玩具，因为根本不赚钱。说实在，我的童年是没有这样的消费水平的，那时的童戏皆取自大自然，至今忆及仍觉稚趣盎然，比今天看到儿童的电动玩具不知要欣喜多少倍——那种乐趣是电动玩具们所无法取代的。

比如说逮"蛐蛐"（蟋蟀），是我们这一辈人都会经历过的。那时的北京没有这么多高楼大厦，今天的二环路、三环路……当年都是农村郊野。在四合院、小胡同里就有逮不完的蛐蛐。稍远可以去野外，那时的二环路一带，还是护城河、城墙、野地、菜园，逮回之后放入罐中，每日观斗，其乐无穷。夏天则去粘"季鸟儿"（蝉）、蜻蜓，熬胶或面筋（用和成的白面在水中洗去粉质），用竹竿粘取落在树上的蝉，如果粘住绿色的"伏天儿"（一种较小的蝉），是最令我们欢呼雀跃的。蜻蜓在北京俗称"老琉璃"，除粘之外，还可用网捕，落在灌木上的还可用手捏。蜻蜓的种类很多，全绿的叫"捞仔儿"（这是雌性，雄的尾端呈翠蓝）。黄黑相间的称"老膏药"，红的叫"红辣椒"，灰的叫"灰儿"，黑的则叫"黑老婆儿"，最多的是"黄儿"。那时北京逢雨前或大雨之后，蜻蜓满天。满街也是孩子，举着"琉璃网"和招子（用招引蜻蜓之用）边跑边唱："老琉璃儿，飞过来……"，或齐喊"黑老婆儿，洗脸不洗脖儿，上天没脑颏儿"，极富童趣。这大都在学前及刚上学一段时期，稍大知道它是益虫，就不去逮了。除此之外，夏天还可以逮"天牛儿"（一种长在杨树上的硬壳虫）、萤火虫儿、"喇喇咕"（那时北京晚上路灯下飞来飞去很多），或跟着大人们去郊外逮蝈蝈、油葫芦。有时也去摸鱼捉泥鳅，那时北京近郊有护城河和很多苇坑。入冬可以"拉家雀"，在田野下网。这只是去跟着大人看。在院里可以下网或者倒扣一个大盆，撒些食儿。除此之外，还可以到公园抓"蚂蚱"（蝗虫），我记得那时北海公园里，蚂蚱多得逮不完。

那时夏天儿童们一个重要的活动就是游泳，我家离什刹海很近，几乎天天去游泳。护城河和苇坑大人是不让去的，到护城河只是在浅的地方捞小鱼和逮"爬虎"（一种贴在泥上游动的鱼类）。到什刹海除了游泳之外，就是捞蛤蜊，每天在泥里都摸到几个。现在大约也没有了。冬天滑冰车，在冰上滑得飞快，简直妙不可言。这冰车极好做，钉几块木板，下面绑上粗铁丝或钉上铁片，再做两个钎子，坐在冰车上用钎子撑动，互相追逐游戏，也是每天结伴而去的。现在极少见儿童们玩了。

除此室外童戏，那时的北京也没有不准养动物的禁令。我小时候就养过鸡、兔、猫、狗、鸟、鸽子、刺猬（北京那时四合院老房多，有时还能抓到刺猬）、蚕、鸭、金鱼、小白鼠等，这里面就有无穷无尽的乐趣。玩的东西也多，什么风筝、空竹、抽"汉奸"（陀螺）、滚铁环等，而且这些大都不花钱，都是自己做。现在想起来，童年时代大自然所给予的乐趣真是永远忘不了啊！这样的回忆在我这一辈人中大概都有的。

据有人研究，大自然及花鸟虫鱼给予儿童的乐趣比人工玩具要丰富得多，对儿童智力的提高也极为有益。因而我觉得，引导儿童消费，也别光供给他们高档的电动玩具，也应该带他们到大自然中陶冶一下，让他们领略一下电动玩具所不能给予的乐趣。当然，现代化的城市，很多虫类都消失了，这也不是全部，除了蜻蜓是益虫，现在不宜提倡捕捉，但蝉还是很多的,蛐蛐、蝈蝈也还不少,这些都不算益虫,带着孩子们去捉一捉,是会给他们带来乐趣的。鱼现在是摸不到了,但是金鱼还是可以买来养的。除了法规禁养的动物,有的如宠物狗、猫、鸟、松鼠等还是可以养的。有的能找到,有的买也不贵。

让孩子们认识一下大自然,认识一下虫鱼和小动物,这样的儿童消费观点恐怕不会有人反对吧?起码比关在屋子里只玩电动玩具有益得多。

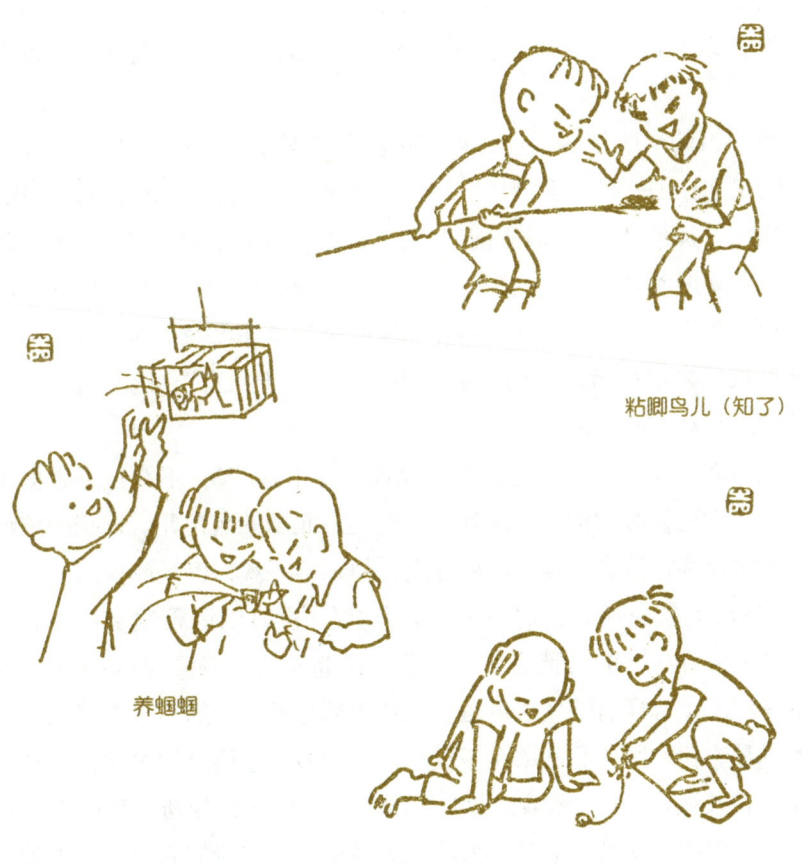

粘唧鸟儿(知了)

养蝈蝈

玩金克郎(金克郎即金龟子)

童戏忆趣

昆曲旧忆

"白日消磨肠断句,世间只有情难诉",今人听《牡丹亭》大约不会再有古人的情怀,但那种文辞惊艳的典雅婉转,却令人常怀思古之幽情。

汤显祖的"临川四梦",即《邯郸记》《紫钗记》《南柯记》《牡丹亭》(其实还有一部《紫箫记》),近日联袂在京亮相,令人一饱眼福。人们熟悉《牡丹亭》,而对于前"三梦",还是不常见的。四百年前衷肠曲,如醉如痴到如今。其实,汤显祖大概未曾想到,本来为昆腔而写的《牡丹亭》,于今竟成为昆曲代表作。昆腔是为昆曲前身,为300余种中国戏曲成就之最高者,所谓"水磨腔","一句十八弯",婉转迤逦,吴音软韵,打动人心弦之极致。

记得有一年,恭王府开放演出昆曲《浮生六梦》,不知是不是据沈复《浮生六记》改编的,亦不知是上昆还是北昆的名角儿。遥想画栋雕栏,池水风荷,清音入耳,心向往之,但未得一观,也是憾事。

"良辰美景奈何天,赏心乐事谁家院",没有闲情雅致是不会去欣赏中国最阳春白雪的典雅艺术的。记得20世纪60年代,我还是不谙世事的少年。父母逢暑期要去度假,我和弟弟是不准去的。现在想来,可能是一种惩罚,因为我和弟弟不仅不能去度假,还要分别去姥姥家和姑姑家。稍长读古诗,"兄弟如参商"的意境,才体味如斯。我印象中只有一次,父亲学鉴赏的老师张效彬老人邀请父母带我们兄弟二人去香山别墅度假。这也许是父亲不能违逆老师的邀请吧!

那时的香山极幽静,空山不见人,但闻鸟语声。我和弟弟常在树林中捉蝉,那种寂静中的童趣如今只存在于记忆中了。在随长辈游历中,曾看见四五人林中围坐,余音袅袅,箫笛悠扬,长辈们说那是在"拍曲"。在少时我的眼中,仿佛是看到了神仙般的人物。我长大后疑心那也许是俞振飞、俞平伯等人,记得张中行先生在《负暄琐话》中谈到,他也去香山碧云寺见过俞平伯、许宝驯夫妇在唱昆曲。俞平伯先生不仅是学者,也是昆曲名家。1935年,俞平伯发起成立"清华谷音社",取"空谷传声其音不绝"之意,大曲家吴梅为导师,一时声传南北。据说,韩世昌先生曾评价社中演唱最精彩者为俞许夫妇的《情勾》《游殿》,而且往往由俞振飞吹笛伴奏,可见不同凡响。我虽曾拜访过俞老,可惜从未听过奏雅之曲。少年时代听过的唱曲者假若是俞老,那么他唱的是什么呢?许先生唱的是什么呢?会是"原来姹紫嫣红开遍,似这般都付与断井颓垣""则为你如花美眷,似水流年"吗?那种印象至今不忘。也可惜,现在能入耳的佳曲太少了。莫说明代人对昆曲的描记,像《红楼梦》里关于曲音婉转的描写,那真是可望而不可即了。我看过朱家溍老人唱过的全本昆曲《单刀会》,那才是声遏行云,此曲天上。但从未向您老人家请教过。人生憾事何其多?朱老是武库般人物,文物、考古图书领域的盛名,使他戏剧的造诣不为多数人所知。比如他是杨小楼一派嫡传,他曾饰项羽,是杨派大武生的功架(当年与梅兰芳合演《霸王别姬》的是杨小楼,后来才改为净角应工),20世纪60年代与言慧珠合演《霸王别姬》,由此可见朱先生的功力。有人将朱家溍与刘曾复、吴小如并称为京剧评论界"三贤",姑不论是否合理,但由此可见言鼎之地位。直到晚年,到朱宅请教的行内人仍络绎不绝。而且,朱老不仅能演戏,理论水平也很高,梅兰芳《舞台生活四十年》1981年重印时,加第三集,扉页特别注明:"梅兰芳口述,许姬传、朱家溍记",若非内行,焉得梅先生认可?他还是昆曲研习社的主持人,这可看作是谷音社的殿军。再譬如溥雪斋老先生,是古曲大家,上溯至南音,无不精擅,我也只是请您老人家改过我填的词,而未请教过昆曲的奥妙。如今,想请教也不可得了。

昆曲是雅之极品,过去京剧演员也必学昆曲,梅兰芳祖父梅巧玲开蒙是在昆班，野史曾记，梅巧玲晚年与维新名臣徐致靖（许姬传外祖父）在席间分别唱《长生殿》中的杨玉环与唐明皇，那种优雅韵致今天是绝难再现了。梅兰芳先生也是能唱昆腔的。行家只要看京剧演员在台上的一个眼神，就知其有无学过昆曲。明代以降，古人所说的"拍曲""度曲"，其实是指昆曲教学和清唱，"拍""度"，何其从容优雅。以京剧论，京派与海派是有区别的。京派自清末以来观众喜欢折子戏，讲究唱做，腔调、韵味、手眼身法步，丝毫无差。海派则讲连台全本，噱头、布景，形同杂技。但若比昆曲，则相形见绌，精雕细琢，典雅细腻，愈趋小众，成为戏曲的最高典范。其实在清代，北京学吴语、唱昆曲是极时尚的，君不见清人诗"多少北京人，乱学姑苏语"。

上海昆剧院曾晋京演出四场，因《牡丹亭》只是一折，所以我慕名挑了梁谷音女士全本《蝴蝶梦》去欣赏。不能说是唱念俱佳，只是"文采风流今尚存"，但也比"青春版"规矩多了。《蝴蝶梦》不是一出文采娴雅的曲本，无非是借庄子休妻，叙说女人的覆雨无情，插科打诨而已。

上昆晋京演出过的全本《牡丹亭》，我没有看过，不知是否原汁原味。

能够清风明月下欣赏哪怕并不专业的昆曲，在物欲横流、人情冷漠之今日，也太不易了！即便"槛外人"去听"青春版"昆曲讲座，去看"青春版"的《牡丹亭》，我也是赞成的。2001年昆曲被列为世界非物质文化遗产，已经式微的昆曲由于青春版《牡丹亭》一鸣出世，十多年来此剧日趋若鹜，驰骋氍毹。"《牡丹亭》害了昆曲"，世字辈老人如是说。也许言过其实，但昆曲由此剧种单一、行当凋谢，却非危言耸听。不谈昆曲老前辈，仅京剧琴师梅雨田"肚子里装满了三百来套昆曲"，而且对曲牌源流如数家珍。当然，这或是得源于他岳父陈金爵，那位嘉庆、道光年间名传天下的昆生。当今昆曲演员肚里又能装几套曲目呢？急功近利、商业化毁了昆曲，须知昆曲是小众高雅文化，如同曾经的千人演奏古琴一样，使风雅坠入深渊，记得李祥霆先生曾发声指斥，是很有道理的。古将不古,昆将不昆,夫复何嗟?也许,走向衰落是昆曲不争的归宿?

西湖边上有冯小青墓,冯氏是《牡丹亭》的崇拜者,曾写小诗:"世间也有痴如我,岂独伤心是小青。"清代有昆曲《小青挑灯》,即叙其事。现在没有曲高和寡的正宗昆曲,自然也不会有极专业的顾曲听众,如冯小青、娄二娘们。明代有不少文人写过昆腔的优雅曼妙,也描述过伶人的万种仪态,如张岱在《陶庵梦忆》中描绘伶人朱楚生:"楚生色不甚美,虽绝世佳人,无其风韵。楚楚谡谡,其孤意在眉,其深情在睫,其解意在烟视媚行。"今人唱昆曲有如此风度仪态吗?就像20世纪30年代好莱坞女星,包括那时中国女演员的那种优雅,已经恍如隔世。

脑海里似乎浮出《红楼梦》中豆蔻年华的戏班女孩儿们的袅袅清音:"则为你如花美眷,似水流年……"

冬日有味是儿时

二十多年前，姜德明先生编过一部《北京乎》（三联书店版），分上、下卷，副题是"现代作家笔下的北京（1919—1949）"，其中郁达夫以南方人的眼光对那个年代北京冬天的描述，给我留下的印象颇深。比如他在《北平的四季》一文中写道："北平自进入旧历的十月之后，就是灰沙满地，寒风剩骨的季节了，所以北平的冬天，是一般人所最怕过的日子"，"屋外窗外面呜呜在呼啸的西北风。天色老是灰沉沉的……"，当然，他对下雪时的北京评价要好一些。

但我的少年时代记忆，却从无郁达夫所描述的这种印象。我自幼居住在什刹海后海畔的胡同里，夏季自然最快乐，一天可以几次往什刹后海里跳将进去，嬉戏畅游。到了三伏天儿，睡觉前必往后海荡漾一番，回来凉水冲个澡，一觉到天明。

冬天也快乐，我们胡同的小小子们是不大打雪仗之类的，因为什刹海结冰之后，便是"冰嬉"的天然乐园。"冰嬉"是清朝的"国俗"，北海是八旗健儿表演"冰嬉"的重要场所，皇帝要在庆霄楼、漪澜堂、五龙亭校阅、欣赏，包括冰车。有时皇帝后妃也会乘冰车嬉戏一番。什刹海不是皇家苑囿，则成为旗人子弟"冰嬉"之地，再后来则成为老北京儿童们滑冰车的最佳场地。

冰车很好组合，无非几块木板、两根粗铁丝或铁条，加上一副铁钎子，即可驰骋于冰上。我和弟弟的冰车则因别出心裁而引起轰动。我的父母有些"洋派"，父亲在20世纪40年代中期在北京上高中，母亲在香港上中学，虽然后来都赴东北先后参加革命，但滑冰这类"洋玩意儿"，他们是沾染过的。我见过父亲身着军装滑冰的照片，也偶然发现父母各有一双外国名牌的跑刀和花样冰鞋。进入20世纪60年代中期，社会氛围已将冰鞋之类束之高阁。我则灵机一动，将两副冰刀拆下，安装于冰车上，兄弟二人乐不可支。在冰上疾驰时，受到所有小伙伴的热烈欢呼，个个皆以乘坐为荣耀。

所幸当时父亲远在河南固始外贸部"五七"干校，绝不知他年轻时购费不菲的心爱之物，已遭到惨烈的肢解。以父亲暴烈的脾气，结局可想而知。以至于我写此文时仍尚有一丝心悸。但是那种幼稚顽劣的快乐，至今回忆起都会令人感到温馨，真是如清人黄仲则诗咏："有味在儿时"！

待到我20多岁时，背着父母，自己买了一双"黑龙"冰鞋，至今清楚地记得用去人民币28元，几乎花尽一个月工资，在当时对我而言几乎算是一笔巨款。虽然工作后的工资由自己支配，并不上交，但家教甚严，买大件是必须父母首肯的。我17岁参加工作，在不到20岁时，父母同意我可戴手表，骑自行车。车是28型"凤凰"，手表是240多元的日本西铁成，在那个年代同龄人中算是甚为奢侈的。但父母的价值观认为这是上班所需，买就要买最好的。但，可以花几百元为我购手表，而绝不会花几十元让我买冰鞋，在那个年代这是被视为另类阶级"生活方式"的。

那时北京后来有了北海、紫竹院等收费滑冰场，但我却非常喜爱什刹海后海的"野冰"，迤逦回旋，宛然翩跹，会让人回想起用冰刀组合成的冰车，虽然冰鞋与冰车在冰上的感觉不可同语，但快乐的感受却不如昔，冰车在冰上不仅可纵横竞赛，还可以阵仗对垒，互相冲撞，捉对厮杀，可将对方掀个人仰马翻，这样的乐趣是穿着冰鞋滑冰无论如何感受不到的。

青少年时的北京冬日，在我的眼眸里是明媚和欢愉的。郁达夫说北京"旧历的十月"是"寒风刺骨的节季"，旧历十月，是阳历的十一月吧？我和同伴仍会跃入什刹海中，天气虽然寒冷，但海水结冰前是温温的，在水中遨游，会忘记那肃杀的寒意。

今天的什刹海,哪怕是冬日,仍是霓虹炫目、人流喧嚣。偶然一游,不复昔日,脑海里常会浮现出"有味是儿时"的欢快记忆。我鬓色青青时的什刹海,是宁静的一隅,宁静的似乎冬日的风都略带温情。若是雪中的什刹海,更是晶莹玉宇的净土。谁记得雪上滑冰疾驰的体验?马踏冰河?雪夜出塞?

而今不复"冰嬉",有时会在寒冬去后海北岸那几条弯曲不规则的胡同漫步。老北京自元代始,城中心区的胡同规划皆纵横笔直,不规则的小胡同更有意趣。最好是明月当空夜半时,幽静冷峭,人迹杳然,就连夏天不时窜出的猫、黄鼠狼、"地狗子"(色略深,体略大,与黄鼠狼同科)也不会惊扰到你,鸟儿们当然更是无影无踪。如水的月光会穿过老树交错参差的枝杈洒到身上,那各式各样的门楼、门墩、台阶,会令人冥思于胡同年轮的沧桑,浸淫夜色里胡同的幽美。一定要慢慢踱步,悠悠想象居于胡同里的人们在温暖的家中在做什么?现在"煤改电"了,人们再不会有围炉夜话的情趣,就像郁达夫形容的"还会得再加一次煤再加一次煤的长谈下去"。但,今天虽然已居无煤,胡同平房家的温馨仍会延续,郁达夫的体验:"你只教把炉子一生,电灯一点,棉门帘一挂,在屋里住着,却一辈子总是暖炖炖像是春三四月的样子",北京的胡同,虽然没有了炉子,却家家仍会在冬日里"会使得你感觉到屋内的温软堪恋"(郁达夫语),这,就是北京冬日的特色和魅力吧?外面再寒风刺骨,四合院的家里是温暖如春的。胡同里的夜色有味道,不信一试?

冬日有味是儿时,冬日有味不绝期。什刹海的冬日,胡同里的冬日,北京的冬日,让人永远回味和依恋。

记得当时年纪小

泮水弦歌，书声琅琅；师尊和蔼，受益终生；"记得当时年纪小"，应该是校园留给一个人的美好记忆，起码应该是大多数人脑海中难忘的定格。可惜，对于我的少年时代来说，绝非像罗大佑《童年》里所描绘的那般情趣盎然。

我少年时不是读书的年代，1966年我小学三年级时停课三年，1969年上初中基本是读语录、游行、挖防空洞、野营拉练、去工厂、农村劳动，大约从初二才开始稍学最基础的数、理、化和语文、俄语，而且"政治课"占绝对统治地位。1969年后虽然基本不再"上山下乡"，但没有高考，1970年后的初中生毕业后分配到工厂或商店。恢复高考后因单位不准去报名，失去了上大学的机会。这一切在今天的莘莘学子看来是否有如天方夜谭？

然而，这不是虚拟空间，而是千真万确的真实历史。

在那个万马齐喑的年代，我之所以没有成为空虚的"五陵年少"，一是因为还算是书香门第的熏染，自幼爱读书，真个是"青灯有味是儿时"。小学三年级停课后，一切古今中外的书籍均被封杀，幸有宿舍大院中一位教授的夫人在科学院图书馆工作，经常秘密带回大量名著，我和他家兄妹俩是最好的朋友，轮换偷读——因为这绝对是不能让外人知道的！循而往复，在三年中基本读完古今中外的名著。在上初中后，依然如此。我甚至读完了1966年以前高中的语文课本。外祖父家藏书甚多，也是我至今怀念的一个非常温馨静谧的读书处。"记得当时年纪小"，当年与我"闭门读禁书"的兄妹俩，现在已经是大学教授了。

当然，百密一疏，读书终不免有被发现的一天。那时上中学都是按片入学,所以大多是"发小儿",有一次将《苦菜花》给一位同学阅读,被人检举,先开她的"批判会",进而"供"出我,从此被班主任兼政治课老师和军代表"钉"住。我个子高,课桌在最后一排,常常低头读"禁书"。因为那时的功课对我来说简直是"目送飞鸿,手挥五弦",有充沛的精力不知何处发泄。有一次偷偷读书,被军代表抓住,我至今记得他大发雷霆和得意的神态,甚至不亚于夺取了一处敌人的阵地。

记得当时年纪小

其后可想而知，结果是全班召开"批判"会，我的母亲也曾被请来旁听，"肃清流毒"，"深挖思想根源"，这是当年的流行词汇，今天写来已经是恍如隔世了。

但"不思悔改""流毒"依然"扩散"，那时我的中学母校毗邻城北城墙，20世纪70年代尚未拆除，"复课闹革命"实际是无课可上，所以带领十多个"铁杆"男同学溜出教室，攀爬上城墙，听众随手采吃着城墙上果实累累的野酸枣，由我开讲《水浒传》，受到同伴们的热烈欢迎。但好景不长，才讲到"鲁智深大闹五台山"，便被老师当场擒住，事件迅速升级，我被定为"阴谋集团小首领"，被全校大会"批判"，"罪名"若干：宣传封建毒素，并被"检举"与"发小儿""桃园三结义"等。加上班主任老师请我的母亲来，我更认为是对我极大的羞辱。其实那时对颇为"左倾"的班主任老师不满，决心"对抗"到底，先发展最要好的"发小儿"结拜三兄弟，跪拜盟誓，由我书写生辰"兰帖"互换，继而发展成八人，老师称之为"八大金刚"，使用种种"手段"与老师作"坚决斗争"，相约决不互相"出卖"，但不久即"土崩瓦解"，被老师一一击破。那位老师对我的看法终其毕业未曾改变。比如国庆晚会、国庆游行"组字"几乎只有我一人被不准参加。语文终考，评选老师们定为100分全校第一，我的这位班主任老师坚决不同意，且认为语文考卷后我填的一首《卜算子》词是"极为荒谬"，她的论据是：伟大领袖写过《卜算子·咏梅》，你一个小小的中学生，怎敢也写《卜算子》！？直到中学毕业，似乎她对我的怨恨仍未消除，坚决不向任何接收单位推荐。我的最后进入工作单位，是一家招工单位负责人不知从何种渠道听说我能写会画，才特意找到我的。

我和这位老师从此再无往来。在同学会成立时，我被推举为秘书长，有同学提议：聚会时可请老师来参加，我坚决不同意，"睚眦必报"以辞职相要挟。今日思来，也许是缺乏肚量的狭隘。必须承认，我在中学时是一个太出边儿、太淘气的"坏孩子"，举例来说，为了羞辱老师，不仅仅是在课堂上公开顶撞，而且使用了今天看来很卑鄙的手段。

指使手下的"金刚"们,打听出老师丈夫的名字,组织几个"金刚"晚上去她家门口高声怪叫。第二天老师气愤异常,明知是我捣鬼,又不能点名,在课堂上大声痛斥,说到动情处,泪如雨下。我心中自是得意不已,今日思来确实有失于敦厚。

每次同学聚会,总是回忆中学时代的轶事,女同学们总是谴责我是个"阴险"的幕后"军师",因为几乎所有女同学的外号,大多是我"组织"起的。对于女班干部,一概认为是老师的"帮凶",常常鼓动"金刚"们予以诋毁、谩骂。当然,时过境迁,今天我和当年被我视为"仇敌"的女同学们关系很好,常一起聚会,她们也承认,那个年代人都被扭曲了,老师"整"我有些过分,但是"军师"也确实令人可恨可气。

其实,我并不是对所有的老师都横眉冷对,至今记忆中与教其他课的老师关系都很融洽,几位辅导员也都视我们这些淘气鬼为小弟弟。

我的中学校园回忆就是如此,它成为我人生中不可忘却的记忆。我和"发小儿"们一直保持着纯真的友情到今天。每次聚会都是回忆中学时代的种种甜酸苦辣,百说不厌。基本的共识是:那个年代荒废了我们的青春,每个人都会有无尽的感慨。我的一生不乏坎坷砥砺,中学校园里的"磨难"对我的性格形成起到了很重要的作用。有时会作静夜思:倘若时光能够倒流,还是两鬓青青的朱颜年少,我重新回到初中的校园,是仍然冥顽不化当"阴谋集团小首领"?还是做一个老师喜欢的品学兼优的好学生——再重新回忆"记得当时年纪小"?

胡同里的中医院

虽然祖籍是山东招远,但我却出生在北京,从上小学起一直居住在鼓楼前马厂胡同。对附近的风土人情,不敢称了如指掌,却也熟稔一二。我家所居之地为前清河道总督"钟杨家"的府邸,四合院鳞次栉比,后来成为对外经贸大学的宿舍。"东单、西四、鼓楼前",鼓楼位于京城中轴线,暮鼓晨钟,封建时代是报时之所,"前庙后市",从元代起一直是商肆繁华之地。不要说什刹海、烟袋斜街,已然是世界闻名,鼓楼后面在20世纪80年代曾是京城著名的小吃城,一度声名大噪。我于此多有腹欲之嗜,而今早已拆除改建成绿地了。

前马厂胡同往东过旧鼓楼大街是东城区地界,穿街相对的胡同叫豆腐池,这也是一条很有名的胡同。金受申先生《北京的传说》一书中提到的铸钟人和他的女儿舍身铸钟的传说,后人为纪念而建的金炉娘娘庙就在进豆腐池东口不远(与此有关的铸钟胡同即位于前马厂胡同之南)。再往东即是杨昌济故居,杨昌济是北大教授,杨开慧的父亲。毛泽东青年时代到北京,就住在此院。只不过他和蔡和森住在门口小屋中,兼职门房。后来杨昌济将毛泽东介绍给李大钊,被安排在沙滩北大图书室工作。小小的豆腐池留下了伟人的遗迹,也给热爱老北京胡同的人们留下了谈资。

再往东就是有名的鼓楼中医院。这家医院虽然位于豆腐池胡同里,却几乎坐落在横贯北京的南北中轴线上,距钟鼓楼不过百米之遥。这家医院是我青年时代非常熟悉的一个地标。大约在我十七八岁时,在国子监的首都图书馆(现已易名北京图书馆)办理了借阅证,基本上每周都要骑自行车穿行豆腐池到图书馆去借阅图书。那时的鼓楼中医院还是四合院式的建筑,古色古香,后来才改建成楼房。

我的青年时代几乎没有去医院看病的记录。大概唯一的一次是去鼓楼中医院看急诊。当时我参加文艺宣传演出队,昼伏夜出,饥餐渴饮,生活极不规律,导致经常胃疼。有时疼起来满床翻滚,痛不欲生。一次夜半疼痛聚起,宛如刀割,实在无法忍受,挣扎着来到医院,医生打了一针阿托品,即刻缓解。从此我终生记住了"阿托品"这个药名。

先父患有心肌梗、室壁瘤等病,离休后外贸部考虑他居家离鼓楼中医院颇近,特准许他可至此医院就医。因而直到他逝世前七年(约1993年至1999年),每年11月底严寒料峭之时至春节后,他几乎都是在这家医院度过的。隔三岔五,我也常去医院探视。据母亲讲,父亲与医院的不少医生、护士、住院的病友甚至医院的工人都成了朋友。父亲性格直爽,并无大学教授的架子,喜交三教九流之友;加上他健谈无忌,颇富情趣,好开玩笑,知识渊博,又好打不平,善于调解矛盾,因而极受人们的欢迎。我记得他出院后还会有医生和病友来家拜访。据说,他的病房是谈天侃山的好去处。他业余收藏古董字画,又擅长鉴赏,通文史棋类,故每每高朋满座、盛友如云,天文地理、上下古今。身体无恙时也溜出去与朋友们打几圈麻将。当然,这皆是背着我母亲而为。后来我母亲听到风声,有时会突袭去"捉拿"。但往往一进医院大楼即会被通风报信,待进得病房,人已散去;父亲高卧闭目养神作休息状,母亲亦无可奈何。

我常想,这里大概是父亲生前给他带来欢乐的地方吧?医生、护士对他精心照顾,与他形成友人般的情谊。他为人们亦带来了欢悦,人们尊重他、喜欢他。凡有他在必然谈笑风生。他自己也在生命的最后旅程中得到友情和欢愉。我印象最深的是,父亲每次出院后,需要氧气,他交的医院负责管理氧气瓶的工人朋友,每次就会破例将沉重的氧气瓶送到家中,快用完时再来家中取旧换新。

父亲不是靠权势、名气、金钱与人相交,他是用一颗真挚的心与人相濡以沫,他对来到家的送煤工、收破烂的都会亲切问候、招呼喝水。

我今天仍然会感激那些医生、护士、工人师傅和病友，他们给父亲生命最后的岁月奉上了细致入微的眷顾和温暖的友谊，这已成为我的"心有千千结"而永志不眠！他们中的有些人，我去医院探视时见过；到家来送氧气瓶的工人师傅，我也见过。但可惜我已记不住他们的姓氏，岁月荏苒如白驹过隙，他们的面庞已让年轮的沧桑渐渐磨蚀了我的记忆储存，但感激的心却会永远虔诚！

我工作的单位离鼓楼很近，有时回老宅穿行豆腐池，路过医院，会含情注视着它，怀旧和感激之情会倏然而生，想象在父亲的病房中会传来阵阵高谈阔论、欢声笑语……

爱屋及乌，我甚至想考证院址的前身，有人说这是某王府的一部分，但我查了《乾隆京城全图》，此处没有标注。查《宸垣识略》，云："镶黄旗满洲、蒙古、汉军三旗，各按佐领，自鼓楼向东，至新桥……"，"满洲官兵自鼓楼向东，循大街至经厂，为头参领之十七佐领居址"。（北京古籍出版社1981年版108页）看来基本定位是八旗武官"居址"还是可信的。

"光阴者，百代之过客"，从我青年时代急诊后知道它，在父亲住院时常常去光顾它，已近四十年了。光阴如过客，而心结却依旧……

四合院里话"吃包"

京华霜降前后,大白菜纷纷上市,北京人没有不买的,储存起来可以一直放到春三月。剁馅包饺子、蒸包子、醋熘白菜、涮羊肉、火锅、做汤,都离不开它。过去买大白菜几乎可以说成是老北京的民俗,北京人在冬季是离不开大白菜的。

老北京的旗人有种称之为"包"的食品,用的也是白菜,这种食品,今天恐怕是要绝迹了。余生也晚,但却有幸饱尝口福。至今想来,仍是齿有余香,别是一番风味。

我家一直住在西城什刹海畔鼓楼一带,名为前马厂胡同(紧挨铸钟厂胡同)。一片标准的北京四合院,"前出廊子后出厦",我查过书,那原来是清代河道总督钟杨家的旧邸,后来败落了,慢慢成了民居(其花园部分新中国成立后曾为董必武、康生所居,今已辟为竹园宾馆)。主庭院后来成了经贸大学干校和宿舍。我家的街坊是蒙古八旗人,那时称"在旗"。不是金枝玉叶的"黄带子",祖上却也在雍和宫里管事。小四合院,几株枣树,一架葡萄,两盆石榴,一缸大金鱼,屋檐下挂着几个鸟笼。正屋大条案,摆着大掸瓶之类;八仙桌、太师椅,墙上悬着中堂、对联;猫儿窜来窜去,窗户根下摆着一溜花,哦,还有蛐蛐罐,晚上会叫成一片……单是这些,就吸引着少年时的我,在那四合院里总也玩不够。现在,北京城里还有一些四合院,但再也不是我童年、少年时眼里的四合院了。

记得有一次,大约是中秋之后,我在他家吃他们做的"包",简直好吃极了,直到今天,我还是忘不了。而且那独特的吃法也令人难忘。什么是"包"?就是把鲜嫩的白菜大叶洗净,再将小肚、酱肘、香肠

青灯有味

四合院里话"吃包"

之类的熟肉切成丁，另将摊鸡蛋、炒豆腐等搅拌在米饭里。把摊开的白菜大叶，涂抹以黄酱。再把拌好的熟肉食品、菜、米饭包在菜叶里，用双手捧而食之。他们叫"吃包"。据他们老辈传下的掌故说，"包"是满族的祖先努尔哈赤发明的。努尔哈赤以"十三甲"起兵之初，曾被明军围困而绝粮，努尔哈赤下令让部下捡来菜叶，包着野菜、野果充饥，最后冲出重兵之围。以后满洲八旗铁骑疾驰，无暇搭锅造饭，一般在帐外举火烤肉，蘸黄酱，包在青菜中食用，也称"饭包"。再以后"包"就成为满族一种特有的食品，世代相传。上至宫廷王府，下至旗下平民，酷爱此物而不绝。"饭包"里抹黄酱，这也是满族人的嗜好。仿膳饭庄里的名菜"四酱"（炒黄瓜酱、炒胡萝卜酱、炒榛子酱、炒豌豆酱），其实就是清代宫廷的家常菜。

　　后来年长，有一次到北海里的仿膳用餐，记得有一道菜是用荷叶包食。是不是由"包"而来，不得而知。但是完全没有我在四合院里吃真正的"包"的那种韵味。那是一种充满浓郁民风民俗气息的情趣，相比之下，仿膳的荷叶包是缺乏民俗韵味的。当然，仿膳是宫廷风味；但是就是我曾吃过的荷叶包食，于今几次光顾也不见踪影了。

　　我常想：老北京的四合院可以不可以布置一下，让它充满北京老旗人家的味道，再售以"吃包"之类以飨游客，使人们知道什么是老北京满族人的民俗民食？

　　附注：此文曾发表于《北京晚报》，有一次与李滨声先生游南海子，他看到了晚报，说起"吃包"，与我写的似有不同，或待另写专文。

无双毕竟是家山

清代大诗人龚自珍有一句诗:"无双毕竟是家山",这句诗被很多人引用过。大约也引起很多人的共鸣,家山是永远令人魂牵梦萦的。

我自幼生活在什刹海畔,从小学开始直到青年时代,夏秋之际,几乎日日和三五"发小"到此游泳玩耍,有时一天竟要游三四次,那时暑夏没有空调,经常会夜里跳进什刹海。什刹海的水泡大了我,小学三年级就有了深水合格证。青年时期游泳要游到11月末。冬天也是令人兴奋的:小时候滑冰车,上中学以后滑冰。我初中毕业参加工作后的单位也在什刹海畔,读书会在什刹海的柳荫下……至今忆及,一点儿也不感到遥远,一切都是那么清晰,"无双毕竟是家山",家山不是抽象渺茫的,那就是碧波荡漾、柳絮秋荷、小桥古庙的什刹海。

那时印象中的什刹海是宁静的。记得我父亲的鉴赏老师张效彬先生住在鸦儿胡同(张中行先生即住隔壁),少年时代常随父亲去那所门前挂着"固始张"小匾的四合院,印象最深的是院里结满了葫芦形状的枣儿。上小学的我常常去接在什刹海幼儿园的弟弟回家。16岁开始沿着后海北岸上班到单位,日复一日风雨无阻……那时候眼里的什刹海从前海到西海,到它附近的每一条胡同,都是宁静的,那种宁静的记忆至今令人不能忘怀。那种对宁静的眷恋甚至不能形诸笔墨。至今,如有闲暇,我都会选择细雨丝丝或微雪霏霏之际到什刹海漫步,回味和享受记忆中的宁静。

当然,今天的什刹海变了。在什刹海酒吧街一家又一家霓虹闪烁登场,伴着高分贝诺拉·琼斯的歌声喧腾彻夜,夏日月光下的什刹海承载着川流不息、摩肩接踵的中外游客,白日里车水马龙的三轮车载着笑逐颜开的人们在岸边、胡同里穿梭……从心里讲,对这种商业化的冲击真是无可名状。连外国人也知道了什刹海，他们来北京，不仅去长城、吃烤鸭，也要慕名去什刹海观赏风景、泡一泡酒吧。

什刹海变了，变的令我有些陌生。据我了解，按照西城区的规划，在保护历史风貌的前提下，将什刹海地区分为"前海热闹区""后海安静区"和"西海垂钓区"，形成以前海为龙头，向后海、西海辐射的什刹海旅游休闲产业经济圈。到了那时，什刹海会有一种什么样的风貌呢？

烟袋斜街、荷花市场、烤肉季、南岸的游船、北岸的酒吧、胡同里的私家菜、恭王府的花园……都像磁铁一样吸引着人们，乐此不疲，乐而忘返。西城区政府不断投入"修旧如旧"什刹海周边的胡同，那些历经百年的胡同、院落以及院墙、大门、台阶基本保持了老北京胡同的灰色基调。这些胡同里的宅院不再宁静，纷纷敞开大门，名气大的府邸供人欣赏参观，名气小的院落变成私家菜供人大快朵颐；我都去游览、品尝过，心中不禁大为感慨：什刹海真的变了。

变与不变真的是在俯仰之间。历史上的什刹海有各种小市，荷花市场极盛时期约在20世纪20年代至30年代之间，斗转星移，几经兴衰。也许，什刹海的宁静只是60年代到70年代，恰巧成为我生活阅历的一枚深刻烙印。

改革开放给什刹海注入了新的血液，使几百年历史沧桑的海子焕发出了新的活力。

什刹海变了，日新月异的速度使人有些目不暇接。据说，整体六海一带都将有新的规划和发展，千年古都心脏的六颗明珠将伴随着现代化大都市跳动的脉搏，也必将会发出更加夺人的异彩。

什刹海变了，变得令我有些不适应。我的目光会深情地注视着它的变化，也许它本身根本没有变，是时代的变化令它焕发了活力和青春。

在什刹海落户的野鸭子们，不仅安家落户，而且繁殖后代，它们很惬意，它们也许已经适应了什刹海的繁华景色和高亢的分贝，也许它们并没有感觉到什刹海的变化，它们依恋这一风水宝地，所以才选中这个美丽如画的地方安家……

多少楼台烟雨中

"南朝四百八十寺,多少楼台烟雨中",一位最亲密的知己对我说:最喜欢杜牧《江南春》"多少楼台烟雨中"这句诗。我也喜欢,我印象中,古诗中似乎使用"烟雨"这个词汇的不太多。我喜欢苏东坡"一蓑烟雨任平生"的洒脱,但古人用"春雨"的却比比皆是。最著名的无过"小楼一夜听春雨,深巷明朝卖杏花""春风春雨花经天,江北江南水拍无"等。这都是形容细腻温柔的江南春雨。戴望舒那首脍炙人口的《雨巷》,也是写尽江南春雨中幽幽小巷的风韵。

我半生履痕处处,历经不少各地春雨阑珊的诗境。漓江的雨、金陵的雨、扬州的雨、长沙的雨、丽江的雨、西双版纳的雨、蓉城的雨、青岛的雨、芷江的雨、日照的雨……或淅淅沥沥,或丝丝缕缕,或缠绵悱恻,或如诗如画;飘逸?多情?惆怅?温柔?六朝烟水、水巷古城、虹桥碧水、沙滩渔舟、芭蕉林野、海浪栈桥……景致各异,春雨似乎也各异。

但我最喜欢的、最沉迷的,还是悠悠古韵中京华的烟雨。有一丝沧桑,有一缕苍凉,有几许氤氲,有几许雾霭。杜甫说:"每依北斗望京华",我想他老人家没有见过成为古都后京华的雨吧?那时"渔阳鼙鼓动地来",若有雨也是滂沱倾盆似刀光剑影吧?"天街小雨细如酥",描绘的也不是京华吧?有谁真挚而诗情画意地写过京华的烟雨呢?

京华故宫后的景山是北京内城最高处,宜于重阳登高,却没有听说过宜观烟雨。但我在此却遇到过绵绵细雨。那还是少年时代,二伯父带着我们几个子侄辈去捉蚂蚱。少年的我站在山顶的亭子上,望眼全城——那时还没有如此高楼林立，尽管是一个不知世事沧桑的少年，也还是被深深震撼——那无边无际、与天一色、与楼台宫阙混沌而一的茫茫烟雨，似乎在传递着一种远古的密码。这烟雨延续了多少年轮？比人类的生命还要久远吧？

"少年不知愁滋味"，少年的心灵却可以受到侵染、呼唤、感应、震撼！背诵过的古诗自然而然掠过脑际——"多少楼台烟雨中"！故宫的角楼在烟雨中最富有诗情画意。有哪一个画家、诗人能将这扑朔迷离甚至还有些许沧桑凄凉的景色表达出来？连绵不绝的宫阙楼台，使人生出多少惆怅和幻梦！

我在北海、什刹海等处也遇过烟雨、但由于视野的差距，那烟雨太过纤细，只有迷蒙、柔弱，而没有动人心魄的震撼！烟雨，烟雨，可以有很准确的科学解释，但烟雨的韵律却任凭最伟大的艺术家也不能完全表现出来吧？

古老的神州广袤无垠，孕育出了摇曳多姿的各色烟雨。而我却独爱这有些苍凉的京华烟雨！它使人爱意绵绵而无限眷恋，它使人神驰遐想而思接千里。少年时的那震撼心灵的一幕再也不可复得！

友人看到烟雨会多愁善感，会有泪盈盈。生命的感知、情意的感知都会融进这茫茫烟雨之中吧？烟雨也不乏诗意和豪情。陆放翁曾"细雨骑驴入剑门"，放眼迷蒙，入怀潇潇，在悲怆的构思着不朽的诗篇，切·格瓦拉曾迤逦穿行在玻利维亚深谷密林的凄凄烟雨中，为了信念和挚爱，用滚烫的胸膛迎接冰冷的子弹！烟雨，烟雨，你凝固了多少爱的符号，你倾泻着多少无尽的思绪。

烟雨仍然会痴迷这个不断变化的城郭和土地，也会如我、如友人那般继续痴迷烟雨！

友人钟情于烟雨，寄托于绵绵情思。专请画师绘《多少楼台烟雨中》画卷。嘱我题诗，感喟情深，倾笔而作。摘句如下权作本文结束："世间烟雨最凄蒙，多少绵绵烟雨中！山隐隐，水蒙蒙，依稀长亭连短亭；最怜烟雨多凝碧，一叶一枝太关情。更有天意怜芳草，烟烟雨雨染葱茏。雨生烟兮烟入雨，潺潺袅袅共相拥……天翻地覆终有尽，烟雨缠绵去又生。烟雨恍然知我心，烟雨何曾解我情……烟雨使我思如缕，我欲相随衣袂轻。柔柔细细无尽意，脉脉潇潇天籁行……我吸烟雨入髓骨，我携烟雨上苍穹……烟雨烟雨似泪雨，长歌如泣穿时空……"

燕京感旧录

银锭观山记

因为祖居什刹海附近的缘故,少时无事便常去什刹海一带游玩。耳里老听长辈们大讲什刹海"银锭观山"之美。"银锭观山"未列"燕京八景",银锭桥也本是一座不起眼的小桥;传说清末汪精卫曾于此谋刺摄政王载沣(实际是在甘水桥),故而小有名气。但作为胜景却还没有领略过。

于是我终于要去观赏。临去之前曾颇不以为然:夕阳西下时站在小桥上看西山,究竟是何佳之有?难道比坐在酒楼上赏荷还美不成?什刹海的荷花在过去是很有名气的,旧京竹枝词《草珠一串》"名胜十四首",其中便有此一咏:"地安门外赏荷时,数里红莲映碧池。好是天香楼上坐,酒阑人醉雨丝丝。"记得小时候什刹海中已没有什么荷花了,只有一丛丛的芦苇(当然现在又重新栽种了荷花)。但想一想古人坐楼上,在微风吹拂之中,持盏凭栏,放眼碧波红莲,亦不失雅兴逸情之乐事。

"百闻不如一见。"在一个风清天朗之日,我到什刹海北岸,欲领略"银锭观山"之景。那天因时辰尚早,我便到"烤肉季"小憩,斜倚楼栏,便肴杯酒,独酌自饮,以等夕阳到来。不料微风习万状,竟然下起一阵潇潇细雨。正在懊丧,不想雨却住了,红霞满目,雨过天晴。

我快步下楼走至桥上,此记得正值斜阳西下,在晚霞的辉映下,水平如镜。远眺落日余晖中的片片荷莲,一抹如黛的西山和积水潭孑然独立的古塔,确实赏心悦目。而夕阳映照在湖面上,与水面上笼罩的雾气交织,形成了霞光万道,瑞气千条的奇色妙景。我不禁想起了大诗人李白的诗句:"暮跨紫鳞去,海气侵肌凉。"

青灯有味

银锭观山记

"海气"者,乃水面上浮动之水汽也。与晚霞暮色相映,与西下斜阳交辉,为笔所难写矣。最美妙者为夕阳辉映下之西山,如金钗般花朵,又如大抓笔重彩泼墨写意,使人不忍转睛。我忽然大悟:"观者"者,即景中"三味"也。越看越觉得此景名不虚传,难怪老人赞不绝口,一谈起来便津津有味。此景虽比不上"金台夕照"、颐和园"夕佳楼"之名重,然而却也是一种草野旷雅之气。

也许是入神了罢,几只水鸟从芦苇中飞出来,在水面上盘旋往复,把我从神游中惊醒。我不禁立刻想起《滕王阁序》中的名句"落霞与孤鹜齐飞",真正是再贴切不过了。极目远望,一只孤零零的游船在水面上荡着,船上有人呜呜咽咽地吹着箫,优哉,雅哉!好一幅《斜阳听箫图》。情不自禁口占了一首小诗,至今依然记得,不妨抄出以为结束语:

　　斜阳西下来千里,
　　鸟语人吟共一桥。
　　望断萧芦浑欲醉,
　　西山如黛伫听箫。

春意在夕佳

乍暖的春意让阳光充盈着京华,你在意过春天的夕阳么?

古人咏夕阳诗有"夕阳无限好,只是近黄昏"之句,非云夕阳不美,乃诗人借景抒怀喻暮年飘零而已。杜甫、欧阳修、白居易等皆有诗咏夕阳,如杜甫诗:"夕阳薰细草,江色映疏帘",又如《滕王阁序》中千古名句:"落霞与孤鹜齐飞",叙尽夕阳佳色,几令人神驰遐想。

春天的北京有不少欣赏夕阳景色的胜地,如朝阳门外的"金台夕照"、圆明园的"雷峰夕照""夕霏榭"、什刹海的"银锭观山"及颐和园的"夕佳楼"。圆明园早成废墟,两处胜景亦不复存在。名声最大的当推"金台夕照",为燕京八景之一,自陈子昂以来吟咏不断。暮色中遥望透过层林的夕阳,令人大发思古之幽情。惜乎台已无存,仅留残碑,不免令人遗憾。今天,我们只能从清嘉庆年间日本人摹刻中国《黄金台图》中,依稀可窥见当年黄金台的嵯峨楼阁,烟花树影依似,但夕照之下无可登临处了。西城什刹海畔的"银锭观山"则另有一番情趣:凭栏银锭桥上,近瞰碧波粼粼,远眺夕阳染红西山,亦令人心旷神怡、陶然忘我。然而两处胜景,毕竟视野有限,比起颐和园的夕佳楼,当然略逊一筹。

少年时代,尚健在的外祖父会在春日携我遍游京华名胜园林,而夕佳楼则是青年时代往游才得以印象深刻。我去过承德避暑山庄的夕佳楼,但绝无颐和园夕佳楼的韵味使人流连,不时萦系。

夕佳楼是依傍昆明湖东北岸院落中的一座两层卷棚硬山顶小楼,在玉澜堂与宜芸馆中间,北对宜芸馆正门,院内有太湖石"狮子林"。古朴别致,而且幽中取静。"夕佳"之名为乾隆皇帝所取,取自陶渊明诗

《饮酒》:"结庐在人境,而无车马喧。问君何能尔?心远地自偏。采菊东篱下,悠然见南山。山气日夕佳,飞鸟相与还。此中有真意,欲辩已忘言。"

楼名即从"山气日夕佳"而来,乾隆亦曾为此楼赋过一绝,诗云:"山气横窗水气浮,揣称名署夕佳楼。漫云津逮陶彭泽,还觉当前胜一筹。"乾隆醉心汉文化,一生写诗四万多首,但能卒读者甚少,其中不乏代笔,基本是"分行体日记"。此诗亦不甚佳,但由此也可窥见这位自命风雅的皇帝对夕佳楼的欣赏之情:在此楼观山色湖光,胜于领略陶渊明诗意。玉澜堂为乾隆读书濡墨之地,而宜芸馆是他的藏书处。

我后来才知晓,乾隆从未登临此楼欣赏过昆明湖上的落日夕晖,这有他的《万寿山清漪园记》为证:"过辰而往,逮午而返,未尝度宵,犹初志也。"因为他好园林之胜,将父亲已扩建的"圆明园二十四景",又增扩为四十景,还写了《圆明园后记》,巧加粉饰,发誓以后不再修园林,并告诫子孙不可耗糜民力钱财再建皇家园林。写此文是乾隆九年(1744年),但仅过去六年,他又开始建清漪园。清议络绎不绝,极在意青史留名的乾隆,不得不绞尽脑汁,写文强辩,修园是为"治水""操练水师",用的非国库而是"内帑",但又不得不承认违背"初言","则不能不愧于此",所以才发誓决不在园内过夜。但,"普天之下,莫非王土",不在夕佳楼赏落日,圆明园里的"雷峰夕照""夕霏榭",避暑山庄里的"夕佳楼",皆可供他惬意观赏,只不过他的诗集里少了咏颐和园夕佳楼的诗句而已。

颐和园景胜甚多,游夕佳楼需在尽情啸傲之后。春风拂过时节,园内草长莺飞,碧波潋滟,花信风里,那灼灼其华的蜡梅、迎春花、山桃、山杏、玉兰、西府海棠……次第绽放,无不使人感受着盎然的春意。还有那西堤的依依烟柳、凤凰墩的萋萋绿茵,不仅尽收眸中,仿佛屐痕也浸淫了草的气息、花的馨香、春的温情。

当游园涉水兴尽欲返之际临此楼,收尽湖光山色,顿令人倦而增兴。在春风嘘拂中看夕阳辉映,西山如黛;满湖金波,眩神曜目。真可谓"日脚金波碎，峰头钿点繁"。而此时暮色中必寂静无人，只闻鸟语唧啾，不尽诗情画意，使人倚栏忘归。楼上悬有匾曰："丹楼映日"，"日"者乃落山之日，"丹楼"乃夕阳所染之楼。确实，在落日夕霞照射下，满楼金光，温暖豁亮，令人生醉。清人王瀛有咏《雷峰夕照》诗："浮图会得游人意，挂住斜阳一抹金"，借来以喻夕佳楼，不知尝游夕佳楼者以为贴切否？

夕佳楼就是为在春意夕照中欣赏湖光山水而筑的吧？二楼西侧有副对联："风声阊阖春来早，月到蓬莱夜未中"，"阊阖"即西风，这是说西风犹在，而春意喜至。东侧有一副对联："隔夜晚莺藏谷口，喋花雏鸭聚塘坳"，这本是陆游的诗句，仅将"啼"改"藏"，皆寓夕阳春意。我早春、暮春都去过此处，个人感觉暮春时节更有意趣。早春兀自少许料峭，而暮春则暖意融融。落花流水春将去，在夕阳西坠之际，暮霭与余晖四合，春波与山黛一色，粼粼湖水，金嵌万点；春风拂面中，可凝眸望见西山连绵，玉泉塔倚，可放眼西堤迤逦，长廊蜿蜒，知春亭小，佛香阁高……

有趣的是，不仅"夕佳楼"出自陶渊明诗意，万寿山西侧有座三间敞轩，取名"湖山真意"，这也出自陶渊明那首《饮酒》诗："此中有真意"，原是建清漪园时为乾隆赏音所筑，后毁于英法联军，光绪年间在原址改建。在此欣赏湖光景致，视野更为开阔，但听说此处已辟为小卖部，再想披襟四眺，已见不得"此中有真意"了。

行文至此，忽然想起黄庭坚的《菩萨蛮》词："江山如有待，此意陶潜解。问我去何之，君行到自知"，春日融融去踏青，劝君何不至夕佳？

燕京感旧录

前海舟中忆纳兰

不止一人说——你的眼睛常常会流露出丝丝抑郁。

但今天我本不该抑郁——如果不是想起三百年前玉树翩翩的纳兰容若。

昨天下午,作协安排参观鼓楼烟袋斜街里刚修缮一新的广福观,我前年去的时候还全是民居,令人有物是所非之感。

广福观是建于明朝天顺三年(1459年)的道观,不要小看这座道观(并不仅仅因为短短三百多米长的烟袋斜街里有广福观等三个庙宇),明代管理全国道教事物的机构道录司就设于此。

道宇不大,山门原存,看了看整修一新的前殿、中殿、东西配殿、后殿、配房,大概都不是修旧如旧,早没有了几百年的沧桑感,也毫无思古之幽情。

华灯初上,虽然什刹海并不宁静,几人从烤肉季出来,沿东岸过"金锭桥"(这是假古董)转到南岸,在"好梦江南"码头上小坐。"好是天香楼上坐,酒阑人醉雨丝丝",可没有潇潇细雨。但望眼灯火阑珊,画船三五,丝竹细细,秋风习习,令人浮想联翩,心中涌起一句诗:"不共玉人歌与赋",也许,翠波荡漾,翠湖映月,本身就是一首略带寒意的歌吧?

上了画舫,向湖心荡去。忽然想起,纳兰容若(性德)在三百年前也会在水上兰舟,载美赋诗吧(他家的府邸就是今天的恭王府)?他那些忧伤的爱情诗篇会不会伴着碧波、柳影吟出呢?

"人生若只如初见,何事秋风悲画扇"(《木兰花令》),这不就是秋天中的凄唱吗?"西风多少恨,吹不散眉弯",这是用秋风中凝成的泪咏出的。"北宋以来，一人而已"（王国维语）的容若公子，我想他的眉宇间永远会有一弯抑郁、哀愁、凄凉。"惟有恨"，青梅入宫，结发早逝，使他的生命如彗星一般飘逝。爱真可以使一个诗人抑郁的飘逝吗？"家家争唱饮水词，纳兰心事几人知？"怎会不知呢？看看他的凄凄之句：

"心字已成灰""花底人无语""心自醉，愁难睡""若问生涯原是梦，除梦里，没人知""落花如梦凄迷""人间何处问多情"……原来，诗人所在的年代可以不一样，心境却会如此相通！原来并不爱读《饮水词》，现在读了，真正理解了这位"身在高门广厦，常有山泽鱼鸟之思"的薄命才人。尽管他是普天下除皇室外最尊贵的明珠公子、康熙大帝宠爱的一等带刀侍卫，却也会为情失魂落魄！

和着舟在秋风夜月中的欸乃声声，口占一首小诗："不共午桥桥上坐，酒阑已是月明时，桨声灯影泊舟上，初见秋风又赋诗。"

问一声多情多义的纳兰公子，你的眉宇间会不会永远有一弯抑郁？

秋山红叶赋

那是流溢的红霞吗？在秋霜、秋风、秋雨中，枫叶如丹，尽染层林，似漫天的云锦绚丽夺目。

在我的眼中，枫叶更像一簇簇熊熊燃烧的火焰。如果你在晚霞夕照之际观赏枫叶，你会觉得整个层峦叠翠的群山都像被火焰燃遍，放射出夺人魂魄的耀眼光芒。那满山的枫叶是何等富有诗意的壮观景色，如果不是身临其境，你怎么能体会得到呢？

古人说："停车坐爱枫林晚，霜叶红于二月花"，这是以枫叶来比喻春天嫣红的红蕊，可是春天的花朵怎么能和枫叶相比？春天的花朵有阳光、雨露，枫叶却在西风寒霜中愈显壮丽。古人还说："君不见满川红叶，尽是离人眼中血"，把枫叶比喻鲜血，这大概是取其"霜重色愈浓"的颜色。这只是古人一种在颜色视觉上的感觉。我却很喜欢曹雪芹祖父曹寅五方排律《咏红述事》中的诗句："谁将杜鹃血，洒作晓霜寒"，真是另有一种浓郁苍浑之气，其实，枫叶给人心灵上的震撼却不是用简单的几句诗就可以描述尽的。

的确，枫叶不像苍松那样挺拔屹立，不像大海那样壮阔无垠，但却仍然有很多很多的人喜欢枫叶。

我爱枫叶，我赞赏钦佩它的灵魂和性格。在不同的季节，我欣赏过它不同的变化，它的变化本身就是一首最能震撼人心的交响乐。

我时常惊奇于枫叶变化的过程，在严霜肆虐、秋风萧瑟中，红的深浓、红的艳丽的枫叶，已经使人们心神向往了。但是，当你一旦知道枫叶并不是刹那间就变成了深红的色调——它本身也是翠绿欲滴的，你会有什么感想呢？

我不止一次看到过枫叶的新陈代谢和它经历的生与死的变化。

如果你在初秋的时候到香山，你会看见，枫叶最初向人们显示的是翠绿的色调，它也像其他千万种草木一样，生机勃勃，向人们和大自然展示着旺盛的生命。但枫叶与它的同类所不同的是：它敢于经过痛苦的挣扎而战胜自然的规律，使它的生命里程迸发出新的惊人的奇迹。

在霜寒秋风渐渐相逼的时候，万木萧疏，枝枯叶败，纷纷飘落。而枫叶却不甘心于枯叶飘落的归宿，而是经过痛苦的挣扎，继续向人们展示它的瑰丽壮美。

你看，枫叶由翠绿欲滴渐渐变成了胭脂般的娇艳，变成红透似血般的凝重，最后是深沉浓烈的深红的悲壮。这种多色的变化，有苦、有涩、有甜。苦是经过痛苦的挣扎，那不断的变化有向寒霜秋风的抗争，经过苦涩的磨炼才有了奉献的甜。

不断的挣扎、不断的变化、不断的奉献，枫叶给予人们的启迪是深沉的、回味无穷的。你细细地回味吧，枫叶的奉献之心不是一种瑰丽、壮观的拼搏吗？它经过多彩的变化和层层的抗争，向人们展示了枫叶的主题——像血一样深红的残叶飘落之后，它仍要化为泥土滋润着生它养它的土地。

我凝视着那纷纷飘落的深红色的残叶，感动枫叶的精神真是一种生命之歌、至死不渝的象征，枫叶是以它本身更是以生命的整个历程，在向大自然进行回报。

世间万物的生命都是有限的，枫叶的生命随着每一片飘落的残叶似乎已经宣告完结，但枫叶给人们震撼心灵的美却似乎永远没有结束。它的美经历了抗争和苦涩，是奉献的美。这种历经痛苦的挣扎留给了人们，永远值得思索和回味。这种美引得人们永远为枫叶礼赞。

那一片飘落的枫叶，已经没有鲜红的颜色，但是，我相信，来年它仍然会化作燃烧的火焰、灿烂的云霞……

絮风二题

守望絮风

"江南江北一般同"(《红楼梦》咏絮词《西江月》)?我不知其他地方有无春风中的柳絮,北京却是一景。春月融融,熏风乍起,团絮飞扬,此起彼伏,漫天飞舞似雪似雾。不少人讨厌之极。专家们也曾研究分析,据说单种雄株即可灭绝絮之漫天而舞。看来,絮是植物爱情的传递手段。

因而,每年春季,柳絮并不因此而灭绝,以顽强的生命力和爱的韧力、信念,"几处落红庭院,谁家香雪帘栊"(《红楼梦》咏絮词《西江月》),在京华街衢楼台、河畔胡同中相拥而舞,在向大自然展示爱和生命的活力。

絮有生命吗?应该是有吧。我原来没有注意过风絮之季,今年偶写一诗赠人,其中有句云:"三月春风柳絮中,香菱遗韵动心旌",开始玩味,及至喜欢。那春愁中的风絮温柔婀娜,风韵翩翩,令人生无限思绪。读过几遍《红楼梦》,颇爱红楼诗社中的咏絮之章,气魄当属宝钗。絮那样绵软无力,经宝钗之咏,倏然见出豪迈,以女子之口,颇为难得。但我却偏爱欣赏黛玉之词。因人而论,我厌恶宝钗的圆滑,工于心计、虚伪,曾读过一位老先生的考证文章,云绣春囊即宝钗携入大观园的。可见其内心完全不似她表面的雍容。而黛玉虽然爱使小性儿,动辄喜怒无常,说话刻薄、高傲,但心地善良,憧憬眷属,与世无争。比如她的《唐多令》:"粉堕百花洲,香残燕子楼。一团团,逐队成球。飘泊亦如人命薄。空缱绻，说风流！草本也知愁，韶花竟白头。叹今生、谁舍谁收？嫁与东风春不管，凭尔去，忍淹留！"在黛玉眼里，柳絮亦如她觉察出己身之命运，悲凉之气溢于字里行间。而宝钗的《临江仙》，却完全是另一种气势："白玉堂前春解舞，东风卷得均匀。蜂围蝶阵乱纷纷。几曾随逝水，何必委芳尘？万缕千丝终不改，任他随聚随分。韶华休笑本无根。好风凭借力，送我上青云。"（均见《红楼梦》第70回）一个女子能将柳絮写得如此豪气，也不枉为她的才华和志向。柳絮，在不同心际的人眼里，命运竟是如此不同。

"岂是绣绒才吐，卷起半帘香雾。""且住，且住！莫使春光别去！"（《红楼梦》咏絮词《如梦令》）。絮飞之日，春光尚在。"莺愁蝶倦晚芳时"（《红楼梦》咏絮词《南柯子》），那就是明春再见絮飞时了！

因喜风絮，我曾一度思忖将己之斋名即名"絮风馆"，想见会令人有相思之感。何以钟爱絮风？而欲废"听雨楼"？我亦喜京华烟雨，曾专撰文叙之。听雨者，熟知李义山诗的人，一望即可知来白其名句："留得枯荷听雨声"。所以听雨也令人有无穷雅致，而避离喧嚣烦恼。原以为寻章摘句，独出胸臆，殊不知重复亦不可免。后闻什刹海畔原醇贤亲王府花园内有一斋即名"听雨"，我迄今未得考观。又读有关陈寅恪先生的回忆录，知其有一友人，其斋名亦为"听雨"。尤令人气泄者，据闻，北京绳匠胡同严嵩宅内书房亦名"听雨楼"，严嵩、严世蕃（号东楼）父子于此衍奸发恶，不知生出多少机密勾当，残害了多少义士忠良？稗官野史所云，当在信与不信之间。我已考过，所谓"西鹤年堂"等匾云系严嵩所题，均不可信。但言之凿凿，不由望"听雨"而嗟叹，大奸亦雅，我当趋避乎？故一再思忖，直到欲换斋名，但苦思冥想而不得。而今春暮之际，偶有因缘之识，赋诗赠人，多有"依然烟雨絮随风""多少絮风思绪中""絮飞片片如相问""絮风守望意难平""年年风絮今更惜""最忆絮风三月天""直到絮风扑面来"之句。彼之喜欢，我亦觉诗甚达意。故拈出"絮风"二字，用以斋名，恰如其分，亦觉天成。因诗及人，因人有诗，诗出斋名，不费功夫。

絮风、絮风，一天风絮，其温柔善良，仅以示爱，并不害人，何以容它不得？而今商业社会，大倡和谐，太有必要。我们人何不学风中之絮？

　　絮风温柔隔年期，一年一度春光近！不知明年春月能不能守望住温柔善良的絮风？

宽容絮风

　　人与人之间宽容吗？人对自然界宽容吗？好像不宽容。我倒并非赞成，像弘一大法师李叔同那样睡觉前必须拍拍床板，以免压死臭虫那样。姑且不谈人与人，但人对自然、对生物链的破坏，其毁灭性的恐怖将来，有识之士是越来越明晰了。

　　人对自然界的不宽容，与人的本性、人的贪婪、人的心理健康是否有关，这大约是专家所要研究的。我只是有时觉得，对人类并不妨碍的，也欲杀伐殆尽，这就令人匪夷所思了。

　　你注意过柳絮吗？春日阳和，惠风和畅，京城的街道胡同甚至边边角角，都会飘扬飞舞起漫天的团絮，曼妙起舞，雪非雪，雾非雾，"白雪花繁空扑地"（白居易《杨柳枝》）成为一道优雅的风景。"昔我往矣，杨柳依依；今我来思，雨雪霏霏"（《诗经》），多么惆怅！古人对柳寄予了无限深情，"满街杨柳绿丝烟"（韦庄），"万条垂下绿丝绦"（贺知章），"绿丝条弱不胜莺"（白居易），不胜枚举。由柳延伸至爱絮，唐人吴融《杨花》云："不斗秾华不占红，自飞晴野雪濛濛。百花长恨风吹去，唯有杨花独爱风。"韩愈《池上絮》则感慨絮的归宿："池上无风有落晖，杨花晴后自飞飞。为将纤质凌清镜，湿却无穷不得归。"当然，古人对絮也有贬，"水性杨花"即为一例。我去过很多城市，都没有注意过是否有柳絮的此起彼伏，但是京华却是年年岁岁说相似，岁岁年年动心旌。也许有些人讨厌风絮，我记得报纸上讨论过如何去灭绝柳絮之类。也有专家建议单种雄株即可灭绝柳絮，因为絮并非无因而生，它是植物繁衍的传播途径，是爱的结晶。也许，爱永远不为人的意志而转移，柳絮也不因此而灭绝。爱，怎么可以灭绝呢？你看絮之舞，无风飘沉，有风即起，飘飘扬扬，以顽强不息的生命力和爱的韧力、信念，在熏风中、丽日下相拥而舞，在向大自然和人展示爱和生命的魅力、活力！

"三月春风柳絮中"，絮是有生命的，尽管只是诞生在风絮之季，也涅槃于风絮之季。絮是多么执着！它会一直借助风力在翩翩起舞，它只展示爱的温柔与缠绵。它对我们人类并无危害，怎么不能相容？大自然不因絮的存在而减色或增华，人却或许没有絮的飞舞而感到这个世界缺少了一道风景？人不能拒绝大自然的恩赐和因缘，哪怕是点点滴滴、微不足道。

大自然的和谐是由壮丽、豪放、旖旎、温柔、纤细……组成的最奇妙的风景，同样，人也不仅仅是轻裘肥马、锦衣饫食、声色利欲、追求奢华，人不应该仅仅躯体壮健，更应该学会欣赏、学会和谐、学会宽容、学会体谅、学会温柔！宽恕絮风，不必计较轻浮无根、虚荣争春、来去匆匆，只要"依依袅袅复青春，勾引春风无限情"（白居易《杨柳枝》），瞬间飘舞带来感觉不就足矣而无憾了吗？

我们难道不能宽容在春风中飘舞的柳絮吗？！

后　记

朱小平

多年来，经常在报刊上写些有关北京的掌故考证，因而很多人以为我是老北京，其实我的籍贯不是北京。虽然生于北京，按过去的习惯，报户籍还是填原籍。现在的人们大多已不知道"籍贯""户籍"的本意了。在封建时代，"籍"是职业，如军籍、伎籍、匠籍、乐籍等（在明代也称"户"，清朝还有旗籍），终生其一包括下一代不能改变。有的籍如伎、乐、皂役、军籍是不能参加科举考试的。"贯"才指出生地，这与考试有关系，三代不在原地才可改"贯"。

但是，我只在身高、脾气还保留了山东沿海我的家族的特征，生活方式、语言习惯等已经老北京化了。甚至隐隐约约还沾染了旗下名士的某些做派，比如喜欢闲适、整洁，好轻裘美食，好聚饮出游，喜欢字画艺事，听名角的戏等。

以中国之大，没有一个地方像北京有如此之多的称谓：北京、北平、京华、燕京、燕都、燕台、春明、日下、京师、帝京、旧京、故都、大都、京兆、京畿、旧都、都门……每个名称都蕴含着一段历史，几朝古都的沧桑……

舒乙先生曾做过一个统计：老舍先生著作中曾描述过的一百多种北京小吃，有将近一半已经消失了。现在各种北京小吃街基本没有正宗的老北京小吃。当然，小吃只是老北京风物的一个小侧面，小吃并不能代表北京文化。

什么是北京文化？不是天桥、八大胡同、洋车、豆汁、冰糖葫

后记

芦……是皇家、士大夫为主流，平民的习俗为辅，构成了一个完整的文化体系。这种文化高雅、深沉、气派，远非胡同串子痞子习气能替代，那只是老北京文化中最下三的末流，是上不得大雅之堂的。包括语言，现在一些人所津津乐道的所谓"老北京话"，其实是旧时代太监、内务府包衣、妓院、黑道中的流行语，与真正的文雅的老北京话是风马牛不相及的。

形容北京有气派、气势、气宇、气度、气象、气韵……怎么形容应该都不为过吧？当年马可·波罗形容元大都的文化氛围，今天读来仍然使人心向往之。但是明代城市已经缩小南移了。今天的北京则远远超过了元大都，是世界最繁华的大都市之一。当然，随着城市的外延扩张，老北京的风韵在逐渐褪去，胡同越来越少，由20世纪50年代初期的3000多条，只剩下今天的300多条。郁达夫形容老北京的那种"幽静"之气，真是再也寻觅不到了。商业化越来越风靡，如南锣鼓巷、什刹海，实际已不再是京味儿胡同的象征了。

我常想：如果时光可以倒流，真是依照梁思成先生的睿智提议：保留老城，另建新城作为新首都，那保存下来的北京老城在今天该是多么令人自豪！

老北京如同原汁原味的昆曲，最终会曲高和寡。现代又有多少人去认真研究过老北京呢？有谁认真读过有关的书呢？北京古籍出版社若干年前陆续出版了明清民初人各种有关北京的典籍方志，现在北京出版社又统一再版，这是好事。可惜读者、知者不多，这很令人遗憾。

我其实不是这方面的专家，只不过对北京有了深厚的依恋和感悟。在海边的老家只是在少年时代的朦胧记忆。少年回去过一次，而北京则成为了我真正的故乡，"无双毕竟是家山"，我去过全国很多美丽的地方，但无论是多么山清水秀，我仍然喜欢北京，甚至北京的一些缺点也都会包容。

但是，对给老北京添枝加叶的庸俗，我是颇为反感的。有一次，一位年轻编辑约我写文介绍一下小肠陈。待写好后，她诘问：为何无西太后与小肠陈的关系？我答：当年我采访过小肠陈的后人，根本没有此事，网上的传言极不可靠。大概她不满，尽管是她向我约稿，但从此石沉大海，不仅稿子不用，说都不说一声。这真使我感慨不已，不仅没有职业操守，更无老北京人所讲究的礼节。

小时候被穿长衫的外祖父牵着手游览京华名胜，天坛对我幼小心灵的震撼，至今不曾逝去。而今它已被现代化的高楼所环绕包围，那种"天人合一"的感应、天圆地方的气势已经逊色很多了。还有少年时被伯父领着去北海逮蚂蚱，青年时代和师兄弟们骑车遍游八大处、大觉寺、香山、鹫峰，去香山碧云寺、樱桃沟写生……每每忆起，这一切都令人感到快乐温馨。

南腔北调弥漫着这个有几千万人口的大都市，老北京已不再可能坚守已不复存在的城垣。也许用不了一二百年，北京大概只剩下孤零零的故宫等几处景胜，重复着历史更换的周期率。君不见，蓟、辽、金、元等几代都城，都被后人焚毁，随着毁去的是那时的风俗语言习惯。明朝的口音（南京靠近安徽的方言）和习俗服饰消失不过四百余年，清朝消亡距今不过百余年，今天我们所使用的语言（北京话）还与清代的官话几乎没有改变，很多习俗包括生活习惯基本保留。但使我忧虑的是，现在部分年轻的北京人，他们逐渐接受西方文化，醉心所谓的西方文明，他们的语言是洋泾浜式杂以不符合汉语语言规范的新语言，他们不了解真正的北京文化，只认为变了味的相声、杂耍小吃甚至什刹海、南锣鼓巷就是老北京文化。他们传承不下去传统的血脉，也许这是历史的延伸与超越，我们再声嘶力竭地大唱挽歌，也改变不了北京城被改造，被抽去骨髓的速度。

我们要不要适应这一变化？要不要疾呼保存纯正的京味儿？也许社会学家费孝通先生的哲言可以发人深省："我们正在拥有越来越多的房子，但我们正在失去越来越多的家园。"

也许，一切的话都是多余的。但愿我的这部小书，能使读者怀旧忆往，怀念老北京，那将会使我倍感欣慰。这要感谢岭松先生赐予这一机

后记

缘。当然，梁漱溟老先生应台湾新闻界之请，给青年人的要求"注意传统文化，须应历史潮流"。说得很有道理，时代在变化，潮流不可抗拒，北京，正在向世界大都市迈进，老北京当然只能成为历史，这是不以人的意志为转移的。

集中篇章皆在报刊上刊载过，这次收入集中除订正舛误，有的篇章文字亦有所补充。特别感谢李滨声、赵大年两位先生赐序。您们其实都不是出生在北京，但对北京的挚爱，就像老舍先生说的："我真爱北平"（《想北平》）。滨老今年95岁了，我发自内心祝他健康快乐。只可惜赵大年先生去年逝世了，您看不到拙书的出版了，集中收入我写怀念您的文章，以寄追思。另外，要再次感谢靳扬先生，我的十多部出版的书，都是他辛苦辑选，这永远令我铭感五内。

2020年春节前夕于北京